Rachel Hauck

Vier Frauen und ein Hochzeitskleid

Über die Autorin

Rachel Hauck ist ein Kind der Sechzigerjahre. Nach dem Journalistikstudium reiste sie als Software-Trainerin durch die halbe Welt. Rachel ist seit 1992 mit Tony verheiratet. Ihre wunderbar erzählten, lebensnahen Romane voller Humor wurden vielfach ausgezeichnet.

RACHEL HAUCK

Vier FRAUEN *und ein* HOCHZEITS-KLEID

Roman

Aus dem Englischen von Silvia Lutz

GerthMedien

Kapitel 1

Charlotte

14. April

Der sanfte Windhauch lenkte ihren Blick nach oben, als sie um eine Gruppe Schatten spendender Buchen herumschlenderte. Charlotte blieb auf dem perfekt gepflegten Rasen stehen, der das Ludlow-Anwesen umgab, und atmete die reine Luft tief ein. Sie ließ ihre Umgebung auf sich wirken – den blauen Himmel, die Bäume in ihrer Frühlingspracht, das Sonnenlicht, das von den Windschutzscheiben der geparkten Autos reflektiert wurde.

Als sie an diesem Morgen aufgewacht war, hatte sie das Bedürfnis verspürt, in Ruhe nachzudenken. Sie hatte ihre Lieblingsshorts angezogen und war auf den Berg hinaufgefahren.

Aber statt Stille und Einsamkeit fand Charlotte ein reges Treiben vor. Auf dem weitläufigen Grün tummelten sich Käufer, Sammler und Schnäppchenjäger. Die jährliche Ludlow-Antiquitätenauktion, mit deren Hilfe Geld für Bedürftige gesammelt wurde, war auf dem eindrucksvollen Gelände in vollem Gang.

Charlotte schob ihre Sonnenbrille nach oben. Die Eindringlinge störten sie. Dieses Gelände war ihr persönlicher Zufluchtsort, auch wenn der Rest der Welt das nicht wusste. Mama hatte mit ihr hier oben immer gepicknickt. Sie hatten ihr Auto auf der kleinen Nebenstraße abgestellt, waren dann heimlich am Rand des Ludlow-Anwesens entlanggeschlichen und hatten gelacht und „pssst" geflüstert, als stellten sie etwas Verbotenes an.

Ihre Mutter hatte ihnen einen schönen Platz auf der Rückseite des Berges gesucht, dort eine Decke ausgebreitet, einen Behälter mit gebratenem Hähnchen oder eine McDonald's-Tüte aufgemacht und tief eingeatmet, während sie ihren Blick über das Tal und die Stadt schweifen ließ. „Ist das nicht schön?"

„Ja", hatte Charlotte gesagt, aber ihr Blick war auf Mama und nicht auf die Lichter von Birmingham gerichtet gewesen. Sie war die schönste Frau gewesen, dic Charlotte je gesehen hatte. Und auch jetzt, fast achtzehn Jahre nach ihrem Tod, war sie immer noch die schönste Frau, die Charlotte je gesehen hatte. Mama hatte es verstanden, einfach nur zu *sein*, aber sie war gestorben, bevor sie diese Gabe an Charlotte weitergeben konnte.

Laute Stimmen rissen Charlotte aus ihren Erinnerungen. Vor dem Auktionszelt, das auf dem Rasen neben dem Haus errichtet worden war, herrschte ein großer Andrang, als Interessenten und Käufer hineinströmten.

Charlotte hielt sich die Hand schützend vor die Augen, da die Sonne noch tief stand. Nachdenklich beobachtete sie das Treiben und überlegte, was sie jetzt tun sollte. Wieder nach Hause fahren oder hier spazieren gehen? Sie brauchte und wollte nichts von den Dingen, die in diesem Zelt angeboten wurden. Und selbst wenn sie etwas davon interessieren würde, hätte sie nicht das Geld, um es zu erwerben.

Sie musste über die angespannte Situation mit Tims Familie nachdenken. Besonders über die Spannungen zwischen ihr und Tims Schwägerin Katherine. Es war so schlimm, dass sie sich noch einmal überlegen musste, ob sie diesen schwerwiegenden Schritt wirklich tun wollte.

Als Charlotte sich umwandte, um zu ihrem Auto zurückzugehen, wehte ihr der Wind wieder direkt ins Gesicht, und sie schaute sich erneut um. Durch die Bäume und hinter dem Zelt glänzten die riesigen Fenster im ersten Stockwerk der Ludlow-Villa im goldenen Morgenlicht, und es hatte ganz den Anschein, als wachten sie über das Geschehen auf dem Rasen.

Dann trieb der Wind die Wolken weiter und das Licht warf einen Schatten über das Fenster. Jetzt schien das Haus ihr zuzuzwinkern. *Komm und sieh!*

„Hallo!", rief eine Frauenstimme hinter ihr. Charlotte drehte sich erneut um. „Sie wollen doch hoffentlich nicht schon wieder gehen!“ Sie kam mit einer Schachtel in den Händen schnaufend den Hang herauf.

Charlotte wusste gleich, wen sie vor sich hatte. Sie kannte zwar ihren Namen nicht und hatte sie auch noch nie gesehen, aber sie war mit dieser Art Frau vertraut: Sie war eine typische Vertreterin der klassischen Südstaatenfrauen, von denen es in Birmingham nur so wimmelte. Frauen mit gepflegter Haut, Hose mit Bügelfalte, dezent gemusterter Baumwollbluse und einer einfachen Perlenkette. Die Dame blieb atemlos vor Charlotte stehen.

„Sie waren noch nicht einmal im Auktionszelt. Ich habe Sie nämlich kommen sehen, Schätzchen. Kommen Sie mit, wir haben schöne Sachen im Angebot. Sind Sie zum ersten Mal hier?“ Sie kramte in ihrer Kiste und zog einen Katalog heraus. „Ich musste zu meinem Auto laufen, um Nachschub zu holen. Dieses Jahr ist wirklich sehr viel los. Das sieht man schon an den vielen Autos. Vergessen Sie nicht: Alle Einnahmen kommen der Ludlow-Stiftung zugute. Wir verteilen mehrere Millionen für Stipendien und Zuschüsse in der Stadt.“

„Ich bewundere die Arbeit der Stiftung schon eine ganze Weile.“ Charlotte blätterte in dem Katalog.

„Ich bin Cleo Favorite, die Vorsitzende der Ludlow-Stiftung.“ Die Frau reichte Charlotte die Hand. „Und Sie sind Charlotte Malone.“

Charlotte schaute Cleo einen Moment verblüfft an und schüttelte ihr dann langsam die Hand. „Sollte ich beeindruckt sein, weil Sie mich kennen? Oder sollte ich lieber schreiend zu meinem Auto zurücklaufen?“

Cleo lächelte. Ihre Zähne waren genauso strahlend weiß wie ihre Perlen. „Meine Nichte hat letztes Jahr geheiratet.“

„Verstehe. Und sie hat ihr Brautkleid in meiner Boutique gekauft?“

„Genau. Eine Weile hatte ich den Eindruck, dass es sie mehr faszinierte, mit Ihnen zusammenzuarbeiten, als ihren Verlobten zu heiraten. Sie haben wirklich eine beeindruckende Boutique.“

„Ich hatte großes Glück." Mehr als sich ein armes Mädchen, das keine Eltern hatte, erträumen konnte. „Wer ist Ihre Nichte?"

„Elizabeth Gunter. Sie hat Dylan Huntington geheiratet." Cleo bewegte sich auf das Zelt zu. Charlotte folgte ihr, um nicht unhöflich zu sein.

„Selbstverständlich erinnere ich mich an Elizabeth. Sie war eine schöne Braut."

„Und das sollte auch die ganze Welt wissen." Cleo hob lachend die Hände. „Sie hat meinen armen Bruder fast an den Bettelstab gebracht. Aber man heiratet schließlich nur ein Mal im Leben, nicht wahr?"

„Ja, ich habe zumindest gehört, dass das so gedacht ist." Charlotte strich mit dem Daumen über ihren Verlobungsring. Das war der Grund, warum sie heute hierhergefahren war. Vor dem Zelteingang blieben die beiden stehen.

„Also, Charlotte, suchen Sie etwas Bestimmtes? Etwas für Ihre Boutique?" Cleo ließ die Schachtel mit den Katalogen auf einen Tisch fallen und marschierte durch den Mittelgang los, als erwarte sie, dass Charlotte ihr folgen würde. „Wir haben einige schöne Kleiderschränke im Angebot. Im Katalog finden Sie die Auktionsnummern dazu und wann und wo Sie dafür bieten können. Der Auktionator geht einfach zu dem entsprechenden Gegenstand. Wir haben festgestellt, dass das leichter ist als … Ach, wen interessiert das schon? Es ist eine großartige Auktion und sie läuft gut. Verraten Sie mir, was Sie suchen?" Cleo neigte leicht Kopf und faltete die Hände.

Charlotte trat in den Schatten des Zeltes. „Ehrlich gesagt, Cleo …" – … *bin ich hierhergekommen, um ungestört nachdenken zu können* –, „… ist meine Brautmodenboutique bewusst modern eingerichtet." Charlotte rollte den Katalog in ihrer Hand zusammen. „Aber sich auf einer Auktion ein wenig umzusehen, macht immer Spaß." Sie konnte doch auch durch die Gänge schlendern und nachdenken.

„Unbedingt. Sie werden bestimmt etwas finden, das Ihnen gefällt." Cleo zwinkerte. „Am besten funktioniert das allerdings, wenn Sie sich von vorneherein vornehmen, etwas von Ihrem schwer verdienten Geld auszugeben."

„Das werde ich mir merken."

Cleo verabschiedete sich, und Charlotte schlenderte durch einen Seitengang und betrachtete die Waren, als könnte sie die Antwort, die sie suchte, zwischen den Antiquitäten finden.

Vielleicht würde sie ja eine Stimme hören, die „Er ist der Richtige" sagte, während sie an einer Vitrine aus dem zwanzigsten Jahrhundert oder einem Kleiderschrank aus dem neunzehnten Jahrhundert vorbeischlenderte.

Aber wahrscheinlich würde das eher nicht passieren. Der Himmel flüsterte ihr nicht sehr oft Antworten zu, sie fielen ihr nicht einfach so in den Schoß. Sie musste sich die Antworten für ihr Leben erarbeiten. Charlotte krempelte die Ärmel hoch, beleuchtete die Situation von allen Seiten, überschlug die Kosten und traf ihre Entscheidung. Wenn sie dies nicht tat, hätte sie „Malone & Co." nie eröffnen können.

Charlotte blieb vor einem Dielentisch aus dunklem Holz stehen und strich mit dem Finger über die Oberfläche. In Gertis Diele hatte ein solcher Tisch gestanden. Was wohl daraus geworden war? Charlotte bückte sich, um nachzusehen, ob die Unterseite mit einem roten Filzstift bemalt war.

Die Unterseite war sauber. Charlotte ging weiter. Dieser Tisch war nicht Gertis Tisch. Sie war so wütend gewesen, als sie bemerkt hatte, dass ihre Nichte mit einem roten Stift Amok gelaufen war.

Am Ende des Gangs blieb Charlotte seufzend stehen. Sie sollte in die Stadt zurückfahren. In zwei Stunden hatte sie einen Friseurtermin.

Stattdessen bog sie in den nächsten Gang ein und ihre Gedanken wanderten zu Tim und zu all den Fragen, auf die sie keine Antwort fand.

Bis vor vier Monaten hatte sie sich in ihrem geregelten, vorhersehbaren, bequemen Leben vollkommen wohlgefühlt. Dann hatte der Bauunternehmer, der ihre Boutique umgebaut hatte, so lange auf sie eingeredet, bis sie die Einladung zu seiner Weihnachtsfeier angenommen hatte. Er hatte ihr den Platz neben Tim Rose angewiesen und damit Charlottes Leben auf den Kopf gestellt.

Ihr Blick blieb an einem unauffälligen, abgenutzten Rollschreibtisch hängen. Charlotte blieb davor stehen und strich mit der Hand über die Oberfläche. Welche Geschichten würde er wohl erzählen, wenn er sprechen könnte?

Die Geschichte eines Familienvaters, der sich den Kopf über die Finanzen der Familie zerbrach? Oder die eines Kindes, das mit einer schweren Hausaufgabe kämpfte? Die einer Mutter, die ihren Lieben zu Hause einen Brief schrieb?

Wie viele Männer und Frauen hatten schon an diesem Schreibtisch gesessen? Einer oder hundert? Wovon hatten sie geträumt, was erhofft?

Ein Möbelstück, das die Zeit überdauerte. Wollte sie das? Überleben, Teil von etwas Wichtigem sein?

Sie wollte das *Gefühl* haben, zur Familie Rose dazuzugehören. Katherine vermittelte Charlotte aber ganz gewiss nicht das Gefühl, Teil des riesigen Netzwerks aus Geschwistern, Tanten, Onkeln, Cousins und Cousinen und lebenslangen Freunden zu sein.

Als Tim Charlotte bei ihrem ersten Date erzählt hatte, dass er vier Brüder hatte, hatte sie sich nicht einmal vorstellen können, was für ein Gefühl das sein musste. Es klang so aufregend. Sie löcherte ihn mit Fragen. Charlotte hatte nur Mama gehabt. Und als Mama gestorben war, die alte Gerti.

Sie hatte nie mit Geschwistern zusammengelebt, geschweige denn gleich mit vieren. Und ganz gewiss nicht mit einem Bruder.

War das der Grund, warum sie Tim Roses Heiratsantrag bereits nach zwei Monaten angenommen hatte? Faszination? Im Moment war sie sich nicht sicher, ob Liebe der Grund gewesen war. Sie war nicht einmal sicher, ob es der Wunsch gewesen war, zu einer großen Familie zu gehören.

Charlotte warf einen Blick auf den filigranen Platinverlobungsring mit dem Einkaräter, der Tims Großmutter gehört hatte.

Aber der Ring kannte die Antwort nicht. *Sie* kannte die Antwort nicht.

„Charlotte Malone?“ Eine rundliche, freundlich aussehende Frau kam von der anderen Seite eines Tisches auf sie zu. „Ich habe in ‚Southern Weddings‘ einen Artikel über Sie gelesen. Sie sehen genauso aus wie auf dem Bild in der Zeitschrift.“

„Ich hoffe, das ist ein Kompliment“, lächelte Charlotte.

„Natürlich. Die Beschreibung Ihrer Boutique klingt zauberhaft. Als ich den Artikel las, hätte ich am liebsten noch einmal geheiratet.“

„Dieser Artikel war für unsere Boutique ein echter Glücksfall.“ Als der Redakteur im vergangenen Herbst angerufen hatte, war dieser Anruf einer von vielen Glücksfällen für Charlottes Boutique gewesen.

„Ich bin seit zweiunddreißig Jahren verheiratet und lese ‚Southern Weddings‘ fast genauso treu wie meine Bibel. Ich liebe Hochzeiten einfach. Geht es Ihnen nicht auch so?“

„Auf jeden Fall liebe ich Hochzeitskleider“, antwortete Charlotte lächelnd.

„Das kann ich mir denken.“ Das Lachen der Frau lag noch in der Luft, als sie sich mit einem freundlichen Tätscheln auf Charlottes Arm verabschiedete und weiterging.

Sie liebte Hochzeitskleider wirklich. Schon als kleines Mädchen hatten der Satinstoff und der Glanz von weißen Kleidern sie begeistert. Sie liebte es, wie sich das Gesicht einer Braut veränderte, wenn sie in das perfekte Kleid schlüpfte und man ihre Hoffnungen und ihre Träume in ihrem Gesicht ablesen konnte.

Charlotte stand kurz davor, diese Verwandlung selbst zu erleben: in das perfekte Kleid zu schlüpfen und voller Hoffnungen und Träume zu sein.

Wo lag also das Problem? Warum zögerte sie noch? Sie hatte sich fünfzehn Kleider angesehen, aber kein einziges anprobiert. Der 23. Juni rückte schneller näher, als ihr lieb war.

Vor einem Jahr war sie finanziell kaum über die Runden gekommen. Sie hatte alle ihre Ersparnisse in das Inventar gesteckt und ihre Boutique, ein Landhaus aus den 1920er-Jahren, nur mit Mühe und Not zusammengehalten.

Dann war eine anonyme Überweisung von hunderttausend

Dollar auf ihrem Konto eingegangen. Nachdem sie wochenlang vor Freude und Panik ganz aus dem Häuschen gewesen war und herauszufinden versucht hatte, wer ihr so viel Geld überwiesen hatte, hatte Charlotte irgendwann das Geschenk angenommen und endlich ihre Boutique renoviert. Und alles hatte sich verändert.

Tawny Boswell, die amtierende Miss Alabama, wurde ihre Kundin und machte sie auf einen Schlag bekannt. *Southern Weddings* hatte sich gemeldet. Und zum krönenden Abschluss dieses unglaublichen Jahres war Charlotte zu der Weihnachtsfeier gegangen und hatte neben einem attraktiven Mann gesessen, der mit seinem Charme jeden im Raum im Sturm gewonnen hatte. Noch bevor sie mit dem ersten Gang des Weihnachtsgerichts fertig gewesen war, hatte Tim Rose ihr Herz bereits erobert.

Der federleichte Kuss des Schicksals jagte ihr einen Schauer über den Rücken, während der Wind, der über den Berg wehte, ihre Beine berührte. Roch es nach Regen? Charlotte legte den Kopf in den Nacken, um über das Zelt hinaus zu sehen, sie sah aber nichts als den kristallblauen Himmel, der von der strahlenden Sonne beherrscht wurde. Mittlerweile war weit und breit keine einzige Wolke mehr zu sehen.

Sie bog gerade in den nächsten Gang ein, als das Handy in ihrer Hosentasche vibrierte. Dixie.

„Hallo, Dixie. Läuft in der Boutique alles gut?"

„Es ist ruhig. Aber Tawny hat angerufen. Sie will morgen um drei Uhr mit dir sprechen."

Am Sonntag? „Ist alles in Ordnung? Klang sie gut gelaunt? Ist sie immer noch mit uns zufrieden?" Es hatte Charlotte Monate gekostet, für Miss Alabama das perfekte Kleid zu finden. Sie hatte nächtelang wach gelegen und Gott gebeten, ihr zu helfen, Tawnys Träume von einem Brautkleid zu erfüllen.

Dann hatte sie einen neuen Designer in der Nähe von Paris entdeckt und gewusst, dass sie ihren Stoff aus seidenweißem Gold gefunden hatte. „Ruf sie bitte zurück, und sag ihr, dass der Termin morgen Nachmittag in Ordnung geht. Haben wir Kräcker und Käse im Kühlschrank? Kaffee, Tee, Wasser und Limonade?"

„Wir haben alles da. Tawny klang begeistert. Ich glaube also nicht, dass sie dir sagen will, dass sie von einer anderen Boutique betreut werden will."

„Wie lange arbeiten wir schon miteinander, Dixie?"

„Fünf Jahre, seit du diese Boutique eröffnet hast." Dixie war wie immer pragmatisch und ruhig.

„Und wie oft haben wir eine Kundin in letzter Minute verloren?" Auch wenn sie schon unzählige Stunden investiert hatten, um auf der Suche nach dem perfekten Kleid einen Modedesigner nach dem anderen abzuklappern.

„Damals hatten wir noch keine Ahnung von diesem Geschäft. Jetzt sind wir Experten", erwiderte Dixie.

„Du weißt ganz genau, dass es nichts mit uns zu tun hat. Hör zu, ich rufe Tawny an und sage ihr, dass wir uns morgen sehr gern mit ihr treffen."

„Das habe ich ihr bereits gesagt. Ich dachte mir schon, dass du sie nicht abweisen würdest." In Dixies Stimme schwang immer ein unüberhörbares Selbstvertrauen mit. Sie war ein Geschenk des Himmels, eine große Stütze bei der Verwirklichung ihres Traums. „Wo steckst du überhaupt, Charlotte?"

„Ich bin auf dem Red Mountain, auf dem Ludlow-Anwesen. Ich bin hierhergefahren, um ungestört nachzudenken, aber leider findet hier heute die jährliche Versteigerung der Ludlow-Stiftung statt. Ich gehe gerade zwischen Antiquitäten spazieren."

„Meinst du alte Leute oder alte Sachen?"

Charlotte ließ ihren Blick grinsend über die grauen Schöpfe in den Verkaufsgängen schweifen. „Beides, würde ich sagen." Sie blieb vor einer verschlossenen Glasvitrine mit Edelsteinen stehen. Unikate waren perfekt für ihre Bräute. Charlotte hatte eine Auswahl von einzigartigen Ketten, Ohrringen, Armbändern und Diademen. Solche Kleinigkeiten besiegelten oft den Erfolg.

„Da wir gerade von Hochzeiten sprechen …", begann Dixie leise und langsam.

„Tun wir das?"

„Tun wir das nicht immer? *Deine* Hochzeitseinladungen liegen immer noch auf dem Schreibtisch im Lagerraum, Charlotte. Soll ich sie dir heute zu Hause vorbeibringen?" Dixie und ihr Mann Jared – sie nannte ihn immer ihren Dr. Märchenprinz – wohnten in Homewood in der Wohnung direkt neben Charlotte.

„Wie bitte? Wirklich? Sie sind immer noch im Lagerraum? Ich dachte, ich hätte sie mit nach Hause genommen."

„Falls du das getan hast, müssen sie wieder zurückgeschlichen sein."

„Haha, sehr witzig. Ja, klar, nimm sie mit nach Hause. Ich kann morgen nach dem Gottesdienst daran arbeiten. Ich muss unbedingt nachsehen, ob Mrs Rose bereits eine Gästeliste für Tims Seite der Familie –"

„Du hast morgen um drei Uhr einen Termin mit Tawny."

„Stimmt, du hast recht. *Nach* meinem Termin mit ihr. Oder ich kann am Montagabend daran arbeiten. Ich glaube, am Montagabend habe ich keine Termine."

„Charlotte, darf ich dich etwas fragen?"

„Nein."

„Du heiratest in zwei Monaten und –"

„Ich hatte einfach zu viel um die Ohren, Dixie. Das ist alles." Charlotte wusste, worauf ihre Freundin hinauswollte. Dieselbe Frage stellte sich Charlotte schon seit Wochen und die Suche nach einer Antwort auf diese Frage hatte sie heute hierhergeführt. „Ich habe Zeit."

„Aber nicht mehr viel."

Das wusste sie. Und wie sie das wusste! „Wir hätten im Herbst heiraten sollen. Schnelle Verlobung, schnelle Hochzeit – vielleicht ging alles zu schnell."

„Tim ist ein toller Mann, Charlotte."

Das wusste sie. *Und wie sie das wusste!* Aber war er der Richtige für sie? „Hör zu, ich muss jetzt auflegen. In ein paar Minuten muss ich los, damit ich nicht zu spät zu meinem Friseurtermin komme. Ich rufe dich später an."

„Viel Spaß heute Abend, Charlotte! Lass dich von Katherine nicht unterkriegen. Sag ihr, dass sie dich in Ruhe lassen soll. Genieß einfach die Zeit mit Tim. Und denk daran, warum du dich in ihn verliebt hast."

„Ich versuche es." Charlotte legte auf. Dixies Rat hallte in ihren Ohren wider. *Denk daran, warum du dich in ihn verliebt hast.*

Sie hatte Herzklopfen gehabt und es war einfach nur romantisch gewesen. Charlotte war nicht sicher, ob sie überhaupt einen konkreten Grund nennen konnte. Während die junge Frau den Gang in Richtung Ausgang entlangschlenderte, wurde sie von einer immer größer werdenden Menschenmenge auf die Seite gedrängt.

Sie lächelte den Mann neben sich an und versuchte, um ihn herumzugehen. „Entschuldigen Sie bitte." Doch er rührte sich nicht vom Fleck, sondern blieb wie angewurzelt stehen und ließ den Gegenstand, der als Nächstes versteigert werden sollte, nicht aus den Augen.

„Entschuldigen Sie, könnten Sie mich bitte vorbeilassen? Wollen Sie diese ... Truhe ersteigern?" Charlotte schaute sich um. *Diese hässliche Truhe?*

„Ich bitte um Ihre Aufmerksamkeit, meine Damen und Herren." Der Auktionator stand neben der Truhe. Die Menge aus fünfzehn oder zwanzig Leuten drängte sich nach vorne und riss Charlotte mit sich. Sie stolperte zurück und verlor dabei einen ihrer Flipflops. „Die Versteigerung kann beginnen."

Charlotte suchte mit dem Fuß tastend den Boden nach ihrem Schuh ab und beschloss schließlich zu warten, bis die Versteigerung der Truhe vorüber war. Die Interessenten wirkten fest entschlossen. Wie lang konnte die Versteigerung dieses Gegenstands schon dauern? Zehn Minuten? Es könnte Spaß machen, die Versteigerung aus der Nähe zu beobachten.

Zwanzig Dollar. Die Truhe sah nicht so aus, als wäre sie mehr als zwanzig Dollar wert. Charlotte schaute sich gespannt um, wer bereit wäre, für eine langweilige, abgestoßene und zerkratzte Holztruhe mit brüchigen Lederriemen Geld auszugeben.

Der Auktionator war ein durchschnittlicher Mann. Durchschnittliche Größe und Statur. Haare, die früher vielleicht einmal braun gewesen waren, aber jetzt waren sie grau. Aschgrau.

Aber er trug ein lilafarbenes Hemd, das in einer grauen Hose steckte, die mit ledernen Hosenträgern oben gehalten wurde. Er sprang mit seinen sauberen, weißen Turnschuhen aufs Podium.

Charlotte grinste. Sie fand ihn gleich sympathisch, obwohl seine durchdringenden blauen Augen sie beunruhigten, als er sie anschaute. Instinktiv wich sie einen Schritt zurück, konnte aber nicht entkommen, da sie an allen Seiten von Interessenten umgeben war.

„Das ist Posten Nummer null", verkündete der Auktionator. Seine tiefe Stimme berührte Charlotte wie ein warmer Windhauch.

Posten Nummer null? Die junge Frau blätterte in ihrem Katalog. Es gab keinen Posten Nummer null. Sie schaute auf der Bestandsliste nach, die auf der Rückseite abgedruckt war. Aber auch hier wurde keine Truhe oder Kiste aufgelistet.

„Dieser Gegenstand wurde aus einem Haus gerettet, das nur wenige Minuten später abgerissen wurde. Die Truhe wurde 1912 zusammengebaut." Er beugte sich zu seinen Zuhörern vor. „Sie wurde für eine *Braut* gebaut."

Sein Blick blieb an Charlotte hängen und sie wich keuchend zurück. Warum schaute er sie an? Sie schob ihre Hand mit dem Verlobungsring auf ihren Rücken.

„Sie ist hundert Jahre alt. Ein ganzes Jahrhundert. Holz und Leder sind original, und das ganze Stück befindet sich in einem guten, aber pflegebedürftigen Zustand."

„Was ist mit dem Schloss passiert?" Der Mann, der links neben Charlotte stand, deutete mit seinem zusammengerollten Katalog auf das entstellte Stück Messing, das den Deckel verschloss.

„Das ist eine Geschichte für sich. Das Schloss wurde zugeschweißt, wie Sie sehen." Der Auktionator beugte sich noch weiter zu seinen Zuhörern vor. Wieder blieben seine feurigen, blauen Augen an Charlotte hängen. Er wackelte mit seinen buschigen, grauen Augenbrauen. „Von einer Frau mit einem gebrochenen Herzen."

Die Frauen in der Gruppe stießen ein lautes „Oh" aus und drehten die Köpfe, um die Truhe besser sehen zu können, während

Charlotte einen weiteren Schritt zurückwich. Warum richtete er seine Blicke ständig auf sie? Sie presste sich die Hand auf die Brust, da ihr ganz heiß geworden war.

„Aber denjenigen, der sich darauf einlässt, erwartet ein großer Schatz in der Truhe.“

Er ließ seinen Blick über die Menge gleiten, die immer größer zu werden schien, und zwinkerte. Lachen erfüllte das Zelt, und der Auktionator schien sich zu freuen, dass er alle in seinen Bann gezogen hatte.

Charlotte hatte begriffen. In dieser Truhe befand sich nicht *wirklich* ein großer Schatz. Er wollte nur, dass alle glaubten, dass einer darin sein könnte. Er war wirklich ein guter Verkäufer. Hut ab.

„Wir beginnen bei fünf“, sagte er.

Mehrere Zuhörer entfernten sich, und Charlotte verspürte nicht länger das Gefühl, eingesperrt zu sein. Die kühle Luft, die ihre Beine umwehte, tat gut.

„Höre ich fünf?“, fragte der Auktionator wieder.

Charlotte blickte in die Gesichter der Menschen, die geblieben waren. *Kommt schon, Leute, irgendjemand wird doch fünf Dollar bieten!* Jetzt, da die Truhe einen Preis und eine Geschichte hatte, war ihr Mitgefühl geweckt. Das, was sie über diese Truhe wusste, veränderte trotz deren armseligen Aussehens alles.

Jeder, *alles* brauchte Liebe.

Die Sekunden vergingen. Jemand musste für diese Truhe bieten! „Ich biete fünf.“ Charlotte hielt ihren zusammengerollten Katalog in die Höhe. Sie konnte die Truhe dem Kinderbereich in der Gemeinde spenden. Die Mitarbeiter waren immer auf der Suche nach Kisten, in denen sie Spielsachen aufbewahren konnten und in die sie die Dinge für ihre Missionsreisen packen konnten.

„Ich habe fünfhundert.“ Der Auktionator hob die Hand und wackelte mit den Fingern. „Höre ich fünfhundertfünfzig?“

„Fünfhundert?“ Sie wich zurück. „Nein, nein! Ich habe fünf Dollar geboten.“

„Aber der Preis betrug fünfhundert.“ Der Auktionator nickte ihr zu. „Überschlagen Sie immer die Kosten, junge Dame, bevor Sie etwas tun. Jetzt kennen Sie den Preis. Höre ich fünfhundertfünfzig?“

Bitte, kann nicht jemand fünfhundertfünfzig bieten? Wie hatte sie nur so dumm sein können? Sie hatte sich von diesem auf unschuldigen, alten Mann machenden Auktionator überrumpeln lassen.

Der Mann neben Charlotte hob seinen Katalog. „Ich biete fünfhundertfünfzig.“

Charlotte atmete aus und presste ihre Hand auf die Brust. *Danke, guter Mann.* Sie blätterte wieder in dem Katalog und suchte nach einer Beschreibung, nach irgendeiner Information, irgendetwas über die Truhe. Aber die Truhe war schlicht und ergreifend nicht aufgeführt.

„Fünfhundertfünfzig. Höre ich sechs? Sechshundert Dollar?“ Der Blick des Auktionators war lebhaft, durchdringend, und seine Wangen leuchteten rot, obwohl die Luft im Zelt kühl war.

Die Frau neben Charlotte hob die Hand. „Sechs.“

Drei weitere Interessenten zogen sich zurück. Charlotte warf mit zusammengekniffenen Augen einen Blick auf die Truhe und überlegte, dass sie diese Gelegenheit ja nutzen könnte, um sich ebenfalls auf den Weg zu machen. Sie hatte für ihren Geschmack bei dieser Versteigerung genug Aufregung erlebt.

Außerdem wollte sie vor ihrem Friseurtermin noch eine Kleinigkeit essen. Wenn sie beim Friseur fertig war, hätte sie gerade noch genug Zeit, um nach Hause zu fahren und sich umzuziehen, bevor Tim sie um sechs Uhr abholte.

„Sechs. Höre ich sechshundertfünfzig?“

„Sechshundertfünfzig“, sagte der Mann links neben Charlotte. „Ich kann die Einzelteile für einen Dampfer brauchen, den ich restauriere.“

„Siebenhundert“, sprudelte es über Charlottes Lippen. Sie räusperte sich und schaute den Auktionator an. Die Truhe in ihre Einzelteile zerlegen? Niemals! Etwas in ihr rebellierte bei dem Gedanken, dass jemand die Truhe zerlegen würde. „Diese Truhe verdient eine liebevolle Behandlung.“

„Das stimmt, junge Dame. Ich habe sie selbst gerettet. Und das, was ich rette, kann niemand mehr zerstören." Die blauen Augen des Auktionators strahlten bei jedem Wort und Charlotte wurde am ganzen Körper heiß und kalt. „Höre ich siebenhundertfünfzig?"

Die Frau neben ihr hob die Hand.

„Acht." Charlotte wartete nicht einmal, bis der Auktionator das Gebot erhöhte. „Hundert. Achthundert."

Lauf! Verschwinde von hier! Charlotte versuchte, sich umzudrehen, aber ihre Beine weigerten sich, sich zu bewegen, und ihre Füße blieben wie angewurzelt auf dem Rasen stehen. Ein plötzlicher Windstoß kühlte den Schweiß auf ihrer Stirn.

Sie wollte diese Truhe nicht. Sie brauchte diese Truhe nicht. Ihre Dachwohnung war klein und bis jetzt frei von Gerümpel. So, wie es ihr gefiel.

„Malone & Co." war eine elegante, vornehme, ausgesprochen moderne Boutique. Wohin sollte sie eine alte, restaurierungsbedürftige Truhe stellen? Abgesehen davon hatte sie das Geld, das sie von einem anonymen Geber bekommen hatte, für die Renovierung ihrer Boutique ausgegeben. Jeden Dollar. Und auf ihrem Privatkonto war gerade einmal so viel Geld, dass sie damit die Kosten für eine kleine Hochzeit decken konnte. Achthundert Dollar für eine Truhe waren in ihrem Budget nicht eingeplant. Wenn sie schon so viel Geld sinnlos ausgab, dann würde sie sich dafür ein Paar Schuhe von Christian Louboutin kaufen.

„Sie spricht Sie irgendwie an, nicht wahr?" Der Mann in dem lila Hemd beugte sich zu Charlotte vor und zog seine buschigen Brauen in die Höhe.

„Leider ja." Tim bekäme einen Anfall, wenn sie dieses Ding mit nach Hause brächte.

Charlotte betrachtete die Truhe. Wer war der Mann oder die Frau, die diese Truhe früher besessen hatte? Was war mit der Braut aus dem Jahr 1912, von der der Auktionator gesprochen hatte? Würde sie nicht wollen, dass diese alte Truhe ein gutes Zuhause bekäme?

„Achthundertfünfzig." Der zweite Mann von links erhöhte das Gebot.

„Eintausend Dollar." Charlotte hielt sich erschrocken die Hand vor den Mund. Aber es war zu spät. Sie hatte soeben tausend Dollar für eine alte Truhe geboten.

Es würde nicht leicht werden, Tim das zu erklären.

„Verkauft." Der Auktionator schlug die Hände zusammen und zog einen Zettel aus seiner Tasche. „Diese Truhe gehört Ihnen."

Charlotte blickte auf den vorgedruckten Zettel hinab. *Freigekauft. 1.000 Dollar.* Sie fuhr herum. „Moment bitte, Sir! Entschuldigen Sie, aber woher wussten Sie ..."

Aber er war verschwunden. Genauso wie die Menschenmenge und das Stimmengewirr. Charlotte stand völlig allein da. Nur die alte Truhe und ein glitzerndes Funkeln in der Luft waren zu sehen.

Kapitel 2

Charlotte lehnte sich an Tim und verfolgte vom Tisch aus die Feierlichkeiten anlässlich des Hochzeitstags seiner Eltern. Ein bläulich-bernsteinfarbenes Licht fiel auf ihre Teller, als die Partylichter durch den Ballsaal tanzten.

„Das Essen war gut, nicht wahr?“, sagte sie. *Komm schon, Tim. Es ist doch nur Geld.*

„Es war großartig.“

Charlotte schaute ihn von der Seite an. Er war ihr perfekter Märchenprinz. Seine gerade Nase überragte seine vollen Lippen und sein gleichmäßiges, eckiges Kinn. Seine langen, sandfarbenen Haare fielen mit weichem Glanz auf seine gemeißelten Wangen.

Aber im Moment war seine gewöhnlich lebhafte, charmante Miene finster.

Warum hatte sie nicht gewartet und es ihm erst auf der Heimfahrt erzählt? Jetzt würde die Familie, oder besser gesagt Katherine, Charlotte die Schuld für Tims Teilnahmslosigkeit bei der Feier geben.

„Willst du tanzen? Schau, Jack winkt uns immer wieder auf die Tanzfläche.“

Jack war Tims jüngerer Bruder. Er kam in der Reihe der fünf Brüder gleich nach ihm. David, Tim, Jack, Chase und Rudy.

„In einer Minute.“ Tim bedeutete Jack zu warten.

Alle Gäste dieser Feier zum vierzigsten Hochzeitstag waren auf der Tanzfläche und tanzten und sangen aus voller Kehle mit.

Alle außer Tim und Charlotte.

„Komm schon, Tim. So eine große Sache ist das auch wieder nicht. Lass uns tanzen.“ Charlotte erhob sich und strich mit den Händen über ihren Rock. Sie war fest entschlossen, sich an diesem Abend zu amüsieren, ihre fehlgeschlagene Mission auf dem Red Mountain zu vergessen und die extrovertierte Frau herauszulassen, die bestimmt irgendwo in ihr steckte. Mit *diesem Mädchen* hatte sie am Nachmittag ein ernstes Zwiegespräch geführt, während sie sich im Schönheitssalon Haare und Fingernägel machen ließ.

Sie trug ein neues Partykleid mit figurbetontem Oberteil und kurzem, ausgestelltem Rock und dazu ein passendes Paar Mary Janes von „Jimmy Choo", die sie im Ausverkauf erstanden hatte.

Der Abend lief so gut. Tim konnte sich nicht an ihr sattsehen, und zum ersten Mal hatte Charlotte tatsächlich das Gefühl, Teil des Rose-Clans zu sein.

Doch vor einer Viertelstunde hatte sich Charlotte an ihren Verlobten gelehnt und gesagt: „Ach, Tim, ich habe ganz vergessen, dir was zu erzählen. Ich bin heute zufällig bei einer Auktion auf dem Red Mountain gelandet und habe eine Truhe gekauft. Für tausend Dollar." So, jetzt war es heraus. Es war doch gar nicht so schlimm.

Dann sah sie, wie das Leuchten aus seinen Augen verschwand. „Tausend Dollar?" Tim führte Buch über die Hochzeitsausgaben und rechnete jeden Cent bis zum großen Tag am 23. Juni ab.

Danach flüsterten sie während des Essens aufgeregt miteinander, warum und wie sie so viel Geld hatte ausgeben können, ohne mit ihm zu sprechen. Die leise Diskussion ging zu Ende, als die Nachspeise eintraf.

„Ich hoffe, du hast dieses Kleid für fünftausend Dollar, das du dir eigentlich zulegen wolltest, noch nicht gekauft, denn das können wir uns jetzt nicht mehr leisten."

„Nein, ich habe es nicht gekauft", sagte Charlotte ein wenig schnippisch. „Ich habe mein Hochzeitskleid noch nicht gekauft."

Dieses Geständnis hing nun zwischen ihnen und vertrieb auch das letzte fröhliche Leuchten aus Tims Augen. „Du hast noch kein Kleid? Wir heiraten in zwei Monaten, Charlotte! Du besitzt eine Brautmodenboutique!"

„Ich weiß, ich weiß." Wann würde sie endlich lernen, den Mund zu halten? Oder wenigstens den richtigen Zeitpunkt abzuwarten?

Sie aßen fast schweigend ihren Kuchen.

„Bist du sicher, dass du nicht tanzen willst?" Charlotte zupfte an seinem Ellbogen.

Tim schob seinen Stuhl zurück und stand auf. „Ich brauche ein wenig frische Luft."

„O-okay." Charlotte schaute ihn mit Tränen in den Augen an. „Tim?"

Er drehte sich um und schaute zu ihr herab.

„Das mit dem Geld tut mir leid."

„Ich weiß, Charlotte." Er strich mit den Fingern über ihren Nacken und vertrieb damit ihre Angst ein wenig. „Es macht nichts. Ehrlich. Ich bin in einer Minute wieder da."

In den vier Monaten, die sie Tim nun schon kannte, hatte sie gelernt, dass er Zeit brauchte, um Dinge zu verarbeiten. Er traf nur selten spontane Entscheidungen. Das war ein weiterer Grund, sich diese überstürzte Hochzeit noch einmal zu überlegen.

Er war nie impulsiv. Warum also hatte er ihr so schnell einen Heiratsantrag gemacht? Hatte er einfach einen Moment der Schwäche gehabt? Sie war nicht sicher, ob er sie überhaupt heiraten *wollte*. Was hatte ihn veranlasst, zwei Monate, nachdem sie sich kennengelernt hatten, vor ihr niederzuknien und ihr einen Ring an den Finger zu stecken?

Und wollte sie ihn überhaupt heiraten? Vielleicht sollte Charlotte am nächsten Morgen noch einmal auf den Red Mountain fahren.

Aber sein Heiratsantrag war so perfekt und romantisch gewesen. Charlotte hatte Ja gesagt, ohne nachzudenken. Sie traf ihre Entscheidungen mit dem Herzen. Wenigstens hatte Gerti das immer gesagt.

Die Band spielte ein langsames Lied und die Lichter auf der Tanzfläche wurden gedimmt. Die Paare traten näher zusammen und bewegten sich im Rhythmus zu „I Only Have Eyes for You".

Charlotte nahm ihre Handtasche und steuerte auf die Damentoilette zu. Wenn sie noch länger allein hier säße, würde sich jemand nach Tim erkundigen.

Die junge Frau schob die Tür auf und war dankbar, als sie sah, dass außer ihr niemand hier war. Sie lehnte sich an den Tisch vor dem Spiegel, betrachtete ihr Spiegelbild und wand sich innerlich unter dem unfreundlichen, grellen Licht.

Die Haarsträhnen, die sich aus ihrer Hochsteckfrisur gelöst hatten, lockten sich in ihrem Nacken. Sie drückte sanft mit dem Finger auf die Haut unterhalb ihres Auges und tupfte vorsichtig einen Mascarafleck weg. Als sie ihre Tasche öffnete, um ihren Lippenstift herauszunehmen, wurde sie plötzlich angesprochen.

„Du siehst heute Abend gut aus, Charlotte."

Charlotte warf einen Blick in den Spiegel. Katherine, die Frau von Tims älterem Bruder David, stand hinter ihr. „Du auch. Dein Kleid steht dir sehr gut."

Katherine trat an den Toilettentisch. Sie beugte sich zum Spiegel vor und überprüfte ihre Haare und ihr Make-up. Sie war die erste und einzige Schwiegertochter in Marshall und Blanche Roses Familie. Eine Auszeichnung, die sie ernst nahm und eifersüchtig verteidigte.

„Gefällt dir der Abend?" Katherines Lächeln war steif und gezwungen, als sie einen Lippenstift aus ihrer Tasche angelte. „Hast du dich mit Tim gestritten? Ihr habt während des ganzen Essens angeregt miteinander geflüstert. Es war nur gut, dass Blanche euch nicht sehen konnte." Sie verteilte die rote Farbe auf ihren Lippen. „Tim ist normalerweise der Erste auf der Tanzfläche, aber heute hat er noch kein einziges Mal getanzt."

„Mir gefällt der Abend sehr gut, Katherine, danke." Charlotte wich der Frau aus, die doch nur nach Informationen gierte. Ihr Gespräch mit Tim ging seine Schwägerin nichts an. „Der vierzigste Hochzeitstag ist etwas ganz Besonderes."

„Weißt du, Charlotte …" Katherine zog ein Papiertaschentuch aus einer Box. „Wenn du zur Familie gehören willst, solltest du allmählich versuchen, dich auch wie eine von uns zu benehmen. Du zerrst Tim immer wieder in irgendwelche Ecken und nimmst ihn in Beschlag, als wolltest du ihm verbieten, sich mit seiner Familie zu unterhalten. Wenn das so weitergeht, wirst du damit nicht gerade auf viel Verständnis stoßen." Sie tupfte mit dem weißen Taschentuch die Winkel ihrer roten Lippen ab.

„Diese Farbe passt gut zu deinem Teint", sagte Charlotte, die nicht bereit war, mit Katherine über den Rose-Clan zu diskutieren.

Das wäre sinnlos. Lieber blieb sie bei einem Thema, mit dem sie sich auskannte. Heimvorteil sozusagen. „Meine Assistentin Dixie macht bei unseren Bräuten das Make-up und bei Frauen mit hellem Teint verwendet sie gern ein helles Rosa."

Katherine warf ihren Lippenstift wieder in ihre Handtasche zurück. „Diese Farbe wurde mir von der Mitarbeiterin bei ‚Saks' empfohlen. Aber lenk nicht vom Thema ab, Charlotte."

„Unterhalten wir uns denn über ein bestimmtes Thema?" Das Ganze kam ihr eher wie eine Inquisition vor. Charlotte klappte ihre Handtasche zu und nahm ebenfalls ein Taschentuch. Sie musste sich ablenken. Wenn sie gleich zur Tür stürmte, würde sie Katherine damit nur noch mehr reizen.

„Ich will dir etwas erzählen, Charlotte. Als ich mit meiner Familie in das Nachbarhaus der Roses gezogen bin, war ich drei Jahre, und wir haben dort gewohnt, bis ich in die Highschool kam." Katherine knüllte das Taschentuch zusammen und warf es in den Abfalleimer. „In meinem ersten Schuljahr bin ich immer mit David zur Schule gegangen. Er ging damals in die zweite Klasse. Im Sommer, bevor ich in die siebte Klasse kam, zogen wir in eine Villa in einer exklusiven Wohngegend auf der anderen Seite der Stadt. Wir hatten einen eigenen Pool und einen Tennisplatz." Katherine verschränkte die Arme vor der Brust und lehnte sich an den Toilettentisch. „Aber meine Eltern arbeiteten achtzig Stunden in der Woche, um uns dieses luxuriöse Leben zu ermöglichen, und das zerstörte unsere Familie. Einen Tag, nachdem ich meinen Führerschein gemacht hatte, ließen sich meine Eltern scheiden." Sie blickte auf ihre Hände hinab. „Ich fühlte mich ziemlich verloren und fuhr deshalb zu unserem früheren Haus. Hier waren wir das letzte Mal glücklich gewesen. Dave und Tim rechten gerade die Herbstblätter zu großen Haufen zusammen, damit Jack, Chase und Rudy hineinspringen konnten. Es war, als wäre die Zeit stehen geblieben, abgesehen davon, dass David sich zu einem groß gewachsenen, muskulösen, attraktiven Mann entwickelt hatte. Er sah mich und winkte. Ich fuhr auf das Grundstück und bin nie wieder weggegangen."

Charlotte schaute sie einen Moment im Spiegel an und ihre

Blicke begegneten sich. „Ich kann nicht gut zwischen den Zeilen lesen, Katherine." Ihre Stimme blieb ruhig und gelassen. „Was willst du mir damit sagen?" Charlotte trat ans Waschbecken, um sich die Hände zu waschen und Katherines Blick auszuweichen, der sie wie ein Laserstrahl durchbohrte.

„Dann sage ich geradeheraus, was ich meine."

„Ja, bitte." Charlotte drehte das Wasser ab und nahm ein Papierhandtuch. Sie atmete angestrengt ein und hielt die Luft an.

„Ich glaube nicht, dass ihr beide zusammengehört, Charlotte. Du passt nicht in die Familie. Was wird passieren, wenn ihr verheiratet seid? Es würde Vater und Mutter das Herz brechen, wenn Tim sich von uns entfernen würde."

„Warum ... warum sollte er sich denn von der Familie entfernen? Katherine, du erfindest Dinge, die nicht der Realität entsprechen. Wann hat Tim denn mal ein Familientreffen oder Sonntagsessen oder eine Geburtstagsfeier verpasst, seit wir zusammen sind? Kein einziges Mal."

„Charlotte, Tim hat dir mit dem Ring seiner Großmutter einen Heiratsantrag gemacht, als er dich gerade mal zwei Monate kannte." Katherine hielt Charlotte zwei Finger vor die Nase. „Genauso lange brauchte er bei seiner letzten Freundin, bis er sie das erste Mal einlud, mit ihm auszugehen. Er unterhielt sich nach dem Gottesdienst mit ihr, lernte sie ein wenig kennen, sprach mit Leuten, die sie kannten, um zu erfahren, welche Art Mensch sie war. Sie trafen sich ein halbes Jahr lang, und wir dachten, sie könnte die Richtige sein, weil Tim keine Zeit damit vergeudet, sich mit einer Frau zu treffen, wenn er nicht auch der Meinung ist, dass etwas dabei herauskommen könnte. Und dann trifft er aus heiterem Himmel dich bei einer Weihnachtsfeier und wir sehen ihn fast zwei Wochen nicht mehr. Wir dachten, er hätte den Verstand verloren. Mutter befürchtete schon, er würde an Weihnachten nicht zu uns kommen."

„Glaub mir, unsere Beziehung hat uns beide auch überrascht", entgegnete Charlotte und lehnte sich mit der Schulter an die Wand neben der Tür. „Aber er ist der Richtige für mich. Und ich bin die Richtige für ihn." Oder etwa nicht?

Charlotte war noch nie jemandem wie Tim begegnet. Die Gefühle, die er in ihr weckte, hatte sie noch nie zuvor erlebt. Sie war noch nie so verliebt gewesen. Und trotz der Angst davor, ohne Netz und doppelten Boden in die Tiefe zu springen, und trotz ihrer Flucht auf den Berg an diesem Morgen sehnte sich Charlotte danach, dass Tim der Mann war, mit dem sie irgendwann ihren vierzigsten Hochzeitstag feiern würde. Dass er die Liebe ihres Lebens war.

Katherine schaute sie mit zusammengekniffenen Augen an. „David hat mir gesagt, dass Tim und er ihre Smokings noch nicht ausgesucht haben."

„Dafür ist noch genug Zeit." Charlotte versuchte, Katherines Gedanken zu lesen. Worauf wollte sie mit diesem Verhör hinaus?

„Ich habe noch keine Einladung erhalten."

„Die Einladungen liegen in meiner Wohnung. Katherine, das ist unsere Sache und nicht deine. Es geht schließlich nicht um deine Hochzeit, sondern um unsere." Wenn sie doch nur so viel Überzeugung empfunden hätte, wie in ihrer Stimme mitschwang! „Und wir machen das so, wie wir es wollen. Ich kann dich beruhigen: Wir haben nicht die Absicht, den Kontakt zu seinen Eltern oder zu seinen Brüdern abzubrechen." Charlotte machte Anstalten, zur Tür zu gehen.

„Oh doch, das ist sehr wohl *meine* Sache! Tim steht mir näher als mein eigener Bruder. Ich werde nicht mit ansehen, wie er verletzt wird oder wie diese Familie auseinandergerissen wird. Ich ziehe drei Kinder auf, und ich will, dass sie so aufwachsen wie ihr Vater und nicht in einer kaputten Familie wie ich."

Charlotte legte die Hand auf den Türgriff. In diesem Augenblick stürmte Lauren, Rudys Begleitung an diesem Abend, in die Damentoilette. „Charlotte, da bist du ja! Tim sucht dich überall. Hey, Katherine."

„Lauren."

Charlotte verließ den Raum, ohne sich noch einmal umzudrehen. Tim wartete auf dem Gang auf sie. Er lehnte an der Wand und hatte die Hände in den Hosentaschen vergraben.

„Hey", sagte er.

„Hey." Charlotte lehnte sich an ihn und genoss seine Nähe, die nach der Konfrontation mit Katherine guttat. „Es tut mir wirklich leid, dass ich so viel Geld für die Truhe ausgegeben habe, Tim."

„Vergiss es. Ich musste mich nur ein wenig beruhigen." Er hob mit einem Finger sanft ihr Kinn. „Bitte entschuldige, dass ich das mit deinem Kleid gesagt habe. Du kannst dir natürlich kaufen, was du willst. Wir finden schon eine Lösung."

Charlotte küsste ihn und Tim legte die Hände auf ihren Rücken und zog sie an sich.

„Willst du tanzen?", fragte er sie.

„Ich dachte schon, du würdest mich nie auffordern."

Auf der Tanzfläche zog Tim Charlotte eng an sich heran und schaute ihr in die Augen, während die Sängerin ihr Lied sang.

„Was war da drinnen los?"

„Nichts." Charlotte wiegte sich mit ihm im Takt der Musik. „Was auf der Damentoilette gesprochen wird, geht keinen Mann was an."

„Aber du bist aufgewühlt. Und das geht mich sehr wohl etwas an." Tim wandte den Kopf, um herauszufinden, wer wohl noch aus der Damentoilette herauskommen würde. „Es war Katherine."

„Du hättest mich warnen sollen, dass sie ein echter Pitbull ist."

„Ich hatte keine Ahnung, dass sie auf dich losgehen würde." Tim nahm Charlottes Kopf zärtlich in die Hände. „Aber Hunde, die bellen, beißen nicht."

„Wurdest du schon mal von ihr gebissen?" Charlotte verzog das Gesicht. Sie hatte ihr Lächeln fast wiedergefunden und die Anspannung, die sie nach ihrem Gespräch mit Katherine empfunden hatte, ließ ein wenig nach. „Sie scheint zu glauben, sie hätte einen Anspruch auf dich. Auf die ganze Familie. Wenn wir noch in biblischen Zeiten leben würden und David etwas zustieße –"

Tims Kuss verschloss Charlotte den Mund und ließ sie diesen Gedanken vergessen. Sie bewegten sich schweigend im Rhythmus der melancholischen Melodie.

„Ich halte die schönste Frau im ganzen Saal in den Armen",

flüsterte Tim ihr ins Ohr. „Wenn es dir also recht ist, möchte ich jetzt nicht über die Frau meines Bruders sprechen."

Als er sie ein weiteres Mal küsste, schlang Charlotte die Arme um seinen Hals und ließ ihre quälenden Gedanken los.

Kurz nach elf Uhr fuhr Tim Charlotte nach Hause und begleitete sie hinauf in ihre Wohnung im dritten Stock. Er nahm ihre Hand, löste seine Krawatte und öffnete den obersten Knopf an seinem Hemd.

„Wir haben darüber nachgedacht, morgen mal mit den Motorrädern auf die Sandbahn zu fahren." Tim lehnte sich an die Wand, während Charlotte die schwere Stahltür zum Dachgeschoss aufschloss. Tim war in seiner Freizeit ein leidenschaftlicher Motocross-Fahrer. „Seit ihrem Umzug nach Texas sind Paul und Artie noch nicht wieder gefahren." An diesem Abend hatte Charlotte gelernt, dass Paul und Artie seine Cousins mütterlicherseits waren. „Komm doch mit. Ich konnte sogar Dave und Jack überreden mitzukommen."

„Ich habe einen Termin mit Tawny." Charlotte schaltete das Flurlicht ein und lehnte sich an den Türrahmen.

„Du hast am Sonntag einen Geschäftstermin?" Tim legte die Hand auf ihren Rücken und zog sie an sich heran.

„Du fährst zu einem Motorradrennen? *Am Sonntag?*" Sie zog die Braue hoch und ahmte grinsend seine Empörung nach.

„Das ist kein Wettrennen. Wir drehen nur gemütlich ein paar Runden."

„Es ist ein Wettrennen, sobald ihr den Motor anlasst." Sie hob die Hand und strich ihm durch die Haare. „Willst du mit reinkommen?"

„Du glaubst also, dass du mich so gut kennst?" Er gab ihr einen schnellen Kuss, als er an ihr vorbei in die Wohnung trat.

Kannte sie ihn wirklich so gut? Sein Ehrgeiz und seine Leidenschaft für alles Extreme waren nicht zu übersehen. Tim machte keinen Hehl aus diesen Eigenschaften. Aber sie hatte nicht viel Zeit, dieser Frage nachzuhängen. Tim zog sie von der Tür weg, schob diese hinter ihr ins Schloss und wollte sie an sich heranziehen.

Die junge Frau stolperte, stieß mit den Absätzen gegen etwas Hartes und fiel nach hinten.

Tim packte rasch ihre Hand und hielt sie fest, bevor sie zu Boden glitt. „Charlotte, ist alles in Ordnung?"

„Ja, nichts passiert. Was ist das für eine Schachtel?" Charlotte bückte sich, um die Schachtel zu öffnen und hineinzuschauen. „Ach so, unsere Hochzeitseinladungen."

„Was machen sie hier im Flur?" Tim stellte die Schachtel auf den Designer-Wohnzimmertisch. Charlotte hatte ein Jahr sparen müssen, um sich dieses Möbelstück leisten zu können. Es war ihr erster richtiger Möbelkauf gewesen.

„Dixie hat sie mir aus der Boutique mit nach Hause gebracht."

Tim kniff die Augen zusammen. „Müssen wir uns noch mal wegen der Hochzeitsplanungen treffen?"

Charlotte atmete tief aus. „Ja. In dieser Woche, Tim. Es ist schon Mitte April." Sie ging an ihm vorbei zum Esstisch, auf dem sie ihr iPad liegen gelassen hatte.

„Wie wär's mit Montagabend?" Tim tippte auf das Display seines Handys. „Nein, am Montag muss ich zur Stadtratssitzung." Er schaute Charlotte an. „Es sieht so aus, als bekämen Dave und ich den Sanierungsauftrag in der Innenstadt."

„Wirklich? Das ist ja großartig, Tim. Am Dienstag habe ich einen Termin mit der Tochter des Bürgermeisters."

„Mit der Tochter des Bürgermeisters?" Er zog eine Braue hoch. „Ich bin beeindruckt."

„Sie hat in der Zeitung von Tawny gelesen und sich gedacht, wenn wir Miss Alabama glücklich machen können, dann könnten wir das bei ihr vielleicht auch schaffen."

„Na, ich will die Tochter des Bürgermeisters auf keinen Fall um ihren Termin mit Charlotte Malone bringen. Wie wäre es mit Mittwoch? Am Mittwochabend habe ich noch nichts. Zuerst Abendessen und dann die Hochzeitsplanungen?"

„Perfekt."

Tim gab den Termin in sein Handy ein, dann zog er Charlotte an sich, um ihr einen langen, genüsslichen Kuss zu geben. „Ich sollte jetzt am besten gehen, obwohl ich überhaupt nicht gehen will."

„Bis morgen." Charlotte atmete mit geschlossenen Augen aus und atmete seinen Geruch ein. Dann sah sie ihm nach und wappnete sich gegen das Geräusch, das unweigerlich folgte, wenn die Tür hinter ihm ins Schloss fiel. Dieses Geräusch weckte in ihr immer die Angst, allein zu sein. Ganz allein.

Seit dem Tod ihrer Mutter fühlte sich Charlotte nicht wohl, wenn sie allein war. Gerti hatte früher immer eine alte Schallplatte gespielt, auf der es in einem Lied hieß, dass eins die einsamste Zahl sei. Charlotte hasste dieses Lied und war immer verschwunden, wenn Gerti diese Schallplatte aufgelegt hatte.

Charlotte Malone war wie eine Insel – eine Insel ohne Familie und Verwandte.

Sie schlüpfte aus ihren Schuhen und ging in die Küche, um sich ein Glas Wasser einzuschenken. Während sie den Deckel der Flasche abschraubte, blieb sie am Fenster stehen, betrachtete den orangefarbenen Lichtschein über Birmingham und versuchte, ihre Gedanken und ihre Gefühle zu sortieren.

Sie zuckte zusammen, als jemand an die Tür klopfte. „Tim? Hast du was vergessen?"

„Ich habe eine Lieferung von der Ludlow-Auktion für Charlotte Malone. Eine Truhe."

Charlotte drückte ihre Nase an die Tür und schaute den Mann auf der anderen Seite des Gucklochs argwöhnisch an. „Es ist schon ziemlich spät", sagte sie. Als sie dafür bezahlt hatte, dass ihr die Truhe geliefert wurde, hatte sie damit gerechnet, dass diese irgendwann nächste Woche käme und nicht kurz vor Mitternacht.

„Das können Sie laut sagen! Sie brauchen nur zu unterschreiben, dann bin ich auch schon fort."

Charlotte sperrte die Tür auf und ein dürrer Mann in schmutziger Jeans und T-Shirt mit Comicmotiv hievte die Truhe in ihre Wohnung. „Sie wiegt fast nichts. Ich hoffe, Sie haben nicht allzu viel dafür bezahlt." Er hielt ihr ein Klemmbrett hin. „Unterschreiben Sie bitte hier."

Als er fort war, schob Charlotte die Truhe in die Mitte der Wohnung und kniete vor dem zugeschweißten Schloss nieder. „So, mein Freund, hast du eine Ahnung, welche Probleme ich heute deinetwegen hatte?"

Kapitel 3

Emily

August 1912

Sie war spät dran. Wieder einmal. Emily bog um die Ecke und nahm die Abkürzung durch Mrs Schells Garten. Sie ging schnell, zügelte aber ihren Wunsch zu laufen. Die junge Frau rückte ihre Frisur zurecht und steckte die locker gewordenen Nadeln wieder fest. Wenn nur die heiße Augustluft nicht so schwül wäre und sie mehr Luft bekäme! Der Schweiß lief an ihrem Hals hinab unter ihren hohen Kragen und über ihren Rücken.

Mutter war zweifellos gereizt. Vater belustigt. Aber die Versammlung der Suffragetten hatte lange gedauert. So viele Meinungen und Stimmen. Sie hatte Kopfschmerzen bekommen.

Emily eilte den Gehweg hinauf und um das Haus herum zum Dienstboteneingang in die Küche. Ihr Rock schlug gegen ihre Knöchel und ihre Absätze klapperten rhythmisch auf dem Pflaster.

Wenn Mutter sie tadelte, weil sie zu spät kam, konnte Emily die Schuld immer noch auf Phillip schieben. Er hatte sie abgefangen, als sie die Versammlung verlassen wollte. Als sie an seine Küsse hinten in seiner Kutsche denken musste, wurde es Emily noch heißer.

Wenn er nur schon vor der Versammlung da gewesen wäre! Dann hätten sie mehr Zeit gehabt und sie wäre Mrs Dailys jämmerlicher Rede entkommen.

Emily lachte in sich hinein, doch in dem Moment, als sie an der großen Tanne vorbeieilte, schoss eine Hand hinter dem Baum hervor, packte sie am Arm und zog sie zu einem Männerkörper.

Mit einem Schrei fuhr Emily herum und holte mit der Faust zum Schlag aus. Earl Donaldson, ihr Nachbar und Freund aus

Kindertagen, wusste, wie gut sie zuschlagen konnte. Er hatte ihr zu oft hinter einem Baum aufgelauert und sie erschreckt. Aber irgendwann hatte sie sich gerächt.

„Emily, beruhige dich. Ich bin es!"

Sie ließ ihre Fäuste sinken und schaute in die Augen von Daniel Ludlow. Ihre Knie wurden ganz weich. „Daniel, was machst du hier?" Sie warf sich in seine Arme und fühlte das heftige Pochen in seiner Brust. Es war so lange her. Monate waren vergangen, seit sie das letzte Mal von ihm gehört hatte.

„Auf dich warten. Was sollte ich sonst hier machen, dummes Mädchen! Wo warst du denn?"

„Wo ich war? Hier, genau hier, wo du mich gefunden hast. Und wo warst *du?*"

„Du weißt genau, wo ich war. Nimm mich nicht auf den Arm." Er grinste und schob seine Kappe in den Nacken. Ihr Entschluss, auf ihn wütend zu sein, geriet ins Wanken. „Ich habe dich gesucht, wenn wir hier in der Stadt gespielt haben. Warum bist du nie zu unseren Spielen gekommen?"

„Ich hatte dringlichere Verpflichtungen." Emily wandte sich von ihm ab, aber nur einen halben Schritt. Erwartete er etwa, dass sie alles stehen und liegen ließ und zum Rickwood Field hinablief, um ihm zuzuschauen, wie er mit einem Schläger nach einer Kugel drosch?

„Was kann es denn Wichtigeres geben als Baseball?" Er schwang sie in seine Arme und wirbelte sie im Kreis herum. „Ich habe dich vermisst." Er drückte seine Wange an die ihre und Emily legte die Arme um seinen Nacken.

„Sehr vieles ist wichtiger als Baseball: Kunst, Theater, Bildung, das Frauenwahlrecht, von Mutter zu lernen, wie man einen Haushalt führt." Emily schob ihn von sich, als er sie wieder auf den Boden stellte. „Wenn du mich vermisst hast, warum hast du mir nicht geschrieben? Und dann gibt es da noch so etwas wie ein Telefon. Du hast von dieser Erfindung sicher auch schon gehört, oder?"

„Komm schon, Emily. Ich bin ein armer Baseballspieler. Ich kann mir Telefonate nicht leisten." Daniel spielte mit einer losen

Haarsträhne, die sich in ihrem Nacken kräuselte. Sie hielt die Luft an und erschauerte, als seine Finger ihre Haut berührten. „Und ich habe dir geschrieben. Jede Woche. Die Frage ist vielmehr, junge Dame, warum du mir nicht zurückgeschrieben hast."

Emily trat einen Schritt zurück. Er verwirrte sie und wickelte sie mit seinem Charme um den Finger. „Bist du hier hoch gekommen, um mich zu verhören? Warum war ich nicht bei deinen Baseballspielen? Warum habe ich dir nicht geschrieben? Du warst schließlich derjenige, der in diesen Bus gestiegen und mit vierzehn stinkenden Männern losgefahren ist, um ein dummes Spiel zu spielen. Erwachsene Männer, die den ganzen Tag im Kreis herumlaufen und einer kleinen weißen Kugel nachjagen."

„Emily, das ist Baseball. Der Lieblingssport dieser Nation." Daniel gestikulierte mit den Händen, und seine Miene verriet, wie viel ihm daran lag. „Es ist das großartigste Spiel der Welt. Und es wird noch besser, Emily." Er nahm seine Kappe ab, fuhr mit den Fingern durch seine dichten Haare und setzte die Kappe dann wieder auf. Vorne auf der Kappe stand ein großes B. Der Name seiner Mannschaft, der *Barons*. „Wir bekommen neue Regeln und mehr Ligen. Ein guter Werfer oder Fänger kann inzwischen ein anständiges Gehalt verdienen. Es gibt jetzt sogar richtige Stars: Cy Young, Nap Lajoie, Ty Cobb. Angeblich verdient er da oben bei den ‚Tigers' richtig viel Geld. Fünftausend Dollar!"

Fünf- oder sechstausend Dollar im Jahr? So viel oder noch mehr verdiente ihr Vater in einem Monat. Phillip Saltonstall und sein Vater sogar noch viel mehr. Sie fuhren in richtigen Automobilen und nicht in klapprigen Bussen und wohnten in vornehmen Häusern und nicht in billigen Motels.

„Mir sind Cy Young oder Ty Cobb egal. Mich interessiert nur Daniel Ludlow. Besser gesagt, er hat mich interessiert. Bist du hierhergekommen, um mir mitzuteilen, dass du einen Profivertrag über mehrere tausend Dollar im Jahr unterschreiben willst?"

Emily trat einen Schritt zurück, verschränkte die Arme vor der Brust und wartete. Sie kam jetzt eindeutig zu spät zum Abendessen, aber vor ihr stand Daniel. Daniel.

„Nein." Der junge Mann wandte sich ab und schob die Hände in seine Hosentaschen. Die Kette seiner goldenen Uhr glitzerte in der Sonne. „Ich verdiene mit Baseballspielen nicht mehrere tausend Dollar. Deshalb habe ich damit aufgehört. Ich liebe Baseball, und es wäre herrlich, wenn ich mir eines Tages eine eigene Mannschaft kaufen könnte, aber jetzt …" Ein sanftes Funkeln in seinen strahlend blauen Augen vertrieb Emilys Zorn endgültig. „… habe ich erst einmal eine Stelle am Pollock-Stephens-Institut angenommen."

„An meiner Alma Mater? Und was machst du dort? Unterrichten?" Daniel kam nach Hause. „Wann ist das passiert? Ich kann nicht glauben, dass du das Spiel aufgibst, das du so sehr liebst. Ich muss sagen, dass dich das fast um meinen Respekt bringt. Was veranlasst dich, so etwas zu tun?"

„Weißt du das nicht, Emily? Du."

„Ich?" Sie wusste nicht, was sie auf diese Offenbarung entgegnen sollte. Als er sie in seine Arme zog, ließ sie ihren Gefühlen freien Lauf. „Aber ich habe fünf Monate lang nichts von dir gehört. Es kam kein einziger Brief. Nicht einmal eine Postkarte." Er roch nach Seife und warmer, frisch gewaschener Baumwolle.

„Ich habe dir jeden Tag geschrieben, das schwöre ich dir. Und ich habe jeden Brief persönlich abgeschickt." Er streichelte ihre Schulter und küsste ihre Schläfe. In Emilys Bauch begannen die Schmetterlinge zu flattern. „Was spielt das für eine Rolle? Ich bin jetzt zu Hause."

„Ich habe dich so sehr vermisst. Ich habe niemanden, der mit mir Krocket spielt." Emily schmiegte sich an ihn. „Oder die neuen Tänze mit mir ausprobiert. Vater und Phillip …" Sie presste die Lippen zusammen. Phillip. Daniel wusste nichts von ihm.

„Phillip?" Daniel berührte ihr Kinn und hob ihr Gesicht, um ihr in die Augen schauen zu können, aber Emily wandte sich ab.

„Also, verrate mir, warum du entschieden hast, Baseball aufzugeben." Sie verschränkte die Arme erneut und verschloss ihr Herz. Sie gehörte jetzt einem anderen Mann.

„Es war so …", begann Daniel langsam und ernst, ohne den Blick von ihrem Gesicht abzuwenden, „... wir haben gegen die ‚Memphis Turtles' verloren, und die Jungs waren deshalb ziemlich sauer. Sie rauchten und fluchten, sie tranken viel, und der Bus roch wie ein Abwasserkanal nach einem heißen, trockenen Sommer. Und ich fragte mich: Warum ziehe ich diese ungehobelten Kerle meinem geliebten Mädchen vor?" Er schwieg einen Moment. „Emily, wer ist Phillip?"

„Aber du liebst Baseball, Daniel! Was ist mit deiner Chance auf den Pokal, mit deiner Freude darüber, jeden Ball zu fangen, der angeflogen kommt, das gigantische Gefühl, wenn der Ball vom Schläger getroffen wird ... Du hast mir doch gesagt, dass du das an diesem Spiel so liebst." Emily machte eine Bewegung, als schlage sie mit einem Schläger nach einem Ball. Sie lächelte ihn an und versuchte, Daniel seinen eigenen Traum wieder schmackhaft zu machen, um ihn davon abzulenken, sie noch weiter nach Phillip zu fragen. Sie hatte nicht geplant, ihn heute zu sehen. Oder morgen. Oder überhaupt irgendwann, wenn sie ehrlich war. *O Daniel.*

„Ich hatte nicht gedacht, dass du mir so genau zugehört hast, als wir damals auf dem Campus spazieren gegangen sind."

„Jedes Wort habe ich gehört. Ich habe unsere Abendspaziergänge so geliebt."

„Wenn ich Geld gehabt hätte, hätte ich dich ins Kino oder zu einem vornehmen Essen eingeladen." Er zog seine leeren Hosentaschen heraus. „Was kann ein armer Student mit einem schönen Mädchen wie dir schon machen? Baseball war alles, was ich hatte, um bei dir anzugeben."

„Du brauchst bei mir nicht anzugeben. Mit dir spazieren zu gehen war sehr schön, Daniel Ludlow. Ich denke immer noch daran."

„Ich auch und deshalb habe ich das Baseballspielen aufgegeben, Emily. Wenn ich an dich dachte, dann erschien mir das Spiel irgendwie sinnlos. Und ich habe *ständig* an dich gedacht." Sein Atem ging schneller und seine Stimme klang gepresst. Er schaute ihr in die Augen. „Ich liebe nicht Baseball. Ich liebe *dich*."

„Du liebst mich? Wie kannst du mich lieben? Ich habe seit April nichts mehr von dir gehört oder gesehen!"

„Ich habe dir jeden Samstag fünf oder sechs Briefe geschickt, in denen ich dich bat, auf mich zu warten." Er schaute sie unter seiner Schirmmütze hervor an. „Du hast sie wirklich nicht bekommen?"

„Würde ich sagen, dass ich sie nicht bekommen habe, wenn es in Wirklichkeit anders wäre?" Emily ging um ihn herum zu der Schaukel, die an einer Ulme hing. Ihr Magen knurrte und erinnerte sie daran, dass Mutter bald das Abendessen servieren würde, aber sie konnte Daniel noch nicht hier zurücklassen. Sie stieß sich ab und setzte die Schaukel in Bewegung. Daniel lehnte sich an den Stamm des Baumes.

„Und würde ich sagen, dass ich dir geschrieben habe, wenn das nicht der Fall wäre, Emily?" Daniel nahm seine Kappe ab und seine zerzausten, dichten, braunen Haare lockten sich über seiner Stirn und an seinen Schläfen. Früher hatte Emily immer an seinen Locken gezogen, nachdem er seine Haare mit großer Mühe ordentlich frisiert hatte, um ihn zu necken. „Ich würde dir gern später meine Aufwartung machen, wenn dir das recht ist."

Emily stieß sich erneut mit den Füßen ab und schwang die Schaukel höher hinauf. Der Augustabend strahlte in den herrlichsten Farben … rosa, lila, orange und blau. Und sie hatte keine Ahnung, wie sie Daniel beibringen sollte, was passiert war.

Daniel schaute ihr lächelnd zu, fragte sie aber jedes Mal, wenn sich ihre Blicke begegneten, stumm: *Darf ich dir meine Aufwartung machen?* Schließlich hielt er die Schaukel fest und schaute sie eindringlich an.

„Was verheimlichst du mir?"

„Ich habe deine Briefe nicht bekommen, Daniel." Panik regte sich in Emilys Brust und wirbelte ihre Gedanken durcheinander. Sie glitt von der Schaukel und versuchte, sich an Daniel vorbei in den Garten zu schleichen, aber seine Arme versperrten ihr den Weg.

„Aber jetzt bin ich zu Hause. Gleichgültig, ob du meine Briefe bekommen hast oder nicht: Ich empfinde immer noch das Gleiche für dich. Ich habe eine Anstellung und eine große Wohnung im ‚Ridley House' … Emily, ich will mit deinem Vater sprechen."

„Mit meinem Vater?" Emily befreite sich aus seinem Griff. „Im

‚Ridley'?" Hatte er die Absicht, um ihre Hand anzuhalten und mit ihr im *Ridley* zu wohnen?

„Die Wohnung im ‚Ridley' ist schön. Keine Villa wie das Haus deines Vaters …" Er deutete auf das große Steinhaus, auf dessen dunklem Dach die letzten Strahlen der untergehenden Sonne zu sehen waren. „Aber es ist ein guter Anfang für verliebte Paare, die frisch verheiratet sind. Ich habe nicht vor, ewig Lehrer zu bleiben, Emily. Ich habe Pläne und …"

„Phillip. Da ist die Sache mit Phillip, Daniel."

„W-wie meinst du das? Welcher Phillip? Ich dachte, wir seien uns einig, Emily." Eine traurige Verwirrung trat in seine Augen und er schaute sie fragend an.

„Aber du bist weggegangen." Emily wandte sich ab. Wie sollte sie es ihm nur sagen?

„Ich war fünf Monate weg, nicht fünf Jahre." Daniel berührte Emilys Schulter und drehte sie sanft zu sich herum. „So schnell hast du mich aufgegeben?"

„Daniel, wir sind ein paar Mal spazieren gegangen, wir waren tanzen und bei Studententreffen, aber … wir waren einander nicht versprochen." Emily presste die Handflächen aufeinander. Klangen ihre Worte überzeugend? Sie hatte sich die vergangenen fünf Monate eingeredet, dass das, was sie und Daniel miteinander verbunden hatte, nichts Festes gewesen sei und ganz bestimmt nicht Liebe. „Phillip und ich sind uns beim Schwarz-Weiß-Ball wieder nähergekommen. Im Mai."

„Ich verstehe." Daniel wandte den Blick ab, während er sich seine Kappe auf den Kopf drückte.

Tränen brannten in Emilys Augen, als sie sah, dass sich Daniels Wangen rot färbten. Sie hielt sich die Hand vor den Mund, während sie stockend und mit bebenden Lippen ausatmete.

„Daniel, hör mir zu, sei bitte einen Moment ernst. Hast du wirklich geglaubt, wir würden heiraten?" Sie streckte die Hand nach ihm aus, zog sie aber zurück, ohne ihn zu berühren. „Wir waren Studienfreunde und werden das immer sein. Nicht mehr." *Bitte sieh das auch so, Daniel. Bitte gib mir recht.*

„Nein, wir waren viel mehr. Ich habe geglaubt, wir würden heiraten. Deshalb habe ich bei den ‚Barons' aufgehört und bin nach Hause gekommen."

„Aber es gab keine Liebeserklärungen. Keine Versprechen." Nein, sie hatte ihn nicht betrogen.

„Ich konnte dich doch nicht bitten, mich zu heiraten, und dann einfach wegfahren! Aber trotzdem waren wir uns einig, Emily. Oder etwa nicht? Dass wir uns liebten und zusammen sein wollten."

„Phillip und ich … wir sind wie füreinander geschaffen. Unsere Familien sind seit Jahren befreundet. Wir haben dieselben –"

„Dieselben gesellschaftlichen Beziehungen? Dieselben Reichtümer angehäuft?" Daniels zärtliches Flehen verwandelte sich in ein bitteres Fauchen.

„Als wir uns kennenlernten, wusstest du, wer ich bin, woher ich komme und welche Erwartungen möglicherweise an mich gestellt werden."

„Ja, aber ich dachte, ich hätte eine junge Frau kennengelernt, die einen eigenen Willen hat und selbstständig denkt. Eine Frau, die ihr Leben selbst bestimmt und den Mann heiratet, den sie liebt."

Emily nahm ihren ganzen Mut zusammen und trat auf ihn zu. „Das tue ich auch. Zur Ehe gehört aber mehr als College-Erinnerungen. Mehr als unbeschwertes Lachen und jugendliche Verliebtheit." Er musste sich doch der Tatsache bewusst sein, dass ein Mädchen wie sie an ihre gesellschaftliche Stellung, an ihre Privilegien, ihr Vermögen und ihre Bildung denken musste. Und an ihre Familie.

„Ist das alles, was zwischen uns war? War ich für dich nur ein netter Zeitvertreib? Sag mir: Bist du in ihn verliebt?" Daniels Stimme zitterte leicht, während er zu einem hellbraun-schwarz gesprenkelten Mustang zurückwich, der an einem Zaun neben dem Stall angebunden war. Vaters braune Stute streckte ihren Kopf über die Stalltür und schürzte die Lippen, als wollte sie mit Daniels Pferd flirten.

„Daniel, ich …" In einem verborgenen Winkel ihres Herzens regten sich starke Gefühle. „Ja, ich liebe ihn, was immer das bedeutet. Liebe ist etwas Subjektives. Findest du nicht auch?"

„Nein, das finde ich nicht. Es ist ein aktives Verb." Daniel trat einen Schritt auf sie zu und hob die Hand, um über Emilys Gesicht zu streichen. „Liebe ist etwas, zu dem ich mich entschließe. Ich will dich für den Rest meines Lebens lieben. Ich bin bereit, jetzt sofort mit deinem Vater zu sprechen, Emily. Ich bin ein Mann, dem er seine Tochter anvertrauen kann. Ich werde mich würdiger erweisen als Saltonstall."

Sie wich zurück. Kühler Zorn mischte sich mit ihren heißen Tränen. „Das kann ich ihm nicht antun."

„Aber mir kannst du es antun?" An den plötzlich auftretenden roten Flecken auf Daniels hohen Wangen und seinem kantigen Kinn konnte man ablesen, wie verletzt er war. Selbst aus ein paar Schritten Entfernung sah sie, wie sein Brustkorb sich hob und senkte, konnte sie das Pochen seines Herzens spüren.

„Du hast mich verlassen! Mir blieb keine andere Wahl, als dich zu vergessen. Sonst hätte ich vor Liebe zu dir den Verstand verloren." Emily biss die Zähne zusammen und gestand: „Das war das Schwerste, was ich je tun musste."

„Ich bin jetzt wieder hier!"

„Nein, Daniel. Zwischen uns ist es aus. Phillip ist ein wunderbarer Mann, freundlich und besonnen, eloquent und belesen, gebildet und geachtet."

„Geachtet? Saltonstall?" Er lachte. Leise und kalt. „Ich sage dir, was er wirklich ist, Emily: Phillip Saltonstall ist ein –" Daniel brach ab und kniff die Lippen fest zusammen. „Er hat viele … Er ist ein –"

„Er ist was?" Emily verschränkte die Arme. Der leichte Wind kühlte ihre Haut, aber nicht ihr Herz. „Sag, was du zu sagen hast, Daniel. Du scheinst so viel zu wissen."

„Ich habe nichts zu sagen." Er trat zurück. Einen Schritt, zwei Schritte, zuerst langsam, dann schneller. „Leb wohl, Emily."

Aber statt davonzulaufen, machte er einen Satz auf sie zu, packte sie an den Schultern und küsste sie leidenschaftlich und doch auch zärtlich.

Heiße Gefühle brannten auf Emilys Lippen und in ihrem Herzen, als sie ihm nachblickte, wie er zu seinem Pferd lief und davonritt. Das Klappern der Hufe hallte in den leeren Kammern ihres Herzens wider. An den Stellen, an denen früher ihre Liebe zu Daniel Ludlow gebrannt hatte.

Sie hielt sich an den Fichtenzweigen fest, ohne sich darum zu kümmern, dass die Nadeln in ihre Handfläche stachen. „Es tut mir leid, Daniel", flüsterte sie und betete, der Wind würde ihre Worte zu ihm tragen und ihn trösten. Aber er kam zu spät. Emily hatte ihre Zuneigung und ihr Denken darauf ausgerichtet, Phillip Saltonstall zu heiraten. So war es am besten.

Daniel Ludlow kam einfach zu spät.

Kapitel 4

Emily stand an der Spüle in der Küche und pumpte kühles Wasser über ihre Finger, während die Tränen von ihrem Kinn ins Spülbecken tropften und in den Abfluss liefen.

Die Abendsonne malte rotgoldene Schleifen in das Blätterwerk der Bäume und hinterließ dünne, dunkle Schatten auf der Erde. Ein warmer Wind, der nach Geißblatt roch, wehte durch das offene Fenster und ließ die Vorhänge tanzen.

Emily spritzte sich Wasser ins Gesicht, rieb sich die Augen und wusch die Hitze der Tränen und das Bild von Daniel weg. Wie konnte er es wagen, zurückzukommen und ihr Leben durcheinanderzubringen? Phillip wurde bald zum Abendessen erwartet und sie musste ihre Beherrschung zurückerlangen.

Die junge Frau schnappte sich ein Handtuch von der Stange unter der Spüle und tupfte ihr Gesicht trocken. Was war aus den Briefen geworden, die Daniel ihr geschickt hatte? Warum waren sie verschwunden?

„Da sind Sie ja, Miss." Molly trat aus dem Garten in die Küche. Ihre Schürze war mit Tomaten beladen. „Ich habe Sie gesucht. Wohin sind Sie nach der Versammlung verschwunden? Was denken Sie: Sind Sie bereit, für das Frauenwahlrecht zu demonstrieren?"

„Ich weiß es nicht, Molly. Das erscheint mir alles ziemlich … Hat Mutter nach mir gesucht?" Emily blieb mit dem Rücken zu der Frau stehen, die als Dienstmädchen und Köchin für ihre Familie arbeitete, und versuchte, sich wieder zu beruhigen. „Heute ist es warm, nicht wahr?"

„Eine Bruthitze. Ja, Miss, es ist so richtig heiß. Mhm." Mollys Singsang machte Emily hellhörig. Die Frau hatte ein Geheimnis. „Ihre Mutter hat nicht nach Ihnen gesucht."

„Molly, hast du mich gerade gesehen?" Emily legte das Handtuch zusammen und schob es über die Trockenstange.

„Ach, ich weiß nicht." Molly ließ die Tomaten in das Spülbecken gleiten. „Glauben Sie, ich hätte Zeit, um aus dem Fenster zu schauen, damit ich sehe, wie Sie einen jungen Mann küssen, der nicht Mr Saltonstall ist?"

„Ach, Molly, du hast mich also gesehen." Emily kam um den Tisch herum und schaute Molly an. „*Er* hat *mich* geküsst. Ich habe ihn nicht geküsst."

„Für mich hat es schon so ausgesehen, als hätten Sie ihn geküsst."

„Ich habe ihn nicht geküsst. Er hat mich einfach … gepackt." Emily schlug mit der Handfläche auf das dicke Brett, auf dem Molly arbeitete. Die Frau war etwa fünf Jahre älter als sie und mit ihren siebenundzwanzig Jahren war sie eher wie eine Schwester als wie eine Angestellte für sie.

Mutter hatte Molly eingestellt, als diese mit sechzehn frisch aus Irland gekommen war und nichts weiter als eine Garnitur Kleidung zum Wechseln in ihrem Koffer gehabt hatte. Sie hatte zufällig gehört, wie Molly sich nach Arbeit erkundigt hatte, und war entsetzt gewesen, als ein unsympathischer Bostoner, der Iren nicht mochte, Molly verspottete und wenig schöne Dinge über sie sagte. Mutter hatte sie auf der Stelle in Dienst genommen.

An jenem Abend hatte Mutter Vater beim Essen erklärt: „Ein solch hübsches Mädchen endet im schlimmsten Fall in einem dieser Tanzsäle. Was würde Gott sagen, wenn ich eine solche Gemeinheit geschehen ließe, obwohl es in meiner Macht steht, Gutes zu tun?"

„Daniel hat *mich* geküsst, hörst du." Emily beugte sich vor, um das rothaarige Dienstmädchen an den Schultern zu packen.

„Bei allen Heiligen und Engeln." Molly riss sich von Emily los und schaute sie mit ihren braunen Augen funkelnd an. „Das war Daniel? Wo hat er in den letzten fünf Monaten gesteckt, während Sie hier saßen und sich über ihn den Kopf zerbrachen und seinetwegen Ihr Kissen nass weinten?"

„Ich habe nicht geweint, Molly. Wie kommst du denn auf diese Idee?"

„Ich habe Ohren, oder? Und Big Mike hört alles, selbst wenn ein Vogel einen Wurm kaut, wissen Sie." Molly nahm ihr Messer und zerschnitt die erste Tomate in Viertel und warf die einzelnen Teile in eine Schüssel.

Mollys Kammer befand sich direkt unterhalb von Emilys Zimmer. Und Big Mike, Vaters Kutscher, war eines Nachmittags in den Stall gekommen, als sie auf den Heuboden hinaufgeklettert war, um ihren Tränen dort freien Lauf zu lassen.

„Er hat gesagt, dass er mir Briefe geschrieben hat", erzählte Emily und sank langsam auf den Küchenhocker. „Er war heute hier, um mir mitzuteilen, dass er das Baseballspielen aufgegeben und eine Anstellung und eine Wohnung gefunden hat."

„Briefe, sagen Sie? Ach, schauen Sie nur, was ich angerichtet habe." Molly deutete auf den Tomatensaft auf dem Schneidbrett, während sie die Scheiben in eine Schüssel schob. „Dieses Messer ist so stumpf wie –"

„Mit dem Messer ist alles in bester Ordnung, Molly." Emily legte der Frau eine Hand auf den Arm. „Holst du nicht jeden Tag die Post herein?"

„Miss, wenn Sie eine Liste mit meinen Aufgaben wollen, müssen Sie mit Ihrer Mutter sprechen. Ich muss mich um das Abendessen kümmern." Molly wich ihrem Blick aus und entwand Emily ihren Arm. „Ihr Vater wird mir etwas erzählen, wenn sein Sommersalat und seine Tomatenpastete nicht auf dem Tisch stehen."

„Molly, spuck es aus."

Die Angesprochene schnitt mit schnellen Bewegungen die nächste Tomate. Ihre Lippen waren angespannt und blass.

„Was ist mit Daniels Briefen passiert?"

Schnipp, schnipp, schnipp. „Es geht nichts über einen guten Salat an einem heißen Sommerabend. Ich habe für heute Abend Eis vom Eismann bestellt. Mr Saltonstall kommt zum Essen. Wenn Sie mich fragen, glaube ich, dass er –"

„Wo sind sie, Molly?"

Das Dienstmädchen nahm die nächste arme, unschuldige Tomate in Angriff.

„Oh …" Emily drückte sich die Hand auf die Brust. „Vater. Hat er … Sag mir, dass er sie nicht in den Ofen geworfen hat!"

Jetzt schaute Molly sie an. „Würde Ihr Vater so etwas tun? Trauen Sie ihm das zu, Emily?"

„Eigentlich nicht, aber warum sollte er mir meine Briefe überhaupt vorenthalten? Oder war es Mutter?"

„Bei allen Heiligen, nein! Ihre Mutter doch nicht. Sie wird eines Tages dafür heiliggesprochen, dass sie mich gerettet hat."

Emily nestelte an ihrer verrutschten Hochfrisur. Sie zog die langen Haarnadeln heraus und ließ ihre Haare offen über ihren Rücken fallen. Nur mit Mühe gelang es ihr, ihren Zorn auf Vater zu zügeln, der offenbar ihr persönliches Eigentum versteckt hatte. Das sah ihm überhaupt nicht ähnlich. „Molly, die Briefe!"

In diesem Augenblick wurde die Küchentür schwungvoll geöffnet, und Vaters Diener, Jefferson, trat ein. „Miss Emily, da sind Sie ja." Jefferson trug einen hellen Anzug mit Krawatte. Schweißflecken überzogen sein weißes Hemd und durchdrangen seine Weste. „Ihr Vater fragt nach Ihnen. Er ist in der Bibliothek."

Emily glitt von ihrem Hocker. „Gut, danke. Wie ist mein Vater gelaunt, Jefferson?" Sie stibitzte sich eine Tomatenscheibe aus dem Salat und warf einen Blick auf Molly.

„Er ist sehr gut gelaunt, Miss Emily. Seine Augen leuchten richtig."

„Gut. Ich komme sofort." Sobald Jefferson mit einer Verbeugung die Küche verlassen hatte, wandte sich Emily an Molly. „Ich bin mit dir noch nicht fertig."

„Vergessen Sie diese Angelegenheit, Miss." Molly packte sie am Arm. „Das ist Schnee von gestern. Konzentrieren Sie sich lieber auf Mr Saltonstall." Ihr Tonfall wurde sanft und verträumt. „Er ist ein eleganter, attraktiver Mann, der zu Ihnen und Ihrer gesellschaftlichen Stellung passt. Er betet Sie an und hängt an Ihnen Lippen. Mr Ludlow ist bestimmt auch ein feiner Mann, aber Ihr Vater hat hart dafür gearbeitet, Ihnen dieses Leben zu ermöglichen. Es ist ein sehr gutes Leben. Warum sollten Sie einen gewöhnlichen Mann wie Daniel Ludlow heiraten, wenn Phillip Saltonstall sich um Ihre Zuneigung bemüht? Die Liebe stößt schnell an ihre Grenzen, wenn kein Essen auf dem Tisch steht oder kein Geld auf dem Konto ist oder die Kinder weinen. Glauben Sie mir, ich weiß, wovon ich spreche."

Emily dachte über Mollys Worte nach, während sie zur Tür ging. „Es ist besser, Phillip zu heiraten, nicht wahr? Er ist nett und charmant und gebildet." Genauso wie Daniel.

„Er hat an einer vornehmen Universität im Norden studiert. In Yale."

„Phillip sieht gut aus und ist witzig." Genauso wie Daniel. Aber es half ihr dennoch, Phillips wunderbare Eigenschaften aufzuzählen. Was für ein schlechtes Gedächtnis sie doch hatte! „Er wird ein ausgezeichneter Vater sein." Aber Daniel wäre ebenfalls ein liebevoller Vater. „Unsere Eltern schätzen einander sehr", argumentierte Emily weiter. „Wir bekommen das Haus seiner Eltern oben auf dem Red Mountain."

„Ich glaube, Sie wissen, was Sie zu tun haben, Miss."

Ja. Ja, das wusste sie.

Daniels Mutter war gestorben, als er fünfzehn gewesen war. Sein Vater war Polizeibeamter in Birmingham und Daniel und sein Bruder waren oft sich selbst überlassen gewesen. Aber Daniel hatte diese schwierige Situation gut gemeistert. Er war aufs College gegangen, hatte Baseball gespielt, hatte eine Stelle als Lehrer an der angesehensten Schule der Stadt bekommen und jetzt eine Wohnung im angesehenen *Ridley House* gemietet.

Aber Phillip war Erbe des Saltonstall-Vermögens. Er würde ein bedeutender Industrieller sein, eine Führungsperson in Birmingham. Emily würde sich in der Frauenliga engagieren oder in einer anderen gemeinnützigen Organisation ihrer Wahl. Ihr Herzenswunsch ginge in Erfüllung, einschließlich einer Villa auf dem Red Mountain, die vier- bis fünfmal so groß wäre wie eine Wohnung im *Ridley House.*

„Ja", sagte sie laut, „Phillip ist die logische Wahl. Die beste Wahl, die alle zufriedenstellt."

„Gut, es freut mich, dass wir das geklärt haben. Und jetzt verschwinden Sie aus meiner Küche, und schauen Sie, was Ihr Vater will. Sie lenken mich ab, und Ihre Mutter wird wissen wollen, warum das Essen nicht fertig ist." Tränen glänzten in Mollys Augen. „Ich freue mich für Sie, Miss."

Vor dem Spiegel im Flur blieb Emily stehen, um ihre Haare ein wenig zu richten und ihre Haarnadeln an ihren Rockbund zu stecken. Sie stopfte ihre Bluse ordentlich in den Bund und wischte sich die Hände an ihrem Rock ab. Die junge Frau war froh, dass von ihren Tränen nichts mehr zu sehen war. Wenn sie mit ihrem Vater gesprochen hatte, würde sie sich waschen und für das Abendessen umkleiden.

Mollys wehmütiges Lächeln ging ihr nicht aus dem Kopf. *Ich freue mich für Sie, Miss.* Warum war die Köchin so gerührt, weil Emily entschied, dass Phillip die bessere Wahl war? Doch sie hatte keine Zeit, darüber nachzudenken, hatte sie doch bereits die Tür zur Bibliothek ihres Vaters erreicht.

„Guten Tag, Vater." Emily betrat das große, kühle Zimmer, ohne anzuklopfen. Ihr Vater verbrachte die Vormittage in seiner Bank. Nachmittags kam er nach Hause und arbeitete in seiner gemütlichen Bibliothek. Vor den großen Fenstern schirmten mehrere Pappeln den Raum gegen die Strahlen der untergehenden Sommersonne ab.

„Emily, meine Liebe." Vater erhob sich von seinem Stuhl, aber er war nicht allein im Raum. Phillip war bei ihm. Er stand ebenfalls auf, als Emily eintrat.

„Phillip, du bist hier!" Sie nestelte nervös an ihrer Frisur. Sie musste schrecklich aussehen. Nachdem sie ihn in der Stadt getroffen hatte, war sie im verschmutzten Bus nach Hause gefahren. „Ich hatte nicht erwartet, dich so früh zu sehen." Sie schaute ihren Vater finster an. „Warum hast du Jefferson nicht aufgetragen, dass er mir das sagen soll?"

„Ich kam früher, um mit deinem Vater zu sprechen." Phillip war attraktiv und roch nach teurem Eau de Toilette, er war vornehm und selbstsicher und hatte ständig ein fröhliches Funkeln in den Augen. Der junge Mann trat zu ihr und küsste sie höflich auf die Wange. Ganz anders, als wenn sie in seiner Kutsche allein waren.

Emily lehnte sich an ihn, obwohl ihre Gedanken unwillkürlich zu Daniels Seifengeruch und seinen kräftigen Muskeln schweiften. Sie hob den Kopf, als ihre Finger Phillips schmale Arme drückten, und räusperte sich. „Du riechst wie eine von diesen eleganten Parfümerien."

„Diesen Duft habe ich gekauft, als ich vergangenes Jahr in Paris war. Gefällt er dir?"

„Er passt zu dir, Phillip." Aber sie zog den einfachen, sauberen Geruch von Daniels Seife vor.

Ihr Vater räusperte sich und kam um seinen Schreibtisch herum. „Ich muss in der Bank anrufen. Entschuldigt mich bitte."

Emily schaute ihrem Vater nach und ein Gefühl der Beklemmung ergriff sie. Sobald die Bibliothekstür geschlossen war, zog Phillip Emily eng an sich heran, hob ihr Kinn und küsste sie auf die Lippen. Dann deutete er mit dem Kopf zu Vaters Schreibtisch. „Sollen wir ihm sagen, dass das Telefon hier drinnen ist?"

Emily drückte seine Hand. „Ich glaube, das weiß er selbst." Was war hier los? Warum ließ Vater sie mit Phillip allein? Und was hatte dessen leidenschaftlicher Kuss zu bedeuten?

Phillip führte sie zum Sofa vor dem Fenster und strich mit den Fingern sanft über Emilys Kinn. „Du bist so schön."

„Ich sehe schrecklich aus. Ich hatte vor, mich umzuziehen und meine Haare zu richten, bevor du kommst." Die junge Frau versuchte, sich ihm zu entziehen. Es war, als wüsste er ganz genau, wie er sie berühren musste.

„Mir gefallen deine Haare, wenn sie offen sind. Du musst sie immer so für mich tragen." Phillip fuhr mit dem Finger erneut über ihr Kinn und an ihrem Hals herab und brachte die kleine Flamme, die er entzündet hatte, zum Lodern. „Ich habe dich gar nicht gefragt, wie es bei deiner Suffragettenversammlung war."

„Es war …" Emily schluckte und rutschte ein Stück von ihm weg. Was sollte sie tun, wenn Vater zurückkam und sah, dass sie rote Wangen hatte und außer Atem war? Außerdem waren Phillips Berührungen, wenn er ihre Nase und ihre Mundwinkel küsste, irgendwie berechnend und raffiniert.

„Die Versammlung war gut. Ja, wirklich gut." Sie sprang auf

und wischte den Schweiß von ihrer Stirn. „Es ist warm heute, nicht wahr?" Wenn er sie weiterhin so berührte, würde sie bald vor Leidenschaft dahinschmelzen.

Mutter hatte sie zu Selbstbeherrschung und Zurückhaltung erzogen. Was würde Phillip von ihr halten, wenn sie sich so leicht seinen Avancen hingäbe?

„Entschuldige. Ich mache dich nervös."

„Du machst mir Angst, Phillip. Ich versuche, mich wie eine Dame zu verhalten, aber selbst eine kultivierte Christin kann sich nur bis zu einem bestimmten Maß beherrschen."

„Auch ein Mann kann sich nur bis zu einem bestimmten Maß beherrschen. Deshalb bin ich hier." Er ergriff ihre Hand und zog sie wieder auf das Sofa herab. Dann legte er die Hände an ihre Wangen und schaute ihr tief in die Augen. „Ich habe bei deinem Vater um deine Hand angehalten." Er ging auf ein Knie.

„O Phillip." Emily presste sich die Hände auf die Brust und eine große Vorfreude durchströmte sie. „Ich trage doch nur ein gewöhnliches Tageskleid und ich –"

„Das hier habe ich im vergangenen Herbst in einem Pariser Geschäft gefunden. Als ich es erblickte, wusste ich, dass es für meine künftige Frau ist. Aber damals wusste ich noch nicht, wer diese Frau sein würde." Phillip zog ein kleines Holzkästchen aus seiner Jackentasche. „Dann habe ich dich zum Schwarz-Weiß-Ball ausgeführt, und am Ende des Abends wusste ich, dass ich dich heiraten würde."

In dem seidenen Kästchen lag ein rechteckiger Edelstein, der von kleineren Diamanten umgeben war. Die Einfassung bestand aus einem kunstvollen Geflecht.

„Platin, meine Liebe. Der Diamant hat einen Altschliff und ist von Solitären umgeben." Phillip hielt den Ring hoch. Die extravaganten Steine fingen das Licht ein und warfen einen Regenbogen an die Wand. Und auf Emilys Herz.

„Ich weiß nicht, was ich sagen soll …"

„Emily Canton, willst du mich heiraten?" Phillip steckte ihr seinen Ring an den Finger.

„Ja, oh ja, Phillip." Sie lehnte sich an ihn, und als er sie in die

Arme nahm, verflüchtigten sich alle ihre Zweifel und alle Erinnerungen an Daniel.

~

Die Großvateruhr im Foyer kündigte mit den letzten Schlägen an, dass es Mitternacht war. Emily lehnte sich verträumt an die Haustür, als diese ins Schloss fiel.

Sie war verlobt. Mit Phillip Saltonstall. Er war an diesem Abend so lieb und so charmant gewesen. Er war nie von ihrer Seite gewichen, während Mutter Klavier gespielt und gesungen hatte, und hatte sie heimlich geküsst, wenn Vater in eine andere Richtung geschaut hatte.

Dann hatte er mit ihr auf der Veranda getanzt, während der Mond die laue Nacht beschienen hatte, und als die Uhr Mitternacht schlug, hatte er zärtlich ihr Gesicht umfasst und ihr einen Gutenachtkuss gegeben. Konnte es etwas Herrlicheres geben?

Emily hielt die Hand mit dem Ring in den Schein der Gaslampe. Er war wirklich exquisit. Vater war den ganzen Abend so glücklich gewesen. Und Mutter so fröhlich und ausgelassen.

Als die Saltonstalls zu einer Familienfeier mit Kaffee und Kuchen gekommen waren, hatte Emily gedacht, sie würde vor Glück platzen. Der heutige Abend stellte sogar ihr schönstes Weihnachtsfest in den Schatten, als ihr Bruder, Howard jr., von seinem ersten Studienjahr in Harvard nach Hause zurückgekehrt war.

Die Saltonstalls wirkten zufrieden und stolz. „Phillip hat eine gute Wahl getroffen", hatte Mr Saltonstall geprahlt. „Eine sehr gute Wahl."

Eine Verlobungsfeier war bereits in Planung.

Aber Vaters tiefes Lachen war an diesem Abend Emilys Lieblingsgeräusch gewesen. Es hatte gezeigt, wie sehr er sich über diese Verlobung freute. Besonders nachdem er und Mr Saltonstall in der Bibliothek verschwunden waren und sich die Hände geschüttelt hatten, als sie wieder herausgekommen waren. „Es tut gut, mit der Familie Geschäfte zu machen, Howard."

Vaters Bank würde von einem Unternehmer wie Cameron Saltonstall profitieren.

Emily schwebte fast die Treppe hinauf, als am anderen Ende des Flurs eine Tür knarrte. Sie beugte sich über das Geländer und sah Molly auf Zehenspitzen aus der Küche schleichen.

„Molly, warum bist du denn noch auf?“ Emily lachte, als das Dienstmädchen zusammenzuckte und den Bademantel um sich schlang. Ihre dicken Haare waren geflochten und standen in alle Richtungen von ihrem Kopf ab.

„Ich wollte nach Ihnen schauen, Miss. Ich konnte nicht schlafen, solange er hier war“, flüsterte Molly, während sie auf Emily zukam. „Hat er Ihnen einen schönen Ring gegeben?“

„Sieh selbst.“ Emily stieg die Treppe wieder hinab und hielt Molly ihre Hand hin. „Er hat gesagt, dass er den Ring gekauft hat, als er in Paris war. Nach dem Schwarz-Weiß-Ball wusste er, dass der Ring mir gehört.“

„Bei allen Heiligen und Engeln! Mit so einem Ring könnte ich mir bei uns zu Hause ein ganzes Dorf kaufen.“ Molly betrachtete den Ring und schaute dann Emily an. „Vielleicht fährt er mit Ihnen in den Flitterwochen nach Paris, Miss.“

„Ja, vielleicht.“ Emily zog die Hand zurück und betrachtete ihren Diamanten. „Wir bleiben einen ganzen Monat weg.“ Ihre Aufmerksamkeit wanderte wieder zu Molly zurück. Sie schauten sich einen langen Moment direkt an. „Was ist? Sag es mir.“

„In der Woche, in der der Schwarz-Weiß-Ball stattfand, haben Sie sich wegen Daniel Ludlow die Augen ausgeweint.“ Molly wandte sich langsam in Richtung Küche.

„Ich habe ihn damals immer noch geliebt. Aber das hat sich geändert.“ Emily lief ihr nach. „Was willst du mir damit sagen, du hinterhältiges Dienstmädchen?“

„Nur, dass ich Sie weinen gehört habe. Möchten Sie ein Glas Milch, Miss?“ Molly machte den Kühlschrank auf.

„Milch? Warum sollte ich Milch wollen?“ Molly benahm sich manchmal wirklich sonderbar.

„Sind Sie sicher, dass Sie keine Milch mögen?“ Molly stellte die

Milchflasche auf den Tisch und ging dann zum Schrank, um Gläser zu holen.

„Wenn ich Milch wollte, würde ich sie mir selbst nehmen. Was ist mit dir, Molly? Du magst doch keine Milch. Das hast du mir mindestens hundertmal gesagt."

„Aber Sie mögen Milch."

In der Küche war es dunkel und Emily konnte Mollys Gesicht im fahlen Mondlicht nur schwach erkennen. „Es geht um Daniels Briefe! Wo sind sie? In Vaters Zimmer?"

„Sie glauben doch bestimmt nicht, dass er sie hier drinnen verstecken würde, oder?" Molly starrte auf ihr Glas, trank aber keinen einzigen Schluck.

„Wo dann?"

„Er ist mein Herr, Miss. Ich esse sein Brot und mir gefällt dieses Leben sehr gut." Molly hielt das halbvolle Milchglas in die Höhe. „Sind Sie sicher, dass Sie kein Glas Milch wollen? Milch ist sehr gut. Ich vermisse die frische Milch von den Kühen. Erinnern Sie sich noch an die Zeit, als wir eine Kuh hatten, Miss? Bessy. Sie muhte ununterbrochen, Tag und Nacht. Jetzt bekommen wir die Milch von einem Mann in einem Kühlwagen geliefert. Ich kann Ihnen sagen: Ich habe wirklich nichts dagegen, dass ich die alte Kuh nicht mehr selbst melken muss. Ach, sie war schon eine eigensinnige, alte Kuh. Genauso eigensinnig wie meine Oma Killian."

„Molly, hör auf, irgendetwas von Kühen zu erzählen …" Emily eilte um den Tisch herum und legte eine Hand auf Mollys Arm, sodass die Milch in ihrem Glas an den Seiten nach oben schwappte. „Der Stall! Vater hat die Briefe im Stall versteckt?"

Die Köchin schaute sie über den Rand ihres Glases an. „Ich habe keine Ahnung, wovon Sie reden. Briefe und Kühe, das ist doch alles Unsinn. Im Stall gibt es nichts als stinkende Pferde und einen muffigen, alten Heuboden."

„Der Heuboden." Emily stürzte zu einer Schublade, in der Molly die Streichhölzer aufbewahrte. Die Laterne stand bereits neben der Tür.

„Sie gehen doch nicht jetzt in den Stall, Miss?"

„Warum sollte ich bis morgen früh warten? Womöglich kommt mein Vater bis dahin auf die Idee, sie woanders zu verstecken." Emily zündete die Lampe an und blieb an der Tür stehen.

„Vorsicht, Miss, das Heu ist trocken. Es kann leicht Feuer fangen."

„Molly", Emily hielt die Lampe in die Höhe, „woher weißt du, dass das Heu trocken ist?"

„Sie sind nicht die einzige Frau, die verliebt ist, Emily. Ich habe den Abend mit dem Kutscher verbracht, mit Mr Dawson." Sie schlenderte leise pfeifend zu ihrem Zimmer zurück.

„Molly!?"

Die Tür des Dienstmädchens fiel ins Schloss, und Emily lief lächelnd über den Rasen und kämpfte mit dem schmalen Saum ihres Kleides, während die Flamme der Lampe in der Dunkelheit schaukelte. Molly und Mr Dawson! Sie gaben ein gutes Paar ab. Am Stall angekommen, sperrte Emily das Schloss auf und schob das Tor zur Seite.

Vaters Stall war makellos sauber. Fünf Pferdeboxen rechts, fünf Boxen links, von einem breiten, steinernen Gang in der Mitte getrennt. Die Pferde hoben die Köpfe, als Emily zur Leiter schritt, die zum Heuboden hinaufführte.

„Wie kann er nur meine Briefe vor mir verstecken? Wer gibt ihm das Recht, das zu tun?" Oben angelangt, schob Emily das Heu zur Seite, um die Öllaterne abzustellen, und betrachtete das Pferdefutter. Wo würde Vater wohl Briefe verstecken? Sie spähte die Wände entlang, auf der Suche nach einem Schrank oder einer verborgenen Tür. Wenn sie Briefe verstecken würde, würde sie sie in eine Schachtel oder in einen Sack stecken, dann in eine Ecke stopfen und mit Heu bedecken.

Emily bahnte sich einen Weg zur hinteren Ecke, dann sank sie auf die Knie und durchsuchte das Heu. Als ihre Hände gegen eine Holzkiste stießen, hielt sie den Atem an. Sie hatte nicht überlegt, was sie tun wollte, wenn sie die Briefe tatsächlich fände.

Die junge Frau trug die Kiste ins Licht, setzte sich dann auf den Heubodenrand und ließ die Beine baumeln. Das Heu, das an ihrem

Rock hängengeblieben war, löste sich und schwebte in die Pferdebox unter ihr hinab.

Die schlichte Kiste war quadratisch, aus Zedernholz und mit einem kleinen Messingschloss versehen. Als sie versuchte, das Schloss zu öffnen, wollte es nicht aufgehen. Sie würde die Kiste mit ins Haus nehmen müssen. Entschlossen klemmte sie sich diese unter den Arm, packte die Laterne und eilte ins Haus zurück.

Sie wusste, wo sie den Schlüssel finden würde. Vater bewahrte alle Schlüssel in der mittleren Schublade seines Schreibtisches auf. Und sie würde, wenn nötig, die ganze Nacht aufbleiben, bis sie den richtigen Schlüssel fand.

In der Küche stellte Emily die Laterne auf die Anrichte und wollte gerade die Flamme ausblasen, als sie etwas Kleines, Glitzerndes bemerkte. Einen Schlüssel. Einen kleinen Schlüssel.

Danke, Molly, danke.

Emily sperrte die Kiste auf, legte den Schlüssel zurück auf den Tisch, löschte die Lampe und schlich auf der Dienstbotentreppe hinauf in ihr Zimmer.

Kapitel 5

Charlotte

„Kristin, das Leuchten in Ihren Augen verrät mir, dass Sie sich auf Ihren Hochzeitstag freuen. Sie wollen, dass dieser Tag etwas ganz Besonderes wird. Dass es nur um Sie und Oliver geht."

Charlotte saß auf dem Sofa neben ihrer Kundin. Die hellrosa und weiß gestrichenen Wände tauchten den Raum in ein weiches, malvenfarbenes Licht, als die Sonne darauf schien. Auf Charlottes Schoß lag ihre Geheimwaffe. Ein Fotoalbum.

„Wir haben uns auf der Highschool kennengelernt …"

Charlotte legte das Album auf den Sofatisch.

„… und waren während der ganzen Studienzeit zusammen." Kristin seufzte und lächelte. „Wir haben uns nur einmal getrennt."

„Sie beide sind füreinander bestimmt. Das ist offensichtlich. Woher wussten Sie, dass er der Richtige ist?" Charlotte schlug die erste Seite des Fotoalbums auf: eine Zusammenstellung von Frauen aus Birmingham, die in den vergangenen sechs Monaten geheiratet hatten. Jede Braut trug ein Kleid in dem Stil, von dem Kristin behauptete, er wäre genau der richtige für sie. Es wäre das Kleid, von dem sie schon als Mädchen geträumt hatte.

„Oliver?" Kristins Wangen röteten sich. „Wie Sie schon sagten: Wir sind füreinander bestimmt. Wir gehören zusammen. Wir passen zusammen. Wir sind die besten Freunde. Wir lieben dieselben Dinge. Schon an der Schule haben wir die Sätze des anderen beendet."

„Er gibt Ihnen das Gefühl, etwas Besonderes zu sein, nicht wahr?"

„Ja, das stimmt. Auch jetzt noch, obwohl wir schon seit sieben Jahren zusammen sind."

Charlotte schaute Kristin einen Moment an. Ging es ihr mit

Tim genauso? Hatte sie bei ihm das Gefühl, etwas Besonderes zu sein? Dass sie zusammengehörten? Als sie sich kennengelernt hatten, hatte er am Tag ihre Gedanken und in der Nacht ihre Träume beherrscht, aber in letzter Zeit, seit der Verlobung … Charlotte atmete seufzend aus. Sie musste sich darauf konzentrieren, diese junge Frau in eine wunderschöne, einmalige Braut zu verwandeln.

„Ist das hier das Kleid, das Sie sich ausgesucht haben?" Charlotte zog ein Bild des Kleides, das Kristin wollte, aus einer Brautzeitschrift. „Dieses Kleid gibt Ihnen das Gefühl, etwas Besonderes zu sein, genauso wie Oliver Ihnen das Gefühl gibt, etwas Besonderes zu sein?"

„Ja, ja, so ist es." Kristins Augen glänzten. „Ich war vor ein paar Jahren auf der Hochzeit einer Freundin und habe mich in ihr Kleid verliebt. Ich habe überall gesucht, um ein Kleid zu finden, das genauso aussieht. Es wird perfekt für mich sein."

Charlotte verstand einfach nicht, warum alle Bräute gleich aussehen wollten. Wie konnte ein Kleid, das Kristins Freundin getragen hatte, ihr das Gefühl geben, etwas Besonderes zu sein?

Sie betrachtete es als ihren Auftrag, ja, sogar als ihre Berufung, ihre Bräute so einzigartig wie möglich zu kleiden. Wenn eine Braut in ein wirklich perfektes Kleid schlüpfte, fand Charlottes Seele Ruhe.

„Das ist ein hübsches Kleid." Charlotte hielt das Bild hoch, als würde sie es genau betrachten. „Ein weißes Satinkleid, schulterfrei mit einem ausgestellten Rock und langer Schleppe."

„Jedes Mal, wenn ich es anschaue, habe ich Tränen in den Augen." Kristin hob erregt die Hand. Ihr Verlobungsring glänzte im Nachmittagslicht, das durch das Südfenster hereinfiel.

Charlotte atmete langsam ein und wählte ihre nächsten Worte mit Bedacht. Kristin nahm die Dienste von „Malone & Co." eher widerstrebend in Anspruch. Sie war an diesem Nachmittag nur gekommen, weil ihre Mutter darauf bestanden hatte.

„Wenn Sie dieses Kleid wirklich wollen, dann kaufen Sie es in der Boutique, in der Sie es bereits gefunden haben." Charlotte schaute Kristin mit einem freundlichen Lächeln an und klemmte sich ihr

Fotoalbum mit einer übertriebenen Geste unter den Arm. Das Leuchten in Kristins Augen verschwand und sie verfolgte Charlottes Bewegungen.

„Warum können *Sie* mir dieses Kleid nicht bestellen? Ich habe es in mehreren Geschäften gesehen. Sie könnten doch bestimmt –"

„Kristin, ich bestelle keine Kleider, die es in jedem zweiten Geschäft gibt. Ich kleide eine Braut von innen nach außen. Ich bin keine Brautkleiderfabrik." Sie tippte auf das Fotoalbum. „Wollen Sie sehen, was ich hier drinnen habe?" Charlotte rutschte näher zu ihrer Kundin, klappte das Album auf Kristins Schoß auf und blätterte die Seiten um. „Sehen Sie, was ich sehe?"

Seite für Seite das gleiche Kleid, nur eine andere Braut. Blond, brünett, jung, alt, dünn, rundlich …

Kristin blätterte Seite für Seite um und die Begeisterung verschwand aus ihrem Gesicht. „Woher haben Sie diese Bilder?"

„Aus der Zeitung, von Websites, aus ganz Birmingham. Diese Bilder stammen aus den vergangenen sechs Monaten."

„Das ist mir nie aufgefallen." Kristins Schultern sackten nach unten. „Oh, du meine Güte! Was soll ich jetzt machen? Ich dachte, ich hätte das perfekte Kleid gefunden. Was mache ich jetzt?"

Charlotte nahm ihr sanft das Fotoalbum aus der Hand, klappte es zu und legte es neben dem Sofa auf den Boden. Sie wollte Kristin die Augen öffnen, sie aber nicht entmutigen.

„Wir werden das perfekte Kleid finden. Vertrauen Sie mir. Wenn man nur eine einzige Hochzeit besucht, ist einem nicht bewusst, wie viele Bräute im Grunde das gleiche Kleid tragen. Aber wir von ‚Malone & Co.' sehen es als unsere Aufgabe an, ein Kleid zu finden, das sowohl zu Ihrer Figur als auch zu Ihrem Herzen passt. Kristin, ein Kleid für eine Braut zu finden, das ihre Schönheit voll und ganz zur Geltung bringt, ist das einzige Talent, das ich habe." Charlotte neigte den Kopf leicht zur Seite, um Kristin in die Augen zu schauen, und lachte leise. „Streiten Sie mir dieses eine Talent bitte nicht ab." Ihr Gegenüber lächelte. „Ich sage Ihnen etwas: Wenn Ihnen die Kleider, die ich Ihnen bringe, nicht gefallen, dann empfehle ich Sie persönlich an eine Freundin weiter, die Ihnen das Kleid verkauft, das Sie hier haben." Sie tippte auf den Zeitungsausschnitt, den Kristin mitgebracht hatte.

„Meine Mutter bestand darauf, dass ich mit Ihnen spreche, weil sie sagte, dass ich etwas Besseres bekommen könnte als das hier." Kristin strich mit dem Finger über das Bild, auf dem das Model des Kleides zu sehen war, das für sie bis vor Kurzem das perfekte Kleid gewesen war.

Charlotte lehnte sich zurück. Aus Erfahrung wusste sie, wie Kristin empfand. „Ich verstehe, wie es Ihnen mit diesem Kleid geht. Alle Ihre Freundinnen sahen in einem Kleid dieses Stils schön aus und Sie wollen auch schön aussehen. Aber ich kann für Sie etwas finden, das einmalig *und* schön ist. Wollen Sie mit mir den Sprung in dieses Abenteuer wagen?"

„Ja, Charlotte, das will ich." Kristin griff nach ihrem Arm. „Ich bin bereit, ein anderes Kleid zu probieren. Ehrlich. Glauben Sie, Sie können ein Kleid finden, das wie für mich gemacht ist?" Tränen traten in ihre Augen, aber sie lächelte. „Hauptsache, ich lande nicht auf der Liste mit den hundert hässlichsten Brautkleidern."

Charlotte lachte. „Keine Braut, der ich bei der Wahl ihres Kleides helfe, wird je auf einer Liste mit hässlichen Brautkleidern stehen." Als sie sich erhob, ergriff Kristin Charlottes linke Hand.

„Sie sind auch verlobt?"

„Ja … ja, ich bin verlobt." Charlotte drehte den Ring an ihrem Finger. Der reine, funkelnde Diamant schuf ein buntes Farbenspektrum. Dass die Aufmerksamkeit plötzlich nicht mehr auf Kristin, sondern auf sie gerichtet war, war ihr unangenehm. Am liebsten hätte sie ihre Gefühle sorgfältig verpackt und irgendwo versteckt.

„Er ist schön. Einen solchen Ring habe ich noch nie gesehen." Kristin lächelte Dixie an, die an der Theke mit den Erfrischungen stand und vielsagend das Gesicht verzog. „Helfen Sie ihr dabei, ihr Kleid auszusuchen?"

„Ach, ich weiß nicht genau. Charlotte, helfe ich dir, dein Kleid auszusuchen?" Dixie verschränkte die Arme und ihre Stimme troff vor Sarkasmus.

„Heute geht es nicht um mich. Es geht um Kristin." Die junge

Frau bückte sich, um das Fotoalbum aufzuheben. „Der Ring gehörte der Großmutter meines Verlobten."

Charlotte warf Dixie einen finsteren Blick zu. Diese ließ ihr schon die ganze Woche keine Ruhe damit, dass sie sich endlich ein Kleid aussuchen sollte. Charlotte versprach, dass sie das bald machen würde. Ganz bestimmt. Erst an diesem Morgen hatte ihr Dixie das neue Kleid von Bray-Lindsay gezeigt, das frisch aus Paris eingetroffen war. Bei diesem Kleid wäre Charlotte fast schwach geworden. „Es ist zu teuer, selbst mit meinem Händlerrabatt", hatte sie gesagt, als sie wieder Luft bekommen hatte.

Das Kleid kostete achttausend Dollar, und allein aus diesem Grund müsste es schon dafür sorgen, dass sie sich wie Aschenputtel, Prinzessin Diana und Kate Middleton in einer Person fühlte. Charlotte müsste es *fühlen.* Dixie hatte darauf bestanden, dass sie das Kleid anprobierte, aber sie war bis jetzt noch nicht in das handgenähte Seidenkleid geschlüpft.

Wie konnte sie Tim erklären, dass sie ein Kleid für achttausend Dollar kaufen wollte? Er hatte wegen einer Truhe für tausend Dollar schon beinahe die Beherrschung verloren.

„Kristin ..." Charlotte schaute Dixie eindringlich an. „Ich glaube, wir haben ein Kleid hier, das für Sie perfekt wäre. Es ist erst heute Morgen aus Paris eingetroffen."

„Charlotte?!" Dixies Arme sanken nach unten und sie runzelte die Stirn.

„Dixie, bereite doch bitte das Bray-Lindsay aus Paris für Kristin vor, damit sie sieht, was für ein Gefühl es ist, eine echte Prinzessin zu sein."

Dixie schaute Charlotte mit zusammengekniffenen Augen an. „Es ist ziemlich teuer, Kristin."

„Der Preis ist kein Problem." Kristin sprang begeistert auf. „Meine Eltern kaufen mir das Kleid, das ich will. Ich würde dieses Bray-Lindsay gern sehen." Sie klatschte in die Hände. „Ein Kleid aus Paris. Wunderbar."

„Gut, dann bereite ich es für Sie vor. Charlotte, kannst du mir bitte helfen?" Dixie legte die Hand um Charlottes Ellbogen, während sie zur Tür hinausging, und zog ihre Freundin mit sich. „Kristin, auf der Theke stehen Getränke und Knabbereien. Bitte bedienen Sie sich."

„Sehe ich da etwa Rauch aus deinen Ohren kommen?", fragte Charlotte, während sie mit Dixie die Treppe zum Ausstellungsraum hinabging.

Dixies kastanienbraune Haare waren zu einem perfekten Pferdeschwanz zurückgebunden und ihr Kostüm schmiegte sich genau an den richtigen Stellen um ihre Figur. Charlotte hätte sie hassen können, wenn Dixie nicht so klug und nett gewesen wäre. Und witzig. Dixie Pyror war eine unbezahlbare Freundin und eine ausgezeichnete Brautberaterin.

„So viel Rauch, dass dir davon die Augen brennen müssten." Im Salon riss Dixie die Schranktüren auf und nahm das Bray-Lindsay von der Stange. „Das war dein Kleid, Charlotte! Wir haben es für dich bestellt."

„*Du* hast es für mich bestellt. Ich habe nie gesagt, dass ich es will. Es ist wie für Kristin gemacht. Denk doch einmal in Ruhe nach, Dixie. Für mich hat das Kleid zu viele Rüschen."

„Zu viele Rüschen? Das Kleid von Maggie Sottero war dir zu schlicht. Das Bray-Lindsay ist die perfekte Mischung aus schlicht und kunstvoll." Dixie bereitete das Kleid sorgfältig vor, um es über die Schneiderpuppe aus glänzendem, dunklem Holz zu ziehen, die auf der Mittelplattform stand. Umringt wurde die Minibühne von Sofas und Sesseln.

„Dieses Kleid ist für Kristin perfekt. Ehrlich, Dixie, wie kannst du an mir zweifeln? Du kennst doch mein Genie schon seit fünf Jahren", lachte Charlotte, während sie sich aufs Sofa setzte und Dixie bei der Arbeit zuschaute. Der seidige, luxuriöse Stoff des Kleides floss regelrecht über die Puppe. Der Rock legte sich raschelnd auf den Bühnenboden und sah aus wie ein Fluss aus reiner, weißer Milch. Bei diesem Anblick schlug Charlottes Herz höher. Aber ihre Freude verblasste, als Dixie nicht das geringste Lächeln zu entlocken war.

„Willst du wissen, was mich überrascht?"

„Und wenn ich Nein sage? Sagst du es mir dann trotzdem?"

„Mich überrascht, dass ihr zwar in zwei Monaten heiratet, aber bislang weder Kleid noch Smoking ausgesucht habt und dass ihr beide so tut, als wäre das völlig normal."

„Apropos, Tim hat gesagt, dass er diese Woche irgendwann mit Dave vorbeikommt und dass sie sich ihre Smokings aussuchen. Beruhigt dich das?"

„‚Irgendwann diese Woche'? Wirklich? Das ist schon das dritte Mal, dass er versprochen hat, ‚irgendwann diese Woche' zu kommen. Es ist schon Mittwochnachmittag. Wenn er es dieses Mal schaffen will, sollte er sich lieber beeilen."

Charlotte verlagerte ihr magisches Fotoalbum von einem Arm auf den anderen. „Wenn du mir etwas sagen willst, dann heraus damit!"

Dixie breitete den Rock aus, als wolle sie Mut tanken. Dann trat sie um das Kleid herum und schaute Charlotte direkt an. „Ihr zwei benehmt euch einfach nicht wie ein Paar, das heiraten will."

„Gibt es ein Buch mit Richtlinien, wie man sich als Paar, das heiraten will, benehmen muss? Ich würde es wirklich gern lesen, damit ich es weiß."

Dixie warf Charlotte einen schneidenden Blick zu und trat auf die Stufen. „Bitte dimme das Licht", sagte sie und rückte das Mieder und die Ärmel des Kleides zurecht.

„Dixie, komm schon, du weißt, dass es kein Beweis für die Liebe eines Paares ist, wenn sie sich ein Kleid und einen Smoking bestellen." Charlotte trat zu den Lichtschaltern und betätigte die mittleren Schalter. Die Lichter am Rand wurden gedimmt, während die Lichtreihen in der Mitte angingen. Glänzendes Licht fiel wie ein Wasserfall auf das Kleid, ergoss sich über den dicken Saum und schuf funkelnde Lichtspiele auf der polierten Plattform, die auf dem flauschigen, burgunderroten Teppich weitergingen.

Der Salon hatte sich in eine Märchenwelt verwandelt.

Charlotte hatte von diesem Raum geträumt. Über ein Jahr lang hatte sie es für unmöglich gehalten, dass dieser Traum Wirklichkeit werden würde, bis die anonyme Spende auf ihrem Konto eingegangen war.

Sobald sie die Gewissheit gehabt hatte, dass das Geschenk rechtlich gesehen in Ordnung war, hatte sie keinen Moment länger gewartet, den Raum entwerfen und bauen zu lassen.

Der Ausstellungssalon war Mittelpunkt des Artikels in *Southern Weddings* gewesen. Aber aufgrund dieses eindrucksvollen Salons hatte auch die übrige Boutique eleganter eingerichtet werden müssen. Das hatte sie den Rest der hunderttausend Dollar gekostet. Charlotte hatte das obere Stockwerk vollkommen umgestaltet und Wände herausreißen lassen. Dabei hatten sie unter dem Putz aus den Zwanzigerjahren Kamine mit Kieselsteinmuster entdeckt und unter dem abgenutzten alten Teppichboden ein Parkett aus Kirschholz freigelegt.

Ein unerwartetes Geschenk hatte ihre ganze Welt verändert.

„Vergiss, was ich gesagt habe." Dixie stieg vom Podium, lehnte sich leicht zurück und betrachtete das beleuchtete Kleid. „Du solltest Kristin raten, ihre Mutter anzurufen und alle, die sie sonst noch dabeihaben will, wenn sie dieses Kleid anprobiert." Dixie korrigierte noch einmal die Schleppe, damit sich diese wie ein verschneiter Wasserfall über das Podium ergoss. „Sie will bestimmt nicht allein sein, wenn sie feststellt, dass das hier ihr Traumkleid ist."

„Es freut mich, dass du so offen und ehrlich bist, Dixie." Charlotte lächelte und ging zur Tür. „Und dass du mir recht gibst, dass dieses Kleid genau das richtige für Kristin ist."

„Es stört mich wirklich grenzenlos, dass du immer recht hast. Woher weißt du das?", schnaubte Dixie und stemmte die Hände in die Hüften.

„Ich habe es einfach im Gefühl. Genau kann ich es aber auch nicht erklären." Im Türrahmen blieb Charlotte stehen. „Ich denke, Gott hilft mir einfach bei meiner Arbeit." Dieses Bekenntnis erfüllte sie mit einem gewissen Frieden.

„Dann bitte ihn, dir dein eigenes Kleid zu zeigen", entgegnete Dixie, während sie mit vielsagender Miene um die Minibühne herumging.

„Dixie, wenn ich mein Kleid gefunden habe, werde ich es wissen. Ganz bestimmt."

„Suchst du denn überhaupt? Du hast noch zwei Monate –"

„Ich verspreche dir, dass ich noch in diesem Monat Ausschau danach halten werde. Jeden Tag, okay? Und jetzt leg bitte Michael Bublés ‚Stardust' auf. Kristin scheint der ‚Stardust'-Typ zu sein."

„An diese CD habe ich auch gedacht." Dixie begab sich in den hinteren Teil des Salons, um die Fernbedienung zu holen. „Ich habe auch manchmal ein gutes Bauchgefühl, weißt du?"

„Du bist eine gute Freundin, Dixie."

„Ich will doch nur, dass du glücklich bist, Charlotte." Die Melodie von „Stardust" drang aus den erhöht angebrachten Lautsprechern. Die Lichterschiene war so programmiert, dass die Lichter zum Rhythmus der Musik tanzten und funkelten. Die Swarowski-Kristalle auf dem kunstvollen Spitzenmieder des Kleides fingen das Licht ein und reflektierten es. „Wenn eine Frau auf dieser Welt Glück und Liebe verdient, dann du."

Als Dixie das sagte, war Charlotte ganz gerührt. „Ich weiß, dass du das willst. Es gibt vieles, das mich glücklich macht, vieles, das ich liebe. Aber im Moment möchte ich Kristin dieses Bray-Lindsay verkaufen und *sie* glücklich machen. Es gibt nichts, über das ich mich heute mehr freuen würde."

Es war nach sieben, als Charlotte die Tür zu ihrer Dachwohnung aufsperrte und das Licht im Flur einschaltete. Sie versuchte, die Arbeit, die sie mit nach Hause genommen hatte, und ihre Post in einer Hand zu balancieren. Doch ihre schwarze Tasche rutschte von ihrer Schulter und im gleichen Augenblick flatterten die Werbebriefe auf den Boden. Als sie aus ihren hochhackigen Schuhen geschlüpft war, ging Charlotte in den Schatten der aufziehenden Nacht durch das Wohnzimmer und stieß gegen die alte Truhe, die sie mitten im Raum abgestellt hatte. Sie stöhnte und biss sich auf die Zunge, um nicht laut zu schimpfen.

„Dummes Ding!" Sie trat dagegen, bevor sie sich bückte, um die fallen gelassene Post aufzuheben. Was sollte sie damit machen? Das

Schloss war immer noch zugeschweißt und das blasse, ausgetrocknete Holz könnte eine kräftige Politur vertragen. Für beides war eine Kraftanstrengung nötig, zu der sie im Moment nicht bereit war.

Aber sie wollte jetzt nicht an die Truhe denken. Sie hatte einen herrlichen Tag gehabt. Kristin Gillaspy hatte ein Bray-Lindsay-Kleid aus Paris gekauft und für die nächste Woche einen Termin für ihre erste Anprobe und ein Beratungsgespräch über die Kleider ihrer Brautjungfern vereinbart.

Dixie hatte Charlotte mit einem triumphierenden Grinsen bedacht, als ihre zufriedene Kundin die Boutique verlassen hatte. „Ich werde es nie müde, dir bei der Arbeit zuzusehen."

„Mama hat mir immer gesagt, dass ich meine Gaben einsetzen soll, um etwas Gutes zu bewirken."

Nach dem erfolgreichen Geschäftsabschluss hatte sie allen Grund gehabt zu lachen. Weniger gut gelaunt war sie, nachdem sie sich die Zehe an der alten Truhe gestoßen hatte. Charlotte ließ ihre Tasche zusammen mit dem Stapel Kataloge und Ausdrucke aus der Boutique, die sie durchsehen musste, auf den Esstisch fallen und bückte sich dann, um sich die Zehen zu reiben. Es war definitiv keine gute Idee, barfuß gegen harte Holzkanten zu treten.

Sie hatte die Truhe im Wohnzimmer stehen gelassen, damit Tim sie sich anschauen konnte. Vielleicht konnte er ja etwas damit anfangen. Schließlich restaurierte er mit Begeisterung Gebäude in der Innenstadt und in den Gegenden, in denen die alten Häuser standen. Im Vergleich dazu war die Truhe ein kleines, einfaches Projekt. Vielleicht rührten das trockene Leder und das spröde Holz ja Tims Herz an. Bei Charlotte rührten sie jedoch überhaupt nichts an.

Sie zog ihr Handy aus der Handtasche und schaute nach, ob ihr Verlobter auf ihre zwei Nachrichten auf seinem Anrufbeantworter und auf ihre drei SMS geantwortet hatte.

Aber der Bildschirm war leer. Tims Sekretärin hatte gesagt, dass er am Vormittag das Büro verlassen habe und seitdem nicht zurückgekommen sei. Sie sagte, er sei „außer Haus".

Charlotte schaute durch ihre Fenster im dritten Stock auf den bernsteinfarbenen Lichterschein, der zu dieser Tageszeit in der Stadt erwachte, und auf das Licht der hellen Scheinwerfer des Feierabendverkehrs. In der Stille konnte sie ihren Herzschlag hören und wurde erneut mit ihren Fragen in Bezug auf Tim und ihre Verlobung konfrontiert.

Sein Schweigen an diesem Nachmittag nährte ihre Zweifel. Vielleicht war ihr Unbehagen aber auch nur auf Dixies ständiges Fragen und Nachbohren, warum sie sich ihr Kleid noch nicht ausgesucht habe, zurückzuführen. Es machte einfach mehr Spaß, eine Braut wie Kristin einzukleiden.

Okay, Zeit, sich der Wahrheit zu stellen! Bekam sie vielleicht kalte Füße? Warum war sie nicht vor Aufregung völlig aus dem Häuschen wie ihre Kundinnen? Warum träumte sie nicht von einem bestimmten Kleid, von einer besonderen Feier?

In Charlottes Herz prallten ihre Gedanken und Gefühle schmerzlich aufeinander. Vielleicht war Tim doch nicht der Richtige? Sie liebte ihn. Sie liebte ihn mehr, als sie außer Mama je einen anderen Menschen geliebt hatte. Aber errötete sie aufgeregt wie Kristin Gillaspy, wenn diese von ihrem Oliver sprach?

Charlotte blickte auf den Ring von Tims Großmutter hinab. An ihrem Finger steckte ein Stück der langen Familiengeschichte der Roses. Ihr nächster Atemzug bereitete ihr Mühe, als wäre sie meilenweit gelaufen.

Das Mädchen, das keine Zweige an seinem Familienstammbaum hatte, heiratete in den Rose-Clan ein, der tief verwurzelt und stark verzweigt war. Charlottes Familienstammbaum bestand aus Mama als dem Stamm und Charlotte als dem einzigen Schössling. Kein Vater, keine Geschwister. Keine Großeltern. Keine Tanten und Onkel.

„Hör auf, dich selbst fertigzumachen, Charlotte." Sie warf die Schultern zurück, knöpfte ihre Kostümjacke auf und ging in ihr Schlafzimmer, um in eine bequeme Jeans, ein T-Shirt und dicke Socken zu schlüpfen.

Als sie um die Ecke kam, fiel ihr Blick auf ihre Hochzeitseinladungen, die unter dem Wohnzimmertisch standen. Ach, da waren sie ja! Sie hatte Tim gebeten, sie dorthin zu legen, damit sie nicht im Flur herumstanden.

An diesem Abend kam Tim zu ihr, damit sie gemeinsam die Einladungen an ihre Gäste adressieren konnten.

Die alten Balken der Dachwohnung in dem Haus, das früher ein Lagerhaus gewesen war, knarrten, als Charlotte die Schachtel unter dem Tisch hervorholte, sich umzog, sich das Gesicht wusch und ihre Haare zu einem Pferdeschwanz zusammenband. Die Geräusche des Dachgebälks trösteten sie und beruhigten ihr aufgewühltes Herz.

Eine Pizza zum Abendessen wäre eine gute Idee. Die junge Frau zog eine Steinofenpizza aus der Gefriertruhe. Dann schrieb sie Tim eine SMS.

Pizza zum Abendessen. Willst du einen Salat?

Während sie auf seine Antwort wartete, nahm Charlotte die Fernbedienung der Stereoanlage und suchte den Sender, den sie in der Rubrik „Oldies" gespeichert hatte.

Sie zog ihr iPad aus der Tasche, ging zum Kühlschrank, um sich eine Cola light zu holen, und setzte sich im Schneidersitz aufs Sofa, um ihre E-Mails durchzusehen. Eine neue Brautmodendesignerin hatte sich bei ihr gemeldet und bat um einen Termin. Aber ihre Modelle waren klassisch, und Charlotte wusste, ohne sich alle anzuschauen, dass sie nicht in die moderne Angebotspalette von „Malone & Co." passen würden.

Als der Pizzaduft die Wohnung erfüllte, erinnerte ihr knurrender Magen sie daran, dass sie das Mittagessen hatte ausfallen lassen.

Und dass Tim sich noch nicht bei ihr gemeldet hatte.

Acht Uhr. *Jetzt wird es allmählich Zeit, Tim.* Sie warf einen Blick zum Telefon, das neben ihr auf dem Sofa lag. Manchmal hatte sie hier oben in der Dachwohnung schlechten Empfang und ihr entging ein Anruf oder eine SMS. Aber Tims Schweigen war nicht auf irgendwelche technischen Probleme zurückzuführen. Das wusste sie einfach.

In den vier Monaten, die sie ihn kannte, hatte Charlotte gelernt, dass Tims Nachmittage sehr ausgefüllt waren: Treffen mit Kunden,

Besprechungen und Sitzungen mit den Zuständigen im Bauamt sowie Beratungstermine füllten seinen Terminkalender aus. Aber er schaffte es dennoch, eine SMS oder eine kurze E-Mail zu schreiben.

Es wird später.

Aus dem Lautsprecher ertönte John Waites „Missing You". Charlotte warf einen Blick auf den Bildschirm ihres iPads. Ein Schauer zog über ihre Kopfhaut. *I ain't missing you – ich vermisse dich nicht …*

Die Zeitschaltuhr am Backofen summte. Charlotte sprang vom Sofa auf und flüchtete vor der Angst, die einen kurzen Moment lang in ihr aufgestiegen war. Auf dem Weg zur Küche schnappte sie sich ihr Handy.

T, wo bist du? Ich esse jetzt die Pizza. Und ich werde dir kein Stück aufheben. Sie drückte auf „Senden". Tim liebte Pizza. Er musste nur das Wort hören und seine Augen begannen schon zu leuchten. Und wenn er richtig gut gelaunt war, sagte er das Wort immer wieder und neckte Charlotte mit einem zischenden, langgezogenen „z", das er ihr ins Ohr flüsterte.

Sie holte die Pizza aus dem Ofen und wartete auf Tims sicher schnell eintreffenden Protest.

Aber zwei Stunden später hatte Charlotte ihre Pizza gegessen, die Reste in den Kühlschrank gestellt, die Küche aufgeräumt, die Hochzeitseinladungen auf dem Esstisch gestapelt, ihre eigene Gästeliste auf ein Magnetpad geschrieben – vierzig Namen –, die Einladungen wieder in die Schachtel gesteckt und sie unter den Tisch geschoben.

Wo war er und was machte er? Sie überlegte, ob sie wütend werden sollte, aber falls sie ihm eine ungehaltene Nachricht hinterließe, hätte sie danach nur Schuldgefühle. Also würde sie einfach abwarten, was er sagte, wenn er anrief.

Es sah Tim gar nicht ähnlich, unzuverlässig zu sein. Er plante und berechnete alles, genau wie Katherine gesagt hatte. Er teilte seinen Tag in Fünfzehn-Minuten-Einheiten ein. Selbst die spontanen Besprechungen, die seinen Terminkalender ausfüllten, waren organisiert.

Um fünf vor zehn suchte Charlotte in ihrer Kontaktliste die Nummer von David und Katherine. Bevor sie auf „Verbinden" drückte, überlegte sie sich den genauen Wortlaut dessen, was sie sagen wollte. *Hallo, ich wollte wissen, ob Tim –*

Doch noch bevor sie sich den Rest überlegen konnte, wurde ihre Wohnungstür geöffnet. „Charlotte?"

Gott sei Dank! Charlotte atmete aus und warf ihr Handy auf den Tisch. „Wo warst du? Ich wollte gerade David und Katherine anrufen. Ich hatte Pizza gemacht …"

Von der Küche aus lugte sie durch den kleinen Flur zur Tür. Dort stand Tim und sah in seiner matschbespritzten Motorradkluft irgendwie schuldbewusst aus. Er warf Charlotte einen entschuldigenden Blick zu und bückte sich, um seine Stiefel auszuziehen.

„Paul und Artie kamen gestern Abend nach meiner Sitzung vorbei und –"

„Gestern Abend? Als ich dich anrief, sagtest du, dass du müde wärst und ins Bett gehen wolltest."

„Ich war auch im Bett, als sie mit Chase und Rudy auftauchten." Tims jüngere Brüder waren noch wagemutiger und verrückter nach Motorrädern als er. „Ehe ich mich versah, hatten wir Dave überredet, heute blau zu machen und ein Wettrennen zu veranstalten."

„Warum hast du nicht angerufen?" Etwas an seinem Tonfall, an seinem Verhalten sorgte dafür, dass sich ein kalter Stein in ihrem Bauch bildete.

„Das wollte ich ja, Charlotte. Aber als sie gingen, war es Mitternacht. Um sechs bin ich ins Büro gefahren, um ein paar Stunden zu arbeiten. Gegen elf brachen wir auf, um rüber nach Albertville zu fahren." Er zog sein Renntrikot aus. Getrockneter Matsch rieselte auf Charlottes sauberen Fußboden. Sein weißes T-Shirt spannte sich über seinem Brustkorb und der Saum an seinen Ärmeln um seine muskulösen Arme. Er deutete auf den Dreck. „Das mache ich später sauber."

„Der Staubsauger ist im Schrank." Sie deutete zu der Tür neben dem Kühlschrank. „Ich verstehe immer noch nicht, warum du nicht angerufen oder eine SMS geschickt hast."

Tim bewegte den Handstaubsauger über die Spuren, die er auf dem Fußboden hinterlassen hatte. „Ich habe immer wieder daran gedacht, dich anzurufen. Du hattest mir aber erzählt, dass du den ganzen Nachmittag Termine hast. Deshalb nahm ich an, dass du keine Zeit hättest." Er schaltete den Staubsauger aus und räumte ihn in den Schrank zurück. Dann lehnte er sich an die Wand und schaute auf seine Socken hinab. „Ich dachte, wir wären vor dem Abendessen zurück."

„Es ist zehn Uhr, Tim. Und du weißt ganz genau, dass du mir eine SMS schicken oder eine Nachricht hinterlassen kannst, auch wenn ich keine Zeit habe."

„Ja, das weiß ich." Er legte den Kopf schief, um im schwachen Küchenlicht einen Blick in den Backofen zu werden. „Ist von der Pizza noch was übrig?" Tim lächelte. Zögerlich, scheu. Attraktiv. Einnehmend.

„Ist im Kühlschrank. Und in der blauen Schüssel ist Salat." Charlotte trat einen Schritt zurück und ließ ihn sich seine Pizza selbst holen, während ihre eigene Pizza ihr plötzlich schwer im Magen lag. Er wusste, dass er sie mit seinem Charme leicht einwickeln konnte. Aber nicht an diesem Abend. Er musste ihr sein Verhalten erst noch erklären. „Hast du die Gästeliste mitgebracht? Vielleicht können wir ja noch ein paar Einladungen adressieren. Es sei denn, du bist zu müde und musst ins Bett." Jetzt hatte sie doch eine Spitze losgelassen. Wusste er eigentlich, wie sehr er sie mit seinem Schweigen verletzt hatte? Charlotte kehrte zu ihrem Platz am Esstisch zurück und starrte gedankenverloren auf ihr iPad.

„Nein, ich bin nicht zu müde." Tim schob die kalten Pizzastücke auf einen Teller. Er aß einen Bissen, ohne die Stücke vorher aufzuwärmen. „Ich habe die Liste nicht. Tut mir leid, Charlotte. Ich war diese Woche nicht bei meiner Mutter."

„Na gut, aber wir müssen in den nächsten Wochen fünfhundert Einladungen adressieren."

„Darf ich fragen, warum wir nicht jemanden dafür bezahlen, dass er das macht?" Tim öffnete den Kühlschrank, um sich eine Cola light herauszuholen.

„Das kann ich mir nicht leisten."

„Du hast tausend Dollar für eine alte Truhe ausgegeben, aber du kannst es dir nicht leisten, jemanden anzustellen, der unsere Einladungen adressiert? Hast du schon mal überlegt, dass *ich* mir das vielleicht leisten könnte? Beziehungsweise, dass *wir* es uns leisten könnten?"

„Ich würde das Geld lieber für ein etwas luxuriöseres Essen beim Empfang verwenden oder um diese Platinketten zu kaufen, die ich für die Brautjungfern im Auge hatte." Seit ihrer Verlobung sprach Tim im Plural. Wir. Uns. *Wir* können uns die Hochzeit leisten, die *wir* haben wollen.

Aber Charlotte wehrte sich dagegen, dass Tim und die Roses die gesamte Hochzeit zahlten. *Ihre* Familie musste auch etwas dazu beitragen. Selbst wenn *ihre* Familie nur aus ihr allein bestand.

Tim kam ins Esszimmer und setzte sich. Sein Blick wanderte zu den Einladungen. Dann zum Wohnzimmer.

„Ist sie das? Deine Tausend-Dollar-Truhe?"

„Das ist sie." Charlotte nahm seine Cola und trank einen Schluck. „Glaubst du, du kannst damit etwas anfangen?"

„Vielleicht." Tim starrte seine Pizza an. Er lehnte sich mit einem Seufzen zurück und fuhr mit den Fingern durch seine verschwitzten, dichten Haare. „Charlotte, ich hatte das mit heute Abend vergessen."

„Was vergessen? Die Einladungen? Mich? Was hast du vergessen, Tim?"

„Dich habe ich nicht vergessen." Er stand auf und riss ein Papierhandtuch ab, das er als Serviette benutzte. „Ich habe vergessen, dass wir die Gästeliste durchgehen und die Einladungen adressieren wollten."

„Und den Empfang planen. Und uns Gedanken machen über das offizielle Essen am Tag vor der eigentlichen Hochzeit, die Blumen, den Kuchen, die Smokings. Das wolltest du diese Woche auch machen. Eure Smokings aussuchen. Aber morgen ist schon Donnerstag."

„Ja, ich hatte mir die Sache mit den Smokings in meinen

Kalender eingetragen, habe sie aber immer wieder auf den nächsten Tag verschoben."

In diesem Moment wusste Charlotte es. Zuerst im Kopf, dann in ihrem Herzen und in ihrer Seele. „Tim, was ist los?"

„Ich weiß es nicht." Er schob den Pizzateller von sich, und Charlotte wurde bewusst, dass er sie kaum angeschaut hatte, seit er die Wohnung betreten hatte. Er bückte sich und nahm eine Einladung aus der Schachtel. „Sie sind hübsch, Charlotte."

„Aber sie werden nicht verschickt, oder?" Wann hatte sie es gewusst? Als sie am Samstag auf dem Berg gewesen war und auf ihre Fragen keine Antwort gefunden hatte?

Tim schob seinen Stuhl zu ihr herüber. „Es ist nicht so, dass ich dich nicht lieben würde –"

„Aber du willst mich nicht heiraten?" Sie drückte die Hände auf ihren Bauch und zog vorsichtig seinen Ring von ihrem Finger. Als sie ihn auf den Tisch legte, standen ihr Tränen in den Augen. Tim starrte an ihrer Schulter vorbei zum Fenster.

„Ich dachte, ich will heiraten …" Er wollte nach ihrer Hand greifen, aber Charlotte zog sie zurück. „Einige Jungs aus unserem Motocross-Verein waren heute auch dabei. Wir unterhielten uns über das große Rennen in Florida und haben Pläne geschmiedet, dass wir hinfahren wollten, als einer meinte: ‚Tim, dir ist schon klar, dass wir von der Woche nach dem 23. Juni sprechen? Heiratest du nicht an diesem Tag? Und bist du in dieser Zeit nicht in den Flitterwochen?'"

„Du hast deine eigene Hochzeit vergessen?" Charlotte strich mit der Hand über die Gänsehaut, die sich auf ihren Armen ausbreitete. Ihr Blick fiel auf die Truhe, und in diesem Moment spürte sie eine seltsame Verbundenheit mit der alten, zerkratzten Kiste, die keiner wollte. Sie hatte plötzlich das Gefühl, die Truhe wäre ihr einziger Verbündeter in der Wohnung.

„Charlotte, es tut mir leid. Ich will dich nicht verletzen."

„Tja, und da hat Katherine sich so große Sorgen gemacht, dass ich *dich* verletzen würde."

„Katherine soll sich lieber um ihre eigenen Angelegenheiten kümmern." Endlich schaute Tim sie an. „Ich liebe dich, Charlotte.

Ehrlich. Ich bin nur nicht sicher, ob ich bereit bin zu heiraten. Unsere Beziehung hat mich umgehauen. Es ging alles so schnell."

„Das lag nicht an mir. *Du* hast dafür gesorgt, dass alles so schnell ging, Tim. Als wäre ich eines deiner Wettrennen, das du gewinnen willst."

„Das ist nicht fair. Ich hatte es eilig, weil ich mich in dich verliebt hatte."

„Und was hat sich jetzt geändert?"

Tim stand auf und ging nervös auf und ab. „Das kann ich nicht genau sagen. Ich frage mich, ob einer von uns wirklich heiraten will. Wir haben nichts unternommen, um diese Hochzeit auf die Reihe zu kriegen. Du hast kein Kleid. Und ich habe im Countryclub noch keine Anzahlung geleistet."

Charlotte starrte den Ring an, der auf dem Tisch lag. „Und jetzt?"

„Die Hochzeit verschieben? Warten?" Er betrachtete den Ring. „Steck den Ring wieder an den Finger. Wir sind immer noch verlobt."

„Gibt es eine andere?" Charlotte schluckte ihre Tränen hinunter und starrte ihre Hände an, die sie in ihrem Schoß gefaltet hatte. Sie machte keine Anstalten, den Ring zu nehmen.

„Würde ich dich bitten, den Ring wieder anzustecken, wenn es eine andere gäbe? Nein, es gibt niemanden, der zwischen uns steht. Höchstens vielleicht ich. Mein Egoismus. Ich dachte, ich wäre bereit, aber –"

„Du bist zweiunddreißig, Tim. Du bist ein erfolgreicher Architekt. Wenn du den Eindruck hast, dass du nicht bereit bist, dann bin ich vielleicht nicht die richtige Frau." Der schneidende Klang ihrer Worte und die Wahrheit, die darin mitschwang, waren wie ein Dolchstoß in ihr eigenes Herz.

„Bin ich denn der richtige Mann? Warum schiebst du alles so vor dir her? Läuft eine Braut nicht gleich nach der Verlobung los, um sich ein Kleid zu kaufen? Du besitzt eine Brautmodenboutique. Du hast Zugang zu den neuesten, schönsten Kleidern der Welt. Aber …" Er betrachtete sie mit einem zärtlichen Blick. „Sag mir, dass du nicht das Gefühl hast, dass bei uns irgendetwas nicht stimmt."

„Wahrscheinlich … ja, vielleicht." Eine widerspenstige Träne lief ihr übers Gesicht. „Ich dachte einfach, dass wir momentan einfach zu viel um die Ohren hätten, dass wir es aber bis zu unserer Hochzeit schaffen würden. Ich schätze, wenn du wirklich in mich verliebt wärst und mich heiraten wolltest, würdest du nie unsere Hochzeit und unsere Flitterwochen vergessen, nur um mit den Jungs zu einem Rennen zu fahren." Schniefend fing sie eine zweite Träne mit ihrem Handrücken auf. „Ich wurde von Mama und Gerti aufgezogen und weiß deshalb nicht viel über Männer, aber ich arbeite seit zwölf Jahren in Brautmodenboutiquen und weiß eines: Ein Mann tut alles für die Frau, die er liebt und die er heiraten will. Er geht mit ihr einkaufen, während ein wichtiges Fußballspiel übertragen wird. Er probiert zehn Smokings an, auch wenn ihm der erste gepasst hat. Er gibt seinen Freunden und Hobbys nicht länger Vorrang. Er zieht ihretwegen sogar in eine andere Stadt. Alles aus Liebe." Charlotte nahm den Ring und drückte ihn Tim in die Hand. „Wenn wir nicht am 23. Juni heiraten, warum sollen wir dann so tun als ob?"

„Charlotte, wir tun nicht so als ob. Wir warten nur."

„Worauf, Tim? Bis wir das Gefühl haben, dass es jetzt passt? Schlagartig? Als du mir den Heiratsantrag gemacht hast, hatten wir das Gefühl, dass es richtig sei. Du kannst nicht die Hochzeit absagen, aber die Verlobung aufrechterhalten." Das hatte sie bei ihrer Arbeit mit Brautleuten in den vergangenen zwölf Jahren gelernt – zuerst in den Brautmodenboutiquen von anderen, wo sie gearbeitet hatte, und dann in ihrem eigenen Geschäft. Wenn eine Hochzeit erst einmal verschoben wurde … „Wenn wir nicht heiraten, dann sind wir auch nicht verlobt."

„Ich will dich nicht verlieren." Tim betrachtete den Ring und schob ihn bis zum ersten Knöchel über seinen kleinen Finger. Dann ergriff er Charlottes Hand und zog sie an sich. „Du hast mich vom ersten Augenblick an umgeworfen."

„Manchmal wissen wir nicht, was wir wollen, bis wir es bekommen. Dann", Charlotte konnte das Schluchzen nicht länger unterdrücken, „wird es kompliziert und die Braut … die Kleider … die vielen Details …" Charlotte konnte nicht weitersprechen. Sie lehnte sich an Tims muskulösen Oberkörper und an sein schweißgetränktes T-Shirt und weinte.

Sie hatte geahnt, dass das kommen würde. Deshalb war sie am Samstagmorgen auf den Berg gefahren. Die Frage *„Will ich es wirklich?“* hatte sie insgeheim schon beschäftigt. Aber dennoch hasste sie es, wenn etwas zu Ende ging. Sie hasste Abschiede.

Tim streichelte ihre Haare, ohne ein Wort zu sagen. Dann räusperte er sich.

„Es tut mir leid, Charlotte.“ Er nahm sie in die Arme, streichelte sie und wiegte sie langsam, während in seinen flüsternd gesprochenen Worten seine eigenen ungeweinten Tränen mitschwangen. „Schsch, alles wird gut.“

Sie legte die Arme um ihn und drückte sich an ihn. Seine Zärtlichkeit half ihr in ihrer Traurigkeit. Er machte zwar gerade Schluss, aber in diesem Moment war er ihr bester Freund, ihre Kraft.

Als sie sich aus seiner Umarmung löste und sich das Gesicht abwischte, blieb sie halb abgewandt stehen und blickte zu ihrer Schlafzimmertür. „Es ist leichter, wenn du einfach gehst, Tim.“

Gott sei Dank hatten sie nicht miteinander geschlafen. Dann wäre das alles jetzt noch viel schwerer. Wie kalt wäre dann seine Seite des Bettes heute Nacht! „Mach bitte die Wohnungstür hinter dir zu.“

„Charlotte?“

„Leb wohl, Tim.“ Charlotte schloss ihre Schlafzimmertür, warf sich aufs Bett und vergrub den Kopf unter dem Kissen, während sie das Gefühl hatte, dass ihr Brustkorb bei ihrem herzzerreißenden Schluchzen fast zerplatzte. Sie hatte Mamas Tod überlebt. Sie hatte es überlebt, von der mürrischen, aber herzensguten alten Gerti aufgezogen zu werden. Sie hatte es überlebt, Weihnachten und Geburtstage allein zu feiern. Warum sollte sie diese unbedeutende Kleinigkeit nicht überleben? Eine geplatzte Verlobung? Sie würde diese Nacht überleben. Ganz bestimmt. Solange sie nicht das Klicken der Tür hörte, die hinter Tim ins Schloss fiel.

Kapitel 6

Emily

Im flackernden Licht der Gaslampe kippte Emily die Briefe aus der Zedernkiste auf ihr Bett. Es waren Dutzende. Und alle waren in Daniels sauberer, gleichmäßiger Handschrift an sie adressiert.

Warum hatte ihr Vater sie vor ihr versteckt? Das sah ihm überhaupt nicht ähnlich. Emily sortierte die Briefe nach dem Poststempel – von April bis August – und zählte insgesamt vierzig.

Als sie in die Mitte ihres Bettes krabbelte und sich nachdenklich auf ihre Kopfkissen stützte, blieb ihr Verlobungsring an der Bettdecke hängen. Phillips Ring an ihrer linken Hand, der so teuer und so exquisit war, verblasste im Vergleich zu dem Berg an Briefen in ihrer Rechten. Daniel hatte mit eigener Hand seine Gedanken und das, was in seinem Herzen war, niedergeschrieben, und das war wertvoller als selbst der edelste – aber tote – Stein.

Emily kämpfte mit der Schwere in ihren Augen und der Müdigkeit in ihrem Herzen. Was war das für ein Tag gewesen! Zuerst die Versammlung der Suffragetten, dann das Treffen mit Phillip in der Stadt, die Fahrt mit ihm in seiner Kutsche und seine leidenschaftlichen Küsse.

Dann war sie nach Hause gelaufen und hatte Daniel getroffen. Ach, Daniel! Als sie an seine Berührung zurückdachte, konnte Emily das Pulsieren ihres Blutes spüren.

Und schließlich Phillips Heiratsantrag. Ausgerechnet an diesem Abend. Sie hatte damit gerechnet, dass er ihr bald einen Antrag machen würde, vielleicht anlässlich der Gartenparty bei den Woodwards Anfang September.

Emily sank auf ihre Kissen und schloss die Augen. Sie wäre am liebsten durch den Flur zum Schlafzimmer ihrer Eltern marschiert und hätte ihren Vater gefragt, warum er Daniels Briefe abgefangen hatte.

Aber sie war klug genug, das nicht zu tun. Vater reagierte nie auf Wutausbrüche, schon gar nicht um halb zwei in der Nacht. Er würde ihr nur sagen, dass sie sich zusammennehmen, ins Bett gehen und sich am nächsten Morgen bei ihm entschuldigen sollte, und falls er es für nötig hielt, würde er vielleicht irgendwann mit ihr darüber sprechen.

Doch warum sollte sie sich jetzt Gedanken wegen Vater machen? Sie hatte Daniels Briefe! Emily richtete sich auf und nahm den ersten Brief vom Stapel. Den Rest steckte sie nach Datum sortiert in die Kiste.

16. April 1912

Liebste Emily,
es ist schon spät, und mir fallen gleich die Augen zu, aber ich kann nicht schlafen gehen, ohne Dir vorher noch ein paar Zeilen zu schreiben.

Ich habe heute Abend für uns beide gebetet. Ich bin erst seit ein paar Tagen fort, aber ich denke viel an Dich und die Zukunft, die wir vielleicht miteinander verbringen werden, wenn der Herr im Himmel uns wohlgesonnen ist.

Glaube mir, wenn ich Dir sage, dass ich jeden Tag an Dich denke, selbst wenn ich Baseball spiele und mit den Jungs Spaß habe. Ich vermisse Dich schrecklich, Emily.

Baseballspielen ist viel Arbeit für ein paar Dollar, falls Du Dir das vorstellen kannst. Der alte Moley lässt uns hart trainieren. Wenn wir nicht spielen, trainieren wir. Er hat auch für morgen früh, bevor wir losfahren, ein Training angesetzt.

Wahrscheinlich kann man ihm daraus keinen Vorwurf machen. Scully hat heute Abend gegen die „Atlanta Crackers" keinen Punkt geholt. Moley sagt, wir müssen unbedingt gewinnen.

Wir schlafen in billigen Motels und sogar auf den Baseballfeldern. Eine Woche lang hat es ununterbrochen geregnet und wir mussten im Bus schlafen. Moley fand eine nette Frau, die uns ein Zimmer mit einem heißen Bad vermietete, nachdem wir uns zehn Tage nur in einem Eimer gewaschen hatten. Ich muss Dir wohl nicht beschreiben, wie wir gerochen haben.

Was gibt es noch Neues, das ich Dir erzählen könnte? Es wäre wirklich schön, wenn ich von Dir hören würde. Dann könnte ich ein wenig über Deine Welt sprechen. Miltons Freundin hat ihm geschrieben, dass sie sich mit einem anderen Mann verlobt hat. Der arme Kerl! Es ging ihm ziemlich schlecht, bis wir zum Stadion kamen und mehrere hübsche Mädchen am Kartenschalter auf Einlass warteten. Das hat ihm geholfen, seine alte Freundin schnell zu vergessen.

Aber mach Dir keine Sorgen, Emily, ich denke nur an Dich. Kannst du mir bitte ein neues Foto schicken, wenn Du mir schreibst? Das Bild, das ich von Dir hatte, wurde zerstört, als der Bus in einem Schlammloch stecken blieb und wir die alte Klapperkiste ausbuddeln mussten. Die Wege in Tennessee sind nicht so gut wie die Schotterstraßen in Birmingham.

Aber das weißt Du ja, da Dein Vater den Kalksteinabbau für den Schotter finanziert hat.

Gestern hatte ich Geburtstag. Hast Du daran gedacht? Ich hoffe, Du hast mir einen Geburtstagsgruß mit dem Wind geschickt. Ich habe den Kuchen meiner Mutter vermisst. Ich erinnere mich an den letzten, den sie mir zu meinem fünfzehnten Geburtstag gebacken hat. Kurz danach ist sie gestorben.

Ich würde mehr schreiben, wenn ich wüsste, was Du zurzeit machst. Grüße alle, die mich kennen.

Erinnerst Du Dich noch an den Abend, an dem wir uns in der Campus-Bibliothek zum ersten Mal getroffen haben? Meine Kumpels sind aufgefallen, weil sie sich nicht an die Regeln hielten und Quatsch machten. Du hast uns mit Deinen dunklen Augen finster angesehen. Als wir zu unserem Schlafsaal zurückgingen, sagte ich zu meinem Zimmernachbarn: „Dieses Mädchen werde ich heiraten." Das war mein Ernst. Ich werde mein ganzes Leben damit verbringen, Dich glücklich zu machen. Falls Du mich willst.

Noch etwas: Ich war mit einigen der Jungs am Sonntag im Gottesdienst. Der Pastor hat ein bisschen viel über Tod und die Hölle gepredigt, aber Scully hat er damit angesprochen. Als der Pastor fragte, wer sein Leben Gott übergeben wolle, lief er nach vorn zum Altar. Ich wurde bei diesem Gottesdienst nur daran erinnert, warum ich Gott liebe. Und Dich.

Mit meiner ganzen Liebe und Zuneigung

Daniel

Emily faltete den Brief wieder zusammen und steckte ihn in den Umschlag zurück. Sie wusste nicht, was sie fühlen sollte. Schuljungengerede! Sein ganzes Leben damit verbringen, sie glücklich zu machen. Meine Güte! Was für eine kindische Liebeserklärung! Daniel war doch ein erwachsener Mann!

Sie steckte den Brief wieder in die Kiste zurück, knallte den Deckel so fest zu, dass ihr Verlobungsring gegen das Holz prallte. Dann schob sie sie unter ihr Bett, weit nach hinten an die Wand.

Sie war verlobt. Es war fast ein Betrug an ihrem Verlobten, wenn sie die Liebesbriefe eines anderen las. Wie konnte sie nur wenige Stunden, nachdem Phillip ihr seinen Verlobungsring angesteckt hatte, so untreu sein?

Emily machte sich zum Schlafen fertig. Dann sank sie auf die Knie, wo sie wie jeden Abend ihr Nachtgebet sprach. Aber statt die Augen zu schließen, schob sie die Hand unter die Matratze und zog das lederne Tagebuch heraus, in dem sie Daniel in der ersten Zeit, nachdem er mit den „Barons" die Stadt verlassen hatte, ihr Herz ausgeschüttet hatte.

30. April 1912

Lieber Daniel,

ich denke an dich und frage mich, wo du bist, und ich bete, dass es dir gut geht und du gesund bist. Ich wünschte, du würdest mir schreiben. Ich vermisse dich so sehr. Wer kann mich zum Lachen bringen, wenn ich traurig bin? Vater versucht es, aber seine alten Geschichten wirken bei mir nicht mehr. Sie bringen nur noch Mutter zum Schmunzeln.

Gestern waren Mutter und ich in der Stadt einkaufen, dann kamen wir nach Hause und haben mit Molly im Garten gearbeitet. Es war ein schöner Tag, der mich an unsere Spaziergänge auf dem Campus erinnerte.

Emily schlug das Tagebuch zu. Der Rest des Eintrags enthielt nur ihre Versuche, einem Menschen, der nicht länger da war, ihr Herz auszuschütten und ihre Gefühle irgendwie zu begreifen. Als Daniel weggegangen war, hatte sie gewusst, dass sie ihn liebte, aber als die Wochen ins Land zogen, ohne dass sie etwas von ihm hörte, hatte sie angefangen zu zweifeln.

Vielleicht war es eine Fügung Gottes, dass Daniel die Stadt verlassen und das Baseballspielen ihr vorgezogen hatte. Ein paar Wochen später hatte Phillip sie besucht und sie zum Schwarz-Weiß-Ball eingeladen.

Diese Einladung war mehr als nur Zufall gewesen. Sie musste Gottes Fügung gewesen sein.

Emily schob ihr Tagebuch in das Versteck zurück, vergrub sich unter ihrer Decke, sank tief in die federweiche Matratze und streckte ihre Beine auf den blütenweißen Laken aus.

Ein plötzlicher Zorn auf ihren Vater ließ sie in die Höhe fahren. Emily schob sich die Haare aus dem Gesicht und hämmerte mit der Faust auf die Bettdecke. Der heutige Abend wäre vollkommen anders verlaufen, wenn sie Daniels Briefe erhalten hätte. Sie ließ sich auf ihre Kissen zurückfallen und streckte die Hand zu der Lampe auf ihrem Nachttisch aus. Dunkelheit legte sich über den Raum, als das Licht erlosch.

Sie war verlobt. Und sie wollte Phillip mit ihren Worten *und* ihrem Herzen treu sein.

Charlotte

Charlotte balancierte zwei Becher mit Caffè Latte sowie eine Tüte mit Gebäck in ihrer Hand, während sie die Hintertür zu ihrer Boutique aufsperrte und durch die alte Abstellkammer in die Küche ging. Sie stellte das Frühstück auf den Tisch in der kleinen Kochnische, schüttelte ihren eingeschlafenen Arm und ging noch einmal zu ihrem blauen Cabrio hinaus, um die Schachtel mit den unbenutzten Einladungen zu holen.

„Dixie?" Es war fünf Minuten vor Ladenöffnung, die Lichter waren an und die Musik lief. Heute erfüllten Bach und seine herrlichen Melodien für Violine die Boutique. „Dixie? Ich habe Kaffee mitgebracht. Und was zu essen."

Charlotte lugte in den Laden und wartete darauf, das Klappern von Dixies Absätzen auf dem Parkett zu hören. Aber die einzige Antwort auf ihr Rufen war Schweigen. *Hmm, sie ist vermutlich oben.*

Wieder zurück in der Küche, stellte Charlotte die Einladungen auf den Boden und nahm ihren Caffè Latte. Sie wusste, was sie mit diesen Einladungen machen wollte. Sie wollte sie entsorgen. Aber zuerst wollte sie frühstücken.

Vor ihr lag ein neuer Lebensabschnitt. Ja, ein Neuanfang könnte ihr guttun, eine Chance, neuen Schwung in ihr Leben zu bringen, sich wieder auf das zu konzentrieren, was wirklich wichtig war. Vielleicht eine Brautmodenmesse in New York oder Los Angeles zu besuchen. Oder noch etwas Besseres? Paris. Sie hatte eigentlich für dieses Jahr einen Frankreichtrip geplant gehabt, bis sie Tim begegnet war und sich Hals über Kopf in ihn verliebt hatte.

Bray-Lindsay hatte sie eingeladen, nach Paris zu kommen. Sie musste die Einladung nur noch annehmen.

Nachdem Tim gegangen war und Charlotte sich die Seele aus dem Leib geweint hatte, hatte sie mitten in der Nacht noch Dixie angerufen und sie gebeten, an diesem Morgen den Laden aufzusperren, obwohl sie heute eigentlich später kommen müsste. „Mir geht es nicht gut. Ich glaube, es würde mir guttun, mal auszuschlafen."

Aber Charlotte hatte nicht viel geschlafen.

„Dixie, wo bist du?“ Charlotte ging zur Verkaufstheke und schaute auf der Treppe und im Erdgeschoss nach. Die Kasse war bereit. Aber sie war noch verschlossen. „Bist du oben?“ Charlotte bückte sich und rückte die Schleppe des Ausstellungsstücks zurecht, das in der Mitte des Raums stand.

„Charlotte, da bist du ja!“ Dixie betrat den Ausstellungsraum. Sie ergriff die Hand ihrer Freundin und zog sie mit sich. „Mach die Augen zu.“

„Dann laufe ich ja gegen die Wand. Nein danke. Was ist los? Ich habe Kaffee und Gebäck mitgebracht.“

„Gut, großartig, aber mach zuerst die Augen zu.“

Charlotte folgte Dixie mit zitternden Knien. Ihr Entschluss, ihr Leben wieder selbst in die Hand zu nehmen, hatte ihr die nötige Kraft gegeben, am Morgen zu duschen und zu „Starbucks“ zu fahren, um Kaffee und Gebäck zu kaufen – doch der Adrenalinschub ließ nun langsam nach. Und die Hoffnung, dass heute ein neuer Tag mit neuen Möglichkeiten war, schwand immer mehr. Sie hatte sich etwas vorgemacht, als sie geglaubt hatte, dass heute ein neuer Tag sei. Sie musste Tim vergessen.

Nein, der heutige Tag zerdrückte ihr Herz mit harter, unbarmherziger Faust. *Es ist vorbei. Unsere Liebe ist Geschichte.* „Dixie, ich bin wirklich nicht in Stimmung.“ Vor dem Vorführraum blieb sie stehen. „Egal, was du vorhast, ich mache es nicht.“

Charlotte hatte sich früh aus dem Bett gequält, sie hatte eine Lampe eingeschaltet, sich einen Kaffee gemacht und in ihrer Bibel gelesen.

Ohne mich könnt ihr nichts tun.

Wenn sie fest auf Gott vertraute, konnte sie alles tun.

„Du wirst begeistert sein“, meinte Dixie. „Weißt du noch, wie du Kristin ihr Kleid präsentiert hast? Nachdem ich fünf Jahre im Schatten deines Genies stand, ist dein Zauber jetzt auch auf mich übergesprungen, und ich habe das perfekte Kleid für dich gefunden.“

„Nein, Dixie, wirklich nicht. Ich kann nicht.“

„Du hast es mir versprochen. Diese Woche. Und ich habe deinen Verlobten angerufen und ihm eine Nachricht hinterlassen, dass ich gegen drei mit einem halben Dutzend Smokings in seinem Büro auftauche, die David und er anprobieren müssen. Ha! Da muss er schon früh aufstehen, um der alten Dixie zu entkommen. Es gibt viele Möglichkeiten, einen Bräutigam zu seinem Smoking zu verhelfen." Dixie ging rückwärts zur Salontür, schob diese auf und zog Charlotte mit sich. „Wag es ja nicht, die Augen zu öffnen, Charlotte!"

Nein, nein, nein. „Dixie, warte, hör zu –"

„Hör auf zu protestieren. Halte dich fest und lass dich von mir an die richtige Stelle führen." Dixie schob Charlotte ein wenig nach rechts und warf ihre Schultern zurück. „So, jetzt kannst du die Augen aufmachen." Dixie wedelte theatralisch mit den Armen. „Ta-ta."

Auf der Ausstellungsbühne befand sich ein schlichtes, mit Perlen besetztes Satinkleid mit einem breiten Band aus italienischer Spitze um die Taille. Die ellbogenlangen Ärmel berührten den oberen Rand von langen, weißen Handschuhen. Tüll und ein leichter Reifrock sorgten dafür, dass der Rock, der in eine schimmernde Schleppe überging, weit ausgebreitet war.

„Oh, Dixie, es ist wirklich wunderschön." Charlotte kämpfte eine Sekunde gegen die Tränen an, gab es dann jedoch auf. Die Lichter tanzten auf dem weißen Satin und ließen die Perlen glitzern. Falls sie heiraten würde, hätte Dixie tatsächlich ihr Kleid gefunden.

„Ich weiß, dass der Juni kein Monat für Handschuhe ist, aber ich dachte, dass sie das Bild vervollständigen. Gefällt es dir wirklich? Flügelärmel sind nicht unbedingt modern, aber dieses Kleid spricht mich einfach an. Dich auch? Ich sage dir, ich weiß nicht, wie es dir gelingt, das Herz einer Frau zu erreichen und das perfekte Kleid für sie zu finden. Aber du schaffst es immer wieder. Ich kenne dich besser als jeder andere Mensch, aber es hat mich große Mühe gekostet, das Kleid zu finden, das zu dir passt. Und? Was sagst du?" Dixie atmete durch und schaute sie mit großen Augen an.

„Gott hat mir dieses Talent geschenkt.“ Charlottes Stimme versagte, aber sie fing sich wieder, als Dixie auf sie zutrat.

„Gefällt es dir? Ich finde es wunderschön. Komm schon, Boss, sag mir: Wie bin ich?“

„Ausgezeichnet, du hast das ausgezeichnet gemacht. Es ist … perfekt. Aber bitte hänge es wieder an den Ständer. Ich werde es nicht anziehen.“ Charlotte wandte sich zum Gehen.

„Was? Charlotte, komm schon, dieses Kleid ist wie für dich gemacht. Siehst du, hier im glitzernden Licht kannst du es fast lesen. Auf dem Kleid steht in unsichtbaren Lettern ‚Charlotte Malone‘. Nenn mir einen guten Grund, warum du in diesem Kleid nicht heiraten kannst.“

„Weil ich nicht heiraten werde, Dixie.“ Sie hielt ihrer Freundin ihre linke Hand hin, an der nicht länger ein Ring prangte. „Bitte, räum es weg.“

„Charlotte, meine Güte! Was ist denn passiert?“ Dixie folgte Charlotte aus dem Raum. „Du heiratest nicht? Hast du mit ihm Schluss gemacht?“

„Nein, er hat mit *mir* Schluss gemacht.“ Charlotte ging die Rundtreppe der Boutique hinab und ging in die Küche zu ihrem tröstenden Caffè Latte und Gebäck. „Er hat gesagt, dass er die Hochzeit auf später verschieben will. Und ich habe gesagt, dass wir entweder heiraten oder Schluss machen.“ Sie zuckte die Achseln. „So gesehen habe also wahrscheinlich doch ich mit ihm Schluss gemacht. Aber er hat mir nicht widersprochen …“

„Oh nein, das … das tut mir so leid. Das kann ich gar nicht glauben. Hat er gesagt, warum er warten will?“ Dixies leiser Tonfall verriet ihr Mitgefühl. „Das ergibt keinen Sinn. Überhaupt keinen Sinn. Er hat das Gefühl, dass er noch nicht bereit ist? Jeder bekommt vor der Hochzeit kalte Füße. Meine Zehen waren Eisklötze, bevor Jared und ich geheiratet haben. Na und? Tim hat sich Hals über Kopf in dich verliebt und jetzt soll alles plötzlich vorbei sein? Das will mir einfach nicht in den Kopf.“ Dixie lehnte das Gebäck, das Charlotte ihr anbot, mit einer aufgeregten Handbewegung ab.

Wenn man es so sah, ergab es wirklich keinen Sinn. Aber in der

Tiefe ihres Herzens hatte sie das Gefühl, dass die Entscheidung richtig war. Und das war schon wieder völlig falsch. Charlotte setzte sich an den Tisch und biss in ihr Gebäck. Das Teilchen hatte hinter der Theke so verlockend ausgesehen, aber jetzt schmeckte es wie Pappe.

„Wie geht es dir, Charlotte?" Dixie drückte den Arm der jungen Frau und zog sich einen Stuhl heran. „Es tut mir so leid, dass das passiert ist."

„Ich habe nicht gut geschlafen." Charlotte legte ihr Frühstück auf einer Serviette ab. „Ich bin aufgewacht und habe in meiner Bibel gelesen, aber Jesus sagt nicht viel darüber, woran man erkennt, ob ein Mann der Richtige ist. Ich wollte wirklich, dass Tim der Richtige ist, Dixie. Aber vielleicht aus völlig falschen Gründen." Charlotte ließ ihren Tränen freien Lauf. „Er ist umwerfend. Wenigstens finde ich das. Er ist witzig und klug, er bringt mich zum Lachen. Schon als ich das erste Mal mit ihm gesprochen habe, hatte ich das Gefühl, dass ich mir bei ihm nicht erst jedes Wort lange überlegen muss. Allerdings habe ich mich hinterher gefragt, ob ich mich vielleicht zum Idioten gemacht habe. Und als er dann das erste Mal anrief, um mich zum Essen einzuladen, glaubte ich, dass Gott dahinterstecken müsse, denn ich bin nicht so hübsch, und ich kann ganz bestimmt nicht gut flirten."

„Soll das ein Witz sein? Du bist umwerfend. Und charmant. Wer hat's schon nötig zu flirten, wenn er so klug ist wie du? Tim kann sich glücklich schätzen, dass du überhaupt mit ihm gesprochen hast." Dixie lehnte sich zurück. „Snob. Jawohl, er ist ein Snob."

„Ich war der Glückspilz. Er ist kein Snob, Dixie. Er ist nur ehrlich. Hättest du gewollt, dass Jared dich heiratet, wenn er irgendwelche Bedenken gehabt hätte?"

„Nein, wahrscheinlich nicht", seufzte Dixie und strich mit der Hand an ihrem Pferdeschwanz entlang. „Das macht mich so traurig."

„Ja, aber vielleicht hat Tim ja recht." Charlotte lächelte schwach, aber ihre Lippen bebten. „Es ging alles so schnell."

„Daran ist ganz allein er schuld, Charlotte. Zieh dir diesen Schuh nicht an! Glaubst du, dass du dir deshalb nie ein Kleid ausgesucht hast? Weil du es irgendwie geahnt hast?“

„Keine Ahnung.“ Charlotte lehnte den Kopf an die Wand und schluckte schwer. Wenn sie doch diesen Tag nur schon hinter sich hätte. In dem grellen Licht der Küche war ihr kalt und sie fühlte sich nackt. „Ich wusste nicht, wie ich mich auf die Hochzeit vorbereiten sollte, als ich plötzlich selbst die Braut war. Irgendwie dachte ich, das Kleid, der Tag, die unterschiedlichen Aspekte der Hochzeit würden sich einfach so ergeben. Und ich wüsste dann, dass es richtig ist.“

„Aber das hast du nicht gewusst?“

„Ich habe schon seit Jahren immer wieder denselben Traum über meine Hochzeit. Das erste Mal hatte ich ihn direkt nach der Highschool, als meine erste große Liebe mit mir Schluss gemacht hatte. In dem Traum gehe ich durch den Mittelgang der Kirche auf meinen Bräutigam zu. Ich bin allein, weil ich niemanden habe, der mich zum Altar geleitet. Keinen Vater, keinen Bruder, keine Onkel.“

„Und bei den Roses gibt es nur Männer.“

„Ja, ich weiß.“ Charlotte setzte sich auf und rieb sich die Augen. Sie hatte an diesem Morgen auf Make-up verzichtet und trug nur eine Abdeckcreme und ein wenig Puder. „Als Tim mir erzählte, dass er vier Brüder hat, lag ich nachts wach und bat Gott: ‚Bitte zeige mir, wie man mit Männern umgeht.‘“ Sie lachte leise. „Ich hatte so viel Angst, dass ich sie wie gefangene Löwen im Zoo anstarren würde. Aber ich wollte wie ein richtiger Junge Fußball spielen …“

„Zurück zu deinem Traum. Was passiert, wenn du durch den Gang zum Altar gehst?“

„Ich drehe mich auf dem Absatz um und laufe aus der Kirche.“ Charlotte warf einen Blick zur Wand und sah im Geiste Tim und seine Brüder vor sich. Alle standen als Trauzeugen neben ihm und alle nahmen sie wie eine Schwester an. „Normalerweise laufe ich irgendwann zwischen Tür und Altar davon und schreie: ‚Nein!‘“ Charlotte zupfte am Rand ihrer Serviette. „Zwei- bis dreimal im Jahr hat mich dieser Traum verfolgt. Bis –“

„Vielleicht ist das ein Zeichen, dass du Tim nicht heiraten sollst.“

„Bis ich Tim traf.“ Charlotte seufzte und schaute zuerst in ihre Kaffeetasse und dann Dixie an.

„Oh.“

„Ja, oh.“ Charlotte stand auf und wickelte den Rest ihres Gebäcks ein. „Und jetzt? Woran soll ich erkennen, wer der Richtige ist?“

Dixie zog Charlotte in ihre Arme. „Vertraue darauf, dass Gott dich führt, Charlotte. Das ist alles, was uns bleibt.“

Charlotte lehnte die Wange an die Schulter ihrer Freundin und ließ ihrer Tränenflut freien Lauf. Schließlich setzte sie sich entschlossen auf, nahm eine Serviette und wischte sich das Gesicht trocken. „Gehen wir an die Arbeit, Dixie.“ Charlotte erhob sich, strich ihr Kostüm glatt und wischte sich die Haare aus dem Gesicht. „Heute ist der erste Tag vom Rest meines Lebens.“

Kapitel 7

Emily

Mrs Caruthers war die angesehenste Schneiderin in ganz Birmingham. Mutter vereinbarte gleich am Tag nach Phillips Heiratsantrag einen Termin mit ihr. Und jetzt, acht Tage später, betrat Emily ihr luxuriöses Geschäft.

Eine grüne Tapete mit goldenem Muster bedeckte die Wände des Ankleideraums und den stumpfen, verkratzten Hartholzboden zierte ein Perserteppich. Die Vormittagssonne schien auf das glänzende Rosshaarsofa und die Geräusche von der Straße unter ihnen drangen gedämpft durch die geschlossenen Fensterscheiben.

Eine klingelnde Straßenbahn zog Emily zum Fenster hin. Unten, in der 19. Straße, herrschte das übliche rege, lärmende Treiben von Birmingham. Emily liebte die Stadt und kam so oft sie konnte aus Highlands, dem Stadtteil, in dem sie wohnten, in die Innenstadt. Sie hatte sogar vorgeschlagen, in Vaters Bank mitzuarbeiten, aber er hatte sie prompt dafür getadelt.

„Du bist eine Dame der Gesellschaft", hatte Mutter ihm sofort zugestimmt. „Du beschäftigst andere. Aber du selbst arbeitest nicht als Angestellte."

„Warum schickt ihr mich dann aufs College, wenn ich meine Zeit nur zu Hause vertrödeln soll? Ihr habt ja auch nichts dagegen, dass ich mich auf die Erde knie und im Garten arbeite." Sie warf Mutter, die darauf beharrte, dass Emily Gartenarbeit lernen sollte, einen vielsagenden Blick zu.

„Du arbeitest für deine Familie im Garten", hatte Vater gesagt und mit der Hand auf den Tisch geschlagen. „Du gehst nicht in die Stadt und stempelst dich ein und arbeitest weit unter deiner Ausbildung und deinem Stand für Lohn."

Deshalb hatte Emily nach ihrem Studium nur zu Hause gesessen und gewartet. Da Daniel fort war und ihre Freundinnen entweder verheiratet oder zu Reisen durch Europa aufgebrochen waren, hatte die Langeweile sie fast an den Rand des Wahnsinns getrieben.

Als Molly Emily zu einer Suffragettenversammlung eingeladen hatte, war sie begeistert mitgekommen. Endlich hatte sie etwas zu tun. Dann war Phillip aufgetaucht und ihr verzweifeltes Herz hatte sich nicht lange gegen seine Aufmerksamkeiten gewehrt.

Emilys Verlobungsring stieß klirrend an das Glas, als sie sich ans Fenster drückte, um mehr von dem Treiben auf der Straße sehen zu können. Jetzt würde sie heiraten, und sie bekäme ein eigenes Zuhause und könnte als Mrs Phillip Saltonstall selbst bestimmen, was sie tat.

Höchstwahrscheinlich hätte sie eine bestimmte Summe zur Verfügung, die sie in Projekte investieren konnte, die sie für lohnenswert hielt. Sie konnte einkaufen gehen, wann und wo sie wollte, und sie wäre die Herrin in ihrem eigenen Haus.

„Meine Güte, ist es warm hier drinnen." Mutter fächelte sich mit ihren Handschuhen Luft zu, dann zog sie die Nadeln aus ihrem Hut.

Emily legte ihr Handtäschchen und ihren Sonnenschirm auf den Tisch neben der Tür. „Ich schaue mal, ob ich das Fenster aufmachen kann, Mutter."

„Meine Güte, nein! Auf den Straßen sind Leute unterwegs. Willst du denn, dass sie dich sehen?"

„Wenn das bedeutet, dass ich nicht vor Hitze in Ohnmacht falle, ja." Emily schob das Fenster auf. Die Luft draußen war drückend und schwül und von den Gerüchen der Stadt erfüllt und von den grauen Abgasen der Fabriken und Minen durchsetzt. Aber Charlotte zog diese Luft der heißen, abgestandenen Luft in Mrs Caruthers' Arbeitszimmer vor.

„Meine Güte!" Mutter verzog die Nase. „Entweder wir fallen hier drinnen vor Hitze in Ohnmacht oder wir atmen den Gestank der Minen ein."

„Das ist der Geruch des Lebens, Mutter." Emily atmete tief ein. „Benzin, Pferde, der Schweiß von Männern, das Parfüm von Frauen." Sie warf einen Blick zu der schmalen Tür, durch die die Schneiderin verschwunden war, drehte sich dann zum Fenster herum und beugte sich vorsichtig über das Fenstersims, um die Staubschicht nicht zu berühren.

Der Fahrer eines Model T überholte gerade einen langsamen, von einem Pferd gezogenen Lieferwagen. „Mutter, gehen wir zum Mittagessen zu ‚Newmans'?"

„Heute nicht. Ich habe Molly gesagt, dass sie das Roastbeef aufschneiden soll –" Mutter brach ab, als Emily seufzte. Viel zu laut, aber es war zu spät, um es zurückzunehmen. „Also gut, es ist dein Brautkleidtag." Sie packte Emily am Arm. „Beuge dich nicht wie eines von diesen billigen Tanzmädchen aus dem Fenster. Emily, nur damit du es weißt ..." Mutters Stimme zitterte und ihre Augen wurden feucht. „Vater und ich sind sehr stolz auf dich. Er wäre vor Stolz fast geplatzt, als Phillip um deine Hand anhielt. Er hat neue Zigarren bestellt, die er im Club verteilen will. Du bist zu einer der schönsten Frauen in ganz Birmingham herangewachsen. Du bist klug und talentiert, gebildet – darauf habe ich bestanden! –, und du kannst logisch und vernünftig denken. Du wirst dazu beitragen, dass Phillip einer der herausragenden Männer in dieser Stadt wird. Es war klug von ihm, dich auszuwählen, seine Frau zu werden."

Emily trat vom Fenster weg. Vielleicht war jetzt der richtige Zeitpunkt, um Mutter die Frage zu stellen, die ihr auf dem Herzen lag, seit Phillip ihr seinen Heiratsantrag gemacht hatte. „Mutter, hast du Vater geliebt, als du ihn geheiratet hast?"

„Oh, du meine Güte, ja! Ich war fest davon überzeugt, dein Vater brächte im Frühling die Blumen zum Blühen. Er war so gutaussehend und klug, er erzählte die besten Geschichten, die uns alle zum Lachen brachten, und er war der Schwarm aller Mädchen in unserer Klasse."

„Großmutter und Großvater waren mit ihm einverstanden?"

„Dein Großvater hat nicht viel von ihm gehalten." Mutter verzog das Gesicht, ahmte Großvaters Miene und seine tiefe Stimme nach.

„‚Dieser Junge hat nur Unsinn im Kopf, Maggie. Er redet so viel. Was soll das Gerede, dass er eine Bank aufmachen will? Er wird sein letztes Hemd verlieren, das sage ich dir. Ganz bestimmt.'"

Mutter lachte und zog die Brauen in die Höhe. „Ich brauche wohl kaum zu erwähnen, dass er seine Meinung inzwischen natürlich vollkommen geändert hat."

„Zweifellos. Spätestens, seit Vater ihm zum Geburtstag einen Reisewagen gekauft hat." Emily schaute wieder aus dem Fenster, beobachtete das Treiben auf der Straße und ließ ihre Gedanken auf Wanderschaft gehen.

Sie liebte Phillip. Ganz bestimmt. Warum sonst ließ sie sich von ihm so liebkosen und küssen?

„Wo bleibt denn diese Mrs Caruthers?" Mutter ging vor der schmalen Tür auf und ab. „Ist sie nach Paris gereist, um den Stoff zu besorgen?"

Mutter hatte in früheren Jahren öfters versucht, Mrs Caruthers für besondere Kleider zu buchen, hatte aber jedes Mal eine Absage bekommen. Erst seit der Saltonstall-Verlobung bekam Mutter eine Audienz bei der Königin der Schneiderinnen. Das gefiel Emily überhaupt nicht, aber wenn es ihre Mutter glücklich machte, dass Mrs Caruthers ihre Brautaussteuer und ihr Hochzeitskleid nähte, dann war auch Emily glücklich.

„Setz dich doch, Mutter. Mach dir keine Sorgen. Sie wird schon kommen." Mutter sollte sich beruhigen, damit sie das nagende Gefühl in ihrem Herzen vergaß.

Im Gegensatz zu Mutter wusste Emily, dass Phillip die Blumen nicht zum Blühen brachte. Er brachte sie auch nicht mit seinen albernen Geschichten zum Lachen. Wenigstens nicht oft. Das hatte er schon damals nicht vermocht, als sie auf dieselbe Schule gegangen waren. Aber wenn er seine Hand an ihrem Nacken hinabgleiten ließ, jagte er ihr ein Schauern über den Rücken.

Emily warf einen Blick zu ihrer Mutter, die jetzt auf dem Sofa Platz genommen hatte. Brachte Vater Mutter vor Verlangen zum Zittern? Oh, du liebe Güte! Emily schloss die Augen und verbannte diesen Gedanken schnell aus ihrem Kopf. Selbst wenn sie den Mut und die Dreistigkeit aufbrächte, Mutter diese Frage zu stellen, wollte sie die Antwort gar nicht hören.

Emily beugte sich leicht aus dem Fenster und atmete tief ein, um wieder einen klaren Kopf zu bekommen. Ja, sie liebte Phillip. Es konnte gar nicht anders sein.

An der Ecke zur Third Avenue fiel Emilys Blick auf eine vertraute Gestalt. Groß, schlank, mit einem verräterischen burgunderroten Frack und Gamaschen. Phillip. Ihr Herz schlug höher. Phillip war attraktiv und klug, in der Stadt geachtet und wurde ganz gewiss von allen Mädchen in ihren Kreisen begehrt.

Sie beugte sich weiter aus dem Fenster und winkte. „Phillip! Phillip Saltonstall! Hallo, du Mann mit den Gamaschen! Phillip!"

Emily wurde zurückgezogen. „Emily Lee Canton, hör sofort auf, hier herumzuschreien! Jetzt benimmst du dich wirklich wie ein billiges Mädchen! Meine Güte, eine anständige Dame beugt sich nicht aus einem Fenster im dritten Stock und brüllt wie eine Verrückte den Namen eines anständigen Herrn. Und schon gar nicht den Namen eines Mannes mit Phillips Ruf, der dazu auch noch ihr Verlobter ist. Was ist nur in dich gefahren?" Mutter spielte nervös mit ihren Baumwollhandschuhen und zog sie immer wieder über ihre Handfläche.

„Mutter, das ist Phillip. Der Mann, den ich heiraten werde. Warum kann ich ihm nicht aus dem Fenster zurufen?" Immerhin hatte sie soeben ihre wahren Gefühle erkannt. Warum sollte sie das nicht laut in die Welt hinausschreien? Emily schob das Fenster noch höher. „Phillip, ich bin hier oben –"

Aber ihre Worte blieben ihr im Halse stecken und schnürten ihr die Kehle zu. Emily bekam fast keine Luft, als sie die Szene unter sich sah.

Eine wahre Bohnenstange von einer Frau mit bleicher Haut und bleichen Haaren in einem königsblauen Kleid und mit einem dazu passenden Schirm lehnte sich an Phillip, der die Arme um sie legte und seine Lippen zu ihrem Nacken herabbeugte.

Emily keuchte. Sie fuhr so abrupt zurück, dass sie sich den Kopf am Fensterrahmen anstieß. Ihr entfuhr ein Schmerzensschrei. Sie legte die Hand an die brennende Stelle und presste die Augen zu, aber sie sah trotzdem die Haare der Frau in der Sonne glänzen.

„Geht es dir gut?“, fragte Mutter, deren Aufmerksamkeit immer noch auf die schmale, geschlossene Tür gerichtet war. „Ich hätte gute Lust, dort hineinzugehen und zu schauen, warum Mrs Caruthers so lange braucht. Das ist wirklich unglaublich.“

Was tat Phillip da unten? Er hatte eine Frau in den Armen und lachte fröhlich und sorglos. Und das auch noch in aller Öffentlichkeit. Das Blut schoss in Emilys Wangen. Hatte er denn überhaupt keinen Anstand? Keinen Respekt? Sie stöhnte leise.

„Emily, was hast du?“ Mutter beugte sich vor, um aus dem Fenster schauen zu können.

„Nichts, Mutter. Ein Pferd hat sein Hufeisen verloren. Das ist alles. Das hast du schon zigmal gesehen.“

„Aber du hast gestöhnt.“

„Der Wallach ist gestrauchelt. Ich dachte –“ Was? Was dachte sie? Sie hatte sich das alles bestimmt nur eingebildet. Sie war so weit weg. Sie hatte es bestimmt nicht richtig gesehen. Andere Männer trugen auch einen burgunderroten Frack und Gamaschen an einem Wochentag. Phillip war sicher nicht der Einzige, der sich so kleidete.

Mit einem weiteren vorsichtigen Blick verfolgte Emily das Ende der Umarmung. Die Frau zog sich lachend zurück und stieß Phillip mit ihrem Schirm leicht an. Phillip streckte die Hand nach ihr aus, als sie zur Ecke stolzierte und die 19. Straße verließ, um in die Third Avenue einzubiegen.

Emily beobachtete Phillip, wie er *sie* beobachtete, bis sie in der Menschenmenge verschwand.

„Hier bin ich wieder, Mrs Canton. Entschuldigen Sie, dass es länger gedauert hat, meine Liebe. Aber meine Assistentin hatte diesen hübschen Stoff noch nicht ausgepackt. Ich habe ihn vor sechs Monaten aus Paris bestellt, da ich sehr sicher war, dass bald eine besondere Hochzeit anstünde. Und jetzt ist es so weit. Die hübsche Emily Canton. Kommen Sie vom Fenster weg, meine Liebe. Sie verderben sich nur Ihre schöne Haut.“ Mrs Caruthers’ Arme waren mit Ballen aus schimmerndem Satin beladen. „Ich habe auch Seide, aber ich finde, Satin ist der ideale Stoff für ein Hochzeitskleid. Haben Sie Ihr Hochzeitsdatum schon festgelegt?"

„Wir hatten über März nachgedacht", sagte Mutter mit einem stolzen Lächeln. Emilys Magen zog sich zusammen. Sie hatte bis zu diesem Augenblick noch nie erlebt, dass ihre Mutter versuchte, sich bei jemandem einzuschmeicheln. „Emily, schau dir diese Spitzen an. Was denkst du, Schatz?"

„Ich denke ..." *Ich denke, dass ich gerade eine andere Frau in den Armen meines Verlobten gesehen habe.* Als sie einen weiteren Blick aus dem Fenster warf, sah Emily, wie Phillip durch die 19. Straße auf das Saltonstall-Gebäude zuschritt. Er zog den Hut vor drei Herren und blieb stehen, um mit ihnen zu plaudern, und warf lachend den Kopf in den Nacken.

Wie ausgelassen er war, nachdem er diese dürre Frau mit der gespenstischen Hautfarbe umarmt hatte.

„Der März ist eine herrliche Zeit, um zu heiraten. Nicht zu warm, nicht zu kalt." Mrs Caruthers und Mutter unterhielten sich, als wäre alles auf der Welt in bester Ordnung. „Das gibt mir genügend Zeit, um das Kleid zu nähen. Wie viele Brautjungfern werden Sie haben? Natürlich auch Ihr Kleid, Mrs Canton, und vielleicht auch das Ihrer Mutter? Und die Aussteuer."

„Emily!", rief Mutter. „Was gibt es da draußen so Interessantes? Bitte vergiss deine Neugier, und sag Mrs Caruthers, was du von diesem Stoff hältst. Hast du dir schon Gedanken über die Brautjungfern gemacht? Mrs Caruthers, dieser Satinstoff ist ja butterweich."

Emily drehte sich um und sah, wie Mutter mit den Fingern über den cremefarbenen Stoff strich. „Er ist schön", sagte sie mit einem kurzen Blick. „So rein und so weiß."

Sie ging zum Fenster zurück. Niemand hatte eine Ahnung, wie es in Emily aussah. Sie war rein. Aber Phillip? Ihr Herz schlug schneller, als sie daran dachte, wie geschickt und gewandt er sie jedes Mal berührte.

„Ich finde, diese Farbe passt perfekt zu Ihrer Haut. Bitte, meine Liebe, kommen Sie hier herüber." Mrs Caruthers führte Emily zu dem Hocker in der Mitte des Raums und forderte sie auf, sich auf den Hocker zu stellen. Dann hielt sie eine Ecke des Satinstoffs an Emilys Wange. „Ja, sehr hübsch. Wollen wir einmal gemeinsam über den Stil nachdenken? Ich habe die Bücher hier drüben."

Mutter hielt die einzelnen Seiten in die Höhe, während Emily stehen blieb, damit Mrs Caruthers Maß nehmen konnte.

„Sie haben eine füllige Figur, Emily." Mrs Caruthers legte ihr das Maßband um den Hals. „Fangen Sie an, Ihr Korsett enger zu schnüren, meine Liebe. Dann schaffen wir es vielleicht, dass Sie bei Ihrer Hochzeit eine Taillenweite von perfekten 50 Zentimetern haben."

„Ich bin mit 55 Zentimetern ganz zufrieden. Ich will schließlich etwas essen können. Und atmen."

„Essen?" Mrs Caruthers zog die Brauen in die Höhe. „Das ist nicht zu übersehen."

Emily warf ihrer Mutter einen schnellen Blick zu.

„Wir werden in Ruhe darüber sprechen, Mrs Caruthers. Vielen Dank für Ihren Rat."

Rat? Mutter war einfach zu freundlich. Emily weigerte sich, sich ihrer Figur zuliebe die Luft oder den Magen abzuschnüren. Die Frauen im Norden aßen vielleicht wie die Spatzen, aber die Frauen im Süden waren kräftig und unverwüstlich. Emily warf einen wehmütigen Blick zum Fenster. Die Frau, die sie bei Phillip gesehen hatte, war schlank, und ihre dünne Figur wurde von ihrem Korsett noch zusätzlich betont.

„Der Stil ist für eine dünne Braut gedacht." Mrs Caruthers schaute Charlotte über ihre Brille hinweg an. „Ich würde Ihnen empfehlen, meinen Rat zu befolgen, vor allem, wenn man bedenkt, wen Sie heiraten, Miss Canton."

„Und mir wäre es lieber, wenn Sie Ihren Rat für sich behielten." Emily stieg von dem Hocker und hatte das Gefühl, gleich in Ohnmacht zu fallen. „Mutter, bitte …"

„Emily Canton, du weißt ganz genau, dass Mrs Caruthers dir nur einen Rat geben will. Aus diesem Grund haben wir sie um ihre ausgezeichneten Dienste gebeten." Mutter schleimte sich ja regelrecht ein. „Sie näht die Kleider für die angesehensten Familien in

Birmingham. Jetzt sei bitte ein liebes Mädchen, und schau einmal, welcher Stil dir gefällt." Mutter tippte auf ein Bild in dem Buch. „Dieser Stil könnte dir sehr gut stehen."

Emily beugte sich über sie, um das Bild zu betrachten. Das Kleid war zu angeberisch. Und die Plisseefalten und Raffungen auf der Rückseite erinnerten sie viel zu sehr an das Kleid, das die dürre Frau auf der Straße getragen hatte.

„Es ist zu schauderhaft und zu schwer. Wenn ich so viel Stoff anziehen muss, ersticke ich. Ich möchte bitte ein schlichtes Kleid, Mrs Caruthers." Emily wollte nur noch nach Hause, sich auf eine von Vaters Stuten schwingen und den Red Mountain hinaufreiten, um wieder einen klaren Kopf zu bekommen.

Dann brächte sie vielleicht den Mut auf, Phillip, wenn er zum Essen kam, auf das anzusprechen, was sie heute gesehen hatte. Sie hatten seit ihrer Verlobung nicht viele Worte gewechselt. Seine Kommunikation mit ihr bestand hauptsächlich aus leidenschaftlichen Küssen und intimen Koselauten.

Heute würde sie auf der anderen Seite des Salons sitzen, außerhalb seiner Reichweite. Vielleicht würde sie ihm eine Partie Domino vorschlagen.

Im hellen Tageslicht errötete Emily bei dem Gedanken, was Phillip offensichtlich am meisten interessierte. Ihre Hochzeitsnacht. Aber das Gespräch mit Daniel in der vergangenen Woche hatte sie gelehrt, dass sie offen aussprechen musste, was sie fühlte.

„Was müssen wir tun, um uns Ihre Dienste zu sichern, Mrs Caruthers?" Mutter schaute die Schneiderin mit hoch erhobenem Haupt und zurückgeworfenen Schultern an.

„Ich notiere mir den Auftrag, Mrs Canton. Sie leisten die Hälfte des Preises als Anzahlung. Emily muss sich so bald wie möglich für einen Schnitt und die Anzahl ihrer Brautjungfern entscheiden. Natürlich muss sie sich auch für den Stil der Brautjungfernkleider entscheiden. Außerdem müssen wir auf der Stelle anfangen, ihre Aussteuer zu nähen. Ich habe ein Standardangebot an Kleidern und Wäsche, die Miss Canton sicher genehm sind."

„Gewiss. Sehr freundlich von Ihnen. Haben Sie eine Broschüre für den Fall, dass mein Mann und ich noch etwas zu Emilys Aussteuer hinzufügen möchten?"

„Selbstverständlich. Nehmen Sie das Ansichtsbuch bis morgen mit und treffen Sie Ihre Wahl. Ich erwarte Ihre Anzahlung bis zum Ende der Woche. Wie Sie wissen, bin ich sehr gefragt."

Emily gefiel überhaupt nicht, wie herablassend Mrs Caruthers mit ihrer Mutter sprach. Immerhin war ihr Vater mit seiner Bank einer der wichtigsten Männer in Birmingham, vielleicht sogar in ganz Alabama.

„Nur eine einzige Schneiderin in dieser Stadt kann mir das Wasser reichen, aber ich werde mir nie Sorgen machen müssen, dass sie eine Bedrohung für meine Geschäfte darstellt. Sie ist klar im Nachteil."

„Wieso denn das?" Emily trat zwischen ihre Mutter und Mrs Caruthers. „Wenn Sie uns ihren Namen verraten, werden wir das selbst entscheiden."

„Emily, beleidige doch Mrs Caruthers nicht. Bitte entschuldigen Sie. Ich weiß nicht, was heute in meine Tochter gefahren ist." Mutter warf Emily einen strafenden Blick zu. Wenn sie früher in den Genuss eines solchen Blickes gekommen war, war sie immer verängstigt weggelaufen.

„Ich kann Ihnen ihren Namen gern nennen. Es ist für mich kein Problem, falls Sie sich für sie entscheiden. Aber ich kann Ihnen gleich sagen, dass diese Frau nichts für Sie ist." Mrs Caruthers setzte sich an ihren Schreibtisch. Ihre breiten Hüften ragten über den Stuhl hinaus und ihre Röcke ballten sich auf dem Teppich. „Sie heißt Taffy Hayes. Sie ist eine Schwarze und lebt drüben in der 5th Avenue. Sie hat ein Arbeitszimmer in Mr Gastons Hotel gemietet. Ich engagiere sie hin und wieder für Näharbeiten. Aber Sie wollen bestimmt nicht, dass eine Schwarze Ihr hübsches weißes Hochzeitskleid berührt."

„Was für einen Unterschied macht es denn, dass sie farbig ist?" Emily nahm ihr Handtäschchen und ihren Schirm vom Tisch. „Ich habe einen Bärenhunger, Mutter. Komm, gehen wir essen. Damit ich noch ein wenig fetter werde."

„Emily, bitte!"

„Mrs Caruthers, ich brauche von Ihnen kein Hochzeitskleid und auch sonst nichts." Emily hob schwungvoll ihren Schirm in die Höhe.

„Verstehen Sie doch, Miss Canton! Haben Sie nicht gehört, was ich gesagt habe? Taffy ist eine Schwarze!"

„Ich habe Sie ganz genau gehört. Komm, Mutter." Emilys Absätze klapperten auf den breiten Holzstufen. Als sie die Treppe hinunterstieg, hallte Mutters angespanntes Flüstern mit Mrs Caruthers im Treppenhaus wider.

Sie konnte im Moment zwar vielleicht nichts wegen Phillip und dieser Frau unternehmen, aber in Bezug auf Mrs Caruthers konnte sie etwas tun.

Als sie die Straße erreicht hatte, atmete Emily im Sonnenlicht tief durch. Schon als kleines Mädchen hatte sie die Trennung zwischen Schwarzen und Weißen nie verstanden. Sie war zwar vertraut mit den Regeln, Argumenten und Gründen, aber wenn sie ihre Bibel aufschlug und mit Gott sprach, ergab diese ganze menschliche Logik überhaupt keinen Sinn.

„Du solltest deine Gedanken nicht so offen kundtun, Emily. Ich musste die Dinge mit Mrs Caruthers wieder in Ordnung bringen, aber ich glaube, dass kein bleibender Schaden angerichtet wurde." Mutters Seufzen war ein deutliches Zeichen, dass sie mit Emilys Verhalten nicht einverstanden war. Emily warf ihr einen prüfenden Seitenblick zu.

„Ganz meine Meinung! Hast du gehört, was sie über die andere Schneiderin gesagt hat? Den Schaden hat Mrs Caruthers angerichtet, nicht ich, Mutter. Ich bin zweiundzwanzig, ich habe studiert und bin verlobt. In einem halben Jahr führe ich einen eigenen Haushalt. Ich bin alt genug und kann meine Entscheidungen selbst treffen."

„Mäßige deine Stimme." Mutter konzentrierte sich darauf, sich die Handschuhe ordentlich über die Finger zu streifen. Dann blickte sie die Straße entlang. „Gehen wir jetzt zu ‚Newmans'?" Als die Straße frei war und sie diese genau an derselben Stelle überqueren konnten, an der Phillips *Freundin* sie überquert hatte, hakte sich Mutter bei Emily unter.

„Jetzt hör mir einmal zu …" Mutter sprach leise in Emilys Ohr, während sie weitergingen. „Ich verstehe und schätze deine Leidenschaft, deinen eigenen Weg zu gehen. Ich verstehe, dass du ein Herz für die Unterprivilegierten und die Bedürftigen hast. Dein Vater und ich geben in der ganzen Stadt große Spenden. Aber du wirst Mrs Caruthers nicht beleidigen und damit unseren Ruf ruinieren. Dafür hat dein Vater zu hart gearbeitet. Solange keine andere weiße Schneiderin ihres Kalibers in die Stadt kommt, wirst du viel mit ihr zu tun haben, da du bald Mrs Phillip Saltonstall sein wirst. Und ehrlich gesagt, möchte ich mir ihre Sympathie auch nicht verscherzen. Ich will ihre Dienste ebenfalls in Anspruch nehmen. Das wird aber nicht möglich sein, wenn du sie aus irgendeinem Grund beleidigst. Weißt du denn nicht, dass diese Frau ein Mundwerk wie eine Dampflokomotive hat? Die Hälfte der Verkäuferinnen bei ‚Lovemans' weiß inzwischen wahrscheinlich schon von deinem Wortwechsel mit ihr. Was ist, wenn sie herumerzählt, dass du Farbige vorziehst?"

„Sie ist arrogant und unhöflich. Ich will mit ihr nichts zu tun haben." Emily lenkte die Schritte ihrer Mutter sanft in Richtung „Newmans". „Ich habe kein einziges Wort gesagt, das auf dich oder Vater ein schlechtes Licht werfen würde. Oder auf die Saltonstalls."

„Deine Andeutungen und deine polternden Schritte, als du die Treppe hinuntergingst, sprachen lauter als alle Worte, Emily. Habe ich dir nicht erklärt, dass man in jeder Situation Haltung bewahren muss?"

„Dann entschuldige ich mich bei dir, Mutter. Aber diese Frau wird mein Brautkleid *nicht* nähen."

Mutter blieb abrupt stehen und hinderte Emily so ebenfalls am Weitergehen. Der Fußgängerstrom umfloss sie auf beiden Seiten. „Wenn du verheiratet bist, kannst du solche Dinge selbst entscheiden, mein Kind. Dann ist das eine Sache zwischen dir und Phillip – Gott stehe ihm bei –, aber solange dein Vater diese Hochzeit bezahlt, trägst du ein Kleid, das Mrs Caruthers entwirft und näht."

„Entwirft? Sie kopiert nur die Muster aus diesem Katalog, den sie dir mitgegeben hat. Sie ist im Grunde eine Fälscherin.“

„Die Frau, die dein Kleid näht, wird in allen Zeitungen und Gesellschaftsspalten von hier bis Atlanta und bis hinab nach New Orleans und Miami Erwähnung finden. Zweifellos auch bis hinauf nach Philadelphia, wo die Saltonstalls herstammen.“ Mutter betastete ihre Frisur. „Meine Güte! Ich habe meinen Hut vergessen, Emily. Wie konntest du zulassen, dass ich meinen Hut vergesse? Geh schon einmal weiter. Wir treffen uns dann bei ‚Newmans‘. Bestelle mir ein Corned-Beef-Sandwich und ein Glas kalte Milch, falls du gleich einen Sitzplatz bekommst.“

„Und wenn sie nur *warme* Milch haben, Mutter?“, zog Emily ihre Mutter mit einem Seufzen auf und zwang sich, diese anzulächeln. Sie diskutierte nicht gern mit ihr. Mutter konnte sehr gut argumentieren.

„Siehst du, Schatz! Lächeln vertreibt den Ärger.“ Mutter berührte mit ihrem Handschuh Emilys Wange, bevor sie sich wieder umdrehte. „Alles wird gut, Emily. Du wirst schon sehen.“

Daniel

Daniel sah Emily das „Newmans“ betreten, als er den Laden des Barbiers verließ und seinen neuen braunen Filzhut mit dem Seidenband – sehr elegant für einen ehemaligen Profibaseballspieler – auf seine frisch geschnittenen Haare setzte. Die Sonnenstrahlen glitzerten in Emilys dunklen Locken, als sie den Gehweg entlangschritt, und er musste an die Kohle denken, die aus den Bergwerken im Red Mountain gefördert wurde: reich und funkelnd.

An der Ecke zur 19. Straße zögerte er und fragte sich, wie lang sie heute schon in der Stadt war. Hatte sie Phillip getroffen und war sie Augenzeugin der Szene gewesen, die er vor einer Stunde hatte mit ansehen müssen? Hoffentlich nicht.

Plötzlich war die Straße frei. Der Bus war weitergefahren und im Moment tauchten keine Automobile und Pferdewagen auf. Die Luft wurde seltsam still. Daniel atmete tief ein, verließ den Bürgersteig und eilte auf die andere Seite der breiten Durchgangsstraße.

Emily. Sie schaffte es immer wieder, ihn von seinem Weg abzubringen. Sie brachte ihn dazu, seine Pläne zu ändern, obwohl er genau wusste, wohin er gehen und was er machen wollte.

Zuerst Baseball. Jetzt die Abteilung für Männerbekleidung im „Lovemans". Egal. Die neue Hose konnte warten.

Er betrat das „Newmans", blieb gleich hinter der Tür stehen und mischte sich unter die Männer, die an der Theke standen. Die Tische an der Wand waren von Frauen besetzt, die mit ihren Federhüten und ihren hohen Stimmen nicht zu übersehen und zu überhören waren.

Daniel schlenderte durch den Mittelgang, ließ seine Blicke über die Hüte schweifen und versuchte, die Gesichter zu erkennen. Emily war allein gekommen. Wenigstens glaubte er das. Ah, ganz hinten saß sie und hatte den Kopf über die Speisekarte gebeugt. Ein gehetzter Kellner blieb vor ihrem Tisch stehen. Sie blickte auf, lächelte den Mann an und sagte ein paar Worte. Der Kellner nickte und marschierte mit einer Wanne voll schmutzigen Geschirrs zur Küchentür.

„Guten Tag, Emily." Daniel rutschte gegenüber von Emily in die Sitznische.

Sie betrachtete ihn überrascht mit ihren braunen Augen. „Daniel!"

„Hast du jemand anders erwartet?" Er lächelte, aber nicht entspannt oder unbeschwert und auch nicht charmant, was er eigentlich beabsichtigt hatte. Seine Stimme zitterte sogar ein wenig.

„Mutter hat bei ‚Lovemans' ihren Hut vergessen. Sie wird jeden Augenblick hier sein."

„Wie geht es dir?" Daniel griff über den Tisch und wollte ihre Hände berühren, aber das kühle Funkeln in ihren Augen belehrte ihn eines Besseren. Stattdessen begann er, an seinem neuen Hut zu nesteln, den er nach dem Betreten des Restaurants abgenommen hatte.

„Mir geht es gut. Und dir?" Emily hob ihre Speisekarte und las darin. Wenn er sie nicht besser gekannt hätte, hätte er vermutet, dass sie sich dahinter versteckte. „Warst du beim Friseur?"

„Woher weißt du das?"

„Du riechst nach Blumenwasser. Vater und Phillip riechen genauso, wenn sie vom Friseur kommen." Sie legte die Speisekarte neben sich auf den Tisch und faltete dann die Hände auf ihrem Schoß. „Wie ich sehe, hast du deine Locken gezähmt."

„Ich habe eben keine Freundin, die sie mir durcheinanderbringt. In der Zeitung habe ich gelesen, dass du mit Saltonstall verlobt bist."

„Du klingst überrascht. Ich hatte dir doch gesagt, dass ich das tun würde."

„Dann freue ich mich für dich, wenn du glücklich bist." War sie glücklich? Aus ihrem Verhalten konnte er keine eindeutigen Schlüsse ziehen. Er versuchte, ihren Blick zu deuten, aber sie war nicht bereit, ihn wie früher direkt und offen anzuschauen. Die Mauer, die zwischen ihnen stand, war schrecklich.

Seit dem Moment, in dem er sie in der Collegebibliothek zum ersten Mal begrüßt hatte, hatte zwischen ihnen eine angenehme Kameradschaft geherrscht. Als hätte die Musik in ihren Seelen im selben Rhythmus gespielt. Aber in den fünf Monaten, in denen er fort gewesen war, hatte sich ihre Melodie geändert.

„Ich bin völlig außer mir vor Glück." Sie legte die Hände geziert aneinander und verwandelte sich vor seinen Augen plötzlich in eine dieser eingebildeten Damen der Gesellschaft.

„Das glaube ich dir nicht." Jetzt war es raus. Klar und ohne Umschweife. Dann fiel sein Blick auf ihren Ring. Daniel lehnte sich leise pfeifend zurück. „Für dieses Ding hat er einen ganz schönen Batzen Geld ausgegeben."

„Er hat ihn im letzten Herbst in Paris gekauft."

„Wirklich? Dabei hat er bestimmt nicht an dich gedacht, denn im letzten Herbst bist du noch mit mir auf dem Campus spazieren gegangen."

„Wie kannst du nur etwas so Gemeines und Egoistisches sagen,

Daniel Ludlow! Er hat den Ring für seine zukünftige Frau gekauft. Er hatte einen Ring gefunden, der ihm gefiel, und er wusste, dass er früher oder später auch die Frau finden würde, die zu dem Ring passt." Der Kellner stellte ein Glas Limonade auf den Tisch. „Musst du nicht weiter?" Emily warf einen Blick zum hell beleuchteten Eingang des Restaurants. „Mutter müsste jeden Augenblick hier sein."

Daniel hielt den Kellner an und deutete auf Emilys Glas. „Ich bekomme das Gleiche, was sie hat."

„Also gut." Sie seufzte, als ergebe sie sich widerstrebend in ihr Schicksal, seine Gesellschaft ertragen zu müssen. „Du fängst also bald an, als Lehrer zu arbeiten?"

„Ja, so ist es. Bitte vergiss deine Alma Mater nicht, Emily. Die Bildung braucht Gönner."

„Ich bin sicher, dass Phillip dem Institut gegenüber sehr großzügig sein wird."

„Phillip? Oder du?" Er grinste. *Komm schon, Emily, hör auf damit! Zeig mir dein umwerfendes Lächeln.* „Du kennst doch das Sprichwort: Männer verdienen das Geld, Frauen geben es aus. Deshalb haben einige meiner Freunde auch so ihre Probleme mit dem Frauenwahlrecht: Warum soll man den Frauen das Recht zu wählen gewähren, das Recht, bei den Steuern und der Politik mitzubestimmen, wenn die Männer doch diejenigen sind, die draußen die ganze Arbeit machen und das Geld nach Hause bringen?"

„Was für eine engstirnige, typisch männliche Einstellung! Frauen arbeiten sehr viel." Emily war plötzlich sehr lebhaft, straffte die Schultern und hob das Kinn. Das vertraute Funkeln kehrte in ihre Augen zurück. Daniel hatte es früher geliebt, sie zu reizen und mit ihr zu diskutieren. „Und sie bekommen dafür überhaupt keinen Lohn! Sie kochen, putzen, waschen und bügeln die Kleidung ihres Mannes, sie bekommen seine Kinder. Die Männer an den Hochöfen der Sloss- oder Saltonstall-Werke würden bei den ersten Geburtswehen winselnd in die Knie gehen. Welchen Lohn sollen wir für Wehen und eine Entbindung verlangen? Was ist mit den unverheirateten Frauen? Den Witwen? Sollten sie nicht ein Wort mitreden dürfen, wie die Regierung die Steuer verwendet, die von ihrem Lohn abgezogen wird?“

„Gut, du kannst dich also doch noch für etwas ereifern! Du hast so steif dagesessen, dass ich schon dachte, Saltonstall hätte dir deine ganze Leidenschaft geraubt.“

„So ist er nicht, Daniel. Du kennst ihn nicht.“

Daniel beugte sich über den Tisch. „Kennst *du* ihn denn?“ Der Kellner kam mit einem zweiten Glas Limonade und fragte, ob sie das Essen bestellen wollten. Emily lehnte ab und erklärte, dass sie auf ihre Mutter warten wollte.

„Ja, ich kenne ihn. Du hast jetzt schon zum zweiten Mal angedeutet, dass ich ihn nicht wirklich kennen würde. Ich kenne Phillip schon fast mein ganzes Leben lang. Genauso lang wie Vater und Mutter und Howard jr.“

Daniel lehnte sich zurück und nahm einen langen, kühlenden Schluck von seiner Limonade. Er brauchte ihn mehr für seine Seele als für seine Kehle. Der süßsaure Geschmack erinnerte ihn daran, dass er vor einer schweren Entscheidung stand. Würde er Emily mit dem, was er wusste, tief verletzen, oder würde er sie unterstützen und sich als ihr Freund erweisen?

Aber er hatte ganz deutlich gesehen, was an der Ecke zwischen der 19. Straße und der Third Avenue North passiert war. Er würde Saltonstall überall erkennen. Er war der einzige Angeber in der Stadt, der mitten am Tag so auffällig ausstaffiert war.

„Ich freue mich für dich, Emily.“ Daniel stellte sein Glas ab und schaute sie direkt an. „Ehrlich.“

„Danke. Deine Worte bedeuten mir sehr viel.“

„Hast du meine Briefe inzwischen gefunden?“

„Was spielt das noch für eine Rolle, Daniel? Unser Leben ist weitergegangen. Wir sind jetzt andere Menschen.“

Ich bin noch derselbe Mensch, Emily. Der Mann, der hoffnungslos in dich verliebt ist.

„Ich werde mich bei der Post beschweren. Ich habe in diesen Briefen einige richtig gute Geschichten erzählt. Damals, als wir dreißig zu null gewannen. Als Broderick und Stonewalter in eine Schlägerei gerieten und ich beide mit Nadel und Faden nähen musste. Als wir im Ohio schwimmen waren. Und der Abend, als ich einen Banjospieler von seiner wahren Liebe singen hörte und nicht aufhören konnte, an dich zu denken. Ich wollte dich in den Armen halten, mit dir tanzen, dich küssen –"

„Hör auf, Daniel." Sie neigte leicht den Kopf. „Es hat keinen Sinn." Die junge Frau senkte den Blick. „Vielleicht hat die Vorsehung eingegriffen, als wir nicht klug genug waren, es besser zu wissen."

„Ich glaube schon, dass wir es besser wussten." Daniel fuhr sich mit der Hand durch die Haare. Dabei fielen ihm einige Locken in die Stirn. „Aber wenn du dir sicher bist, dann akzeptiere ich das. Ich werde gehen. Viel Glück, Emily."

Daniel nahm seinen Hut und rutschte aus der Nische. Aber Emily hielt ihn an der Hand zurück. „Danny, warte. Als du nach Highlands kamst, um mich zu treffen, sagtest du etwas über Phillip. Du sagtest, dass ... Ach, ich kann mich nicht genau erinnern, aber deine Worte haben einen Schatten auf seinen Charakter geworfen. Und gerade eben hast du gefragt, ob ich ihn wirklich kenne. Was meinst du damit?"

„Ich muss jetzt gehen." Er löste seine Hand aus der ihren. Aber Emily hielt ihn erneut fest.

„Wenn ich dir wirklich etwas bedeute, dann sagst du es mir."

„Ich glaube, du weißt nicht, was du da verlangst, Emily." Er schaute sie einen Moment lang an. „Und du trägst seinen Ring."

Emily senkte den Blick und eine unübersehbare Röte überzog ihre hohen Wangen. „Ich vertraue dir, Daniel. Der Himmel stehe mir bei, aber ich vertraue dir. Ich habe ihn heute an der Straßenecke gesehen." Daniel setzte sich wieder auf die Kante der Bank. Sie hatte also dasselbe gesehen wie er. „Ich war im dritten Stock von ‚Lovemans' und schaute aus dem Fenster. Er ist der einzige Mann in der Stadt, der jeden Tag Gamaschen trägt. Eine dünne Frau trat auf ihn zu, und bevor ich wusste, wie mir geschah, nahm er sie in die Arme und küsste sie."

Als ihre Stimme brach, rutschte Daniel neben sie auf die Bank und legte den Arm über die Rückenlehne. „Vielleicht war sie eine Bekannte, eine Cousine, die Tochter eines Geschäftspartners."

„Glaubst du?" Ihr Tonfall, ihre unschuldige Miene … Daniel musste all seine Selbstbeherrschung aufbieten, um sie nicht in die Arme zu nehmen und ihr zu versprechen, sie vor jedem Kummer zu beschützen.

„Ach, das hat bestimmt nichts zu bedeuten. Phillip hat *dir* seinen Ring gegeben und nicht irgendeiner anderen Frau."

Emily hatte also Phillips intimen Kuss ebenfalls gesehen. Daniels Wangen glühten vor Scham, als er sich an die Szene erinnerte. Mitten in der Innenstadt und auf offener Straße benahm sich Saltonstall mit einer anderen Frau, wie man es mit seiner eigenen Frau in der Privatsphäre der eigenen vier Wände tun würde.

Jetzt hatte Daniel das Gefühl, seinen Rivalen verteidigen zu müssen, um die Frau, die er liebte, zu trösten. Aber er wollte sie nicht noch mehr verletzen.

„Du weißt etwas, Daniel Ludlow. Sonst hättest du nicht solche Andeutungen gemacht. Wage es nicht, mich anzulügen! Ich lasse nicht mit mir spielen, hörst du?" Emily schlug mit der Hand auf den Tisch. Die anderen Gäste schauten in ihre Richtung. „Du kennst Leute. Dein Vater ist Polizeihauptmann. Dein Freund ist Reporter für die Zeitung. Und den alten Mr Woodward kennst du sogar persönlich. Er hat dich für seine ‚Birmingham Barons' angeworben."

„Dann weiß ich eben das eine oder andere." Daniel rückte seinen Hut zurecht, während Emilys Duft seine Sinne erfüllte und seine Gefühle weckte. „Du solltest keine Fragen stellen, wenn du nicht wirklich die Antwort darauf hören willst, Emily."

„Ich habe gefragt, weil ich die Antwort wissen will …"

„Gut. Dann stell mir eine konkrete Frage. Was willst du wissen?"

„Hat Phillip eine …" Ihre Stimme brach ab.

„Eine Geliebte?"

Sie nickte. Schnell. Kurz.

„Emily, hör zu –"

„Da bist du ja, mein Schatz! Ich dachte schon, du wärst wieder gegangen." Mrs Canton glitt gegenüber von Daniel und Emily in die Sitznische. „Entschuldige, dass es so lange gedauert hat, aber Mrs Caruthers hat mich aufgehalten und mir lang und breit erzählt, was für eine gute Schneiderin sie ist. Daniel Ludlow, guten Tag." Mrs Canton zog ihre Handschuhe aus. „Was machen Sie denn hier?"

„Ma'am, es freut mich, Sie zu sehen. Ich habe gesehen, wie Emily das Restaurant betreten hat, und wollte ihr zu ihrer Verlobung gratulieren." Daniel erhob sich und tippte an seinen Hut. „Sie und Ihre Tochter sind die zwei schönsten Frauen in ganz Birmingham."

„Danke. Das ist sehr nett von Ihnen." Mrs Canton legte ihren Hut auf den Tisch und schob ihre Handschuhe mit einem Seufzen unter den breiten Rand. „Hast du meine kalte Milch bestellt? Heute ist es so schrecklich warm."

„Ich habe auf dich gewartet, Mutter." Emily warf einen Blick auf Daniel. „Ich wollte nicht, dass deine Milch warm wird."

„Das ist lieb von dir. Entschuldigung, Herr Ober!"

„Ich wünsche den Damen noch einen schönen Tag." Daniel ging rückwärts in Richtung Tür. „Emily, ich wünsche dir alles Gute." Ihr unterbrochenes Gespräch war für ihn unbefriedigend verlaufen.

„Entschuldige bitte, Mutter." Emily glitt aus der Nische, wich dem Kellner aus und folgte Daniel in den vorderen Teil des Restaurants. „Sag es mir", flüsterte sie. „Hat er eine?"

„Eine Geliebte?"

Sie schaute ihm in die Augen. Er konnte es nicht. Sie wäre zweifellos am Boden zerstört. Ihre Fingernägel gruben sich in seinen Arm.

„Daniel?"

„Ja. In der Stadt erzählt man sich, dass er eine hat. Aber du solltest die Wahrheit selbst herausfinden, Emily. Du weißt, wie schnell Gerüchte entstehen und aufgebauscht werden."

„Nein, nein!" Sie wich zurück, schüttelte den Kopf und kniff ihre dunklen Augen zusammen. „Du bist ein Lügner, Daniel Ludlow! Ich glaube dir nicht." Ihre Anschuldigung traf ihn zutiefst, und Daniel bereute, dass er ihrem Wunsch, die Wahrheit zu erfahren, nachgegeben hatte. Aber jetzt konnte er seine Worte nicht mehr zurücknehmen.

Sie fauchte ihn an. „Du bist nur eifersüchtig, rachsüchtig und gemein."

„Wenn es nur so wäre! Ich wäre liebend gern ein Lügner, wenn das bedeuten würde, dass Saltonstall dich nicht betrügen würde. Ich habe dich davor gewarnt, mich zu fragen, wenn du die Wahrheit nicht wirklich hören willst, Emily." Daniel schaute sie unnachgiebig an, dann riss er die Tür so weit auf, dass die Glocke darüber laut klingelte.

Emily folgte ihm. „Was hofftest du damit zu gewinnen, dass du mich anlügst?"

„Was hofftest du damit zu gewinnen, dass du mich fragst, ob dein Verlobter eine Geliebte hat? Du hast mich gezwungen, dir wehzutun, und das gefällt mir nicht."

Er ging hinaus, ohne sich noch einmal umzudrehen, und stürmte wütend zu „Lovemans". Das war es also gewesen! Seine letzte Begegnung mit Emily Canton.

Doch dann drehte sich Daniel auf dem Absatz um. Er wollte nicht zulassen, dass ihre letzte Erinnerung an ihn darin bestünde, dass er Schlechtes über den Mann sagte, den sie heiraten wollte. Bei „Newmans" angekommen, wollte er die Tür öffnen, ließ dann aber seine Hand wieder sinken.

Als er durch die Fensterscheibe blickte – direkt vor dem Schild, auf dem „Apfelkuchen 25 Cents" angepriesen wurde –, sah er, wie sie mit ihrer Mutter sprach und ihr zweifellos erzählte, was für ein gemeiner Kerl dieser Daniel Ludlow war.

Schau mich an, Emily. Sein Herz schlug schneller, als sie die Hand nach ihrer Limonade ausstreckte. Sie bemerkte, dass er sie beobachtete. Deshalb hob er zum Gruß die Hand und setzte, so gut er konnte, ein mitfühlendes Lächeln auf. „Geht es dir gut?", fragte er, obwohl er wusste, dass sie ihn nicht hören konnte.

Emilys schwaches Nicken beruhigte ihn. Sie nippte an ihrer Limonade und schaute ihn über den Rand ihres Glases an. Sollte er wieder hineingehen? Mit ihr sprechen? Sie um ein Gespräch unter vier Augen bitten und ihr erklären, woher er so etwas über ihren Verlobten wusste?

Nein, er sollte die Dinge lieber auf sich beruhen lassen. Er hatte schon genug Schaden angerichtet. Zwei Frauen von einem anderen Tisch kamen auf Emily und Mrs Canton zu. Daniel sah, wie sie Begeisterungsrufe von sich gaben, die Hände an ihre Wangen legten und sich vorbeugten, um Emilys Ring zu bewundern.

Saltonstall war ein Dreckskerl. Er hatte diesen Ring für eine andere Frau gekauft. Das wusste Daniel ganz genau. Er konnte es nur nicht beweisen. Aber gleichgültig, wie teuer der Ring gewesen war, er genügte nicht, um das Herz einer Frau wie Emily Canton zu gewinnen.

Kapitel 8

Charlotte

Charlotte ging gerade mit dem Telefon am Ohr durchs Wohnzimmer, als jemand an ihre Tür klopfte.

„Danke, Tawny. Die Zeit passt mir sehr gut." Charlotte winkte Dixie in ihre Wohnung und ging zurück zum Schreibtisch, der in ihrem Esszimmer stand. „Mittagessen am Donnerstag um dreizehn Uhr dreißig bei ‚Bellini'." Sie legte auf und gab den Essenstermin in den Terminkalender ihres iPads ein.

„Tawny?", fragte Dixie.

„Sie hat mich zum Mittagessen mit ihren Brautjungfern eingeladen. Sie will, dass sie ‚die große Charlotte Malone' kennenlernen. Ihre Worte, nicht meine." Charlotte grinste. „Nur eine von ihnen ist schon verheiratet und die drei anderen sind in einer festen Beziehung. Es ist großartig von Tawny, dass sie Werbung für unsere Boutique macht. Mundpropaganda ist wirklich die beste Form der Werbung und … Dixie, was willst du mit dem Hammer und dem Schraubenzieher?"

Dixie schlug die Werkzeuge aneinander. „Man weiß nie, wann man solche Sachen mal brauchen kann. Vielleicht sehe ich irgendwo in deiner Wohnung einen Nagel, der heraussteht." Dixie tat, als hämmere sie einen Nagel in die Wand. „Oder ich finde irgendwo eine Schraube, die locker ist."

„Außer der Schraube, die bei dir locker ist, meinst du?" Charlotte legte das iPad wieder auf den Tisch.

„Oder wir könnten versuchen, mit dem Werkzeug die Truhe zu öffnen."

„Die Truhe öffnen?" Charlotte schaute sie an und lachte leise. „Sie ist zugeschweißt, Dixie. Mit einem Hammer und einem

Schraubenzieher kommst du bei verschweißtem Metall nicht weiter. Falls das doch funktionieren sollte, fahre ich nie wieder über eine Brücke."

„Mehr Werkzeug habe ich aber nicht." Dixie legte beides auf den Tisch. „Jareds Werkzeug besteht aus Skalpellen und Scheren. Und seinen Werkzeugkasten kannst du vergessen. Ich habe darin nur eine Gabel, einen Hammer und diesen rostigen Schraubenzieher gefunden."

„Eine Gabel?"

„Ja, die ist von dem Kuchen übriggeblieben, den er gegessen hat, als er die Bilder in unserer Wohnung aufgehängt hat. Also, wo ist deine tausend Dollar teure Truhe?" Dixie ließ ihren Blick durch Wohn- und Esszimmer und dann weiter zur Küche schweifen.

„Im Schlafzimmer." Charlotte deutete zum Flur.

„Charlotte, wie hältst du es nur aus, sie nicht zu öffnen?"

„Sie erinnert mich an ... Ich weiß auch nicht, aber ich glaube einfach, dass dieses hässliche Ding der Auslöser dafür war, dass meine Verlobung mit Tim geplatzt ist." Charlotte überflog kurz ihre E-Mails und war froh, dass Dixie und ihr Werkzeug sie von ihren Sorgen ablenkten, auch wenn ihre Freundin es wirklich meisterhaft beherrschte, zugeschweißte emotionale Schlösser aufzubringen.

„Du weißt aber schon, dass du Dingen nicht aus dem Weg gehen kannst, nur weil sie dir nicht gefallen oder weil sie zugeschweißt sind?"

„Ich gehe überhaupt nichts aus dem Weg. Nur dieser Truhe."

„Charlotte, sei ehrlich: Geht es dir wirklich gut?" Dixie sank auf einen Stuhl.

„Das hast du mich heute Nachmittag schon mindestens hundertmal gefragt. Mir geht es gut."

„Wenn Jared zwei Monate vor unserer Hochzeit mit mir Schluss gemacht hätte, läge ich immer noch mit einer Schachtel Taschentücher im Bett."

„Du verkriechst dich mit Taschentüchern im Bett, ich arbeite. Ich blicke nach vorne. Ich vergesse, was hinter mir liegt." Charlotte atmete seufzend aus. „Als Mama starb und ich bei Gerti einziehen musste, weinte ich eine Weile und sagte Gerti, ich sei krank und könne nicht zur Schule gehen. Aber nachdem ich einen Monat lang jede Nacht geweint hatte, hörte ich damit auf. Die Tränen konnten Mama nicht von den Toten auferwecken. Sie brachten mir keinen Vater und keine Großeltern. Also trauerte ich um Mama, indem ich mich anstrengte. Ich stand auf, ging zur Schule, bezwang das Bruchrechnen, beherrschte die Grammatik, wurde die Erste, die im Sportunterricht in die Volleyballmannschaft gewählt wurde. Ich wollte, dass Mama stolz auf mich wäre." Charlotte schaute zu den dunklen Fensterscheiben hinüber, hinter denen die Lichter der Stadt zu sehen waren. „Tränen bringen mir Tim auch nicht zurück. Also arbeite ich. Und sorge dafür, dass Mama stolz auf mich wäre."

Das Schweigen ihrer Freundin gab Charlotte Zeit, um durchzuatmen und nachzudenken. Um ihren eigenen Gedanken nachzuhängen und zu versuchen, ihre Gefühle zu begreifen. Sie liebte Tim, aber trotzdem hatte sie ihre Entscheidung, ihn zu heiraten, infrage gestellt.

Dixie beugte sich zu ihr hinüber und drückte ihre Hand. „Hast du Hunger?"

„Ja, etwas zu essen wäre nicht schlecht."

„Was hältst du von ‚Homewood Gourmet'?"

„Eine gute Idee." Charlotte warf sich ihre Tasche über die Schulter. „Ich überlege, ob ich im Herbst nach Paris fliegen soll. Um Bray-Lindsay und unsere anderen Designer zu besuchen. Kommst du mit?"

„Was für eine Frage! Natürlich. Ich will unbedingt nach Paris. Wenn du ohne mich fliegst, fackle ich deine Boutique ab." Dixie fuchtelte mit dem Hammer und dem Schraubenzieher durch die Luft.

„Wir brauchen heute Abend kein Werkzeug, Dixie." Charlotte schlüpfte in eine dünne Jacke und machte sich auf den Weg zum Aufzug.

„Ich weiß nicht. Vielleicht brauchen wir es ja doch." Dixie betrachtete den Hammer, während Charlotte den Knopf fürs

Erdgeschoss drückte. „Aber eines weiß ich: Es kann zehn Jahre dauern, bis Jared merkt, dass in seinem Werkzeugkasten gar nichts drin ist."

~

Charlotte bestellte sich Pesto-Hühnchen mit Suppe und Salat, dann trank sie einen Schluck Eistee und wartete, während Dixie ihr Essen bestellte. Sie liebte die angenehme Atmosphäre von „Homewood Gourmet", das leise Stimmengewirr, das Klappern des Geschirrs, die Vorfreude auf ein einmaliges Essen.

Die junge Frau zog ihr iPad heraus, um einen Blick auf ihre Herbsttermine zu werfen und Zeit für den Trip nach Paris einzuplanen. Sie würde Kontakt zu ihren Designern aufnehmen, eine geeignete Zeit für einen Besuch finden und jemanden einstellen müssen, der in ihrer Abwesenheit die Boutique betreute. Sie sollte also lieber schon frühzeitig einen Zeitrahmen festlegen.

Charlotte hob den Kopf, als Dixie mit ihrer Bestellung fertig war, und wollte sie nach ihren Terminen im Herbst fragen. Aber als ihr Blick zur Eingangstür fiel, blieben ihr die Worte im Halse stecken, und ihr verletztes Herz wollte aufhören zu schlagen.

Tim. Mit einer schönen Frau.

„Charlotte, was ist?" Dixie fuhr herum, um zu sehen, was ihre Freundin so aus der Fassung gebracht hatte. „Oh, nein! Das glaube ich jetzt nicht."

„Gehen wir einfach." Charlotte klappte ihr iPad zu und stopfte es in ihre Tasche. „Sobald sie sitzen", sie rutschte auf ihrem Platz nach unten und versteckte sich hinter Dixie, „können wir unbemerkt verschwinden."

„Setz dich richtig hin. Du wirst dich nicht beschämt verstecken. Wenn sich hier jemand schämen sollte, dann er."

„Klar, aber er sitzt mit einer atemberaubenden Frau da und ich sitze mit dir hier."

„Ich will das mal so verstehen, wie du es gemeint hast, und nicht so, wie es geklungen hat, Charlotte."

„Du weißt, was ich meine." Die junge Frau verzog das Gesicht und bemühte sich, ihre Tränen zurückzuhalten.

Tim ließ mit hoch erhobenem Kopf seinen Blick durch das Restaurant schweifen, während eine hübsche, goldblonde Frau mit einem fast perfekten Profil sich bei ihm unterhakte. Er beugte sich zu ihr herab und flüsterte ihr etwas ins Ohr und sie schenkte ihm ein makelloses Lächeln.

Charlotte sah den verträumten Blick der Frau. Sie musste fort von hier. Hastig rechnete sie aus, wie viele Schritte sie bis zur Tür bräuchte, und schätzte, dass zehn große Schritte reichen müssten.

„Dixie, du kannst gern bleiben und tapfer sein, wenn du willst, du kannst den Kopf hoch halten und all das, aber ich gehe." Charlotte zog ihr Portemonnaie aus der Tasche und legte zwanzig Dollar auf den Tisch. „Das müsste fürs Essen reichen."

Ihre Freundin hielt sie am Arm fest. „Du gehst nicht. Wir sind hier, um zu essen, um auf andere Gedanken zu kommen, um Spaß zu haben. Wir sind hier, um ihn zu vergessen. Und um über das Geschäft zu reden."

„Wie kann ich ihn vergessen, wenn ich ihn anschauen muss? Wenn ich bei jedem Lachen den Kopf drehe, um zu sehen, ob sie es ist? Und mich frage, was er zu ihr sagt. Oder warum er überhaupt mit ihr hier ist."

„Charlotte, sie ist wahrscheinlich eine Kundin, eine Kollegin, jemand, der mit Architektur zu tun hat."

„Warum verteidigst du ihn? Er hat mit dieser Frau ein Date. Keine Kundin würde ihn so verträumt anlächeln. Ich gehe, und ich will nicht, dass er mich sieht."

Die Kellnerin ging an ihrem Tisch vorbei und Charlotte legte noch zwei Zwanzig-Dollar-Scheine auf den Tisch. „Entschuldigen Sie, Miss, aber wir müssen gehen. Das müsste unsere Rechnung decken."

„Welche Rechnung?" Dixie deutete auf den leeren Tisch. „Wir haben nicht einmal gegessen."

„Aber wir haben etwas bestellt. Auch wenn wir es nicht gegessen haben, kostet unser Essen Geld." Charlotte stand auf und beugte sich vor, ohne den Blick von Tim abzuwenden. Er saß mit *ihr* auf der anderen Seite des Raums. Charlotte konnte unbemerkt fliehen. Sie machte sich klein, versteckte sich hinter vorbeieilenden Kellnerinnen und Gästen und bahnte sich einen Weg zur Tür. Als sie in die kühle Aprilnacht hinaustrat, atmete sie tief durch.

Dixie folgte Charlotte mit einem lauten Klappern ihrer Absätze, die abwechselnd *Ich bin wütend* und *Ich weiß, wie es dir geht* verkündeten, während sie über das Pflaster stapfte. „Das ist lächerlich. Er hat mit dir Schluss gemacht und du lässt dich von ihm aus dem Restaurant vertreiben?“ Dixie hielt ihren Schlüssel mit der Fernbedienung in die Richtung ihres Autos. Die Hupe ertönte. Die Scheinwerfer gingen an.

Charlotte rutschte auf den Beifahrersitz, hielt sich mit weiß hervortretenden Fingerknöcheln am Türgriff fest und drückte sich ihre Tasche an die Brust. „Ich habe gelogen, Dixie. Mir geht es nicht so gut. Ich bin traurig und diese ganze Sache tut einfach nur weh.“ Tränen unterstrichen ihre Worte. „Ich kann nicht glauben, dass er eine andere hat. Sie muss der Grund dafür sein, dass er Zweifel hat.“ Charlotte schaute aus dem Fenster und drehte sich dann zu Dixie herum. „Sie war hübsch, nicht wahr? Ja, sie sah atemberaubend aus.“

„Wenn du dürre Mädchen mit viel zu viel Make-up magst, bestimmt. Charlotte, das sieht Tim nicht ähnlich.“

„Du verteidigst ihn immer noch? Dixie, was wissen wir denn über ihn?“

„Wir wissen, dass er gerade in diesem Moment vor deinem Fenster steht.“

„Charlotte ...“ Tim stand vor ihrer Tür, hatte die Hände in den Hosentaschen vergraben und schaute zu ihr herab. „Kann ich mit dir reden?“

Sie drehte den Kopf zu Dixie herum und hielt die Hand über die Augen. „Glaubst du, er hat mich gesehen?“

„Er steht keinen halben Meter von dir entfernt. Ich vermute, das bedeutet, dass er dich gesehen hat“, lachte Dixie und schob Charlotte sanft die Hand aus dem Gesicht. „Aber du brauchst nur ein

Wort zu sagen und ich fahre los. Allerdings kann ich dir nicht versprechen, dass ich ihm nicht über die Füße fahre."

„Ich sollte also mit ihm sprechen?" Charlotte warf vorsichtig einen Blick zur Seite. Tim stand immer noch vor ihrem Fenster und schaute zu ihr herein.

„Willst du hören, was er zu sagen hat? Er hat *sie* im Restaurant sitzen gelassen und ist stattdessen nach draußen gekommen, um mit dir zu sprechen."

Charlotte löste ihren verkrampften Griff um die Handtasche, die sie auf ihrem Schoß festhielt. Sie hatte immer gewusst, dass Tim Ehrgefühl besaß und Dinge gern klärte.

Sie stieg aus dem Wagen und schloss die Tür hinter sich. Dann lehnte sie sich dagegen und verschränkte die Arme vor der Brust. „Was gibt's?"

„Wie geht es dir?" Tim stand keinen Meter von ihr entfernt. Der vertraute Duft nach Gewürzen, begleitet von einem leichten Blumengeruch, breitete sich zwischen ihnen aus.

„Gut. Ausgezeichnet. Ich genieße einen Abend mit meiner besten Freundin. Jared hat heute Dienst im Krankenhaus."

„Sie ist nur eine Bekannte, Charlotte." Er deutete zum Restaurant.

„Wer?" Charlotte beugte sich vor und schaute dann zum Restaurant, als hätte sie *sie* nicht schon vorher schon gesehen.

„Kim."

„Du bist mit Kim hier? Deiner Ex?"

„Ja, das ist Kim." Er verzog das Gesicht. „Ich weiß, dass du uns gesehen hast, Charlotte. Ich habe gesehen, wie du dich aus dem Restaurant geschlichen hast."

„Tim, was willst du? Warum bist du rausgekommen?"

„Um es dir zu erklären. Ich wusste nicht, dass Kim in der Stadt ist, bis sie heute anrief. Sie wollte mit mir reden." Er räusperte sich und ließ seinen Blick über den Parkplatz schweifen. „Geht es dir gut?"

„Sehe ich so aus, als ginge es mir gut?!" Ihre harte Antwort verriet nicht, dass ihr Herz weicher wurde.

„Ich konnte gestern Nacht nicht schlafen“, sagte Tim leise und vertraulich. „Hast du irgendwelche –“

„Vorbei ist vorbei, Tim! Wir können nicht verlobt sein, wenn du mich nicht heiraten willst.“ Sie kam sich ein wenig feige vor, weil sie sich mit ihrer eigenen Angst hinter seinen Zweifeln versteckte.

Er nickte und biss sich auf die Unterlippe. „Ja, wahrscheinlich hast du recht.“

„Hey, es ist okay, Tim. Alles ist gut.“ Sie verlagerte ihr Gewicht auf das andere Bein und machte eine ausholende Bewegung mit den Händen. „So ist es doch besser, oder? Wenigstens haben wir die Einladungen noch nicht verschickt. Kannst du dir vorstellen, wie es wäre, wenn wir die ganzen Geschenke zurückgeben müssten? Ein Albtraum!“

„Alles hat auch etwas Positives. Selbst wenn es nur eine Kleinigkeit ist. Aber …“ Tim schaute sie mit demselben Blick an, der ihr Herz am ersten Abend ihrer Bekanntschaft hatte höherschlagen lassen. „Können wir miteinander reden? Vielleicht irgendwann diese Woche?“

„Worüber, Tim? Dass es zwischen uns nicht geklappt hat? Dass du mich nicht heiraten willst? Ich denke, wir haben alles gesagt, was es zu sagen gibt, und ich tue mein Bestes, um nach vorne zu schauen.“

„Du fehlst mir …“ Der Wind erfasste die Enden seiner Haare und wehte sie ihm über die Augen.

Charlotte ballte ihre Fäuste so fest, dass ihre Fingernägel Abdrücke in ihrer Handfläche hinterließen. Sie versuchte, dem Impuls zu widerstehen, ihm die Haare aus dem Gesicht zu streichen und ihre Finger zärtlich über seine Stirn und an seinen hohen Wangen gleiten zu lassen.

„Es ist doch erst einen Tag her, Tim.“

Er lachte leise. „Der längste Tag meines Lebens. Ich wollte immer wieder zum Telefon greifen und dich anrufen.“

„Findest du das nicht seltsam? Gestern konntest du dich nicht aufraffen, mich anzurufen. Du warst beim Motorradrennen und hast alle unsere Pläne vergessen.“

„Diese Frage stelle ich mir auch schon den ganzen Tag. Das Einzige, was ich dazu sagen kann, ist, dass ich Charlotte vermisse. Meine Freundin."

„Aber nicht Charlotte, deine Verlobte?"

„Durch die Verlobung habe ich mich eingesperrt gefühlt, gefangen wie eine Katze auf einem Baum, die nicht mehr herunterkommt. Aber meine Freundin Charlotte vermisse ich sehr."

„Wovor hast du Angst? Vor der Ehe im Allgemeinen oder vor einer Ehe mit mir?"

„Vor der Ehe im Allgemeinen. Dich mag ich. Sehr sogar. Vielleicht war mir gar nicht bewusst, wie sehr."

Charlotte zitterte im kalten Wind. „Ich bin nur im Paket zu haben: Freundin und Verlobte. Das eine ohne das andere geht nicht."

„Ja, das habe ich mir schon gedacht." Er schaute zum Restaurant. „Ich sollte wohl lieber wieder reingehen."

„Ja, das ist wahrscheinlich besser." *Kämpfe um mich, Tim. Bekämpfe deine eigenen Ängste.* Charlotte stieß die Autotür auf. „Guten Appetit."

„Ein Kaffee oder ein gemeinsames Mittagessen ist wahrscheinlich nicht drin?"

„Nein, Tim, das ist nicht drin. Es tut mir leid, dass du deine *Freundin* und die Annehmlichkeit, mich in deiner Nähe zu haben, vermisst, aber du hast mir einen Heiratsantrag gemacht. Ich habe dir vertraut. Ich habe dich geliebt. Und Charlotte, die Verlobte, ist irgendwie sauer, weil du nur vierundzwanzig Stunden, nachdem wir unsere Verlobung gelöst haben, mit einer anderen Frau essen gehst."

„Sie ist doch nur eine Bekannte."

„Genauso wie ich? Ein weiteres Mitglied auf der Liste der Exverlobten von Tim Rose."

Er seufzte. „Sie hat damals mit mir Schluss gemacht."

„Na, dann hast du ja jetzt die Chance, sie zurückzugewinnen." Charlotte stieg ins Auto.

„Charlotte, hör schon auf! So ist es nicht, und das weißt du auch."

Dixie stieß rückwärts aus der Parklücke und bog auf die Straße, bevor sich trotz Charlottes zusammengekniffener Lippen und zusammengebissener Zähne das erste Schluchzen seine Bahn brach. Ihre Schultern sackten nach herab, sie barg das Gesicht auf den Knien und weinte den Rest des Weges, bis sie zu Hause waren.

Kapitel 9

Emily

Emily blieb einen Moment vor Vaters Bibliothekstür stehen, bevor sie die Tür öffnete und eintrat. Seit sie ein junges Mädchen gewesen war, hatte ihr Vater sie immer ermutigt, jederzeit zu ihm zu kommen, und nie verlangt, dass sie klopfte oder um Erlaubnis bat, bevor sie eintrat. Sie sollte einfach zu ihm kommen, wenn sie wollte.

„Emily, schön, dass du da bist." Ihr Vater legte seine Feder zur Seite und erhob sich, um sie zu begrüßen. „Ich schreibe gerade deinem Bruder und erzähle ihm von der Verlobungsfeier heute Abend."

„Schreib ihm, dass ich mich darüber gefreut hätte, wenn er auch gekommen wäre. Er schuldet mir einen langen, ausführlichen Brief." Howard jr., ihr drei Jahre jüngerer Bruder, war Emilys bester Freund gewesen, bis er nach Harvard gegangen war. Sie vermisste im Moment seine weisen Einsichten und sein neckendes „Ach, Schwesterherz!".

„Das werde ich." Vater kehrte zu seinem Stuhl zurück. „Freust du dich auf heute Abend? Alles, was in Birmingham Rang und Namen hat, wird kommen." Vater faltete die Hände vor seiner Brust und sah sehr stolz aus. „Mein kleines Mädchen heiratet."

„Ja, Vater, sie heiratet. Und heute Abend … heute Abend ist … ein großer Abend für uns alle." *Sprich es aus, Emily. Vater wird wissen, was du tun sollst.*

„Bedrückt dich etwas, Emily?"

Ja! Vater hatte sie schon immer durchschaut. Etwas bedrückte sie sogar sehr. Emily ging zum Fenster hinüber und sah im Schatten der Zweige und Äste im Geiste Daniels attraktives, freundliches Gesicht.

„Erinnerst du dich daran, als Howard jr. nicht nach Harvard gehen wollte? Er wollte an die Universität von Alabama gehen, genau wie du früher, aber du hast darauf bestanden. Er argumentierte, dass Harvard zu weit weg sei, eine Yankeeschule in einer kalten Yankeestadt."

„Jetzt merkt er, dass sein Vater es besser wusste."

„Deshalb bin ich hier, Vater." Emily trat zu dem Stuhl neben seinem Schreibtisch. „Ich brauche deinen Rat."

„Was ist, Emily? Du klingst besorgt." Vater zog eine seiner kostbaren kubanischen Zigarren aus dem Humidor.

Obwohl ihr Vater Daniels Briefe vor ihr versteckt hatte, war er ihr Fels, ihre Stütze, der Einzige, der immer die richtige Entscheidung für sie getroffen hatte. Wenn es um ihr Studium ging. Gelegentlich auch bei ihren Freunden. Er hatte sogar vorgeschlagen, dass Phillip ein geeigneter Verehrer sei, nachdem Daniel weggegangen war und sich den „Barons" angeschlossen hatte.

„Geht es um die Sache bei ‚Lovemans'? Deine Mutter hat mir erzählt, wie es mit Mrs Caruthers war. Zerbrich dir darüber nicht den Kopf, Schatz. Sie ist nur eine Schneiderin und wir brauchen von ihr nur ein schönes Kleid. Dafür wird deine Mutter sorgen. Mach dir deshalb keine Sorgen."

„Ich zerbreche mir aber darüber den Kopf, Vater. Ich mag sie nicht und auch nicht ihre Einstellung gegenüber Farbigen." Aber angesichts von Daniels Andeutungen über Phillips Affäre verblassten Mrs Caruthers' Vorurteile im Moment zur Bedeutungslosigkeit.

„Du musst vorsichtig sein, Emily. Es gibt Gesetze."

„Ich kenne die Gesetze." *Und diese Gesetze sind ungerecht.* Aber im Moment brauchte sie den Trost ihres Vaters, was diese Sache mit Phillip anbelangte. „Vater, ich bin nicht wegen Mrs Caruthers hier, sondern wegen Daniel Ludlow."

Vater betrachtete nachdenklich seine Zigarre, zog mehrmals daran und entspannte sich in seinem Ohrensessel. „Ich habe gehört, dass er zurück ist."

„Du hast seine Briefe vor mir versteckt." Sie wollte gar nicht streitsüchtig klingen. Ihre Worte waren die schlichte Wahrheit.

„Das ist eine schwere Anschuldigung, Emily." Vater paffte weiter an seiner Zigarre. Die junge Frau trat zum Fenster und öffnete es. Der schwüle Abendwind, der nach gebrannter Erde roch, vertrieb den Tabakrauch.

„Wirklich? Ich habe sie im Stall gefunden."

„Was hast du im Stall gemacht?" Vater klopfte Asche in den hohen Aschenbecher neben seinem Schreibtisch und schaute sie an. „Molly hat mich verraten, nicht wahr?"

„Nein. Sie ist dir loyal ergeben. Daniel kam vorbei, um mich zu besuchen. Er erzählte mir von den Briefen." Emily schaute ihn mutig an. So musste sie mit ihrem Vater sprechen. Mit erhobenem Haupt und voller Selbstvertrauen. „Warum hast du sie genommen? Sie gehören mir, Vater. Das sieht dir gar nicht ähnlich."

„Briefe, die in mein Haus kommen, sind mein Eigentum. Ich kann damit machen, was ich für richtig halte."

„Nicht, wenn sie an mich adressiert sind. Ich bin nicht dein Eigentum. Du hast mich dazu erzogen, ein eigenständiger Mensch zu sein."

„Das stimmt. Aber in Herzensangelegenheiten weiß dein Vater besser, was gut für dich ist. Daniel Ludlow ist ein guter Junge, Emily, aber er ist nichts für dich."

„Wie kannst du so etwas sagen?" Emily beugte sich über seinen Schreibtisch und umklammerte die dicke Tischkante. „Du kennst ihn kaum."

„Ich kenne ihn gut genug. Ich kenne seine Familie und seine Herkunft. Ich habe euch beide im letzten Jahr beobachtet. Das, was ich für eine Schulmädchenschwärmerei hielt, entwickelte sich zu etwas, das du für Liebe gehalten hast." Vater deutete mit seiner Zigarre auf sie. „Ich war froh, als er wegging, um Baseball zu spielen."

„Es ist meine Entscheidung, wen ich liebe, Vater." Emily schüttelte traurig den Kopf.

„Liebst du Phillip denn nicht?"

„Wir sprechen hier nicht von Phillip. Wir sprechen von Daniel. Du hast mir keine Chance gegeben, mich zwischen Phillip und

Daniel zu entscheiden. Du hast mein Herz in deinem Sinne manipuliert, indem du Daniels Briefe vor mir versteckt hast."

„Was erwartest du jetzt von mir? Soll ich etwa zulassen, dass du Phillip Saltonstall seinen Ring zurückgibst? Ob es dir gefällt oder nicht: Eine Ehe mit einem Saltonstall ist gut für dich und für die ganze Familie, Emily. Deine Mutter wird in die Frauenclubs eingeladen, die sie früher hochnäsig abgelehnt haben. Ich nehme in meinem eigenen Club auch eine höhere Stellung ein. Cameron Saltonstall hat die Absicht, einige seiner Bankgeschäfte auf uns zu übertragen und uns auch seinen Freunden zu empfehlen. Inzwischen geht es um viel mehr als nur um dein Herz, liebes Mädchen. Außerdem habe ich dich nicht so erzogen, dass du einen Mann ohne Geld, ohne Beziehungen und ohne Zukunft heiratest."

„Als du anfingst, hattest du auch kein Geld, keine Beziehungen und keine Zukunft. Aber du hast dir Beziehungen erarbeitet, du hast Geld verdient und dir eine Zukunft aufgebaut, Vater. Du hast harte Arbeit nicht gescheut und das hat dich zu einem charakterstarken Mann gemacht." Sie ging um den Schreibtisch herum, kniete neben seinem Sessel nieder und drückte die Hände auf die glatten Holzlehnen. „Das habe ich auch in Daniel gesehen. Aber du hast ihm nie eine Chance gegeben."

„Emily, Liebste, als ich mich vor Jahren bemühte, meine Bank aufzubauen, tauchte ein Investor bei mir auf. Er bot mir finanzielle Unterstützung an. Glaubst du, ich war so klug, sein Angebot anzunehmen?"

„Gewiss." Sie wischte Asche von ihrem Ärmel. „Du bist nicht dumm."

„Und du auch nicht." Er schaute sie durch die Rauchschwaden hindurch an, die in der Luft hingen. „Phillip ist deine Chance auf ein besseres Leben, Emily. Eine Hilfe, um in der Gesellschaft weiter nach oben zu kommen, eine Möglichkeit für deine Kinder, mehr zu haben, als du hattest."

„Gut, ich verstehe, was du meinst, aber was ist, wenn ..." Emily stand auf und schaute nervös auf ihre plötzlich kalten Hände hinab. War es fair, sich ihrem Vater anzuvertrauen, wenn sie Phillip noch nicht zur Rede gestellt hatte? Wenn sie ihn noch nicht nach seiner Seite der Geschichte gefragt hatte? Sie musste davon ausgehen, dass Daniel sie anlog. Aber Daniel hatte sie noch nie angelogen. Nicht einmal eine Notlüge hatte es zwischen ihnen gegeben. Und ihre eigenen Augen logen sie ganz bestimmt nicht an. Sie wusste, was sie an dem Tag bei „Lovemans" gesehen hatte. Und Daniel hatte es auch gesehen.

„Emily? Du hast gesagt: ‚Was ist wenn ...?'"

Sie schaute ihren Vater an. „Ach, es ist nichts." Was würde Vater denken, wenn sie Phillip so etwas vorwarf? Er würde denken, dass sie nur Vermutungen anstellte und albern sei und ihrem früheren Freund blauäugig Glauben schenkte. „Ich habe nur über die Briefe nachgedacht."

„Molly kann ich also vertrauen?"

„Sie ist nicht dumm, Vater."

„Emily, warum ziehst du dich nicht endlich an?" Mutter kam in die Bibliothek gerauscht. „Deine Feier beginnt in einer Stunde. Howard, warum hältst du sie auf?" Mutter trug ein eng geschnittenes Kleid aus hellrosa Chiffon und Spitzen. Ihre dichten, braunen Haare mit bernsteinfarbenen Strähnen waren zu einer eleganten Pompadourfrisur hochgesteckt. Diamantohrringe funkelten an ihren Ohren. „Molly hat dein Kleid nach oben gebracht, Emily. Beeil dich, zieh dich um." Vater stand auf, als sie näher kam, und beugte sich zu ihr hinab, um sie zu küssen. „Dein Smoking wartet in deinem Zimmer auf dich, Howard."

„Wolltest du mir noch etwas sagen, Emily, oder bist du fertig?" Vater begann, seine Mappe und seine Feder wegzuräumen.

„Nein, Vater, ich bin fertig." Sie ging zur Tür. „Danke."

„Emily", rief Vater, „jede Braut ist vor der Hochzeit nervös. Glaube mir, ich habe deinen Bruder nicht falsch beraten, als ich ihn nach Harvard schickte. Und ich habe auch dich nicht auf den falschen Weg geführt."

In dem herrschaftlichen Haus auf dem Red Mountain mit Blick über das Jones Valley und über die funkelnden Lichter von Birmingham herrschte Emily an diesem Abend wie eine Prinzessin. Hundert Gäste speisten gegrillte Wachteln mit Kartoffelcreme und Mousse au Chocolat als Nachspeise. Alles zu Ehren des zukünftigen Brautpaars.

Phillip bot ihr seinen Arm, als sie die Tanzfläche des großen Ballsaals im Haus der Saltonstalls betraten. Der Butler schob die Terrassentüren auf und ein leichter kühler Wind wehte vom Tal herauf. Auf der anderen Seite des Raums stimmte ein kleines Orchester seine Instrumente, zog mit Bögen über Saiten und schuf eine dissonante Melodie.

„Es war ein ausgezeichnetes Essen, Saltonstall.“ Powell Jamison, einer von Phillips ältesten Freunden, trat zu Phillip und Emily in die Mitte der Tanzfläche und drehte sich langsam in alle Richtungen und schaute sich um. „Meine Damen und Herren, darf ich als Trauzeuge meines Freundes Phillip einen Toast aussprechen.“ Er hob ein Glas mit golden schimmerndem Champagner. Im ganzen Raum verteilten Dienstboten Kristallflöten mit dem prickelnden Getränk an die Gäste. „Auf Phillip und seine hübsche Verlobte Emily.“ Die Gäste hoben ihre Gläser. „Die besten Wünsche zu einer langen und glücklichen Ehe. Emily, du kannst mir später erzählen, wie dieser lausige Kerl dich herumgekriegt hat.“

Lachen erfüllte den Raum. Phillip legte den Arm um Emilys Taille. In diesem Moment fiel Emilys Blick auf ihren Vater. Er nickte ihr mit einem Augenzwinkern zu. *Habe ich es dir nicht gesagt?*

Emily hob ihr Glas in seine Richtung. *Auf dich, kluger Vater.*

„Danke, dass Sie alle gekommen sind, um mit Emily und mir zu feiern.“ Phillip zog sie enger an sich heran und wandte sich an die Gäste im Ballsaal. „Wie ich dieses schöne Geschöpf herumgekriegt habe, mich zu heiraten, Powell? Ganz einfach, ich habe sie mit meinem Charme überwältigt.“ Phillip verbeugte sich vor den Gästen, die mit Applaus und Lachen antworteten.

„Ich würde sagen, es war der große Ring, den du ihr geschenkt hast.“ Cornelia Weinberg trat kühn einen Schritt vor und damit aus dem Kreis der übrigen Gäste heraus. Sie war mit ihren vierunddreißig Jahren schon Witwe, nachdem ihr Mann drei Jahre zuvor mit fünfundsechzig an Herzversagen gestorben war. „Ich sage dir, meine Liebe hättest du dir damit auf jeden Fall gesichert."

„Ach, ich glaube, ich bin zu jung für dich, Conny", neckte Phillip sie. „Du magst deine Männer doch, wie soll ich sagen ... etwas reifer, nicht wahr?"

Emily lehnte sich an ihren Verlobten. Ihre Zweifel verblassten angesichts des fröhlichen Neckens der Freunde und der Freude darüber, dass sie heute Abend gefeiert wurden. Conny wurde immer mehr eine liebe Freundin und Emily bewunderte ihr Rückgrat.

Am meisten genoss Emily Momente wie diesen, wenn Freundschaft und Kameradschaft all die gesellschaftlichen Anstandsregeln vergessen ließen und die Menschen unbeschwert lachten.

„Wenn ich dich ins Auge gefasst hätte, Phillip Saltonstall, dann hätte ich mein Ziel nicht verfehlt." Conny grinste ihn angriffslustig an. Phillip zog Emily eng an sich.

„Eine so gute Schützin bist du nun auch wieder nicht, Conny." Phillip senkte das Kinn, zog aber seine Brauen in die Höhe.

„Das wirst du jetzt wohl nie erfahren." Keine andere Dame der Birminghamer Gesellschaft konnte andere so aufziehen wie Conny. Sie schaffte es, dass alles so unschuldig klang.

„Schluss jetzt, ihr zwei." Powell trat zwischen die beiden. „Das Orchester ist bereit. Conny, du kannst den ersten Tanz mit mir tanzen." Er war ein überzeugter Junggeselle, und Connys Versuche, sich einen Ehemann zu angeln, jagten ihm keine Angst ein.

Die Gäste stellten sich in kleinen Grüppchen zusammen und warteten darauf, dass der Ball begann. Frauen plauderten über die bevorstehende Debütantinnensaison. Die Männer diskutierten über die „Barons" und die Footballsaison in Alabama.

„Phillip, ein schönes Fest." Herschel Wainscot schüttelte ihm die Hand. „Emily, du bist hübsch wie immer. Stört es dich, wenn dein Verlobter und ich über etwas Geschäftliches sprechen? Es dauert nur einen Moment."

„Aber wirklich nur einen Moment, Mr Wainscot. Das ist meine

Verlobungsfeier und ich will sie mir nicht verderben lassen." Emily warf ihm einen strengen Blick zu, aber nur kurz. Sie war zu glücklich.

„Ich verspreche, dass ich ihn nicht lang aufhalte, aber aus irgendeinem Grund ist Phillip in den Bürozeiten nie erreichbar. Er ist sehr beschäftigt."

„Für dich bin ich immer erreichbar, Herschel."

„Dann bleibe hin und wieder in deinem Büro. Ich werde dich anrufen."

In diesem Augenblick tauchte eine gertenschlanke Frau neben Mr Wainscot auf. Emilys Brustkorb zog sich zusammen. Das war die Frau, die sie von Mrs Caruthers' Fenster aus gesehen hatte. Ihre Beine begannen zu zittern.

„Stell mich vor, Herschel."

„Emmeline Graves, das sind Mr Phillip Saltonstall und seine Verlobte, Miss Emily Canton."

„Es freut mich, Sie kennenzulernen, Mr Saltonstall." Sie reichte Phillip die Hand, schaute ihn aber nicht direkt an. „Miss Canton, Ihr Kleid ist sehr hübsch."

„Danke." Emily versteifte sich, als sie zu Phillip aufblickte. Würde er dieser schlanken Frau bewundernde Blicke schenken? Emily war sich sicher, dass sie ihn mit eben dieser Frau auf der Straße lachen gesehen hatte. Sie hatte die gleiche dünne Figur und die gleichen dichten, goldblonden Haare.

Aber Phillip reichte ihr nur kurz die Hand und richtete seine Aufmerksamkeit auf das Podium und das Orchester. „Wie lang brauchen sie denn noch, um ihre Instrumente zu stimmen?", sagte er. „Ich kann es nicht erwarten, mit diesem umwerfenden Geschöpf in meinen Armen über den Tanzboden zu schweben." Er schaute zu Emily hinab und hob zärtlich ihr Kinn an.

Mr Wainscot schmunzelte. „Während wir warten, können wir uns ja kurz unterhalten. Phillip, wie läuft es mit den Sträflingsarbeitern in den Saltonstall-Minen? Wir denken daran, im Straßenbau ebenfalls welche einzusetzen. Damit könnten wir bei den Arbeitskräften einiges an Geld einsparen."

„Von unseren Aufsehern kommen keine Beschwerden."

„Aber von den Bürgern der Stadt, Phillip", mischte sich Emily in das Gespräch ein. „Die Sträflinge leben unter erbärmlichen Bedingungen und sie werden grausam behandelt. Vater hat Pferde und Hunde, denen es besser geht."

„Emily." Phillips finsterer Blick bedeutete ihr, sich schweigend unterzuordnen.

„Es sind Menschen und keine Tiere."

„Es sind Sträflinge, Miss Canton." Der Charme war aus Mr Wainscots Tonfall verschwunden. „Sie zahlen ihre Schuld an der Gesellschaft ab."

„Ketten um die Beine, Schwerstarbeit für ein harmloses Fehlverhalten? Halb verhungern und Peitschenhiebe für die kleinsten Übertretungen? Das ist barbarisch und unter der Würde eines Südstaatengentlemans." Sie beugte sich zu Wainscot vor. „Und meines Wissens sind es ausnahmslos Farbige."

„Ich wusste nicht, dass Sie das interessiert, Emily. Sie alle wurden rechtmäßig verurteilt."

„Von einem weißen Schwurgericht und weißen Richtern, die grausame und ungewöhnliche Strafen verhängen, die sie beim selben Vergehen über Weiße nie verhängen würden. Ich sehe keine weißen Sträflinge, die als Sträflingsarbeiter eingesetzt werden. Diese Männer werden betrogen. Sie werden gezwungen, länger zu arbeiten, als ihre Haftstrafe dies vorsieht. Und was zahlen sie ab? Dass sie sowieso schon im Elend leben? Um die Taschen der Minenbesitzer und der Verbrecher zu füllen, die über diese Stadt herrschen?"

„Miss Canton!" Mr Wainscot schaute sie mit zusammengekniffenen Augen an. Sie stellte sich auf eine fadenscheinige Widerrede ein. Aber er begann zu lachen und klopfte Phillip auf die Schulter. „Phillip, du hast dir hier eine feurige Frau geangelt. Sie ist intelligent und vertritt eloquent ihren Standpunkt. Besser als die meisten Männer. Vielleicht studiert sie noch Juristerei und wird Richterin. Oder sie übernimmt die Geschäftsführung in den Saltonstall-Büros."

Phillip schmunzelte, als mache Wainscot Witze. „Emily hat keine derartigen Ambitionen."

„Woher willst du das wissen, Phillip?", fragte Emily. „Hast du mich das je gefragt? Männer wie ihr wecken in Frauen den Wunsch nach dem Frauenwahlrecht, damit wir etwas Anstand und Menschlichkeit in die Politik bringen können."

„Meine Liebe …" Phillip legte die Hand um ihre Taille und drückte sie an sich. „Du klingst wie eines dieser Suffragettenpamphlete. Ich dachte, du interessierst dich nicht für ihre Versammlungen. Das hier ist unsere Verlobungsfeier. Wir sollten jetzt lieber", das Orchester begann, einen Walzer zu spielen, „tanzen."

„Ja, natürlich." Emily tupfte mit einem Taschentuch die Feuchtigkeit von ihrer Stirn. „Entschuldige, Phillip. Mir war nicht bewusst, dass das alles in mir brodelt."

„Dann hast du uns beide überrascht." Er nahm ihr Gesicht in seine Hände und streichelte mit den Daumen über ihre Lippen, dass sie erschauerte. „Aber du bist schön, wenn du dich ereiferst. Das weckt in mir den Wunsch …" Seine Lippen legten sich auf ihren Mund und Emily klammerte sich an ihn und an seine Leidenschaft. Als Phillip sie losließ, sank sie an seine Brust.

„Ich wollte dich nicht in Verlegenheit bringen."

„Mach dir keine Gedanken. Du hast mich nicht in Verlegenheit gebracht, Liebling, aber unterliege nicht dem Irrtum, ich sei anders als Herschel Wainscot. Auch ich bin ein Geschäftsmann, der alles dafür tut, dass es uns allen besser geht. Herschel ist ein wenig arrogant, aber er ist ein vernünftiger, verlässlicher Mann." Phillip strich mit der Hand über ihre Wange, während er begann, sie zum Klang der Walzermelodien durch den Raum zu führen. Schritt, Drehung, Schritt, Drehung. „Ich werde es nie müde, dich anzuschauen, Emily. Du bist so wunderschön." Sein leiser, romantischer Tonfall verzauberte sie. Sein Blick wich nicht von ihren Augen und hielt sie gefangen.

„Du bist sehr lieb, Phillip. Ich will dir keine Schwierigkeiten bereiten."

„Ich freue mich auf unsere Hochzeitsnacht. Vielleicht hebst du etwas von deinem Feuer und deiner Leidenschaft für diese Nacht auf."

„Phillip!", flüsterte sie und errötete vor Verlegenheit, obwohl seine Worte ihr Verlangen weckten.

„Mach dir keine Sorgen, Liebling. Ich bringe dir alles bei." Seine Lippen liebkosten die weiche Haut hinter ihrem Ohr, ohne sich darum zu kümmern, dass der Raum mit Freunden und Angehörigen gefüllt war, die sie beobachteten.

Emily wandte sich ab. Das hier war noch nicht ihre Hochzeitsnacht, auch wenn er das offensichtlich gern hätte.

„Phillip, darf ich dich etwas fragen?"

„Alles." Er wirbelte Emily mit Anmut und Leichtigkeit über die Tanzfläche.

„Kennst du Mr Wainscots Begleiterin, Emmeline? Woher stammt sie?"

„Ich weiß nicht mehr als du, liebe Emily. Ich habe sie heute Abend zum ersten Mal gesehen."

Wainscot tauchte zwischen den anderen Tanzpaaren neben ihnen auf. Er hielt die schlanke Frau in seinen Armen. „Phillip, tu deinem alten Kumpel einen Gefallen. Um unserer alten Freundschaft willen. Tanze mit Emmeline, und lass mich mit diesem Traum von einer Frau, die deine Verlobte ist, eine Runde auf der Tanzfläche drehen." Er löste Emilys Hand von Phillips Oberarm und wirbelte Emmeline in Phillips Arme. Wainscot legte die Hand auf Emilys Rücken, nahm ihre Hand in die seine und tanzte mit ihr davon.

„Danke, liebe Emily, dass Sie mich von dieser dummen Frau befreit haben." Herschel führte sie leichtfüßig über die Tanzfläche. Emilys Rock streifte ihre Beine. „Sie sind heute Abend die schönste Frau in diesem Saal und ich war noch nie so eifersüchtig auf meinen besten Freund."

Emily senkte den Blick, als die Röte an ihrem Hals heraufzog. Wie sollte sie auf ein solches Kompliment reagieren?

„Mr Wainscot", Emily hob das Kinn und achtete darauf, dass ihre Stimme munter klang, und zwang sich zu einem Lächeln, „wenn diese Frau dumm ist, warum haben Sie sie dann Phillip aufgedrängt?“ Sie blickte kokett über seine Schulter und sah Phillip mit Emmeline tanzen, als wäre ihm ihr Körper bestens vertraut.

„Weil ich mit Ihnen tanzten wollte.“ Er atmete aus und sein nach Portwein riechender Atem strich über Emilys Haare. „Phillip hatte bei den Frauen schon immer Glück. An unserem ersten Tag am College haben ihm alle Mädchen nachgeschaut. Da beschloss ich, dass er mein bester Freund werden sollte.“

„Ist das immer noch so? Hat er immer noch so viel Glück bei den Frauen?“

Herschel schaute ihr in die Augen und atmete mit einem Seufzen aus. Sein Atem lag warm auf ihrem Gesicht. „Nun, er hat Sie, nicht wahr? Ich würde um Sie kämpfen, wenn ich eine Chance hätte, Sie zu gewinnen.“

„Mr Wainscot.“ Emily löste sich aus seinen Armen.

„Sagen Sie bitte ‚Herschel‘ zu mir. Da Sie die Verlobte meines besten Freundes sind, könnten wir uns duzen.“

„Gern. Du scheinst ebenfalls keinen Mangel an schönen Begleiterinnen zu haben, Herschel. Emmeline ist sehr schön.“ Emily kannte fast jede Frau in ihren gesellschaftlichen Kreisen, sogar die Nichten, Enkelinnen und Verwandten, die hin und wieder zu längeren Besuchen in Birmingham weilten. „Woher kennst du sie?“

„Sie ist die Tochter eines Freundes.“ Herschel bot Emily seinen Arm an und führte sie zum Tisch mit den Erfrischungen. Er reichte ihr ein Glas Bowle und nahm dann selbst auch eines.

Die Bowle war süß und schmeckte nach Minze, aber die Luft im Raum war heiß und stickig. Da sie seiner Gesellschaft entfliehen wollte, ließ sie ihre Blicke auf der Suche nach ihrer Mutter und ihrem Vater über die Gäste schweifen. Vergebens. Auch Phillip konnte sie unter den Tänzern nicht finden.

„Emily“, sagte Herschel nach einem Moment, „ich hoffe, ich habe dich nicht beleidigt. Ich finde, deine Einstellung ist bewundernswert.“

„Du hast mich nicht beleidigt, Herschel.“ Sie bemühte sich herauszufinden, wohin Phillip verschwunden war, obwohl sie Schuldgefühle hatte, weil sie ihn verdächtigte. Sie war wütend auf Daniel

Ludlow, weil er Zweifel an Phillips Treue gesät hatte. „Ich hoffe nur, ich habe *dich* nicht beleidigt."

Herschel lachte. „Es ist mehr nötig, um mich zu beleidigen, als mich auf der Tanzfläche stehen zu lassen."

Sie trank ihr Glas Bowle leer, und als sie es auf den Tisch stellte, reichte Herschel ihr wieder seine Hand. „Darf ich bitten?"

Emily zögerte und reichte ihm dann langsam ihre Hand. „Wir sollten einmal Phillip suchen und wieder zurücktauschen."

„Vielleicht sollte lieber er uns suchen!" Herschel wirbelte Emily über die Tanzfläche. Seine blonden Haare fingen das Funkeln der Kronleuchter ein, und er versuchte, sie mit seinem faszinierenden Lächeln in seinen Bann zu ziehen.

„Du hast eine hohe Meinung von dir, nicht wahr, Herschel?"

„Nicht mehr als jeder andere Mann auch."

Emily lachte und tanzte mit ihm zwischen den anderen Gästen hindurch. „Vielleicht hat Phillip recht: Du bist gar nicht so übel."

„Wie habe ich dieses Kompliment verdient?"

„Wir werden dich zum Essen einladen müssen, wenn wir verheiratet sind."

„Ja, bitte, so bald wie möglich."

„Ich werde gleich nach diesem Tanz mit Phillip darüber sprechen." In diesem Moment sah Emily, wie der breite Rücken ihres Verlobten in den dunklen Schatten der Terrasse verschwand. Er hielt Emmeline Graves in den Armen und tanzte mit ihr auf die Terrasse hinaus.

Kapitel 10

Charlotte

Charlotte brachte das Herrera-Kleid in den Nähsalon hinauf. Das Sonnenlicht, das durch die Oberlichter in den Laden drang, ergoss sich wie ein Wasserfall über sie. Der Kirschholzboden glänzte unter ihren Füßen.

Ihr war immer noch schwer ums Herz, aber sie fühlte sich heute – fast eine Woche, nachdem sie Tim mit seiner Exverlobten im „Homewood Gourmet" gesehen hatte – besser. Sie hatte in den vergangenen beiden Nächten gut geschlafen, nachdem sie Gott angefleht hatte, ihr Frieden zu schenken.

Charlotte zog das Kleid über die Schneiderpuppe und strich über das elfenbeinfarbene Satinoberteil mit handgearbeiteten Stickereien über einem weiten Tüllrock – ein Kleiderstil, den sie besonders liebte.

Eine neue Kundin hatte sich für Herrera entschieden und kam am Samstag zu ihrer ersten Anprobe. Bethany, die Schneiderin von „Malone & Co.", wollte immer zuerst das Kleid sehen, bevor sie mit einer Braut arbeitete.

Als sie wieder die Treppe hinabging, sah Charlotte das Gesicht der Braut vor sich, als sie das Herrera-Kleid angezogen und dann unter Tränen ihren Verlobten angerufen hatte. *Ich habe mein Kleid gefunden, Schatz.*

Warum wohl hatte sie nie einen Kosenamen für Tim gefunden? Eine Anrede nur für ihn? Er war einfach immer nur „Tim" gewesen. Soweit sie sich erinnerte, hatte er nie etwas anderes als „Charlotte" oder „Char" zu ihr gesagt. Nicht einmal „Baby" oder „Liebling" oder „Schatz".

Und wenn sie ehrlich war, war sie nicht wirklich bereit gewesen, ihre Identität als Waisenmädchen aufzugeben, das es aus eigener Kraft zu etwas gebracht hatte.

Sie, Charlotte Malone, konnte ihre Drachen ganz allein erschlagen. Sie brauchte keinen Mann, keine Familie und keine Märchenhochzeit, um etwas wert zu sein. Sie hatte bewiesen, dass sie es allein schaffen konnte. Sie hatte sich ein gutes, sicheres, berechenbares Leben aufgebaut und sie liebte dieses Leben.

Unten an der Treppe angekommen, blieb Charlotte stehen, als die Haustür geöffnet wurde und die darüber hängende Glocke ertönte. Der Duft nach Rosen wehte in den Laden. „Willkommen bei ‚Malone & Co.'. Wie kann ich Ihnen helfen?"

Der Mann kam zwischen den ausgestellten Heidi-Elnora- und Bray-Lindsay-Kleidern auf sie zu. Sie versuchte einzuschätzen, ob er der Vater einer Braut war. Oder vielleicht doch ein Bräutigam? „Sind Sie wegen einer Hochzeit hier?"

„Allerdings." Er blieb vor ihr stehen. Sein lila Hemd war ihr sofort aufgefallen und seine blauen Augen kamen Charlotte irgendwie bekannt vor. Schlagartig machte sich Unruhe in ihr breit. Sie trat mit einem leisen Keuchen zurück. Wo hatte sie ihn schon einmal gesehen?

„Haben Sie die Truhe geöffnet?", erkundigte er sich.

„Wie bitte?" Charlotte floh hinter die Verkaufstheke.

„Die Truhe. Von der Auktion. Haben Sie sie aufgemacht?"

„*Sie* haben mir die Truhe verkauft?" Sie lachte leise und drückte sich die Hand auf den Bauch. Wie hatte sie den sonderbaren, kleinen Mann vergessen können! „Nein, nein, ich, ähm …" Sie zuckte die Achseln. „Sie ist zugeschweißt."

„Ja, manchmal muss man etwas Kraft aufwenden, um einen Schatz zu befreien."

„Schatz? Diese Truhe ist wohl kaum ein Schatz." Charlotte strich sich mit den Händen über ihre Unterarme, die von einer Gänsehaut überzogen waren. „Darf ich fragen, welches Interesse Sie an dieser Truhe haben? Hat sie vielleicht Ihnen gehört? Jemandem aus Ihrer Familie?"

„Sozusagen." Der Mann durchquerte den Laden, faltete die

Hände auf seinem Rücken und betrachtete die an der Wand ausgestellten Kleider. „Einmalige Kleider. Sehr hübsch."

„Haben Sie eine Tochter, die bald heiraten wird?" Charlotte ging mit ihrer Visitenkarte auf ihn zu. Er warf einen höflichen Blick darauf und ging dann weiter, ohne sie zu nehmen. Charlotte klopfte mit der Kante der Karte auf ihre Fingerspitzen.

„Ja, ich habe eine Tochter, die bald heiratet." Er schaute sie über die Schulter an. „Es ist Brautzeit."

„Brautzeit?" Charlotte lachte leise. Was für ein ungewohnter Ausdruck. „Das hoffe ich sehr. Ich könnte das Geschäft gut gebrauchen. Sagen Sie Ihrer Tochter, dass ich mich freuen würde, wenn Sie ... Wie war Ihr Name doch gleich?"

„Meine Tochter kennt Ihren Laden. Sie kennt ihn sogar sehr gut."

Eine Gänsehaut überzog ihren Rücken, als er sprach. Es war, als kenne sie ihn. Aber das war unmöglich. „Wie heißt Ihre Tochter? Vielleicht ist sie ja bereits in meiner Kartei?"

„Charlotte." Er ging auf sie zu und reichte ihr die Hand. „Ich wollte mich nur nach der Truhe erkundigen. Es war schön, Sie zu sehen."

Seine Hand fühlte sich so vertraut an, als hätten sie sich schon hundertmal die Hände gereicht. Die Gänsehaut auf Charlottes Rücken verstärkte sich. Gleichzeitig hatte sie das Gefühl, *gefunden* worden zu sein.

In diesem Augenblick fiel die Hintertür ins Schloss und Dixies klappernde Schritte auf dem Hartholzboden verkündeten: „Hallo, ich bin wieder da!" Sie blieb neben Charlotte stehen, die aus dem Fenster blickte und dem Mann nachschaute.

„Wow, ein lila Hemd!" Dixie klopfte ans Fenster. „Mann, die Discozeit ist schon lange vorbei." Sie drehte sich wieder zu Charlotte herum. „Wer war denn das?"

„Weiß ich nicht genau. Ich weiß nur, dass es der Mann war, der mir auf der Auktion die Truhe verkauft hat. Aber, Dixie ..." Charlotte presste die Hand auf ihren zitternden Bauch. „Ich glaube, ich könnte gerade meinem Vater begegnet sein."

In ihrem Schlafzimmer, im hellen Schein des Lampenlichts und mit der Musik im Hintergrund, legte Charlotte ihr Werkzeug bereit. Hammer und Schraubenzieher von Dixie. Eine Säge, weil Dixie behauptete, dass sie unbedingt eine brauche, sowie einen Bohrer.

„Dixie, ich weiß nicht, wie man eine Bohrmaschine bedient."

„Was muss man da schon können? Du zielst mit diesem Teil auf das zugeschweißte Metall und drückst hier auf den Knopf. Und, schwupps, hast du ein Loch." Dixie unterstrich ihre Gebrauchsanleitung mit einer Geste, die besagte: *Das ist doch kinderleicht.*

„Aber ein Loch bringt mich keinen Schritt weiter. Die Metallteile sind ja immer noch zusammengeschweißt." Charlotte nahm die Bohrmaschine und beugte sich vor, um das Schloss der Truhe zu begutachten.

„Aber vielleicht musst du erst mal ein Loch bohren, um die Truhe grundsätzlich aufzubringen."

„Jared ..." Charlotte schaute den Arzt an, der auf ihrer Bettkante saß. „Brauche ich eine Bohrmaschine?" Sie hielt Dixies Mann, der immer noch seine blaue Krankenhauskleidung trug und todmüde aussah, das Werkzeug hin.

„Charlotte hat recht, Dixie. Sie braucht keinen Bohrer. Tut mir leid, dass ich dir nicht weiterhelfen kann, aber ich muss in ein paar Stunden wieder ins Krankenhaus, und ich hatte gehofft, mein Dixie-Baby würde mir etwas zu essen kochen, während ich ein wenig schlafe."

Charlotte schaute Jared an. *Dixie-Baby.* Liebespaare hatten also doch Kosenamen füreinander. Sie und Tim hatten so etwas nicht gehabt.

„Klar, Liebling." Dixie erhob sich vom Boden. „Hatte ich dir eigentlich schon erzählt, dass Charlotte denkt, ihr Vater sei in den Laden gekommen?"

„Wirklich?"

„Ich weiß es nicht, Jared." Charlotte sortierte das vorhandene Werkzeug nach Größe. „Ich habe meinen Vater nie kennengelernt.

Aber dieser alte Mann, der mir die Truhe verkauft hat, kam heute in den Laden und fragte, ob ich sie schon geöffnet hätte. Er sagte, dass er eine Tochter habe, die bald heiratet. Daraufhin habe ich nach ihrem Namen gefragt, und er sagte im selben Moment meinen Namen. Es klang so, als hieße seine Tochter ‚Charlotte'. Aber er hat sich wahrscheinlich nur verabschiedet, vermute ich wenigstens." Sie hob den Blick und sah Dixies Dr. Märchenprinz an. „Was hältst du davon?"

„Würde er es dir nicht sagen, wenn er dein Vater wäre?"

„Würdest du es sagen, wenn du es dreißig Jahre nicht für nötig gehalten hättest, im Leben deiner Tochter aufzutauchen?"

„Nein, wahrscheinlich nicht. Glaubst du, in dieser Truhe steckt irgendein Hinweis?"

„Keine Ahnung, aber er hat mich neugierig gemacht. Es kann nicht schaden, sie aufzumachen und das herauszufinden."

Nachdem Dixie und Jared gegangen waren, setzte sich Charlotte vor der Truhe auf den Boden und dachte an den Mann in dem lila Hemd mit den weißen Turnschuhen. War er ihr Vater? Wollte sie überhaupt einen Vater haben?

Wozu? Wohin sollte das führen? Ihr Leben funktionierte gut, sehr gut, ohne ihn. Es war undramatisch und berechenbar. Sie brauchte ihn jetzt auch nicht mehr. Als Mama starb, hätte sie ihn gebraucht. Wo war er damals gewesen?

Charlotte atmete tief aus, nahm den Hammer in die Hand und klopfte mit dem stumpfen Ende leicht gegen das zusammengeschweißte Metall.

Die Antwort, die sie als Kind erfunden hatte, um sich die Abwesenheit ihres Vaters zu erklären, war dieselbe Antwort, an die sie sich auch als erwachsene Frau klammerte.

Ihr Papa war ein großer Abenteurer mit unstillbarer Reiselust, die ihn veranlasste, über stürmische Meere zu segeln und über sonnenbeschienene Berge zu wandern. Sein Ruf im Leben verlangte von ihm, Grenzen zu überschreiten und sich nicht mit solchen Alltäglichkeiten wie einer Ehe oder Kindererziehung aufzuhalten.

Selbst seine tiefe Liebe zu seiner Tochter – zu ihr, Charlotte –

konnte ihn nicht von seiner Bestimmung abbringen. Er musste seinem Herzen folgen.

Ja, das war ihr Vater. Ein unglaublicher Abenteurer. Ein Indiana Jones.

Charlotte ließ den Hammer sinken. Warum machte sie sich eigentlich die Mühe, diese verschrammte, verrostete, abgestoßene Truhe aufmachen zu wollen? Was genau wollte sie befreien?

„Diese Truhe gehört Ihnen“, hatte der Auktionator, der lila Mann, erklärt.

Charlotte strich mit ihrer Hand über den Deckel. Holz und Leder waren glatter, als sie erwartet hatte. Sie nahm den Schraubenzieher und versuchte, eine Schwachstelle im zusammengeschweißten Metall zu finden, das früher einmal ein Schloss gewesen war. Dann schlug sie mit dem Hammer auf den Griff des Schraubenziehers und versuchte, einen Spalt in das Metall zu treiben, wo es keinen gab. Die Schweißstelle gab nicht nach und Charlotte war erleichtert. Was sie zu Dixie gesagt hatte, stimmte: Wenn es ihr gelänge, mit Hammer und Schraubenzieher eine Schweißnaht aufzubrechen, würde sie nie wieder über eine Brücke fahren.

Sie nahm die Säge. Lächerlich. Wie wollte sie Metall aufsägen? Aber sie setzte die Säge trotzdem unterhalb des Schlosses an. Nachdem sie die Säge ein paar Mal hin und her bewegt hatte, gab sie es wieder auf. Wenigstens hatte sie es versucht.

Wer auch immer gewollt hatte, dass diese Truhe bis in alle Ewigkeit versiegelt bliebe, hatte es ernst gemeint. Charlotte schlang die Arme um ihre angewinkelten Knie und lehnte sich zurück. Vielleicht wusste der lila Mann nicht, wovon er sprach. Vielleicht sollte sie dieses Ding zur Müllkippe bringen, bevor das, was darin lebte, zum Leben erwachte und nachts in ihr Bett kroch.

Oder noch schlimmer: in ihr Herz.

Charlotte sprang auf. Verrückt! Diese Truhe war wahrscheinlich leer. Sie musste diese Truhe irgendwie aufbringen und sich beweisen, dass alles in Ordnung war. Dass es keine Hinweise auf ihren Vater gab. Keine Hinweise auf irgendetwas, das befreit werden musste.

Womit konnte man Metall schneiden? Charlotte schaute sich im Raum um. Mit irgendeinem elektrischen Werkzeug. Aber sie besaß kein solches Werkzeug.

Doch Charlotte wusste, wer das richtige Werkzeug hatte. Sie warf sich aufs Bett, nahm ihr Telefon vom Nachttisch und wählte Tims Nummer.

Als ihr bewusst wurde, was sie da tat, legte sie auf und setzte sich im Schneidersitzt aufs Bett. Nach der Episode auf dem Parkplatz am letzten Donnerstagabend konnte sie ihn jetzt schlecht anrufen und um seine Hilfe bitten. Oder doch?

Ihren Freund Tim? Ja. Nicht ihren Verlobten Tim. Aber sie hatte ihm gesagt, dass sie beides nicht trennen könne. Okay, vielleicht hatte sie ja ihre Meinung geändert.

Charlotte wählte erneut Tims Nummer und stellte sich mit pochendem Herzen darauf ein, seine Stimme zu hören. Sobald er sich meldete, begann Charlotte zu reden, um jedes unangenehme Schweigen zu vermeiden.

„Ist dort Freund Tim? Hier ist Freundin Charlotte. Ich will die Truhe aufmachen, aber ich brauche dafür das richtige Werkzeug. Dieser Mann kam heute in meine Boutique. Aber das ist eine lange, seltsame Geschichte. Jedenfalls hat er mich neugierig gemacht. Ich dachte, dass ich sie einfach wegwerfe. Aber manchmal wachsen einem alte, hässliche Dinge ans Herz, und man kann es nicht ertragen, sie wegzuwerfen. Wie eine Schmusedecke. Wenn du zu tun hast oder gerade mit einer Frau zusammen bist ... Bist du gerade mit einer Frau zusammen? Tut mir leid. Ist Kim bei dir? Das macht nichts, wir können ...“ Charlotte ging die Luft aus. Und der Mut. „... das auch ein anderes Mal machen. Oder ich warte, bis Jared nach Hause kommt. Aber in seinem Werkzeugkasten liegen nur ein Hammer, ein Schraubenzieher und eine Gabel. Und eine Bohrmaschine, aber mit der kann man nur Löcher bohren. Ich würde die Truhe ja zu dir bringen, aber sie passt nicht in mein Auto. Dafür ist das Cabrio zu klein und –“

„Charlotte. Vergiss nicht, Luft zu holen.“

Sie atmete aus. „Danke.“

„Ich sitze schon im Auto. In zehn Minuten bin ich bei dir.“

„Der Mann, der dir die Truhe verkauft hat, ist also in der Boutique aufgetaucht?“ Tim setzte ein Sägeblatt in seine Eisensäge ein, betrachtete das zusammengeschweißte Metall prüfend und drückte darauf, um eine Stelle zu finden, an der er ansetzen konnte.

„Ja, es war unheimlich und gleichzeitig irgendwie cool.“ Charlotte setzte sich neben ihn auf den Fußboden. „Er hat ein paar Sachen gesagt, bei denen ich eine Gänsehaut bekam. Als er ging, hatte ich das komische Gefühl, dass das vielleicht mein Vater gewesen sein könnte.“

Tim hielt inne. „Wie meinst du das? Dass dein Vater in deine Boutique gekommen ist? Nachdem er dir auf geheimnisvolle Weise auf der Ludlow-Auktion diese Truhe verkauft hat?“

„Wenn du das so sagst, klingt es völlig verrückt. Aber das Gespräch war einfach eigenartig … Glaubst du, dass du diese Truhe öffnen kannst?“

„Ja, das kann ich. Aber wie bist du auf die Idee gekommen, dass er dein Vater sein könnte?“

„Ich weiß nicht.“ Sie erzählte ihm von ihrem Gespräch, als er ihre Frage nach der Braut mit ihrem Namen beantwortet hatte. „Das hat mich einfach zum Nachdenken gebracht. Ist das verrückt? Ja, das ist verrückt. Er wollte sich vermutlich einfach nur verabschieden.“

„Charlotte …“ Tim legte das Werkzeug zur Seite und schaute sie an. „Willst du damit sagen, dass du deinen Vater nicht erkennen würdest, wenn er auf dich zukäme?“

„Nein, ich würde ihn nicht erkennen. Ich habe ihn nie gesehen, Tim.“

„Nicht einmal auf einem Foto?“

Selbst als sie kurz davor gestanden hatten zu heiraten, hatte Charlotte mit Tim nie über dieses Thema gesprochen. Das war wohl ein weiterer Beweis dafür, dass es richtig gewesen war, die Hochzeit abzublasen.

„Nein." Sie zupfte an einem Faden, der sich im Teppichboden gelöst hatte. „Mama hat ihn während des Studiums kennengelernt. Sie verliebte sich in ihn, wurde schwanger, und als sie es ihm gestand, suchte er das Weite. Ich kenne nicht mal seinen Namen." Charlotte presste die Finger auf die Augen und strich sich dann durch die Haare. „Hey, ich habe dich nicht hierhergeholt, um über meinen Vater oder besser gesagt über meinen nicht existierenden Vater zu sprechen. Wirf die Säge an, Tim." Charlotte klopfte auf die Truhe. „Mach dieses Baby auf."

„Du weißt nicht einmal, wie er heißt?" Tim war es offenbar wichtiger, die Gefühle aufzuschließen, die sie in sich verschlossen hatte, als die verschlossene Truhe.

„Doch, ich kenne schon ein paar Namen, aber die möchte ich lieber nicht wiederholen. Als ich zehn war, habe ich Mama mal nach ihm gefragt. Aber sie sagte, wenn er mir weder seinen Namen noch seine Liebe geben wolle, dann sei sie auch nicht bereit, mir etwas von ihm zu erzählen. Auf meiner Geburtsurkunde befindet sich neben ‚Name des Vaters' eine lange, leere Zeile." Charlotte zeichnete mit dem Finger einen Strich durch die Luft.

„Mir tut der Mann leid." Tim drehte sich zu der Truhe herum und nahm die Motorsäge zur Hand. „Er hat etwas Unglaubliches verpasst."

„Vielleicht hat er sich wie ein Fisch auf dem Trockenen gefühlt."

Tim schaltete die Säge ein, ohne ein weiteres Wort zu sagen oder sie noch einmal anzuschauen.

„Ich bin gleich wieder da." Charlotte verschwand im Badezimmer und schloss die Tür hinter sich. Dann setzte sie sich auf den geschlossenen Toilettendeckel, rollte so viel Toilettenpapier ab, dass sie ihr Gesicht in einer weißen Wolke vergraben und weinen konnte. Von der anderen Seite der Tür ertönte währenddessen die Säge.

Sie konnte ihre Gefühle nicht länger im Zaum halten. Eine tiefe Sehnsucht regte sich in ihr. Die Mauern um ihr Herz erbebten. Ihr Freund Tim war hier, um mit ihr über ihren Vater und über die Truhe zu sprechen.

Aber sie wollte mit ihrem Freund Tim über ihren Verlobten Tim sprechen. Wie weh es tat. Wie sehr sie ihn vermisste. Dass sie ihm keinen Vorwurf machen konnte, weil er nicht bereit war zu heiraten, wenn sie selbst wichtige Teile ihres Lebens vor ihm zurückgehalten hatte.

Als ihre Tränen verebbten, schnäuzte sie sich, wusch sich das Gesicht und kämmte sich die Haare. Als sie die Badezimmertür öffnete, hatte die Säge ihren Auftrag erfüllt.

Tim hielt den Verschluss in der Hand. „Tut mir leid, ich wollte dich nicht verletzen."

„Das war meine eigene Schuld." Charlotte kniete vor der Truhe nieder. „Dann schauen wir mal, was hier drinsteckt."

Tim sammelte sein Werkzeug zusammen. „Ich bin gleich fort."

Charlotte legte die Hand auf seinen Arm, um ihn am Gehen zu hindern. „Bitte bleib. Ich brauche doch einen Zeugen für diesen großen Augenblick."

„Bist du sicher? Ja, natürlich bleibe ich, wenn du …"

Charlotte schaute ihm einen Moment in die Augen. „Ich hätte gern meinen Freund Tim bei mir."

Er nickte und ein warmes Lächeln überzog sein Gesicht. „Dein Freund Tim ist gern hier."

„Es ist nur so, dass mein Freund Tim meinem Verlobten Tim sehr ähnlich sieht."

„Vielleicht muss Freund Tim dann mal ein ernstes Wort mit ihm sprechen." Er räumte Stichsäge und Sägeblätter wieder in den Koffer.

„Und was will er ihm sagen?"

„Dass er ein verdammter Idiot ist."

Charlotte grinste. „Okay, Freund Tim, aber sei nicht zu hart zu meinem früheren Verlobten."

„Das kann ich dir nicht versprechen." Er klopfte auf den Deckel der Truhe. „Komm jetzt, mach diese Truhe auf."

Charlotte hob erwartungsvoll den Deckel. Zederndutt drang aus der Truhe und breitete sich im Raum aus. Sie spähte hinein und begann, Schichten von Seidenpapier zur Seite zu räumen. „Ich glaube, sie ist leer. Warum will der Mann mit dem lila Hemd, dass ich eine leere Truhe öffne?"

Tim wühlte ebenfalls im Papier herum. „Es muss doch was drin sein."

„Was denn? Ein verlorener Schatz?" Charlotte strich mit der Hand über den Boden der Truhe. „Gold? Rubine?"

„Klar, warum nicht? Hoppla, ich glaube, ich habe was gefunden." Tim zog zwischen dem Seidenpapier einen weichen Leinensack hervor. Die Oberseite war mit einem Band zugezogen.

„Was ist das? Jetzt bin ich aber gespannt." Charlotte folgte Tim, als er den großen Beutel zu ihrem Bett trug.

„Hier, mach ihn auf. Das ist schließlich dein Schatz." Tim reichte Charlotte den weiß-grauen Leinensack, als halte er ein Neugeborenes in den Armen.

Vorsichtig öffnete Charlotte die Bänder und zog ein Satinbündel heraus. Es schien ein Kleid zu sein, ein perfekt erhaltenes Kleid. Als sie es hochhielt und zurücktrat, fiel ein hübscher, ausgestellter Rock mit Schleppe zu Boden.

„Ist das, was du da in den Händen hältst, das, wofür ich es halte?", kommentierte Tim.

Charlotte schluckte und warf ihm einen schnellen Blick zu. „Ja, ist es."

Ein Brautkleid.

Tim erhob sich und betrachtete das Kleid mit zusammengekniffenen Augen. „Das ist wirklich verrückt, Charlotte. Du hast eine Truhe mit einem Brautkleid gekauft? Kurz bevor wir unsere Verlobung gelöst haben?"

„Hey, Freund Tim, sag dem Verlobten Tim, der sich wie ein Fisch auf dem Trockenen fühlt, ich hatte keine Ahnung, dass dieses Kleid in der Truhe war."

„Das habe ich ja auch nicht behauptet. Aber jemand wusste es."

„Das ist doch verrückt. Wie kommst du auf so eine Idee?"

„Der Auktionator. Der Mann mit dem lila Hemd. Also ehrlich, Charlotte, komm schon! Wie groß ist die Wahrscheinlichkeit, dass du oben auf dem Berg bei einer Auktion landest, ohne überhaupt die Absicht zu haben, etwas zu kaufen, und dann kaufst du eine Truhe mit einem Brautkleid drin? Und was hat der Mann zu dir gesagt, als er heute in die Boutique kam? Dass er eine Tochter hat, die bald heiratet?“

„Was willst du damit sagen, Tim?“ Er verdarb mit seinen Fragen diesen herrlichen Augenblick. Sie wollte einfach nur dieses faszinierende Kleid bewundern. „Es tut mir leid, wenn du jetzt das Gefühl hast, dass ich dich reingelegt habe.“

„Hör auf, mir Worte in den Mund zu legen, die ich nicht gesagt habe. Aber komm schon, Charlotte! Findest du das nicht ein bisschen unheimlich?“

„Ich finde das sogar sehr unheimlich, aber du brauchst dir keine Gedanken zu machen. Deine frühere Verlobte Charlotte wird jetzt nicht anfangen zu heulen und dir erklären, dass ihr füreinander bestimmt wart. Oder dass ihr doch heiraten solltet.“

„Das hatte ich auch nicht angenommen.“

Wirklich? Warum sah er dann plötzlich so erleichtert aus?

Charlotte schob die Tür zu ihrem begehbaren Schrank auf und zog eine alte Schneiderpuppe heraus, die sie darin verstaut hatte. „Steh nicht so untätig herum. Hilf mir bitte.“

Tim nahm ihr die Puppe ab und hob sie übers Bett.

„Stell sie hierhin.“ Charlotte deutete zu einer freien Stelle in ihrem Schlafzimmer, an die sie eigentlich immer einen Schminktisch hatte stellen wollen, allerdings war sie nie dazu gekommen, sich einen zu kaufen.

Tim trat zur Seite, damit Charlotte das Kleid über die Puppe stülpen konnte. Die weichen, wirbelnden Schichten des Rocks fielen raschelnd zu Boden, als freuten sie sich, dass sie zum Leben erweckt wurden.

Charlotte verschlug es regelrecht die Sprache. Die Mischung aus Satin und Seide schimmerte im goldenen Licht der Lampen. Die Fäden schienen zu leuchten, falls sie ein so kühnes Wort benutzen durfte. Tüll und ein Reifrock hielten den ausgestellten Rock perfekt in Form. Charlotte breitete die Schleppe liebevoll auseinander.

„Es ist exquisit.“ Die Vorderseite des Rocks war in der Mitte leicht nach oben gezogen, aber nur so weit, dass ein Paar modische Schuhe darunter hervorschauen konnten.

„Woher, glaubst du, kommt das Kleid?“, fragte Tim, der sich auf die andere Seite des Zimmers zurückgezogen hatte.

„Ich habe keine Ahnung.“ Charlotte drehte den Saum um, um die Stiche und die Nähte zu untersuchen. Der elfenbeinfarbene Satin war mit der Hand genäht worden und nicht mit der Maschine. Sie hatte schon genügend Nähte gesehen, um den Unterschied zu erkennen.

Die hell leuchtenden Perlen am Bund waren ebenfalls mit Hand aufgenäht worden. Das schlichte Mieder schien für die Braut maßgeschneidert worden zu sein. Charlotte fragte sich, wie sie eine Braut finden sollte, die in dieses Kleid passte, ohne die perfekte Handarbeit durch Änderungen zu zerstören.

Dieses Kleid zu verändern wäre, als würde man einen Rembrandt verändern oder in Michelangelos Sixtinischer Kapelle ein Gesicht hinzufügen.

Nein, sie musste die perfekte Braut für dieses Kleid finden. Und sie würde sie erkennen, wenn sie sie sah.

„Tim, vielleicht ist dieses Kleid der Grund, warum wir miteinander Schluss gemacht haben.“ Sie drehte sich zu ihm um. Für sie ergab das Ganze jetzt einen Sinn. „Ich besitze eine Brautmodenboutique. Das hier ist ein Brautkleid. Irgendwo da draußen ist eine Frau, die dieses Kleid tragen soll, und ich soll es ihr geben.“

„Wie bitte?“ Er runzelte die Stirn.

„Vielleicht soll ich … Moment mal, weißt du, was der Mann mit dem lila Hemd zu mir gesagt hat? ‚Es ist Brautzeit.‘“ Charlotte presste sich die Finger an die Stirn. „Ich bin nicht sicher, was das bedeutet, aber vielleicht bedeutet es, dass dieses Kleid zu mir ‚geschickt‘ wurde. Damit ich die perfekte Braut dafür finde.“

„Verstehe.“ Er hatte starke Zweifel an dem, was sie sagte. Das war verständlich. Er war ein pragmatischer Mensch und tiefer in seinen Ansichten verwurzelt als alte Eichen. „Ich bekam also kalte Füße, weil dieses Kleid einer *anderen* Braut gehört?“

„Ja.“ Charlotte drückte freundschaftlich seinen Arm. „Vielleicht.

Keine Ahnung. Aber das hier hat etwas zu bedeuten. Das weiß ich ganz genau. Hast du nachgeschaut, ob sonst noch was in dem Kleidersack ist?"

Charlotte trat auf die andere Seite des Zimmers, um das Kleid in Ruhe zu betrachten, während Tim den Leinensack durchsuchte. Sie hatte ähnliche Stile in Brautzeitschriften und im Internet gesehen, aber nichts, das ganz genauso war wie dieses Kleid.

Es war nicht modern. Aber es war auch nicht altmodisch. Sie ging zu dem Saum zurück, um nachzuschauen, ob sich dort vielleicht ein Schild mit dem Namen der Schneiderin oder Designerin befand. Es war unmöglich, dass ein solches Kleid, das so perfekt erhalten war, original zu einer Truhe gehörte, die sich 1912 im Besitz einer Braut befunden hatte, wie der Auktionator behauptete. Das Kleid sollte hundert Jahre alt sein? Niemals!

Wenn das Kleid mehr als zwanzig Jahre alt war, wäre der Stoff vergilbt, der Tüll wäre brüchig. Doch dieses Kleid sah aus, als wäre es gestern genäht worden.

Charlottes Finger strichen über die Stickstiche auf der Rückseite des Rocks, etwas oberhalb des Saums. Sie hob den Saum hoch, um einen besseren Blick darauf werfen zu können.

TH.

Sie setzte sich auf ihre Fersen zurück. *TH?* Diese Initialen sagten ihr nichts. Charlotte fiel keine Brautkleiderdesignerin aus den vergangenen fünfzig Jahren ein, die diese Initialen gehabt hätte. Sie hatte sie alle studiert, als sie darüber nachgedacht hatte, selbst Kleider zu entwerfen, statt sie zu verkaufen.

„Hast du etwas gefunden? Im Sack war nichts, aber vielleicht", Tim kniete neben der Truhe nieder, „ist noch was in der Truhe." Er klopfte die Holzbretter ab, neigte leicht den Kopf und lauschte. „Manchmal haben Truhen Geheimfächer."

Er zog das restliche Seidenpapier aus der Truhe und angelte ein kleines Stofftäschchen heraus. Vorsichtig untersuchte er es.

„Nichts." Er warf es aufs Bett.

„Oh nein, Tim. Nicht nichts. Das ist etwas. Etwas Unglaubliches. Dieses Kleid ist vermutlich hundert Jahre alt, und es sieht aus, als wäre es nie getragen worden.“ Charlotte ließ den Saum sinken und strich über den Rock. Ein Prickeln wanderte an ihrem Arm hinauf und setzte sich in ihrem Herzen fest.

Kapitel 11

Emily

Es ist wunderschön. Noch schöner, als ich es mir vorgestellt hatte. Mrs Caruthers, dieses Kleid ist einfach himmlisch." Mutter ging mit glänzenden Augen um Emily herum und drückte sich die Hände auf ihre geröteten Wangen.

„Ich habe etwas mehr Stoff für den Rock verwendet, als das Originalmuster vorsah." Mrs Caruthers streckte die Brust heraus und schien mit sich zufrieden zu sein. „Ich baue immer etwas von meinem eigenen Stil und Design in jedes Kleid ein."

Emily stand auf dem Hocker mitten im Zimmer, während vom Fenster gedämpftes Oktoberlicht auf den Boden fiel. Sie hätte am liebsten geschrien, als sie ihr Spiegelbild sah. Sie sah aufgebläht und rund aus. Die Gestalt im Spiegel hatte nicht die geringste Ähnlichkeit mit ihr.

Das enge Mieder verlangte ein noch engeres Korsett. Sie brachte keinen Fingerhut Luft in ihre Lunge. Der hohe Kragen schnürte ihr die Kehle zu. Ihr Hals schien das ganze Gewicht dieses schweren, winterweißen Satinrocks und der langen Schleppe zu tragen.

In diesem Kleid war so viel Stoff verarbeitet worden, dass es für zwei Bräute reichte. Vielleicht sogar für drei.

Die Puffärmel waren so riesig, dass sie fast bis zu ihren Wangen reichten, während es an den Ellbogen so eng war, dass Emily unmöglich die Arme beugen konnte. Sie sah aus wie einer der Zinnsoldaten ihres Bruders.

Sie schloss die Augen, unterdrückte mühsam einen lauten Schrei und den Drang, sich das Kleid vom Leib zu reißen und aus dem Zimmer zu laufen.

Die junge Frau stieg vom Hocker und ging zum Fenster. Sie

schob es auf, beugte sich so weit wie möglich in den sonnigen Tag hinaus und atmete mit kurzen, keuchenden Atemzügen die kühle Herbstluft ein.

„Emily, komm vom Fenster weg. Oder willst du, dass die ganze Stadt sieht, wie du dich in deinem Brautkleid aus dem Fenster beugst?" Mutter berührte Emily am Arm. „Was meinst du, Schatz? Ist es nicht hübsch?"

„Es ist schrecklich", flüsterte sie ihrer Mutter zu und warf vorsichtig einen Blick zur Tür, durch die Mrs Caruthers jeden Augenblick mit einem Paar passender Schuhe zurückkommen würde.

„Emily, was ist nur in dich gefahren?! Das Kleid ist nicht schrecklich. Es ist schön. Beherrsche dich, sonst beleidigst du noch Mrs Caruthers. Sie soll uns schließlich deine gesamte Aussteuer nähen."

„Sie muss die Wahrheit vertragen, Mutter." Emily steckte den Finger zwischen ihren Hals und den engen Spitzenkragen, der ihr die Luft abschnürte. „Ich kann dieses Kleid nicht tragen. Wie sie darauf kommt, dass es für eine Hochzeit im Frühling geeignet sein soll, kann ich nicht begreifen. Es ist so eng, dass ich mich nicht bewegen kann. Ich bekomme keine Luft."

„Ich werde sie bitten, den Kragen zu ändern und es an der Taille etwas weiter zu nähen, aber ansonsten ist das Kleid umwerfend, Emily. Einfach umwerfend."

„Den Kragen, den Bund und die Ärmel, Mutter." Emily hielt ihr die Arme hin, die sie nur mit Mühe bewegen konnte. „Die Ärmel!"

Wenn sie sich nicht davor gefürchtet hätte, wegen Sauerstoffmangels in Ohnmacht zu fallen, hätte Emily vielleicht noch länger mit ihrer Mutter diskutiert. Aber sie erstickte fast unter all den Spitzen und dem Satinstoff, und die Erinnerung an ihr Gespräch mit Phillip vom Vorabend schnürte ihr ebenfalls die Luft ab. Sie hatte endlich den Mut aufgebracht, ihn wegen Emmeline anzusprechen. Allein schon bei der Erinnerung an dieses Gespräch fühlte sie sich wie ein lahmendes Pferd.

„Ist sie deine Geliebte oder ist sie es nicht?"

„Ich glaube es einfach nicht, dass du so etwas sagst! Du wirfst mir vor, eine Affäre zu haben, bevor wir überhaupt verheiratet sind? Du

solltest wenigstens die Höflichkeit besitzen, mit solchen Fragen bis nach der Hochzeit zu warten!"

„Da bin ich wieder." Mrs Caruthers stellte ein Paar weißer Lederschuhe mit hohen Absätzen vor Emily.

Die junge Frau setzte sich auf den Stuhl, aber sie war nicht in der Lage, sich nach unten zu beugen, um sich die Schuhe auszuziehen. Ihre Mutter musste sie ihr aufschnüren. In dieser Zwangsjacke könnte sie ihre Hochzeit keine Sekunde genießen.

Mrs Caruthers steckte Emilys Füße in die Schuhe. Die Seiten drückten und ihre Zehen wurden regelrecht eingequetscht. Als Emily aufstand, taumelte sie.

„Ich glaube, sie sind zu klein, Mrs Caruthers", sagte sie.

„Ja, eine halbe Größe. Aber Sie werden sich daran gewöhnen. Eine Braut muss elegante, zierliche Füße haben."

Emily warf ihrer Mutter einen finsteren Blick zu und ließ sich wieder auf ihren Stuhl plumpsen, während ihre Rippen ihre Lunge zu zerdrücken drohten.

„Du beantwortest meine Frage mit einer Gegenfrage, Phillip. Ein einfaches Ja oder Nein würde genügen. Ist sie deine Geliebte?"

„Emily, ein Mann, der der Untreue bezichtigt wird, kann das nicht mit einem einfachen Ja oder Nein beantworten."

„Es wäre doch ganz einfach, Nein zu sagen. Ich verstehe nicht, warum du dieses Wort nicht über die Lippen bringst."

„Weil ich versuche, deine Anschuldigung zu begreifen, meine Liebe. Deine Frage macht mich sprachlos."

Oh, dieser Mann machte sie jetzt schon wahnsinnig!

„Das Kleid ist einer Saltonstall-Hochzeit würdig." Mrs Caruthers schien mit sich zufrieden zu sein. „Ich glaube, es wird Mrs Saltonstalls Zustimmung finden."

„Jedenfalls findet es Mrs Cantons Zustimmung", erwiderte Mutter mit einer gewissen Schärfe in der Stimme. *Sehr gut, Mutter!*

„Wenn ich nicht bald von diesem Kleid befreit werde, falle ich in Ohnmacht." Emily versuchte aufzustehen, taumelte aber auf den Stuhl zurück. Sie schleuderte die Schuhe von ihren Füßen. „Ich will ein Paar in meiner Größe." Sie schaute Mrs Caruthers entschlossen an, dann hob sie die Arme, beziehungsweise sie versuchte, die Arme zu heben, um den Haken in ihrem Nacken zu öffnen.

„Vorsicht, Sie zerreißen Ihre Ärmel." Mrs Caruthers schlug Emilys Hand zur Seite und begann dann, den Haken zu lösen und die Knöpfe zu öffnen.

„Mrs Caruthers", begann Mutter in diplomatischem Ton, „bitte machen Sie den Bund einen Zentimeter weiter, und ändern Sie die Ärmel so, dass meine Tochter sich bewegen kann. Sie hat einen Blumenstrauß in der Hand, wenn sie zum Altar geht. Und ein Hochzeitsessen, das sie genießen soll. Mit diesen Ärmeln kann sie nicht einmal ein Glas heben."

„Ich ändere die Ärmel, aber den Bund mache ich höchstens einen halben Zentimeter weiter. Mehr nicht."

„Ich muss Sie darauf hinweisen, dass wir Sie dafür bezahlen, dass Sie das Kleid so nähen, wie wir es wünschen, Mrs Caruthers", erwiderte Mutter.

„Und ich muss Sie darauf hinweisen, dass Sie mich für mein Fachwissen bezahlen." Mrs Caruthers öffnete den letzten Knopf. Emily schloss die Augen, als die Luft ihre Haut berührte. Himmlisch. „Und für meinen Ruf."

Emily stieg aus dem Kleid und bat Mutter, die Bänder an ihrem Korsett zu lockern. Sie brauchte Luft. Freiheit. Als Mutter sie von ihrem engen Korsett erlöste, zog Emily ihr schwarz-weißes Pepitakleid an, wünschte Mrs Caruthers einen guten Tag und polterte die Treppe hinab und zur Tür von „Lovemans" hinaus in den angenehmen Oktoberwind.

Mit der Hand auf der Brust hielt sie das Gesicht in die Sonne und atmete die kühle Luft ein, die allmählich das schmerzliche Brennen aus ihrer Lunge vertrieb.

„Meine Güte, Emily!" Ihre Mutter blieb keuchend neben ihr stehen und zog ihre Handschuhe an. „Meinetwegen kannst du wütend sein, aber ich werde nicht dulden, dass du grob und unverschämt bist."

„Diese Frau ist grob und unverschämt." Emily setzte ihren Matrosenhut auf ihre hochgesteckten Haare. Der Wind zerrte an der

Hutkrempe. „Warum Mr Loveman ihr nicht kündigt, ist mir unbegreiflich."

„Das haben wir doch schon hundertmal durchgekaut, Emily. Mrs Caruthers ist die beste Schneiderin der Stadt und die Birminghamer Frauen vertrauen ihr." Mutter tippte mit der Spitze ihres Schirms auf den Gehweg und hob das Kinn.

„*Ich* vertraue ihr nicht. Mutter, bitte, können wir zu ‚Newmans' gehen und ein Eis essen? Ich brauche etwas, um mich abzukühlen." Emily drückte sich die Hand auf den Bauch und schluckte die Galle, die in ihrer Kehle hochstieg, hinunter. Dann atmete sie tief ein, damit ihre Lunge sich wieder ausdehnen konnte.

„Es ist zu kalt für Eis, Emily. Was hältst du von einer heißen Schokolade?"

„Für Eis ist es nie zu kalt, Mutter."

„Was du brauchst, ist etwas Warmes im Magen. Ein Eis tut dir nicht gut."

„Ich bestelle heiße Karamellsoße dazu. Wie klingt das?"

„Ich fürchte, ich kann dich nicht umstimmen." Mutter drückte Emilys Hand. „Geh nur. Aber ich möchte nach Hause und mit deinem Vater sprechen. Mir sind die vielen Ballen Samtstoff bei ‚Lovemans' aufgefallen, und mir wurde bewusst, dass du nicht genug Samtkleider in deiner Aussteuer hast. Meine Güte, und ich habe deine Truhe noch nicht bestellt! Ich würde mir wirklich wünschen, dass du lernst, Mrs Caruthers etwas entgegenzukommen, Emily. Sie tut dir einen Gefallen, ob du das nun glaubst oder nicht." Mutter trat vom Bürgersteig und stieg zusammen mit dem Strom der Leute, die an diesem Donnerstag einkaufen waren, in die Straßenbahn.

Emily blickte ihrer Mutter nach und wartete dann, bis der Verkehr ein bisschen abnahm und ihr erlaubte, die Straße zu überqueren. Sie rang mit ihrer Enttäuschung. Mrs Caruthers tat nur sich selbst einen Gefallen, und Mutter war so fest entschlossen, sich Mrs Saltonstalls gesellschaftlichen Kreisen anzupassen, dass sie dafür blind war.

Aber jetzt, da Emily Zeit hatte und ungestört zu „Newmans"

schlendern konnte, kreisten ihre Gedanken um die *andere* Person, die sie um ihren Seelenfrieden brachte. Phillip.

Am Vorabend hatten sie leise im Schatten der Veranda ihrer Eltern diskutiert. Als ihm die Argumente ausgegangen waren, hatte Phillip versucht, sie mit Küssen und Liebkosungen zu besänftigen.

„Wessen Ring steckt an deinem Finger? Wessen Lippen küsst du?"

„Deine." Sie hatte ihn kaum hören können, weil ihr Herzschlag so laut in ihren Ohren gepocht hatte.

„Wessen Herz besitzt du zu hundert Prozent?"

„Deines." Er hatte sie auf sinnliche Weise geküsst. Als er sie dann oben an ihrem Mieder berührt hatte … Wenn sie nur daran dachte, sehnte sie sich wieder nach ihm. Phillip wusste ganz genau, wie er ihre Leidenschaft entfachen konnte.

„Ich fühle mich geschmeichelt. Ich habe es geschafft, die große Emily Canton eifersüchtig zu machen."

„Gewöhne dich lieber nicht daran, Phillip! Mir gefällt das überhaupt nicht. Und ich bin nicht die große Emily Canton. Ich bin nur eine junge Frau, die bald heiratet."

„Du bist die große Emily Canton. Und deine Eifersucht ist berauschend. So sehr liebst du mich."

„Liebst *du* mich so sehr?"

„Lass mich dir zeigen, wie sehr ich dich liebe."

Er hatte sie mit dem Rücken an die Hausmauer gedrückt. Dann hatte er mit der Hand über ihre Schultern und die Oberseiten ihrer Ärmel gestreichelt und dabei ihren Nacken geküsst.

Es war nicht das erste Mal gewesen, dass er ihre Nachfragen, ob er sie liebe, mit Berührungen, Küssen und geflüsterten Erinnerungen daran, dass sie nun bald das Bett teilen würden, beantwortet hatte.

Emily blieb auf dem Weg zu „Newmans" stehen und zog eine Karte aus ihrer Handtasche, während der kalte Wind an ihrem Rock zerrte. Sie hatte Big Mike gebeten, ihr die Karte der farbigen Schneiderin zu bringen.

Taffy Hayes.

Gaston Hotel, 5th Avenue.

„Ein herrlicher Tag heute."

Emily blickte auf und sah in das breite Gesicht und die leuchtenden blauen Augen eines Mannes, der ungefähr im Alter ihres Vaters war. Er hatte nichts Ungewöhnliches an sich. Seine Haare waren grau, seine Tweedjacke und die Weste entsprachen nicht der Mode des letzten Jahres, sondern des letzten Jahrhunderts.

Aber die leuchtende, lilafarbene Seidenkrawatte verlieh ihm etwas Kühnes und Majestätisches. Emilys Knie wurden ein wenig weich.

„Kenne ich Sie, Mr ...?"

„Darf ich Sie begleiten, Miss?" Der Herr bot ihr seinen Arm an, während ein Kurier auf seinem Fahrrad an ihnen vorbeiraste.

„Woher wollen Sie wissen, wohin ich gehe, Sir?" Emily drückte Taffys Karte an sich für den Fall, dass der Mann hinterlistig war und versuchte, die Adresse zu lesen.

„Zu Ihrem Brautkleid." Er reichte ihr seinen Arm. „Wenn ich Sie begleite, sind Sie sicher, egal, wohin Sie gehen."

„Aber ich kenne Sie nicht. Und Sie wissen nicht, wohin ich gehe." Emilys Finger zitterten leicht, als sie die Karte wieder in ihre Tasche steckte. Ihr Herz schlug wie wild. Sie wäre am liebsten weggelaufen. Aber ihre Beine weigerten sich, sie zu tragen.

Wieder bot er ihr seinen Arm an. „Kommen Sie. Ich tue Ihnen nichts. Bei mir sind Sie sicher."

Emily zögerte, doch dann legte sie die Hand auf seinen Ellbogen. Er winkte eine Droschke herbei, die sofort für sie stehen blieb, und wies den Fahrer an, zu A. G. Gastons Hotel zu fahren.

Eine Gänsehaut überzog ihre Arme und ihren Rücken. „Woher wussten Sie das?" Er musste ihre Karte gelesen haben, bevor sie sie versteckt hatte.

„Wollen Sie denn nicht dorthin?"

„Doch, aber das hatte ich Ihnen gar nicht gesagt." Sie hielt die Hände auf ihrem Schoß gefaltet. Sanft schaukelte sie im Rhythmus der Droschke und lauschte auf das gleichmäßige Klappern der Pferdehufe. Der Fahrer ließ die Zügel schnalzen und lenkte den Wallach um ein bremsendes Automobil herum.

In der 4th Avenue wurde die Droschke wegen des starken Verkehrs langsamer. „Haben Sie die neue Aufführung im ‚Princess Theatre' gesehen?" Der Mann stützte die Hände auf seinen Stock.

„Ich habe viel zu tun."

„Eine Hochzeit zu planen kostet Zeit, ich weiß." Der Mann schaute nickend vor sich hin und lächelte breit. „Und Geduld."

„Allerdings." Emily strich mit der Hand über die immer stärker werdende Gänsehaut auf ihren Armen. Dieser Mann schien zu den Leuten zu gehören, die die Gesellschaftsseiten der Zeitung lasen. „Sie wissen über mich ziemlich gut Bescheid, aber wir kennen uns nicht."

„Darf ich Sie etwas fragen? Was suchen Sie, Emily?"

„Wenn Sie es genau wissen wollen: ein Brautkleid." Sie neigte den Kopf zur Seite und schaute ihn fragend an. Warum versetzte er ihr jedes Mal, wenn er sprach, mit seinen blauen Augen einen leichten Stromstoß? Oder kam es ihr nur so vor?

„Und was suchen Sie in Ihrem Leben?"

Die Droschke fuhr klappernd und holpernd an einer Gruppe Sträflingsarbeiter mit Ketten an den Beinen vorbei. Die weißen Wachleute unterhielten sich und lachten miteinander, während die farbigen Männer Äxte und Hämmer schwangen und den harten Beton der Stadt bearbeiteten. Emily senkte den Blick. Es musste furchtbar mühsam und fast unmöglich sein, das aufzubrechen, was sich über lange Zeit hinweg in dieser Stadt festgesetzt hatte und hart geworden war.

„Freiheit." Ihre Antwort kam aus der Tiefe ihres Herzens. Als die Droschke an der Reihe schwarzer Männer vorbeifuhr, deren Haut in der Oktobersonne vor Schweiß glänzte, drehte sich Emily um und blickte ihnen nach.

Die Droschke bog in die 5th Avenue North und fuhr vor dem Hotel vor. Dunkle Augen starrten sie von der Straßenecke aus an.

Der Fahrer hielt ihr die Tür auf. „Ich warte auf Sie, Miss."

„Danke. Ich brauche nicht lang." Der sonderbare Herr bot ihr wieder seinen Arm an. Emily zögerte, dann hakte sie sich bei ihm unter und stieg aus der Kutsche. Sein Arm war muskulös und warm.

Ragtime-Melodien drangen aus einem offenen Fenster auf der anderen Straßenseite. Jungen auf Fahrrädern rasten den Gehweg entlang. Ein Ladenbesitzer trat aus seinem Geschäft und schimpfte mit ihnen, weil sie seine Gemüsetische fast umgefahren hatten. Die Atmosphäre war voller Musik und Lachen.

„Hatten Sie etwas anderes erwartet?"

Emilys Wangen begannen zu glühen. Sie warf einen verstohlenen Blick auf ihren Begleiter. „Ich bin nicht sicher, was ich erwartet hatte." Aber diese ungezwungene Atmosphäre war angenehm und beruhigend.

„Wussten Sie denn nicht", sagte er mit etwas lauterer Stimme, „dass die Freiheit noch viel, viel süßer schmeckt, wenn man lange in Gefangenschaft war?"

„Aber sie sind nicht wirklich vollkommen frei."

„Körperlich nicht, aber in ihrer Seele sind sie frei." Seine blauen Augen wanderten von der Szene auf der Straße zu ihrem Gesicht. Emilys Herz pochte.

„Woher wissen Sie so viel?"

Statt ihr eine Antwort zu geben, führte der Mann Emily ins Hotel und fragte nach Miss Taffy Hayes. Dann unterhielt er sich höflich mit dem jungen Mann am Hotelempfang.

Nach ein paar Minuten erschien eine große, schlanke farbige Frau in einem maßgeschneiderten leuchtenden Rock und einer farbenfrohen Bluse in der Lobby. „Was kann ich für Sie tun?"

„Miss Hayes?" Emily reichte ihr die Hand. „Mein Name ist Emily Canton."

„Ich weiß, wer Sie sind. Die Verlobte von Saltonstall." Emily betrachtete Taffys schmale, dunkle Gesichtszüge. Ihre durchdringenden braunen Augen beobachteten sie wie die Augen eines Falken. „Ich habe Sie in der Zeitung gesehen."

„Ich habe gehört, dass Sie Schneiderin sind. Eine der besten."

„Eine der besten?" Sie lächelte. „Das weiß ich nicht, aber ich bin stolz auf meine Arbeit."

„Ich hätte gern, dass Sie mein Brautkleid nähen." Emily trat auf sie zu. Ihr wurde noch wärmer als vorher. Eine dünne, feuchte

Schweißschicht überzog ihre Stirn und ihren Nacken. „Können Sie mir Ihren Preis nennen?"

„Ich wusste, dass Sie kommen würden."

Emily schaute sich nach dem sonderbaren Mann um. Er hatte sie hierher begleitet. Er hatte sie in eine surreale Welt geführt. Sie verzaubert. Aber er war fort. An seiner Stelle stand ein Mann mit rundem Gesicht und braunen Augen vor ihr.

„Willkommen in meinem Haus, Miss Canton. Ich bin A. G. Gaston."

„Ja, natürlich, Mr Gaston. Es ist mir eine Freude."

„Bitte fühlen Sie sich hier wie zu Hause."

Taffy wartete währenddessen geduldig, und als Emily sich umdrehte, wurde sie von ihrem Blick regelrecht durchbohrt. Sie beobachtete Emily, als wollte sie abschätzen, wie mutig sie war.

„Ich mache Ihnen ein Kleid, aber es wird Schwierigkeiten geben."

„Für Sie oder für mich?"

„Für uns beide, denke ich. Ich bin jedoch Schwierigkeiten gewohnt. Wie ist das mit Ihnen?"

Emily wurde am ganzen Körper heiß. „Das kann ich nicht genau sagen, Miss Hayes. Ich habe nur das Gefühl, dass Sie mein Kleid nähen sollten."

„Haben Sie Mut?" Taffy bedeutete ihr, ihr den Flur entlang zu folgen. „Kommen Sie mit. Ich hatte schon eine Idee, was ich für Sie nähen könnte."

„Für mich?" Emily konnte sich nicht bewegen. Es war, als wären ihre Füße auf dem Boden festgewachsen. „Wie kann das sein?"

„Wie ich schon sagte: Ich wusste, dass Sie kommen würden." Endlich lächelte Taffy. Ein schönes, perfektes Lächeln mit strahlend weißen Zähnen. „Haben Sie Mut?"

„Ich bin hier, nicht wahr? Ich will Mut haben. Ich bewundere Menschen, die Mut haben." Emily riss ihren Fuß von dem unsichtbaren Magneten, der sie festzuhalten schien, los und folgte ihr.

„Also gut." Taffy umarmte Emily mit einem Arm, während sie durch den Flur gingen.

Taffy hatte sie erwartet. Die junge Frau erschauerte, als ihr das bewusst wurde. Sie hatte wenig Erfahrung damit, dass Gott in ihr Leben eingriff oder in das Leben anderer Menschen, die sie kannte. Die meisten ihrer Angehörigen und Freunde führten ein einfaches, stilles Leben als Christen, sie taten Gutes und verbrachten eine oder zwei Stunden am Sonntag in der Kirche. Und jetzt war Gott mitten in der Woche bei ihr?

Aber während ihre Schuhe im Takt zu Taffys Schritten über den Boden klapperten, hatte Emily das untrügliche Gefühl, von Gott geführt zu werden.

„Ah, Emily, da sind Sie ja! Wo haben Sie denn gesteckt?" Molly begrüßte sie an der Küchentür wie eine Freundin, nicht wie eine Dienstbotin.

„Ich habe schrecklich interessante Menschen kennengelernt, Molly." Emily, die immer noch unter dem Einfluss dieses faszinierenden Nachmittags bei Taffy stand, nahm ihren Hut ab. „Ich habe eine Schneiderin für mein Brautkleid gefunden."

„Ich dachte, die große, unnahbare Mrs Caruthers näht Ihr Kleid."

„Mrs Caruthers ist einfach nur schrecklich. Wo sind Vater und Mutter?" Emily klemmte sich ihren Hut unter den Arm und beugte sich vor, um ihr Spiegelbild im schattigen Teil des Fensters zu betrachten. Sie zupfte ihre Frisur zurecht und steckte die losen Strähnen mit Haarnadeln fest.

„In der Bibliothek. Ihre Mutter kam bereits vor Stunden nach Hause. Sie hat sich Sorgen gemacht und hatte schon Angst, dass Ihnen etwas zugestoßen sein könnte."

„Ich war in der 5th Avenue bei Taffy Hayes." Emily drückte Mollys Hand.

„Tatsächlich, Miss? Ganz allein?"

„Ja … nein." Emily öffnete den Eisschrank, um eine Milchflasche herauszuholen. „Ein seltsamer Herr mit einer lila Seidenkrawatte hat mich begleitet."

„Sie sind mit einem fremden Mann in das Farbigenviertel

gegangen?" Molly stellte Emily ein Glas auf den Tisch und nahm dann die Milchflasche und schenkte ihr ein.

„Es sieht ganz so aus." Emily sah im Geiste den sonderbaren Mann vor sich, während sie das Glas an ihre Lippen hob. „Er war harmlos. Ungefährlich. Es war, als würde ich ihn schon mein ganzes Leben lang kennen." Oder als würde er sie ihr ganzes Leben lang kennen. Emily trank einen langen, kühlen Schluck. „Ich muss mit Mutter und Vater sprechen."

Sie trat durch die Küchentür und bog in den langen Flur, der zur Bibliothek führte. Eigentlich hatte sie geplant, nur kurz mit Taffy zu sprechen, aber als diese ihr die Entwürfe gezeigt hatte, die sie für Emily gezeichnet hatte, waren aus Minuten Stunden geworden.

Die junge Frau war dankbar, dass die Droschke auf sie gewartet hatte. Vater hätte bei dem Fahrer eine hohe Rechnung zu begleichen.

Vor der Tür zur Bibliothek hielt Emily inne. Sie holte tief Luft und nahm ihren ganzen Mut und all ihr Selbstvertrauen zusammen, bevor sie eintrat. „Mutter, Vater, ich hoffe, ihr hattet einen schönen Nachmittag."

Mutter stand auf und legte ihr Buch auf einen Beistelltisch. „Nachmittag? Es ist fast Zeit fürs Abendessen. Wo warst du, Emily? Als wir uns getrennt haben, wolltest du nur noch zu ‚Newmans' gehen und ein Eis essen."

„Wir haben uns Sorgen um dich gemacht, Tochter." Vater schob sich von seinem Schreibtisch hoch und ging um den Tisch herum. Er zog die Taschenuhr aus seiner Westentasche. Obwohl er zum Schein die Sorge ihrer Mutter teilte, blinzelte er Emily beruhigend zu, als seine Frau nicht hinschaute.

„Ich musste etwas erledigen."

„Wo? Was musstest du erledigen?", gab ihre Mutter mit einem Blick auf den Vater zurück.

„Wenn ihr es unbedingt wissen müsst –" Emily hob das Kinn, aber nicht so hoch, dass es den Anschein erweckte, sie schaue auf Vater oder Mutter herab.

In diesem Augenblick erklang ein Klopfen an der Tür und

Jefferson trat ein. „Sir. Mr Phillip Saltonstall ist hier und möchte Sie sprechen.“

Phillip stürmte herein, ohne zu warten, bis er dazu aufgefordert wurde. „Was habe ich gehört, Emily? Du warst im ‚Gaston Hotel‘? Und du warst stundenlang in diesem Haus. Was um Himmels willen hast du dort gemacht?“

Mutter stieß ein erschrockenes Keuchen aus und hielt sich an der Armlehne fest, während sie auf ihren Sessel zurücksank. „Phillip, was soll das heißen?“

„Emily, stimmt das? Warst du im Geschäftsviertel der Farbigen?“ Vater trat zu Mutter und tätschelte ihre Hand. „Beruhige dich, Liebste. Emily hat bestimmt einen guten Grund für ihr Tun.“

„Du warst bei dieser Schneiderin, nicht wahr?“ Mutter entriss ihrem Mann ihre Hand, schob das Kinn vor und schaute sie zornig an.

Emily stolperte ein paar Schritte zurück und stieß dabei gegen Phillip. Das Selbstvertrauen und der Mut, um die sie sich bemüht hatte, bevor sie die Bibliothek betreten hatte, schwanden. „Ja, das stimmt. Miss Taffy Hayes. Sie wird mein Kleid nähen.“

„Du *hast* bereits ein Kleid.“ Mutters knapper Tonfall entsprach nicht ganz dem Verhalten einer Südstaatendame. „Wir haben Mrs Caruthers bezahlt, Emily. Ihr Kleid hat deinen Vater siebenhundert Dollar gekostet.“

„Taffys Kleid kostet zusammen mit den Kleidern für alle Brautjungfern nur fünfhundert.“

„Fünfhundert Dollar. Für so viele Kleider?“ Mutter packte Emily an den Armen. „Ich lasse nicht zu, dass du in einem schlampig genähten Kleid, bei dem zweifellos die Nähte aufgehen werden, zum Altar gehst.“

„Deine Mutter hat recht. Qualität hat ihren Preis, Emily.“ Dieses Mal zwinkerte Vater ihr nicht zu.

„Vater, Miss Hayes wird keine schlampige Arbeit abliefern. Du hättest die Entwürfe sehen sollen, die sie für mein Kleid gezeichnet hat. Bevor ich überhaupt zu ihr kam.“ Emily rieb geistesabwesend über ihren Arm.

„Entschuldigung." Phillip mischte sich in ihr Gespräch ein. „Zum Teufel mit dem Preis für Brautkleider! Eure Tochter – meine Verlobte! – hat heute Nachmittag drei Stunden mit einer Negerin in deren Räumlichkeiten im Negerviertel verbracht. Diese Nachricht hat sich inzwischen in ganz Highlands und auf dem Red Mountain herumgesprochen. Was hast du dir nur dabei gedacht, Emily? Du hättest vergewaltigt oder entführt werden können."

„Vergewaltigt oder entführt? Von wem? Von guten Männern, Vätern und Söhnen, die nur versuchen, sich ihren Lebensunterhalt zu verdienen? Diese Menschen waren freundlich und herzlich, gute Leute genauso wie wir. Willst du mir etwa erzählen, dass die Birminghamer Gesellschaft jetzt erleichtert aufatmet, weil ich in Sicherheit bin? Oder sind sie enttäuscht, weil ich nicht verstümmelt wurde?"

„Man tauscht sich hinter vorgehaltener Hand darüber aus, wie unglaublich einfältig du gehandelt hast."

„Phillip", fiel Vater ihm ins Wort, „wir sollten uns beruhigen und einen klaren Kopf behalten."

„Ich habe einen klaren Kopf, Howard." Phillip ging aufgeregt im Raum auf und ab. Er hatte die Hände in die Hüften gestemmt und sein Frack stand nach hinten ab. „Was deine Tochter betrifft, bin ich mir da allerdings nicht so sicher."

„Wenn du mich noch einmal beleidigst, Phillip, verlasse ich das Zimmer."

„Was hast du dir nur dabei gedacht? Wie konntest du bloß ins Negerviertel gehen? Dort arbeiten Sträflinge, und zwar ganz in der Nähe des Hauses, in dem du dich aufgehalten hast."

„Aneinandergekettet und von Männern mit Waffen und Peitschen bewacht. Ich hätte unbekleidet durch diese Straße gehen können und wäre vor den farbigen Sträflingen sicherer gewesen als vor den weißen Wachmännern, sage ich dir. Und wenn ich das so sagen darf: vor der Hälfte der schmierigen Birminghamer Geschäftsleute."

„Emily!" Mutter sah aus, als würde sie gleich in Ohnmacht fallen.

„Phillip hat das Gespräch auf dieses Thema gebracht, nicht ich, Mutter."

„Du machst mich zum Gespött der Leute." Phillip schaute Emily streng und unerbittlich an. „Ich lasse nicht zu, dass du ins Negerviertel gehst, nur weil du die verrückte Idee hast, ein neues Kleid zu benötigen. Wir sind Saltonstalls. Ein solches Verhalten ist unserem guten Ruf abträglich!"

Emily ließ sich langsam auf den Rosshaarsessel sinken. „Ich wollte dem Namen Saltonstall nicht schaden, Phillip." Sie faltete die Hände auf ihrem Schoß. „Und auch nicht dem Namen Canton, Vater."

„Aber Phillip vertritt die Auffassung, dass du unüberlegt gehandelt hast."

Emily schaute ihren Verlobten finster an. Er musste aufhören, sie zu beleidigen. Noch einmal, und sie ...

„Sag ihnen auch den Rest, Emily", forderte ihr Verlobter sie auf und zog einen Zigarillo aus seiner Brusttasche. „Sag ihnen, dass du nicht allein dort warst."

„Natürlich nicht." Emily erhob sich, während Phillip ein Streichholz herausnahm. Die junge Frau nahm sanft seine Hände in die ihren, nahm ihm das Streichholz ab und zündete es für ihn an. Sie schaute ihm lächelnd in die Augen und hielt die Flamme an den Zigarillo. „Ich war in Begleitung."

„In *männlicher* Begleitung!" Phillip ließ seinen angezündeten Zigarillo sinken und schaute sie weiterhin mit einem kalten Funkeln in den Augen an. Emily blies das Streichholz aus und drückte seine Hand. Sie wusste nicht viel über Männer, aber über Phillip hatte sie ein paar Sachen gelernt. Er sprach immer auf ihre Berührung an. Auf ihre klimpernden Augenlider. „D-du hast die Sache zusätzlich noch dadurch verschlimmert, Emily", Phillips Gesichtszüge wurden weicher, „weil du in einer Droschke mit einem Mann fuhrst, den wir nicht kennen."

„Wer war dein Begleiter?", fragte Vater mit ruhiger, sachlicher Stimme.

„Ein netter, alter Mann, den ich an der Straßenecke traf, nachdem Mutter in den Bus gestiegen war. Er hat mir seinen Namen nicht genannt." Weil er ein Engel gewesen war. Er war nicht von dieser Welt. Wenigstens war Emily auf der Heimfahrt zu dieser Schlussfolgerung gelangt.

„Emily, was ist nur in dich gefahren?“ Mutter war außer sich. „Es muss die Aufregung wegen der Hochzeit sein.“ Sie legte den Arm um Emily. „Vielleicht solltest du dich hinlegen. Ich sage Molly, dass sie dir ein kaltes Tuch für deinen Kopf bringen soll.“

„Ich muss mich nicht hinlegen, Mutter.“ Emily wandte sich an Phillip. „Woher wusstest du, dass ich im Farbigenviertel war? Woher wusstest du von meiner Begleitung?“

„Ich habe meine Mittel und Wege.“ Phillip zog an seinem Zigarillo und die Asche an ihrem anderen Ende glühte leuchtend orange. „Aber wenn du es unbedingt wissen musst: Ich habe dich mit meinen eigenen Augen gesehen.“

„Bist du mir gefolgt?“ Emily trat vor ihn, sodass er sie anschauen musste. „Aus welchem Grund?“

Vater trat ebenfalls näher. „Phillip?“

„Ich habe meine Leute – Freunde der Familie, Angestellte und Arbeiter. Sie passen für uns auf.“

„Aber du hast gesagt, dass du mich mit *deinen eigenen* Augen gesehen hast.“ Emily schaute ihn mit zusammengekniffenen Augen an.

Er grinste. Es war ein dreistes, schiefes Lächeln, das Emily wütend machte. „Ich habe gesehen, wie du in die Droschke gestiegen bist. Allein. Mit dem unbekannten Herrn. Er trug eine entsetzliche lila Seidenkrawatte.“

„Was hast du um zwei Uhr nachmittags in der Innenstadt gemacht?“, erkundigte sich Emily.

„Ich musste etwas erledigen.“

Mutter sank seufzend auf ihren Sessel zurück. „Musste heute Nachmittag denn jeder etwas erledigen, das ihn in ein Stadtviertel führte, in dem er sich gewöhnlich nicht aufhält? „Du vielleicht auch, Howard?“

„Ich nicht, Maggie. Ich war wie immer in meiner Bank.“

„Phillip, was musstest du erledigen?“ Emily sah Emmelines Gesicht vor sich. „In diesem Teil der Stadt gibt es nichts als eine

Druckerei und ein Möbelgeschäft. Für niedere Arbeiten schickst du doch deine *Leute* los."

„Hin und wieder erledige ich auch selbst etwas. Glaubst du etwa, ich säße die ganze Zeit nur in meinem Büro und kommandiere andere herum?" Er schob sich den Zigarillo zwischen die Lippen, während der Rauch vor seinem Gesicht aufstieg und sich seine Brust bei jedem leichten Zug hob und senkte.

„Wenn du mich gesehen hast, warum hast du mich dann nicht angesprochen?"

„Es war zu spät."

„Emily, hör auf, deinen Verlobten zu verhören." Mutter erhob sich und strich mit der Hand über ihren Rock und ihre Frisur. „Ich verstehe nicht, warum du so widerspenstig bist."

„Und ich verstehe nicht, warum du ihn verteidigst und nicht deine eigene Tochter."

„Genug jetzt!" Vater trat zwischen Emily und Phillip. „Das hört sich doch ganz nach einem gewöhnlichen Streit zwischen zwei jungen, verliebten Menschen an. Phillip, Emily ist eine kluge, vernünftige Frau. Sie ist klüger und vernünftiger als einige Männer, die ich kenne."

Danke, Vater. Emily schaute Phillip finster an. Er verbarg etwas vor ihr.

„Phillip, es tut mir leid, wenn dir Emily irgendwelche Unannehmlichkeiten bereitet hat."

„Machen Sie sich deshalb keine Sorgen, Mrs Canton. Meine Familie hat gewisse Beziehungen. Wir werden dafür sorgen, dass alle etwaigen Gerüchte im Keim erstickt werden." Phillip bedachte sie mit dem ihr nur allzu vertrauten Lächeln, und Emily fühlte, wie ihre Knie weich wurden. Als er ihr mit seinen braunen Augen zuzwinkerte, atmete sie tief ein, strich sich abwesend die Bluse glatt und schob sich eine Haarsträhne aus dem Gesicht.

„Gut, gut." Mutter tätschelte Phillips Arm. „Jetzt, Emily, will ich die Sache mit dem Kleid ein für alle Mal klären: Du trägst bei der Hochzeit das Kleid, das Mrs Caruthers näht. Und auch deine Brautjungfern werden von ihr eingekleidet. Der Preis ist mir gleichgültig.

Damit ist das Thema beendet." Mutter ging zur Tür. „Howard, wir sehen uns beim Abendessen. Phillip, du isst natürlich mit uns."

„Danke, aber heute Abend nicht, Mrs Canton. Ich habe anderweitige Verpflichtungen. Vielleicht morgen."

„Anderweitige Verpflichtungen? An einem Donnerstagabend?" Emily sah zu, wie Vater die Bibliothekstür hinter sich und Mutter zuzog. „Gehst du in den Phoenix-Club?"

Strahlen des rötlichen und orangefarbenen Sonnenuntergangs drangen durch die Zweige des Baums und breiteten sich in der Bibliothek aus. Der leichte Wind wehte durch das offene Fenster herein und hob Vaters Papiere ein wenig hoch.

„Ich habe mich mit ein paar Freunden verabredet. Wainscot und Powell. Wir machen einen Männerabend. Solche Abende sind für mich bald vorbei, wenn wir verheiratet sind. Die Gesellschaftssaison steht bevor, dann die Feiertage, und ehe wir uns versehen, findet schon unsere Hochzeit statt. Das könnte meine letzte Chance sein."

Wainscot, der Bekannte der gertenschlanken Emmeline. „Verstehe. Ich wusste nicht, dass die Ehe dir den Spaß verdirbt. Warum hast du mir dann überhaupt einen Heiratsantrag gemacht? Du wirst schließlich nicht ins Gefängnis gesperrt. Du heiratest."

„So habe ich es nicht gemeint, Emily, und das weißt du."

„Ich weiß nur, dass du hier hereingestürmt bist und mir alle möglichen Vorwürfe gemacht hast. Ich weiß nur, dass du bei unserer Verlobungsfeier mit einer anderen Frau getanzt hast und mit ihr –"

„Nicht das schon wieder! Über den Tanz mit Emmeline haben wir oft genug gesprochen. Sie fühlte sich nicht gut und wollte frische Luft schnappen." Phillips Stimme klang angespannt. „Glaubst du, dass du einen Narren heiratest, Emily? Falls ich etwas für diese dürre Frau empfände – und ich betone: *falls* –, würde ich mich wohl kaum bei meiner eigenen Verlobungsfeier mit ihr vergnügen."

„Nein, wahrscheinlich nicht." Ja, sie benahm sich kindisch und unreif. Wie konnte sie nur an ihm zweifeln?

Phillips Augen funkelten, als er Emily eng an sich drückte und sie mit einer verzehrenden Leidenschaft küsste. Er hielt sie so fest, dass sie keine Luft bekam. Und auch nicht vor ihm fliehen konnte.

Seine Lippen erforschten ihren Mund, bis Emily nicht mehr sagen konnte, wo ihr Mund aufhörte und seiner begann. „Komm mit mir, Emily. Verbringe die Nacht mit mir."

„Phillip." Sie drückte die Handflächen an seine Brust. „Denk an deine christliche Erziehung. Ich gehöre dir schon bald. Wenn ich jetzt mit dir fortschleiche, kommt dabei nichts Gutes heraus."

„Außer dass mein Hunger gestillt wird?!" Die Heftigkeit, mit der er seine Erwiderung hervorstieß, kühlte Emilys Leidenschaft deutlich ab.

„Phillip, ich bin kein billiges Mädchen von der Straße. Wir sind bald verheiratet."

„Es tut mir leid. Du hast recht." Er ließ sie los und lehnte sich ans Fenster. „Entschuldige bitte."

„Meine Güte, was wird nur passieren, wenn ich dir ganz gehöre und wir nicht streiten?" Emily beugte sich lächelnd vor, um sein Gesicht zu betrachten.

„Ja, nun …" Er starrte den Zigarillo an, der zwischen seinen Fingern glühte, und drückte ihn in Vaters Aschenbecher aus. „Ich muss los." Phillip nahm ihre Hand in die seine. „Aber, Emily, geh nicht noch einmal zum ‚Gaston Hotel'. Es gibt Gesetze, an die wir uns halten müssen, gleichgültig, ob sie uns gefallen oder nicht."

Sie waren also wieder da, wo ihr Gespräch begonnen hatte. Emily entzog ihm ihre Hand und trat hinter den Sessel. „Weißt du, warum ich heute Nachmittag so lange bei Miss Hayes war? Weil sie wie eine Schwester für mich war. Als würde ich sie schon mein ganzes Leben lang kennen."

„Ich habe mich wohl verhört! Was in aller Welt solltest du mit einer schwarzen Schneiderin gemeinsam haben?"

„Mode und Stoffe. Bücher. Musik. Jesus. Wir sprachen von Herbstnachmittagen und der Liebe zu unseren Familien. Wir sind beide traurig über die Ungerechtigkeiten in unserer Stadt, über Sträflingsarbeiter in Ketten, über den Ärger um das Frauenwahlrecht, darüber, dass Schwarze und Weiße vor Gott gleich, aber in unserer Gesellschaft getrennt sind. Wir sprachen über Hochzeiten, Ehe und Kinder."

Phillip lachte. Dann legte er den Arm um Emily und wirbelte sie durchs Zimmer. „Das klingt gut. Ehe und Kinder."

Als sie das, was ihr auf dem Herzen lag, ausgesprochen hatte, fühlte sich Emily Phillip gegenüber verwundbar. Obwohl sie ihn schon ihr ganzes Leben lang kannte, hatte sie ihm noch nie ihre Ängste und Träume anvertraut. Oder ihre Gedanken über die Welt, die Menschen und den Glauben.

„Du zitterst ja." Phillip hielt inne. Seine Stimme klang leise und ein wenig verwirrt.

„Phillip, willst du mich wirklich heiraten?" Ihre rechte Hand lag in seiner, ihr linker Arm war um seinen Hals geschlungen. „*Kennen* wir uns wirklich?"

„Emily, o liebste Emily." Phillip berührte sanft ihren Hinterkopf und küsste sie auf die Stirn. „Du kannst vielleicht Fragen stellen, Emily Canton! Natürlich will ich dich heiraten. Aber ich muss meinen eigenen Überzeugungen treu bleiben. Ich kann nicht zulassen, dass meine Verlobte in das Hotel eines Farbigen geht oder mit einer farbigen Schneiderin arbeitet. Die Leute reden. Das ist schlecht fürs Geschäft."

„Ich werde meine Meinung nicht ändern. Miss Hayes – Taffy – wird mein Kleid nähen. Phillip, es ist wunderschön. Das Kleid, das Mrs Caruthers genäht hat, ist schrecklich."

„Wenn du schon keine Rücksicht auf mich oder dich selbst nehmen willst, dann denke bitte an Miss Hayes und den alten Gaston." Phillip ließ die Hände sinken. „Die Leute werden denken, du brichst das Gesetz und hetzt womöglich sogar die Neger gegen die Weißen auf."

„Das ist doch Unsinn. Warum sollte ich so etwas tun?"

„Du warst bei einer Versammlung dieser Suffragetten, nicht wahr?"

„Die Suffragetten wollen doch keinen Aufstand anzetteln." Emily ging aufgeregt auf und ab. „Wie kommen die Leute nur auf solche Ideen?"

„Nichts. Uns gefallen einfach unsere Grenzen und wir müssen die Stadt und das Gemeinwohl im Blick behalten. Phillip und

Emily Saltonstall können in Birmingham viel erreichen, *wenn* sie das Spiel richtig spielen."

„Es tut mir leid, Phillip, mir war nicht bewusst, wie sehr dich das aufregt und wie sehr es dein Geschäft beeinträchtigt." Emily lehnte den Kopf an seine Schulter, während er ihr mit der Hand über den Rücken strich. „Ich fahre nicht mehr zum ‚Gaston Hotel'."

„Braves Mädchen." Phillip hob mit der Fingerspitze ihr Kinn hoch und strich sanft mit den Lippen über ihren Mund. „Ich war verärgert, als ich kam, aber, Emily, du schaffst es, dass ich mich vergesse."

Emily wich seinem zweiten Kuss aus, indem sie ihre Wange an seine Brust drückte. Sie hatte in der Gesellschaft der Schneiderin ein Stück Himmel auf Erden erlebt, und sie war nicht gewillt, von ihrem eingeschlagenen Kurs abzuweichen. Wenn sie nicht zu Taffy gehen durfte, dann musste Big Mike Taffy eben hierherbringen. In die Highland Avenue.

Kapitel 12

Charlotte

Charlotte erwachte aus einem tiefen Schlaf. Sie schob mit den Füßen die Decke zurück und ging in die Küche, um sich ein Glas Wasser zu holen. Als sie ins Schlafzimmer zurückkehrte, krabbelte sie aufs Bett, nahm das Glas in beide Hände und starrte das Kleid an, das in der Ecke ihres Zimmers hing.

Sie rieb sich den traumlosen Schlaf aus den Augen und schaute mit zusammengekniffenen Augen durch ihr dunkles Zimmer. Der Lichterschein der Stadt drang durch die Ritzen in den Jalousien und tauchte das Schlafzimmerfenster in einen goldenen Glanz.

Aber das Kleid schien auf unerklärliche Weise eine eigene Leuchtkraft zu besitzen. Charlotte stopfte sich die Kissen in den Rücken und starrte das Kleid an. Sie bildete sich den Lichtschein bestimmt nur ein. Vielleicht wurde das Licht von ihrem Spiegel reflektiert und fiel auf das Kleid.

Doch das Kleid hing an der Schneiderpuppe in der Ecke, weit entfernt vom Fenster. Weit entfernt von jedem Spiegel oder irgendeiner Lichtquelle.

Charlotte nippte an ihrem Wasser. Als sie das Kleid aus dem Beutel gezogen hatte, hatte Tim wirklich so ausgesehen wie ein Junge, der auf frischer Tat dabei ertappt worden war, wie er die Fensterscheibe des Nachbarn mit seinem Fußball zerschossen hatte.

Tränen traten ihr in die Augen. Er wollte sie wirklich nicht heiraten. Aber jetzt hatte Charlotte eine Mission: Sie musste herausfinden, zu welcher Braut dieses Kleid gehörte.

Wenn der lila gekleidete Mann das nächste Mal in ihre Boutique kam – *falls* er käme –, wollte Charlotte ihn ausfragen.

„Was hast du für eine Geschichte, Kleid?“, flüsterte Charlotte.

„Woher kommst du und warum bist du ausgerechnet zu mir gekommen? Bist du ein verlassenes Waisenmädchen, das ein anderes verlassenes Waisenmädchen sucht?“ Die junge Frau rutschte vom Bett, setzte sich auf den Boden und strich mit den Fingern über den Seidenstoff. Es kam ihr so vor, als hätte sie eine neue Freundin gefunden.

Eine alte Truhe, ein lila gekleideter Mann, ein verzaubertes, goldenes Kleid. Etwas lag in der Luft. Aber was?

„Hilf mir, deine Braut zu finden.“

Charlotte lehnte sich an das Fußende ihres Bettes. Tims Geruch lag noch im Raum. Sie legte den Kopf zurück und atmete tief ein, aber der kräftige blumige Geruch kam nicht von Tim. Er lag auch nicht im ganzen Raum, sondern hing direkt vor ihrer Nase. Schwer. Unverfälscht.

„Gott, was ist nur los?“ Charlotte zog die Knie an ihre Brust und wartete.

Sie hatte zum ersten Mal bei einem Jugendtreffen in ihrer Kirche gehört, dass Gott ihr himmlischer Vater war. Sie war damals sechzehn gewesen. Vier Jahre zuvor war Mama gestorben. Da sie ohne Vater aufgewachsen war, hatte sie es für unmöglich und unwahrscheinlich gehalten, dass sie je jemanden haben würde, den sie „Vater“ nennen konnte.

Aber am letzten Abend des Treffens, als der Prediger Gott als Vater beschrieben hatte, hatte sich in Charlottes Herz etwas verändert. Und sie hatte denselben Duft gerochen, der jetzt in ihrem Zimmer lag.

Nur war der Duft damals stärker und schwerer gewesen und hatte sie fast zu Boden gedrückt. Sie hatte sich an das Mädchen neben sich geklammert, um nicht zusammenzusacken. Als sie wieder klar hatte denken können, hatte sie verstanden, dass Gott ihr Vater war, und hatte *geglaubt*. Einen cooleren Vater hätte sie sich nicht erträumen können.

Aber dann war der nächste Prediger aufs Podium gestiegen und hatte gesagt, der einzige Weg zum Vater führe über Jesus und das Kreuz. *Niemand kommt zum Vater denn durch mich.*

Diese Vorstellung hatte Charlotte überhaupt nicht gefallen. Jesus? Kreuz? Blut und Tod? Opfer? Nicht für sie.

Ein kühler Luftstrom aus der Klimaanlage holte Charlotte in die Gegenwart zurück. Sie schaltete das Nachttischlicht ein, stellte ihr Wasser auf das Nachtschränkchen und ließ sich auf das Bett sinken. Sie hatte lange nicht mehr an dieses Jugendtreffen gedacht.

Als Tony, der Jugendpastor, am Ende seiner Predigt angekommen war, in der es darum ging, dass die Menschen Jesus lieben sollen, und er gefragt hatte, ob jemand Jesus kennenlernen wolle, hatte es für Charlotte kein Zurück mehr gegeben.

Sie hatte keine Ahnung gehabt, was es bedeutet, *gerettet* zu sein. Es war ihr auch egal gewesen. Sie hatte nur gewusst, dass Gott ihr Vater war.

In jenem Sommer hatte sie Gottes Liebe genossen. Endlich hatte sie einen Vater gehabt.

Später hatte sie begriffen, dass das Kreuz, mit dem sie vorher nichts hatte anfangen können, der größte Beweis für seine Liebe zu ihr war.

Die junge Frau lachte leise und streckte die Beine über die Bettkante, sodass ihre Zehenspitzen das seidige Kleid berührten. Sie hatte das Gefühl, das Kleid wäre irgendwie lebendig. Sie liebte es, auch wenn sie nicht verstand, warum das Kleid bei ihr gelandet war. Oder warum der Mann mit dem lila Hemd ihr einen Verkaufsbeleg mit dem Aufdruck BEFREIT gegeben hatte.

Am Mittwoch kehrte nach einem größeren Kundenansturm am Vormittag und einem Gespräch mit einer Braut und ihrer Trauzeugin in der Mittagspause ein wenig Ruhe in der Boutique ein. Charlotte aß ein halbes Sandwich an ihrem Schreibtisch, bezahlte online Rechnungen und las ihre E-Mails.

Plötzlich wurde die Küchentür aufgerissen. Charlotte blickte auf und lauschte. „Ich bin es nur." Bethany. „Ich bringe die Kleider zurück." Die Schneiderin schaute durch Charlottes Bürotür herein.

„Tawnys Kleid ist fertig, und zwei der Brautjungfernkleider habe ich auch schon."

„Du bist die Beste, Bethany." Charlotte lächelte. „Sag mal, wie groß ist die Wahrscheinlichkeit, dass ein Kleid passt, ohne abgeändert werden zu müssen?"

„Das ist durchaus möglich. Aber in der Brautmodenwelt ändert sich immer etwas. Das Mieder, der Saum, die Schulterpolster. Du weißt doch, wie das ist. Warum fragst du?"

„Kann ein Kleid nach hundert Jahren noch in einem perfekten Zustand sein? Kommt so etwas je vor?"

Bethany lehnte sich an den Türrahmen und lachte. „Was soll das, Charlotte? Hundert Jahre?" Sie zog die Brauen hoch. „Im Ernst? Es kommt darauf an, wie es aufbewahrt wurde, aber selbst wenn es sehr sorgfältig aufbewahrt wurde, ist es wahrscheinlich irgendwo verschlissen oder vergilbt."

„Ja, das hatte ich mir auch gedacht." Charlotte rollte auf ihrem Schreibtischstuhl zu ihrer Handtasche hinüber, die aus der untersten Schublade des Aktenschranks herauslugte. „Kannst du das hier nachnähen?" Sie hielt das Seidentäschchen in die Höhe, das Tim in der Truhe gefunden hatte. „Ich würde solche Täschchen gern verkaufen."

Bethany schob die Kleider auf ihren Armen zur Seite und nahm das kleine weiße Täschchen. „Solche Täschchen sieht man heutzutage nicht mehr. Sehr alter Stil. Woher hast du es?"

„Es war in der alten Truhe. Zusammen mit einem perfekt erhaltenen Brautkleid, das nie geändert wurde. Wenigstens soweit ich das beurteilen kann."

„Nie geändert? Dann wurde es wahrscheinlich nie getragen. Du sagst, es ist perfekt erhalten?"

„Als ob es gestern genäht worden wäre."

Bethany grinste, aber Charlotte konnte ihre Gedanken lesen. *Unmöglich.* „Dann wurde es wahrscheinlich auch erst gestern genäht. Aber solche Taschen kann ich dir machen. Wie viele willst du?"

„Fangen wir mit zehn an. In verschiedenen Farben. Vielleicht änderst du das Design für die Braut und die Brautjungfern, die Mutter der Braut und die Mutter des Bräutigams. Ich biete sie zusammen mit den Kleidern an. Was hältst du von Monogrammen, um zu zeigen, was wir können?"

„Klingt gut." Bethany hielt das Täschchen ins Licht. „Sehr gute Arbeit. Ausgezeichnete Stickarbeit. Woher hast du die Tasche noch mal?"

„Aus der alten Truhe." Sie ließ den Teil mit Tim weg. Charlotte war nicht danach zumute, die Sache breitzutreten. Sie hatte schon genug zu erklären, wenn sie es Dixie erzählte.

„Hier ist was drin." Bethanys Finger strichen über die Unterseite der Tasche.

„Wirklich? Wir, ähm, ich habe nachgesehen, konnte aber nichts finden." Charlotte nahm die Tasche und zog das Band auf. Sie steckte die Hand in die Tasche und ertastete eine kühle Metallkette. Als sie sie herauszog, baumelte ein Satz Erkennungsmarken daran.

„Damit hatte ich nicht gerechnet." Bethany beugte sich zu ihr, um die Erkennungsmarken näher zu betrachten. „Mein Vater war in Vietnam. Ich habe seine Erkennungsmarken oft gesehen. Die hier sehen ganz genauso aus."

„Was haben sie denn in einem Brauttäschchen zu suchen?" Charlotte beugte sich zu ihrer Schreibtischlampe vor und suchte nach dem eingravierten Namen.

„Ich muss los." Bethany nahm die Tasche. „Ich bringe diese Kleider nach oben. Dann muss ich meine Kinder abholen, aber heute Abend fange ich an, diese Tasche nachzunähen."

„Ja, danke, Beth." Charlotte saß mit den Erkennungsmarken, die kühl und glatt auf ihrer Handfläche lagen, an ihrem Schreibtisch.

Joel Miller
1271960 APOS
USMC M
Protestantisch

Der Soldat hatte einen Namen. Und für den Moment hatte auch das Kleid einen Namen. Charlotte schloss die Faust um die Erkennungsmarken.

Joel Miller. War er der Mann der Frau, die das Kleid bei ihrer Hochzeit getragen hatte? War sie TH? Wie konnte Charlotte das herausfinden?

Neue Freude keimte in ihrem Herzen auf. Sie war dem Schicksal des Kleides auf der Spur.

Dixie kam mit geröteten Wangen und vom Wind zerzausten Haaren herein und riss Charlotte aus ihren Gedanken.

„Ich liebe meinen Mann!" Dixie seufzte und legte ihre Handtasche auf den Aktenschrank. „Er war so süß beim Mittagessen und sagte, wie dankbar er sei, dass ich ihn trotz seines verrückten Dienstplans liebe und zu ihm stehe und auf so vieles verzichte, ohne mich zu beklagen. Ich sagte: ‚Sei froh, dass mein Auto dir nicht verraten kann, was ich manchmal sage, wenn ich wütend bin.'"

Dixie lehnte sich an den Schreibtisch und trank einen Schluck aus Charlottes Wasserflasche. „Was hast du da in der Hand?"

„Erkennungsmarken." Charlotte hob die Hand und ließ die Erkennungsmarken vor Dixies Gesicht baumeln. „Sie waren in der Tasche."

„Weißt du, Jared konnte nicht glauben, dass du diese Truhe mit einem Hammer und einem Schraubenzieher aufgebracht hast." Dixie betrachtete die Erkennungsmarken.

„Bethany hat gesagt, dass die Erkennungsmarken ganz genauso aussehen wie die ihres Vaters. Er war in Vietnam."

„Mhm. Sag mal, wie hast du die Truhe aufgebracht?"

„Ich frage mich, wer Joel Miller ist ..."

„Ich auch. Wie hast du die Truhe aufgebracht?"

„Mit Schraubenzieher und Hammer, genau wie Jared gesagt hat."

„Charlotte, Jared weiß ganz genau, dass du die Truhe nicht mit einem Hammer und einem Schraubenzieher geöffnet hast."

„Also gut! Tim." Dixie konnte so schrecklich hartnäckig sein. „Tim war da und hat das Schloss aufgesägt."

„Tim? Der Tim, der dich sitzengelassen hat?"

„Mein Freund Tim. Nicht der gemeine, böse Verlobte Tim. Mein Freund Tim hat Werkzeug. Richtiges Werkzeug."

„Er war dabei, als du das Kleid gefunden hast?" Ein spöttisches Lächeln huschte über Dixies Lippen. Ein leises Schnauben blähte ihre Nasenflügel auf.

„Wir wussten nicht …" Charlotte hob hilflos die Hände. Dann las sie erneut, was auf den Erkennungsmarken stand. *Wer bist du, Joel Miller?* War er noch am Leben? Wenn er noch lebte, wie alt war er dann? Zwischen sechzig und siebzig? Das heißt, falls er wirklich in Vietnam gewesen war.

„Was für eine Ironie des Schicksals", erklärte Dixie. „Tim hat seiner Exverlobten geholfen, ein mysteriöses Brautkleid zu entdecken. Was hat er dazu gesagt?"

„Nichts. Er hat ein wenig panisch gewirkt, bis ich ihm versicherte, dass es kein Trick sei, um ihn zurückzubekommen." Charlotte spielte mit den Erkennungsmarken. „Aber er wirkte trotzdem ein wenig enttäuscht."

„Dass du dir keinen ausgefeilten Plan ausgedacht hast, um ihn zurückzugewinnen? Meine Güte, dieser Tim ist vielleicht eingebildet!" Dixie trank einen weiteren Schluck von Charlottes Wasser. „Glaubst du, Joel Miller hat etwas mit dem Kleid zu tun?"

„Vielleicht, aber falls er als junger Mann in Vietnam war, wäre er in den Sechzigerjahren Bräutigam gewesen, und das Kleid stammt auf jeden Fall nicht aus den Sechzigerjahren. Ich habe mir den ganzen Vormittag über Brautkleider im Internet angesehen, und ich kann den Stil oder die Zeit, aus der das Kleid stammt, nicht bestimmen. Es passt auch nicht zum Stil, der 1912 modern war. In dem Jahrzehnt trugen die Frauen überladene Kleider mit hohen Spitzenkragen und langen Schleppen. Andere trugen einfache Kleider, deren Saum die Schuhe nicht verdeckte, und lange Tüllschleier. In den Zwanzigerjahren war die tiefe Taille modern. Nachdem Bethany und ich heute Nachmittag diese Erkennungsmarken gefunden hatten, habe ich mir Kleider aus den Vierziger- bis zu den Sechzigerjahren angesehen, aber mein Kleid ist viel zu … zu …" Charlotte wedelte hilflos mit den Händen. „Ausdrucksvoll. Ich finde kein anderes Wort." Sie schaute ihre Freundin an. „Dixie, das Kleid ist einfach umwerfend. Warte nur, bis du es siehst."

„Nach dem Ersten Weltkrieg haben Bräute auch nicht länger solche Beuteltäschchen getragen. An ein paar Dinge kann ich mich aus meinem Textilunterricht an der Ohio State erinnern. Und die meisten Frauen von normaler Herkunft trugen auch kein Kleid aus Seide oder Satin. Sie trugen Musselin oder Baumwolle, sogar Kaschmir. Erst seit den Fünfzigerjahren, nach dem Zweiten Weltkrieg, waren Seide und Satin bei Hochzeiten weitverbreitet." Dixie steckte den Kopf aus Charlottes Bürotür hinaus, um zu schauen, ob in der Zwischenzeit ein Kunde den Laden betreten hatte. „Hallo, Bethany. Und tschüs. Diese Frau ist wie ein Wirbelwind. Sie taucht plötzlich auf und ist genauso schnell wieder verschwunden, wie sie gekommen ist."

„Sie näht Beuteltäschchen für uns, die wir als Accessoires zu den Kleidern anbieten können."

„Brillant, Boss. Hast du es schon anprobiert?"

„Das Kleid? Nein. Und das habe ich auch nicht vor."

„Du nimmst mich auf den Arm. Ehrlich? Wie kannst du da widerstehen? Sogar mich reizt es, das Kleid anzuprobieren, und dabei bin ich schon verheiratet." Dixie wollte wieder Charlottes Wasser nehmen, doch diese nahm die Flasche und deutete mit dem Kopf zum Minikühlschrank in der Ecke des Büros.

„Du weißt, dass wir einen ganzen Kühlschrank voll Wasser haben."

Dixie seufzte, verdrehte die Augen und bückte sich, um den Kühlschrank aufzumachen. „Warum probierst du es eigentlich nicht?"

„Darum."

„Darum was?"

Charlotte drehte die Erkennungsmarken immer wieder in den Fingern und plötzlich standen ihr Tränen in den Augen. „Ich will es einfach nicht. Und wenn es noch nie getragen wurde? Wenn es für diese eine besondere Braut genäht wurde? Ich werde es nicht ruinieren."

„Es hat bestimmt schon jemand anprobiert. Wenn das Ding neunzig oder hundert Jahre alt ist, kann das gar nicht anders sein."

„Es ist meine Aufgabe, die Frau zu finden, die zu diesem Kleid passt." Charlotte konnte nicht in Worte fassen, welche besondere Ehrfurcht sie vor diesem Kleid hatte. Es verdiente ihren Respekt. Es verdiente mehr als eine unreife Braut, die es mit schmollenden Lippen und einem verächtlichen „Nein danke, das ist nichts für mich" anprobierte. Nein, Charlottes Instinkte würden sie zur richtigen Braut führen.

„Das ist, als wolltest du eine Nadel in einem Heuhaufen suchen, aber wenn jemand eine Braut für dieses Kleid finden kann, dann bist das eindeutig du." Dixie berührte tröstend Charlottes Schulter und drehte dann ihre Wasserflasche auf. „Aber jetzt will ich wissen, was wir über diese Erkennungsmarken herausfinden können."

„Ab ins Internet", sagte Charlotte.

Die Suchmaschine lieferte ihnen schnell eine Antwort. Diese Erkennungsmarken stammten eindeutig nicht aus dem Ersten Weltkrieg. Und auch nicht aus dem Zweiten. Denn diese Erkennungsmarken waren eingekerbt gewesen.

„Die letzten eingekerbten Erkennungsmarken wurden 1964 herausgegeben. Joel Millers Erkennungsmarken sind nicht eingekerbt. Sie könnten also aus den letzten Jahren des Vietnamkriegs stammen."

Charlotte gab „Joel Miller" in die Suchzeile ein. Es war ein Anfang. Eine Liste mit Namen tauchte auf dem Bildschirm auf. Charlotte fand einen New Yorker Anwalt, einen Politiker, einen Schauspieler. Aber wen oder was suchte sie und was hoffte sie zu finden?

In diesem Augenblick erklangen die Glöckchen über der Ladentür. Dixie wandte sich zum Gehen. „Such weiter", sagte sie. „Ich kümmere mich um die Kundschaft."

Charlotte schränkte ihre Suche ein. „Joel Miller+Birmingham". Wieder tauchte eine Liste mit Namen auf. Nachdem sie einige Seiten abgesucht hatte, schränkte sie ihre Suche noch ein wenig weiter ein.

„Joel Miller+USMC+Vietnam+Birmingham".

Die Entdeckung der Erkennungsmarken zog viele Fragen nach sich. Wie kamen die Erkennungsmarken in ein Brauttäschchen? Hatte Joel seine Braut vor der Hochzeit sitzengelassen? Charlotte malte sich eine wütende, verletzte Braut aus, die mit einem Schweißbrenner auf das Schloss der Truhe losging.

Falls das stimmte, war das Kleid dann je getragen worden? Und wie waren die Erkennungsmarken hineingekommen?

Der erste Treffer bei ihrer Suche war „Die Mauer", eine Gedächtnistafel für Gefallene des Vietnamkriegs. *Oh, Joel Miller, bist du hier zu finden?*

Charlotte klickte die Seite an. Ihre Finger zitterten, als sie Joels Namen und Nummer und Bundesstaat eingab. Ein eiskaltes Schauern lief ihr über den Rücken.

Sie hielt den Atem an, drückte die Finger leicht an ihre Lippen und wartete, bis die Suchergebnisse angezeigt wurden. Als sie den Eintrag las, traten ihr erneut Tränen in die Augen.

Joel C. Miller, Marine-Korps, 1. Leutnant, 02, Alter 22, geboren 4. September 1946 in Birmingham, Alabama. Gefallen am 14. April 1969.

Oh, Joel Miller.

Und er war ...

Verheiratet.

Die Worte auf dem Bildschirm verschwammen vor ihren Augen. Charlottes Herz schlug schneller, als sie die weiteren Informationen über ihn anklickte. Sein Einsatz begann am 11. September 1968. Am 14. April 1969 starb er in Quang Tri, Südvietnam, unter feindlichem Beschuss. Opfer unter den Bodentruppen, Leiche nicht geborgen.

Nicht geborgen. Nicht geborgen? Was bedeutete das? Hatte er sich verirrt? War er zurückgelassen worden und hatte allein sterben müssen? War er in Stücke zerrissen worden, sodass es unmöglich gewesen war ...

Meine Güte, Gott hab Erbarmen!

Ein weiterer Link führte sie zu Einträgen für Joel C. Miller, die von Freunden, Angehörigen und anderen Soldaten gepostet worden waren.

„Ich war an dem Tag, an dem du starbst, dabei. Ich werde dich nie vergessen, JC. Semper Fi."

„Ich denke an dich, Miller. Weißt du noch, wie wir in unserem Abschlussjahr an der NC State die Baseballmeisterschaft gewannen, kurz bevor wir zur Marine gingen?"

Dixie kam zurück. Sie stützte sich auf den Schreibtisch und beugte sich vor, um etwas lesen zu können. Ihr Pferdeschwanz hing über ihre Schulter.

„Hast du etwas gefunden?"

„Er starb in Vietnam." Charlotte blickte zu Dixie auf. „Und er war verheiratet."

Ihre Freundin richtete sich mit glänzenden Augen wieder auf. „Sie hat das Kleid in die Truhe gesteckt und für immer verschlossen."

„Das Gleiche habe ich auch gedacht. Hör dir seinen Lebenslauf an, Dixie. Joel war an der Universität von North Carolina. Er war ein guter Baseballspieler."

„Gibt es ein Bild von ihm?"

„Nein." Aber Charlotte konnte einen sauber rasierten, mageren Marinesoldaten mit stahlblauen Augen vor sich sehen.

Während sie mit Tränen in den Augen die Seiten mit den Einträgen überflog, suchte sie einen Hinweis auf die Frau, die ihn geliebt haben könnte. Die Frau, die seine Erkennungsmarken in ein Seidentäschchen gesteckt hatte, bevor sie es für immer weggesperrt hatte.

Auf der letzten Seite standen nur drei Einträge. Einer davon stach ihr ins Auge. Er war vor drei Wochen geschrieben worden, am 14. April, Joel Millers Todestag.

„Es ist über vierzig Jahre her, aber ich denke immer noch an dich. Ich werde dich nie vergessen. Ich vermisse dich, Joel C. Ich bin nicht sicher, ob mein Herz je geheilt ist. In Liebe, deine Frau."

„Oh, du meine Güte! Sie hat einen Eintrag gepostet." Dixie trat mit einem lauten Seufzen zurück. „Wow, kannst du dir das vorstellen?“ Sie warf Charlotte ein Taschentuch zu. „Krieg ist eine schlimme Sache.“

„Der Tod ist eine schlimme Sache.“ Charlotte tupfte die Tränen weg und starrte den Bildschirm an. „Dixie, am 14. April war ich auf dem Berg, um nachzudenken, und landete auf der Ludlow-Auktion.“

„Das war der Tag, an dem du die Truhe ersteigert hast.“

Charlotte erhob sich von ihrem Stuhl. Ihr Verstand arbeitete auf Hochtouren. „Diese seit vierzig Jahren trauernde Witwe schreibt an dem Tag, an dem ich die Truhe mit einem Brautkleid und seinen Erkennungsmarken darin kaufe, etwas auf Joels Seite.“

„Ich bekomme eine Gänsehaut.“ Dixie erschauerte und rieb mit den Händen über ihre Arme.

„Hat sie eine E-Mail-Adresse hinterlassen?“ Im gleichen Moment saß Charlotte wieder an ihrem Computer und überflog den Eintrag der Frau. Ja, sie hatte eine E-Mail-Adresse hinterlassen.

Charlotte klickte die Adresse an und schrieb in die Betreffzeile: *Haben Sie vor über vierzig Jahren eine Truhe mit Joels Erkennungsmarken darin zugeschweißt?*

„Das kannst du doch nicht machen!“ Dixie hielt Charlotte zurück. „Vielleicht will sie mit dir nichts zu tun haben. Vielleicht will sie nicht, dass du die Erinnerungen an Joel wieder hervorholst. Sie hatte einen Grund, warum sie diese Erkennungsmarken in die Truhe gesteckt und diese zugeschweißt hat.“

„Warum hat sie dann erst vor drei Wochen etwas an seine Gedächtniswand geschrieben? Sie fürchtet sich offenbar nicht davor, an ihn zu denken oder die Dinge zu lesen, die andere ihm geschrieben haben.“ Charlotte scrollte zu dem Eintrag zurück, der vor dem von Joels Frau stand. „Es ist über ein Jahr vergangen, seit das letzte Mal jemand etwas auf diese Seite geschrieben hatte. Aber *sie* hat vor drei Wochen etwas gepostet.“ Charlotte kehrte zu ihrer E-Mail zurück. „Ich denke, sie will irgendwie … in Kontakt mit ihm kommen. Sie vermisst ihn. Das Kleid gehörte wahrscheinlich ihrer Mutter oder Großmutter und sie trug es anlässlich ihrer Hochzeit.“

„Ja, dann starb er und sie verstaute die ganzen Erinnerungen an ihn in der Truhe. Charlotte, nur weil sie etwas auf dieser Seite gepostet hat, heißt das noch lange nicht, dass sie will, dass du in ihrer Vergangenheit herumgräbst. Diese Vergangenheit ist wahrscheinlich sehr schmerzhaft, wenn du mich fragst."

Charlotte lehnte sich seufzend zurück und blickte ihre Freundin an. „Ich hasse es, wenn du recht hast." Sie strich sich mit den Fingern durch die Haare und starrte den Bildschirm an. „Ich muss diese Mail abschicken, Dixie."

„Ich weiß."

Charlotte klickte auf „Senden". Jetzt musste sie nur noch warten. Und beten, dass sie nicht ein versiegeltes Grab geöffnet und Erinnerungen ausgegraben hatte, die ein gebrochenes Herz darin verborgen hatte.

Kapitel 13

Der Duft von Knoblauch und Basilikum zog noch lange, nachdem Charlotte und Dixie ihre Spaghetti und ihren Salat gegessen hatten, durch die Dachwohnung. Dixie war nach dem Essen mit Jareds Schwester ins Kino gegangen.

„Bist du sicher, dass du nicht mitkommen willst?"

„Ja. Als ich das letzte Mal mit dir und Sally irgendwohin gegangen bin, brachte ich vor Staunen den Mund nicht mehr zu. Ich kenne keine außer euch zwei Frauen, die sich so auf den Arm nehmen."

Charlotte räumte die Küche auf, dann brühte sie sich eine Tasse Tee auf und schlenderte in ihr Wohnzimmer. Sie hatte die Schneiderpuppe aus dem Schlafzimmer geholt und sie neben das Sofa gestellt. Dann setzte sie sich neben das Kleid und schaltete den Fernseher ein.

„Das ist ein Fernsehgerät, Kleid. Hast du schon mal einen Fernseher gesehen? Heutzutage kommt da ziemlich viel Müll."

Charlotte zappte sich durch mehrere Sender und Filme, in denen attraktive Männer sich um die Zuneigung von umwerfend aussehenden Frauen mit einem unrealistisch perfekten Busen bemühten.

Immer wieder wanderte ihr Blick zu dem Kleid. Sie hätte schwören können, dass das Teil sich bewegte. Dass es sogar glänzte. Schließlich schaltete sie den Fernseher aus, drehte sich zu dem Kleid herum und setzte sich im Schneidersitz aufs Sofa.

„Was ist? Erzähl mir die Geschichte, die du erlebt hast."

Ihre E-Mail an Joel Millers Frau war mit dem Hinweis, dass die Mail nicht zugestellt werden könne, zurückgekommen. Das fand Charlotte seltsam, da die Adresse erst vor drei Wochen gepostet worden war.

Hatte „Deine Frau" ihr E-Mail-Konto so bald nach diesem Eintrag gelöscht? Charlotte nippte an ihrem Tee, überlegte, welche

Erklärung es dafür geben und wie sie herausfinden könnte, wer Leutnant Joel Miller liebte und vermisste.

Damit sie das Rätsel immer vor Augen hatte, hatte Charlotte die Erkennungsmarken um den Hals der Schneiderpuppe gehängt. Sie lagen in dem Seidenstoff, der um den Hals drapiert war.

Die junge Frau glitt vom Sofa, stellte sich neben die Schneiderpuppe und steckte die Zehen unter den Saum. Der Rock fiel sanft auf ihre Fußspitzen.

Vielleicht würde es ja passen, wenn sie es anprobierte. Vielleicht. Aber das wagte sie nicht. Charlotte wandte sich von dem Kleid ab. Das Kleid musste schon zwei oder drei Generationen von Frauen begleitet haben und immer von der Mutter an die Tochter weitergegeben worden sein. Der zeitlose Stil und die Tatsache, dass der Stoff noch so gut erhalten war, waren unglaublich.

Wenn sie das Geheimnis des Kleides lüften wollte, brauchte sie einen weiteren Hinweis. Aber Charlotte war nicht gut, wenn es ums Rätseln ging. Sie hasste Spiele. Mama hatte sie geliebt, weil Mama immer gewonnen hatte.

Sie konnte alle Millers im Birminghamer Telefonbuch durchgehen. Es könnte Monate dauern, bis sie alle Namen angerufen hätte. Es musste über tausend Millers geben, die sich auf vier Seiten drängten. Sie hatte das Naheliegende gesucht: Joel Miller oder Joel C. Miller. Vielleicht gab es einen „senior" oder „junior". Aber in ganz Jefferson County gab es keinen Joel Miller.

War vielleicht doch noch etwas in der Truhe? Charlotte eilte in ihr Schlafzimmer und kniete auf dem Boden nieder. Sie zog ein Blatt Seidenpapier nach dem anderen heraus, strich es glatt, faltete die Blätter und stapelte sie. Sie tastete den Boden der Truhe ab, genauso wie Tim es gemacht hatte, und klopfte an die Seiten des glatten, duftenden Zedernholzkastens.

Als sie nichts fand, rief sie Bethany an. „War sonst noch etwas in dem Täschchen?"

Nein, sonst war nichts in dem Täschchen gewesen. Charlotte schaute in den Leinensack, in dem sie das Kleid gefunden hatte. Nichts. Sie schüttelte den Sack, als enthalte er ihr absichtlich die

Antworten vor. Aus einem Impuls heraus steckte sie die Hand tief hinein und drehte den Beutel von innen nach außen.

Eine eckige Karte in der Größe einer Visitenkarte flatterte heraus und landete vor ihrem Fuß. Sie war hellrosa und hatte eingravierte Magnolienblüten in den Ecken. Und in der Mitte stand in eingeprägten Lettern *Mrs Lewis' berühmte Kuchenfabrik, 2nd Avenue North, Birmingham.*

Mrs Lewis. Charlotte strich mit dem Finger über die Buchstaben. Sie kannte das Gebäude. Tim hatte das Eckgebäude, das früher die Konditorei gewesen war, meisterhaft restauriert. Er hatte daraus ein Bürogebäude mit einem großzügig ausgelegten Obergeschoss gemacht. Charlotte hätte sich dort fast eine Wohnung gekauft, bevor sie ihre Wohnung in Homewood gefunden hatte.

Sie wählte Tims Nummer, ohne sich Gedanken über die Folgen zu machen. Sie brauchte Antworten.

„Du erinnerst dich doch an das Gebäude in der 2nd Avenue, das du restauriert hast? Du hast es mir gezeigt, als wir an Silvester spazieren gegangen sind." Das war ein lustiger Abend gewesen. Ihr sechstes Date, aber ihr erster Kuss. Sie hatten dabei unter roten, blauen, grünen und orangefarbenen Lichterketten gestanden.

„Ja, ich erinnere mich daran." Er räusperte sich.

„War es vorher nicht eine Konditorei?"

„Ja, Mrs Lewis' berühmte –"

„Kuchenfabrik. Genau. Gerti hat manchmal davon erzählt."

„Meine Oma hat nach der Highschool dort gearbeitet. Der Familie Lewis gehörte auch die Lewis-Bäckerei. Warum interessierst du dich plötzlich für Mrs Lewis?"

„Ich habe ihre Visitenkarte in der Truhe gefunden. In dem Leinensack." Charlotte wedelte mit der Karte, als könnte Tim sie sehen.

„Eine neue Spur." Jetzt klang er entspannt und interessiert.

„Tim, oh, entschuldige. Ich habe nicht mal gefragt, ob ich gerade störe." Charlotte legte sich aufs Bett. Auch wenn sie ihre Verlobung gelöst hatten, tat es gut, mit ihm zu sprechen.

„Wenn es so wäre, hätte ich es dir gesagt. Also, du glaubst, dieses Kleid hat Mrs Lewis gehört?"

„Gute Frage. Vielleicht ihrer Tochter oder ihrer Enkelin. Und oh, was ich noch gar nicht erwähnt habe: Ich habe auch Erkennungsmarken gefunden."

„Erkennungsmarken?"

„Ich weiß, das klingt verrückt. Ich habe sie in dem Täschchen gefunden." Charlotte erzählte Tim die Kurzversion der Geschichte. Er pfiff leise und sagte: „Mann, das ist ja unglaublich. Als ich das Täschchen durchsucht habe, konnte ich nichts weiter finden. Seltsam."

„Tim, glaubst du, du kannst herausfinden, wem das Gebäude, in dem die Konditorei gewesen ist, zuletzt gehört hat? Oder wer dort vielleicht gearbeitet hat? Steht vielleicht in den Unterlagen der Stadt etwas darüber?"

„Ja, in den Unterlagen sind alle früheren Eigentümer angegeben. Ich werde mal nachschauen."

„Du bist mein Held. Gib mir Bescheid, wenn du was weißt." Auch wenn sie sie halb im Scherz gesprochen hatte, schwang in den Worten „Du bist mein Held" etwas mit, das sie nicht beabsichtigt hatte. Sie hustete, strich mit dem Fuß über den polierten Fußboden und beschloss, das Gespräch schnell zu beenden. „Danke. Ruf mich an, wenn du was rausfindest. Oder schreib mir eine Mail. Es hat keine Eile. Ich weiß, dass du viel zu tun hast."

„Ich schaue morgen nach."

Als sie aufgelegt hatte, schlenderte Charlotte ins Wohnzimmer zurück und steckte die Visitenkarte der Konditorei in die Schärpe am Bund des Kleides. „Ich werde dir helfen, nach Hause zu finden. Warte nur ab."

Emily

Die Frauen waren im Nähzimmer im ersten Stock von Emilys Elternhaus. Diese stand nur mit ihrer langen Unterhose und ihrem Korsett bekleidet auf einem Hocker, als Taffy Hayes ihr das noch nicht fertige Kleid über den Kopf schob. Mutter behielt alles mit verschränkten Armen und geschürzten Lippen im Auge.

Die Strahlen der untergehenden Sonne fielen durch das Fenster ins Zimmer und erwärmten die kühle Oktoberluft.

„Es ist einfach herrlich, den Stoff auf der Haut einer jungen Frau zu sehen." Taffys schlanke dunkle Hände steckten schnell und geschickt die Nadeln fest. „Was denken Sie, Mrs Canton? Dieser elfenbeinfarbene Satinstoff passt ideal zu ihrem Hautton und der kastanienbraunen Farbe ihrer Haare."

Taffy sprach respektvoll, freundlich und sanft. Ganz anders als diese arrogante, eingebildete Mrs Caruthers.

Als Taffy zur Seite trat, konnte Emily sich im Spiegel betrachten. Das Kleid erwachte regelrecht zum Leben. Ihr Brautkleid! Das hatte sie vor sich gesehen, wenn sie darüber nachgedacht hatte, wie sie als Braut aussehen würde. Das Kleid war leicht und lag weich auf ihren Schultern. Der runde Ausschnitt endete knapp unter ihren Schlüsselbeinen. Er reichte nicht bis zum Kinn und schnürte ihr die Luft ab.

Der Rock, beziehungsweise das, was Taffy bis jetzt davon genäht hatte, berührte vorne nur knapp ihre Schuhe, während er hinten eine kleine Schleppe bildete.

„Ich könnte mir vorstellen, dass wir zwei Volants über dem Rock anbringen. Ungefähr so." Taffy führte es ihnen mit einem Stück Stoff vor. „Etwas abgestuft, um dem Rock Charakter und Tiefe zu verleihen. Ich dachte, ein Bund im Empirestil betont Ihre Figur." Sie lächelte leicht. „Und ich besetze ihn mit Perlen."

„Und das Mieder?" Mutters herablassender Tonfall brachte ihr einen rügenden Blick von Emily ein.

„Aus demselben Material wie der Rock, aber mit Spitze besetzt. Die Ärmel werden aus Spitze und Seide sein. Ich arbeite gern mit Seide. Meine Güte, Mrs Canton, Ihre Tochter ist so wunderschön!"

„Das Kleid ist hübsch, Taffy", entgegnete Mutter. „Zumindest das, was ich bis jetzt davon sehe."

„Es freut mich, dass es Ihnen gefällt. Ich habe schon länger nicht mehr für", Taffy schürzte die Lippen, „für eine Hochzeit genäht."

„In welcher Farbe nähen Sie die Brautkleider für farbige Frauen, Taffy?“

„Emily!“ Mutter warf die Schultern zurück und ließ ihre Arme sinken.

Ihre Tochter schaute sie im Spiegel an. „Ich habe das nicht abwertend gemeint. Ich war nur noch nie zuvor mit einer farbigen Frau zusammen.“

„Farbige Frauen, die sich ein Brautkleid leisten können – aber das sind nicht viele –, lieben weißen Satin und Taft. Einige entscheiden sich für elfenbeinfarbenen Stoff. Aber die meisten heiraten in ihrem Sonntagskleid. Wenn sie ein bisschen Geld haben, heiraten sie vielleicht in einem neuen Kostüm.“

In ihrer Stimme schwang kein Neid mit. Nur Entschlossenheit und die sachliche Feststellung, wie das Leben für farbige Frauen in Birmingham war.

„Die meisten armen Mädchen in dieser Stadt heiraten in ihren Sonntagskleidern“, sagte Mutter, und es klang, als wolle sie Taffys Worte abwerten. „Das beschränkt sich nicht auf Farbige.“

„Das habe ich auch nicht gesagt, Mrs Canton.“ Taffy trat zurück und betrachtete den schimmernden Stoff. „Mr Saltonstall wird weiche Knie bekommen, wenn er Sie zum Altar schreiten sieht.“

Mutter strich mit der Hand über den Rock und betrachtete den Ausschnitt. „Das ist eher ein Abendkleid.“ Ihr Blick wanderte zu dem geraden Rock hinab. „Vielleicht kannst du es während des Empfangs nach dem Gottesdienst anziehen.“

„Mutter, nein –“

„Emily, wir können Mrs Caruthers jetzt nicht mehr sagen, dass wir ihr Kleid nicht wollen.“

„Caroline Caruthers? Sie ist eine ausgezeichnete Schneiderin. Wir haben bei derselben Dame gelernt. Bei Madam Sinclair.“

„Schau doch, Mutter!“ Emily strich mit der Hand über die Seide auf ihrer Taille. „In Mrs Caruthers’ Kleid habe ich das Gefühl, das Gewicht der ganzen Welt auf meinen Schultern zu tragen. Ich ersticke darin. Ich falle bestimmt in Ohnmacht, wenn Vater mich zum Altar führt.“

„Sei nicht so theatralisch, Emily!“ Mutter deutete zur Tür. „Taffy, bitte entschuldigen Sie uns. Ich müsste kurz mit meiner Tochter sprechen.“

„Ja, Ma'am.“ Taffy ging mit ihrem Maßband um den Hals zur Tür und steckte die Stecknadeln in das Nadelkissen, das sie an ihrem Handgelenk trug.

„In der Küche gibt es Kuchen und Milch“, rief Mutter ihr nach. „Sagen Sie Molly, dass ich Sie nach unten geschickt habe.“

Emily stieg vom Hocker, als Taffy die Tür hinter sich schloss. „Mutter, bitte nicht! Ich weiß, was du sagen willst.“

„Warum benimmst du dich dann so?“

Emily trat zum Fenster und schaute hinaus. Sie war nicht sicher, ob sie die Antwort auf diese Frage wusste. Im Garten unter ihrem Fenster stand der Baum, unter dem Daniel sie vor zwei Monaten überrascht hatte.

Seit sie ihn bei „Newmans“ gesehen hatte, dachte sie hin und wieder an ihn, aber das waren nur Erinnerungen, die sie schnell beiseiteschob. Doch in diesem Moment merkte Emily, wie sehr sie ihn vermisste. Etwas an diesem Tag, an dem sie Taffys Kleid anprobierte, weckte ihre Sehnsucht nach ihm.

Wenn sie Taffy anschaute, ihr zuhörte, spürte Emily eine Vertrautheit. Es war mehr als ihr gemeinsamer Glaube an Jesus. Es war auch das Gefühl, ebenfalls gefangen zu sein. Von der Gesellschaft, den Erwartungen und den Wünschen anderer eingesperrt zu sein.

„Emily.“ Mutter berührte sie am Arm und beugte den Kopf, um ihrer Tochter ins Gesicht zu schauen. „Sag mir, was du denkst.“

Lächelnd klopfte Emily an die Fensterscheibe. „Erinnerst du dich daran, als wir hierhergezogen sind und Howard junior und ich den Garten umgruben, um eine Burg zu bauen?“

„Meine Güte, ja.“ Mutter legte die Hände auf ihre Wangen. „Ich war gerade in den Gartenclub eingetreten und sollte zum ersten Mal Gastgeberin sein. Ihr beide habt meinen kunstvollen Rasen und meine Rosen zerstört.“

„Wir hatten große Angst.“ Emily lachte und deutete zu einer Weide auf der anderen Seite des Gartens. „Wir haben uns versteckt und darüber nachgedacht, ob wir weglaufen sollten. Wir wussten, dass Vater uns übers Knie legen würde."

Mutter lächelte. „Aber ihr habt es nicht böse gemeint. Das wusste ich."

„Du hast Vater gesagt, dass du die Sache mit uns geregelt hättest, und er schaute uns beim Essen nur streng an und erinnerte uns daran, dass wir uns benehmen sollten, dass wir jetzt in der Nachbarschaft völlig anderer Menschen wohnten."

„Das ist etwas, das wir nie vergessen dürfen. Etwas, woran du auch jetzt denken musst, Emily. Bereitet dir die Gesellschaft Sorgen, in der wir leben? Unsere Freunde?"

„Ich gebe zu, Mutter, dass ich das Gefühl habe, als wolltet du und Phillip und sogar Vater versuchen, mich in eine Form zu pressen, damit die Gesellschaft mich mag." Emily trat vom Fenster zurück, während die weiche Seide um ihre Beine raschelte. „Es ist meine Hochzeit! Ich will ein Kleid tragen, das ich liebe. Und es ist mir gleichgültig, ob auch die Damen Woodward oder Campbell diese Schneiderin benutzen. Oder ob sie eine Farbige ist."

„Jetzt hör mir gut zu!" Mutters Absätze klapperten, als sie über den Boden ging. „Du trägst das Kleid, das Mrs Caruthers genäht hat, und damit Schluss! Sobald die Hochzeit vorüber ist, kannst du das Kleid anziehen, das Taffy näht."

Emily schaute seufzend in den Spiegel. Sie musste sich fügen. „Mutter, bist du glücklich?"

„Nun, um Moment ärgere ich mich ein wenig über dich." Mutters leichter Tonfall stand im Gegensatz zu ihrer gerunzelten Stirn.

„Bist du mit Vater glücklich?"

Mutters Wangen erröteten leicht. „Sehe ich denn nicht glücklich aus?"

„War er dir je untreu?"

Mutter atmete scharf ein. „Meine Güte, Mädchen! Wie kannst du so etwas nur fragen? Natürlich nicht!" Sie machte sich an dem Satin- und Seidenstoff zu schaffen, den Emily trug. „Dein Vater und ich sind aus demselben Holz geschnitzt. Er hat mich damals auf meinen Debütantinnenball begleitet, und ich glaube, er ist kein einziges Mal von meiner Seite gewichen. Dieses Kleid ist wirklich sehr hübsch. Meine Güte, ich glaube fast, Taffy hat mit einem Goldfaden genäht."

„Glaubst du, dass ich aus demselben Holz geschnitzt bin wie Phillip Saltonstall? Ist er ein Mann wie Vater?"

„Er ist ein sehr mächtiger Mann und stammt aus einer sehr mächtigen Familie. Er betet dich an, Emily. Ich bin sehr stolz und freue mich sehr für dich. Diese Hochzeit ist eine gute Sache. Für dich, für unsere Familien. Sogar für Howard junior. Du und Phillip werdet das herausragende Paar unserer Stadt sein. Ich habe mit Della Branton im Bridgeclub gesprochen, und sie hat beschlossen, deinetwegen mit ihrer Tochter zu den Suffragettenversammlungen zu gehen. Wenn die künftige Mrs Saltonstall vom Frauenwahlrecht überzeugt ist, dann ist sie das auch."

„Wie dumm! Ich war nur bei wenigen Versammlungen. Ich bin nicht einmal sicher, ob ich das Frauenwahlrecht für richtig halte. Sie sollte an eine Sache glauben, weil ihr Herz ihr das sagt, und nicht, weil die künftige Mrs Phillip Saltonstall das sagt." Jetzt war sie also auch noch für die Überzeugungen und Handlungen anderer Menschen verantwortlich?

„O, mein Schatz, du bist ganz die Tochter deines Vaters." Mutter wurde weicher und ihr Lächeln verriet ihre Liebe zu ihrer Tochter. „Du kannst so offen und direkt sein." Sie küsste Emily auf die Wange. „Du wirst mit Phillip sehr glücklich werden. Er wird ein wunderbarer Ehemann sein. Er ist recht attraktiv, findest du nicht?"

„Mutter, ich habe ihn mit einer anderen Frau gesehen." Dieses Geständnis öffnete ein Ventil in ihrem Herzen. „An dem Tag, an dem wir das erste Mal bei Mrs Caruthers waren und ich mich aus dem Fenster beugte."

Sie dachte schon eine ganze Weile über Phillip und Emmeline nach. An den Abenden verspürte sie den Drang, Daniels Briefe zu lesen, die sie unter ihrem Bett versteckt hatte. Aber sie konnte sie nicht lesen, wenn sie gleichzeitig nicht wollte, dass Phillip sich mit einer anderen Frau traf. Waren Liebesbriefe nicht das Gleiche? Würde sich Emily damit nicht in gewisser Weise mit einem anderen

Mann einlassen? Mit Daniel? Wenn auch nur in der Privatsphäre ihres eigenen Herzens.

„Meine Güte, Emily! Phillip kennt fast jeden in Birmingham. Er ist achtundzwanzig und hat Freunde und Bekannte in der ganzen Stadt."

„Es war die Frau, die mit Herschel Wainscot auf unserer Verlobungsfeier war. Emmeline Graves."

„Emmeline Graves? Sie ist doch fast noch ein Kind. Ihretwegen brauchst du keine Angst zu haben. Ein Mann wie Phillip sucht eine Frau und kein Mädchen."

„Mrs Canton, Miss Canton", rief Taffy von der anderen Seite der Tür. „Darf ich eintreten? Wenn Miss Molly mir noch mehr Kuchen und Milch gibt, verlasse ich ihre Küche vielleicht nie wieder."

„Ja, kommen Sie herein. Wir sind fertig. Machen Sie bitte aus diesem Kleid ein Abendkleid für Emily." Mutter ging zur Tür. „Ich gehe und kümmere mich um das Abendessen."

Taffy warf einen Blick auf Emily, als diese wieder auf den Hocker stieg. „Machen Sie bitte aus diesem Kleid ein Brautkleid, Taffy."

Die farbige Frau arbeitete eine Weile schweigend und steckte mit den Nadeln ab und nahm Maß. „In was für eine Situation haben Sie sich da hineinmanövriert, Miss Canton?"

„Ich weiß nicht, was Sie meinen."

„Hin und wieder schenkt mir Gott Visionen."

„Träume?"

„Träume, ja. Ich sehe Kleider. Vor ein paar Jahren habe ich eines für Mr Gastons Tochter genäht. In der Nacht, bevor Sie zu mir kamen, habe ich auch ein Kleid gesehen. Als ich aufgewacht bin, habe ich es gleich gezeichnet. Sie tragen es in diesem Moment."

„Was bedeutet das, Taffy?" Emily beugte sich zitternd nach unten, um ihr in die Augen schauen zu können.

„Das weiß ich nicht. Aber ich vermute, dass Sie viel Mut brauchen werden, um dieses Kleid zu tragen."

Kapitel 14

Daniel

Es war spät. Freitagabend. Nach einer langen, harten Woche an der Schule erreichte Daniel den „Italian Garden" und freute sich, seine Freunde an einem Tisch in der Ecke sitzen zu sehen. Er begrüßte den Kellner mit einem Kopfnicken und ging auf den Tisch zu.

„Daniel." Ross schüttelte seinem Freund die Hand. „Wir dachten schon, du hättest uns vergessen."

„Mitternacht, Ross? Konntest du keine anständigere Uhrzeit finden, um dich mit uns zu treffen?" Daniel setzte sich und begrüßte dann den Mann rechts neben sich. „Alex, kannst du ihn nicht zur Vernunft bringen?"

„Nein. Da du schon länger mit ihm befreundet bist als ich, solltest du das eigentlich wissen", lächelte Alex und schlug Daniel kameradschaftlich auf den Rücken. „Außerdem sind das Theater und das Sinfoniekonzert gerade erst aus." Er deutete mit dem Kopf zum vorderen Bereich des Restaurants. „Die ganzen hübschen Damen müssten jeden Augenblick durch diese Tür kommen."

„Mit ihren männlichen Begleitern, nehme ich an." Daniel schenkte dem Paar, das gerade das Restaurant betrat, keine Beachtung und nahm stattdessen die Speisekarte entgegen. „Ich habe einen Bärenhunger." Nach der Schulwoche hatte er seinen Freitagabend nicht in der Gesellschaft einer hübschen Dame verbracht, sondern versucht, seine Wäsche zu waschen. Er war erschöpft. Aber sein Mitgefühl mit dem „schwächeren" Geschlecht, das normalerweise solche mühsamen Arbeiten übernahm, war um ein Zehnfaches gewachsen.

Ross zog Daniel die Speisekarte aus der Hand. „Männliche

Begleiter können Väter, Brüder, Onkel sein. Sei nicht so pessimistisch, Ludlow."

„Das merke ich mir für den Fall, dass eine Frau eintritt, die so umwerfend ist, dass ich meinen Hunger vergesse." Er schnappte sich erneut die Speisekarte, schlug sie auf und begann zu lesen. *Falls Emily Canton hereinkommt …* „Ich warne dich aber: Ich habe einen Bärenhunger."

„Wie ist das Leben im ‚Ridley'?", erkundigte sich Alex.

„Ganz anständig. Dort wohnt eine großmütterliche Frau, die gern Kekse für mich backt. Sie stellt sie vor meine Tür, damit ich etwas Süßes zu essen habe, wenn ich von der Arbeit nach Hause komme."

„Da hast du es. Du brauchst im Moment keine Frau." Alex winkte den Kellner herbei. „Eine Runde Wasser und etwas Brot für den Anfang. Den Rest überlegen wir uns noch."

„Hast du Hunger, Al?" Ross legte seine Speisekarte zur Seite.

„Deinetwegen mussten Danny und ich fast bis Mitternacht mit dem Essen warten, Ross. Was denkst du denn? Ich könnte einen ganzen Ochsen verspeisen."

Ross rieb sich die Hände. „Ich verdrücke eine große Portion Spaghetti mit Fleischbällchen. Dann tanze ich mit dem hübschesten Mädchen hier im Raum, bis die Sonne über dem Red Mountain aufgeht."

„Ich tanze mit keiner, die zwei linke Füße hat." Alex lehnte sich zurück, zog die Pfeife aus seiner Jackentasche und schob sie sich zwischen die Lippen, ohne sie anzuzünden. „Mir ist egal, wie hübsch sie ist. Sie muss bloß tanzen können."

Daniel grinste. „Mit dieser Pfeife siehst du aus wie dein eigener Vater, Alex."

„Gut, ich hasse es nämlich, dreiundzwanzig zu sein. Du solltest mal sehen, wie die älteren Bankangestellten mit mir sprechen. Als wäre ich ein kleines Kind mit Rotznase. Neulich hat mir tatsächlich einer den Kopf getätschelt."

Ross lehnte sich auf seinem Stuhl zurück und lachte. „Warte einfach ab. In ein paar Jahren tätschelst du den Neuen den Kopf."

„Hoffentlich nicht." Alex steckte die Pfeife wieder in seine Tasche. „Das ist demütigend."

„Wie läuft es mit dir und Georgette, Alex? Wird die Sache allmählich ernst?" Daniel klappte seine Speisekarte zu und entschied sich für die Linguini. Er rutschte zur Seite, damit der Kellner den Brotkorb und das Wasser auf den Tisch stellen konnte.

„Ich glaube schon. Aber wer weiß? Woher weiß man, wer die Richtige ist?" Alex nahm eine Scheibe aus dem Korb und biss eine Hälfte ab. Er schaute seine Freunde an und versuchte, mit vollem Mund zu sprechen. „Was? Ich hatte euch doch gesagt, dass ich Hunger habe."

Daniel nahm ein Stück Brot und legte es auf seinen Teller. „Lass es mich wissen, wenn du die Antwort gefunden hast."

„Kopf hoch, Daniel! Es gibt noch andere Frauen als Emily Canton." Ross verdrehte sich den Hals, um die junge Frau zu betrachten, die am Nachbartisch saß. „Die da drüben sieht zum Beispiel ganz gut aus."

Daniel machte sich nicht die Mühe, die Frau zu betrachten. Für Ross sah jede Frau in einem Kleid gut aus. Während er sein Brot mit Butter bestrich, ließ er seinen Blick langsam durch den Raum schweifen.

Das „Italian Garden" war ein dezent beleuchtetes, romantisches Restaurant mit einer italienischen Kapelle, die Lieder aus ihrer Heimat spielte. Aber um Mitternacht wechselte die Musik zu Ragtime und Jazz. Es waren durchaus einige hübsche Frauen anwesend, aber die meisten schienen mit einem Mann da zu sein.

„Ich kann einfach nicht glauben, dass du Baseball aufgegeben hast, um Emily zu heiraten, und dass sie dich wegen Saltonstall sitzengelassen hat." Alex schüttelte den Kopf. „Ich beneide dich nicht, mein Junge."

„Noch schlimmer! Die Gesellschaftsspalten der ‚News' und des ‚Age-Herald' berichten praktisch von jedem Grashalm, über den sie gehen." Ross kniff die Augen zusammen und skandierte: „Mr Phillip Saltonstall und seine Verlobte, Miss Emily Canton, besuchten zu Ehren ihrer Verlobung ein Essen im Haus der Familie Strasburg auf dem Red Mountain. Miss Canton trug ein hübsches Abendkleid aus –"

„Junge, hab Mitleid! Wir haben es verstanden. Du kannst lesen." Daniel stopfte sich sein Brot in den Mund und klopfte Ross dann auf die Schulter.

Seit Emilys Verlobung mied er die Gesellschaftsseiten, selbst die Wirtschaftsseiten, auf denen sich auch meistens irgendein Artikel um die Saltonstalls drehte. Oder um Howard Canton.

„Bist du Saltonstall schon mal begegnet?", fragte Alex.

„Nicht persönlich. Ich habe nur von ihm gelesen. Hast du gehört, dass in den Saltonstall-Minen eine viel höhere Anzahl von Sträflingsarbeitern stirbt als in den anderen Minen? Davon liest man in unseren schönen Zeitungen nichts. Warum stellst du darüber nicht mal ein paar Nachforschungen an, Ross?", fragte Daniel.

„Woher weißt du so etwas, wenn es nicht in den Zeitungen steht?"

„Ein Freund meines Vaters ist Wachmann in einer Saltonstall-Mine", antwortete Daniel.

„Wenn man so viel Geld hat", Alex biss wieder ein Stück von seinem Brot ab und stützte die Ellbogen auf den Tisch, „dann kommt man mit allem ungestraft davon."

„Du weißt, wie das läuft." Ross drehte sich um, als die Musik einsetzte, und schnippte mit den Fingern im Takt der Ragtime-Musik.

„Wenn man so etwas hört, versteht man sogar als Mann, dass die Frauen das Wahlrecht brauchen." Daniel sprach etwas lauter, um die Musik zu übertönen.

Ross fuhr mit dem Kopf wieder herum und schaute ihn mit großen Augen an. „Jetzt redest du wirklich Unsinn, Ludlow."

„Ich sage doch nur, dass das Frauenwahlrecht vielleicht sinnvoll sein könnte." Er nahm mehr Brot und widerstand dem Drang, die restlichen Scheiben zu verspeisen. Die Jahre, die seine Mutter damit verbracht hatte, ihm Manieren einzutrichtern, waren nicht vergeblich gewesen.

„Ruf den Arzt, Alex. Ludlow kann vor Liebeskummer nicht mehr klar denken." Ross tippte mit dem Zeigefinger an seine Schläfe.

„Also, ich hätte nichts dagegen, wenn eine Dame mir den Kopf so verdreht, dass ich nicht mehr klar denken kann“, erwiderte Alex, bevor er sich das Brot in den Mund schob und versuchte, die Aufmerksamkeit der Frauen zu erlangen, die am Nachbartisch saßen.

„Ich bin weder wirr im Kopf, noch habe ich Liebeskummer“, erklärte Daniel. „Ich denke einfach nach.“

„Ach, komm schon!“, schnaubte Ross.

Sie unterhielten sich gemütlich weiter und kamen vom Frauenwahlrecht auf Sport und das Saisonende der „Barons“ zu sprechen. Als der Kellner mit ihrem Essen kam, lehnte sich Ross zurück und strich sich über den Bauch. „Köstlich, Angelino. Wie wäre es mit einer Runde Wein?“

„Gewiss, Mr Kirby.“ Der Kellner verschwand wieder. Seine gebräunte Haut, die dunklen Augen und die dichten Haare verrieten seine südländische Herkunft.

Daniel nahm seine Gabel, drehte seine Nudeln zu einer dicken Kugel und atmete den herrlichen Duft von Knoblauch und Tomaten ein. Der erste Bissen – heiß und köstlich – gab ihm neue Energie. Aber wenn sie von Emily sprachen, vermisste er sie nur umso mehr. Schon zigmal war er ins Telefonzimmer im *Ridley House* gegangen, um bei den Cantons anzurufen. Er hatte aber jedes Mal wieder aufgelegt, bevor die Telefonistin die Verbindung herstellen konnte.

„Heute Abend werden wir dich dazu bringen, endlich mal zu tanzen, Ludlow. Du wirst mit einer hübschen Dame in den Armen über die Tanzfläche wirbeln. Jawohl.“ Ross schnitt seine Fleischbällchen klein.

„Was du nicht sagst.“

„Es gibt nichts Besseres als eine Frau, um eine andere Frau zu vergessen.“

„Es sei denn, die erste war unvergesslich.“

Ross schaute Alex verzweifelt an. „Was habe ich dir gesagt, Alex? Unser Danny hat Liebeskummer.“

Daniel vertrieb die Angst seiner Freunde mit einer weiteren Gabel voll Nudeln und einem breiten Grinsen. Ross war seit dem

Studium sein bester Freund. Er verstand besser als jeder andere, wie sehr Daniel wegen Emily litt, denn er war der Erste gewesen, der die Neuigkeit gehört hatte, als dieser nach seinem ersten Date mit Emily in sein Zimmer zurückgekommen war. „Sie ist die Frau, die ich heiraten werde."

Ross hatte ihm zugehört, ohne das Gesicht zu verziehen, und ihn nicht für verrückt erklärt. Selbst jetzt verriet er nichts von Daniels dummen, irregeleiteten Gefühlen für Emily. Während des Essens wandte sich das Gespräch der Arbeit zu: Daniels Schüler und seine Anstellung am Institut, Ross' Arbeit als Reporter beim *Birmingham Age-Herald* und Alex' Karrierepläne in der Bank. Doch dann kehrten sie wieder zu ihrem früheren Thema zurück.

„Das einzige Weibliche, das ich zurzeit berühre, ist hin und wieder die Spitze eines Damenhandschuhs, wenn ich ihr Geld am Bankschalter auszahle." Alex führte seine Gabel zu einem übertriebenen Kuss an seine Lippen. „Wie würde ich mich machen, Leute? Glaubt ihr, ich weiß es noch? Was muss ein Mann heutzutage tun, um ein Date zu bekommen?"

„Geld haben", rutschte es Daniel heraus, bevor er richtig darüber nachgedacht hatte. Aber er nahm seine Worte nicht zurück. Mit Geld hatte Saltonstall Emily Canton gewonnen.

„Sieh es mal so, Danny: Wenn Emily sich mit Geld gewinnen lässt, würdest du sie dann wirklich wollen? Was für eine Frau ist sie dann? Tief in ihrem Inneren, wo es wirklich zählt? Was für eine Ehefrau und Mutter wäre sie? Was würde passieren, wenn du in Not gerätst? Der erste charmante reiche Mann, der ihr über den Weg läuft, würde dir ihre Zuneigung stehlen, während du dich abrackerst, um euren Lebensunterhalt zu verdienen." Ross wedelte mit der Gabel herum. Seine dunklen Haare fielen ihm in die Stirn. „Nein, nein, so bist du besser dran. Glaub mir. Es ist gut, dass du rechtzeitig herausgefunden hast, was für eine Art Frau Emily ist."

„Das ist es ja gerade: Die Emily, die ich kannte, würde einen Mann nicht wegen seines Geldes heiraten."

„Das hat sie dich bloß glauben lassen, Danny. Ich sehe es so ..."

Das Gespräch ging hin und her. Sie diskutierten, lachten und versuchten herauszufinden, ob man aus Liebe oder wegen des Geldes oder der Schönheit heiratete. Wenn eine Frau wegen des Geldes heiraten konnte, warum konnte dann ein Mann eine Frau nicht aufgrund ihres Aussehens heiraten?

„Je mehr Geld ein Mann auf dem Bankkonto hat, umso schöner ist seine Braut. So ist es nun mal auf der Welt", erklärte Alex. „Das sehe ich jeden Tag."

Das Gespräch über Liebe ging irgendwie in ein Gespräch über Sport über. Es wurde vom leisen Klirren der Gläser und dem Klappern des Silberbestecks auf den Porzellantellern begleitet und vom Geruch von schmelzendem Kerzenwachs, Knoblauch, heißem Brot und fruchtigem Wein untermalt.

Der warme Raum, die Musik und das Lachen weckten Daniels müde Lebensgeister und taten seiner Seele gut. Ross und Alex erwiesen sich als viel bessere Freunde, als er es in letzter Zeit gewesen war. Sie hatten recht. Emily war nicht die einzige schöne, freundliche, kluge, liebevolle Frau in Birmingham.

Es war nur, dass ... Daniel trank seinen Wein leer. Es war nur, dass die Melodie ihres Lachens ihn nachts immer noch in den Schlaf geleitete.

Sie war der Mittelpunkt seiner Träume und Pläne gewesen. Manchmal, wenn er im abendlichen Gaslicht von den Schulaufgaben aufblickte, die er korrigierte, hatte er das Gefühl, als würde nur sein halbes Herz schlagen.

Als der Kellner ihre Teller abräumte, sinnierte Ross über seine Lebenspläne und seine Zukunft. Daniel erwähnte nebenbei, dass er unter Umständen weiter studieren wollte, dass er vielleicht eine Professur anstrebte. Politik interessierte ihn.

Aber egal, wie sehr er sich bemühte, sich die Zukunft auszumalen: Emilys Gesicht, das er immer wieder im Geiste vor sich sah, war das größte Hindernis bei der Erfüllung seiner Träume.

Gerade als Alex sich darüber ausließ, wie er sich in der Bank hocharbeiten wollte, stieß er einen leisen Pfiff aus und deutete mit dem Kopf zur Tür. „Dieser Mann ist reich gesegnet. Er besitzt Geld, wie man an seinem Anzug sieht, und er ist in Begleitung einer echten Göttin. Anscheinend muss ich auch ein wenig mit meinen Geldscheinen wedeln."

„Kopf hoch, Alex, es geht nicht immer nur um –" Daniel hielt inne, als er sich zur Tür umwandte und sein Blick auf den Mann mit Zylinder und Smoking fiel. Das Licht fiel genau auf sein Gesicht. „Das ist Saltonstall", flüsterte er.

Was tat er nach Mitternacht hier? Und dann auch noch mit dieser Frau? Er hatte die beiden seit dem Tag, an dem er bei „Newmans" mit Emily gesprochen hatte, nicht mehr in der Öffentlichkeit gesehen.

Sein Vater und sein Bruder, die beide bei der Polizei arbeiteten, hatten in letzter Zeit auch nichts mehr von Phillip Saltonstalls heimlichen Aktivitäten gesehen oder gehört.

„Saltonstall? Welcher? Der Vater oder der Bruder?" Ross drehte sich um, um das Paar besser sehen zu können.

„Weder Bruder noch Vater." Daniel wandte sich um und kehrte der Tür den Rücken zu. Was für ein gemeiner Schuft! „Das ist Phillip."

„Phillip? Der mit deinem Mädchen verlobt ist?", flüsterte Alex viel zu laut. Er stand halb auf und verdrehte sich schier den Kopf, um die beiden zu sehen. „Das ist also Emily? Kein Wunder, dass du Liebeskummer hast. Ich habe tiefstes Mitgefühl mit dir."

„Das ist *nicht* Emily." Daniel schob sein Weinglas von sich und nahm sein Wasserglas. Sein Mund war ausgetrocknet und sein Herz schlug wie wild.

„Bist du sicher, dass das Phillip ist? Du hast gesagt, dass du ihn nie kennengelernt hast." Ross warf wieder einen Blick zur Tür.

„Nicht persönlich. Nein." Daniel presste die Handflächen auf den Tisch und stand auf. „Aber ich weiß, dass er es ist." Die Linguini waren in seinem Magen hart wie Beton geworden, und seine Bewegungen fühlten sich ungelenk und steif an, aber er wollte Saltonstall mit diesem Betrug nicht einfach so davonkommen lassen. „Und es ist höchste Zeit, dass ich ihn endlich persönlich kennenlerne."

„Was hast du vor?", fragte Ross.

„Keine Ahnung." Daniel bahnte sich seinen Weg zwischen den Tischen mit den vornehmen Tischdecken und den langen, brennenden Kerzen hindurch.

Im vorderen Bereich des Restaurants führte der Kellner Phillip und die Frau in der schummrigen Beleuchtung ebenfalls zwischen den Tischen hindurch. Einen kurzen Moment dachte Daniel, dass er Phillip nicht vorschnell verurteilen dürfe. Vielleicht war die Frau, die er auf der Straße mit ihm gesehen hatte, tatsächlich eine Cousine oder nur eine Bekannte. Aber die intime Art und Weise, mit der Phillip seine Hand auf ihre Hüfte legte, sagte etwas ganz anderes. Daniel kam näher und räusperte sich.

„Paul! Hallo, Paul. Ich bin es, Daniel."

Phillip richtete sich auf, wandte sich um und ließ dabei die Hand nach oben gleiten, um die nackte Schulter der Frau zu streicheln.

„Paul, erinnerst du dich denn nicht an mich?" Daniel lächelte breit und hielt ihm die Hand hin.

„Ich fürchte, ich kenne Sie nicht. Sie verwechseln mich mit meinem Bruder." Phillip drückte Daniel in einer kurzen, knappen Geste die Hand.

„Ach, natürlich, Phillip. Entschuldigen Sie. Ich bin Daniel Ludlow."

„Der Spieler von den ‚Barons'? Ich habe Sie spielen sehen."

„Wirklich?" Zu jedem anderen Zeitpunkt hätte er sich geschmeichelt gefühlt. Aber nicht an diesem Abend. „Soll ich mich triumphierend verbeugen oder beschämt im Erdboden versinken?" Daniel steckte die Daumen in seine Westentaschen und verbeugte sich vor der Frau. Sie war schön, schlank und blond, mit kristallblauen Augen und rubinroten Lippen.

„Ersteres. Sie waren wirklich gut", sagte Phillip mit einem Anflug von Bewunderung.

„Das freut mich." Er wandte sich an die Frau. „Entschuldigen Sie, dass ich Sie gestört habe, Ma'am."

„Ganz und gar nicht", erwiderte sie mit einem unverkennbaren Nordstaatenakzent. „Phillip und Paul sehen sich wirklich sehr ähnlich. Sie sind beide sehr attraktiv." Sie schmiegte sich an Phillip.

Daniel erwartete, dass er sich versteifen oder sich abwenden würde, aber er zog sie nur enger an sich heran.

„Komm jetzt, meine Liebe." Phillip führte sie zur offenen Tür, die in ein abgeschlossenes Nebenzimmer führte. „Der Kellner will uns zu unserem Tisch führen."

„Es war mir eine Freude, Sie kennenzulernen." Daniel ergriff ihre Finger und verbeugte sich, um ihr die Hand zu küssen. „Miss ...?"

„Graves. Emmeline Graves."

Emmeline. „Ich hoffe, wir sehen uns irgendwann wieder."

„Natürlich. Phillip, vielleicht kann er sich zu uns setzen?" Sie kicherte, als Phillip sie zärtlich kniff und dann in den Raum führte, in dem sie ungestört sein würden, und ihrem Vorschlag mit einem heiseren Flüstern widersprach.

Als er wieder zurück an seinem Tisch war, zog Daniel seinen Stuhl so unwirsch heraus, dass die Beine laut über den Steinboden kratzten. Die Kapelle spielte gerade ein langsames Tanzlied.

Alex blickte von der Dessertkarte auf. „Ist sie aus der Nähe so schön, wie ich vermute?"

„Ja, sie sieht ziemlich gut aus." Daniel sah zu der Stelle zurück, an der er mit Phillip und Emmeline gesprochen hatte. „Aber er ist ein eingebildeter Pinkel."

„Und was willst du jetzt machen?" Ross' Gesichtsausdruck war ähnlich düster wie die Schatten im Raum. „Hier sitzen und schmollen?"

„Du musst es ihr sagen! Du musst es Emily sagen!" Alex schlug mit der Faust auf den Tisch. „Sei ihr Held. Gewinne sie zurück. Lass sie wissen, was für einen Schurken sie da heiraten will."

„Sie weiß es bereits."

„Sie weiß es? Warum ist sie dann noch mit ihm zusammen?", fragte Alex etwas zu laut und winkte den Kellner herbei. „Dreimal Schokoladenkuchen, bitte."

„Ich habe ihn vor ein paar Monaten mit dieser Frau in der 19. Straße gesehen, wo sie sehr vertraut miteinander umgingen. Und das am helllichten Tag. Kurz darauf traf ich zufällig Emily. Es stellte sich heraus, dass sie ihn auch gesehen hatte. Sie fragte mich, ob

Phillip eine Geliebte habe, und ich sagte Ja. Da nannte sie mich einen Lügner."

Daniel blickte seine Freunde an. „Und jetzt soll ich ihr von heute Abend erzählen? Sie will es doch gar nicht wissen. Außerdem ist es für sie demütigend und bringt mir überhaupt keinen Vorteil ein. ‚Hallo, Emily, ich war gestern Abend mit Ross und Alex unterwegs und habe Phillip mit einer umwerfend schönen Frau namens Emmeline gesehen. Hast du Lust, mit mir ins Kino zu gehen?'" Daniel schüttelte den Kopf und fuhr sich mit den Fingern durch seine Locken. „Nein, das kann ich ihr nicht antun."

Aber er musste etwas unternehmen. *Herr, was soll ich nur tun?*

„Wahrscheinlich hast du recht. Du kannst dabei nichts gewinnen", überlegte Ross.

„Überhaupt nichts." Daniel saß in der Klemme. Es war falsch, wenn er es ihr sagte. Und es war falsch, wenn er es ihr nicht sagte. „Ich kann nur hoffen, dass sie es selbst herausfindet."

Daniel lehnte sich zurück und dachte nach. Plötzlich umspielte ein leichtes Lächeln seine Lippen. Wenn es nach ihm gegangen wäre, wäre er an diesem Abend zu Hause geblieben und hätte ein Buch gelesen. Aber er hatte nachgegeben, als Ross darauf bestanden hatte, dass er ein wenig Spaß haben sollte. Daniel schlug seinem Freund auf den Rücken. „Ich stehe in deiner Schuld, Ross, weil du mich überredet hast, heute Abend mitzukommen."

Manchmal führte der Zufall einen zur richtigen Zeit an den richtigen Ort. Manchmal ein guter Freund. Aber dahinter stand immer Gott mit seiner grenzenlosen Gnade, stellte Daniel fest.

Charlotte

Von der anderen Seite der Wand hörte man das Klappern von Teetassen. Mrs Pettis hatte darauf bestanden, Tee zu kochen.

„Kann ich Ihnen helfen?", rief Charlotte, die auf der Kante des abgenutzten Mohair-Sofas saß. Ihre Knie stießen an den

Wohnzimmertisch. Das ganze Zimmer war mit Möbeln vollgestellt. Charlotte konnte sich nicht vorstellen, wie die alte Konditorin in dieser Wohnung leben konnte, ohne ständig gegen einen Sessel oder Tisch zu stoßen.

Der lange, schmale Raum roch nach Zitronenbonbons. Vor den Fenstern hingen schlaffe Spitzenvorhänge und auf den Armlehnen und der Rückenlehne des Sofas lagen graue Spitzendeckchen.

Tim saß auf einem alten Sessel. Dank seiner Beziehungen in der Stadtverwaltung hatte er herausgefunden, dass die letzte Besitzerin von Mrs Lewis' berühmter Kuchenfabrik Aleta Pettis gewesen war. Tim hatte sie am Montagmorgen angerufen, und am Montagnachmittag war Charlotte mit ihm nach Irondale gefahren.

„Bist du sicher, dass es dir nichts ausmacht, wenn ich dabei bin?", erkundigte er sich, während er sich von dem weichen Kissen hochschob und sich auf die Sesselkante setzte.

Sie zuckte die Achseln und betrachtete die Landschaftsbilder an der Wand. Es machte ihr schon irgendwie etwas aus, aber … „Du solltest die Früchte deiner Arbeit sehen." Charlotte wandte ihm ihre Aufmerksamkeit zu. Er hatte buchstäblich darauf bestanden, sie zu Mrs Pettis zu fahren. Aber was wollte er hier? War er wirklich *so* neugierig, was es mit dem Brautkleid auf sich hatte?

Teile ihres Gesprächs mit Dixie, das sie beim Mittagessen geführt hatten, schossen ihr durch den Kopf.

„Sei vorsichtig, Charlotte, dass du nicht wieder glaubst, er sei in dich verliebt."

„Woher willst du wissen, dass er das nicht ist?"

Dixie hob Charlottes Hand mit dem nackten Ringfinger hoch. „Beweisstück A."

„Ich habe ihm den Ring zurückgegeben. Er hat ihn nicht verlangt."

„Natürlich nicht. Er ist ja nicht vollkommen herzlos. Er kann schließlich nicht die Hochzeit absagen und im selben Augenblick den Ring zurückverlangen. So etwas macht man schrittweise."

„Dixie, er wollte die Verlobung aufrecht erhalten."

„Aber nicht heiraten? Charlotte, wenn er dich nicht heiraten will, ist er auch nicht in dich verliebt. Kein Mann gibt eine Frau auf, die er wirklich will."

„Woher willst du das wissen?"

„Von Jared. Er hat in unseren Flitterwochen ausgeplaudert, wie Männer ticken."

Charlotte wandte sich wieder von Tim ab. *Wenn er dich nicht heiraten will, ist er auch nicht in dich verliebt.*

„Hier bin ich wieder, meine Lieben. Der Tee ist fertig. Oh, ich habe die Kekse vergessen." Mrs Pettis fuchtelte mit dem Finger durch die Luft und ging in die Küche zurück. „Sie sind leider nicht selbst gebacken. Ich musste das Backen aufgeben. Wo habe ich denn die Kekse?" Schranktüren wurden geöffnet und wieder geschlossen.

Tim schnupperte an seinem dampfenden Tee. „Sie scheint ganz nett zu sein."

Charlotte atmete den heißen, süßen Teegeruch ein. „Tim, sie kann sich unmöglich an eine Torte erinnern, die sie 1968 gebacken hat. Oder 1967. Oder wann auch immer Joel Miller geheiratet hat."

„Du hast immerhin einen Namen. Das schränkt die Suche doch ein."

„Einen Namen. Den Namen des Bräutigams. Glaubst du wirklich, dass sie sich an den Bräutigam erinnert? Wahrscheinlich ist sie ihm nie begegnet."

„Fragen wir sie doch einfach. Dann hören wir schon, was sie sagt."

Glaube. Hartnäckigkeit. Vielleicht war das der Grund, warum er mitgekommen war.

„Jetzt habe ich alles. Hier sind die Kekse." Mrs Pettis hielt eine Packung Kekse hoch, die mit einem Gummi verschlossen war. Sie schwankte leicht und hielt sich an einem Sessel fest. „Ich verliere hin und wieder das Gleichgewicht." Die alte Dame löste das grüne Gummi und schüttelte die Kekse vorsichtig auf einen Porzellanteller mit einem verblassten Schleierkrautmuster. „Sie wollen also etwas über die Konditorei wissen?"

„Ja, Ma'am." Charlotte stellte Tasse und Untertasse auf ihren Schoß und zog die Visitenkarte der Konditorei aus ihrer Handtasche.

„Ich habe diese Karte zusammen mit einem Brautkleid und Militärerkennungsmarken in einer alten Truhe gefunden."

„Oh, du meine Güte!" Mrs Pettis strich mit dem Finger über den Prägedruck auf der Karte. „Ich habe diese Karten seit Jahren nicht mehr gesehen." Ihre Augen wurden feucht.

„Sagt Ihnen der Name ‚Joel Miller' etwas, Mrs Pettis? Das ist der Name auf den Erkennungsmarken, die ich gefunden habe. Ist er mit Ihnen verwandt? Vielleicht ist er mit Ihrer Tochter verheiratet?"

„Ich hatte nie eine Tochter. Und mein Sohn heißt natürlich Pettis. Ich kenne keine Millers. Wenigstens keinen Joel. Aber leider ist mein Gedächtnis nicht mehr so gut wie früher."

„Er starb 1969. Er ist in Vietnam gefallen."

„Oh, meine Güte! Das ist traurig. Sehr traurig."

„Kann es sein, dass Sie vielleicht eine Torte für seine Hochzeit gebacken haben? Aufgrund seines Geburtsjahres und Todesdatums glaube ich, dass er irgendwann 1968 geheiratet haben könnte."

„Das kann gut sein. Ich habe in meinem Leben viele Hochzeitstorten gebacken. Zuerst für Mrs Lewis und dann, als ich selbst die Konditorei führte. Wir hatten so viele Kunden. Sie kannten alle unsere Namen, aber wir lächelten nur und nannten jeden ‚Jimmy'. Selbst die Damen." Mrs Pettis kicherte hinter vorgehaltener Hand und knabberte an ihrem Keks. „Ob Sie es glauben oder nicht, ich habe einmal ausgerechnet, wie viele Kuchen und Torten ich in meinen vierzig Jahren als Konditorin gebacken habe. Zweihundertzwanzigtausend. Ich müsste eigentlich schwer zuckerkrank sein."

„Und wie viele davon waren Hochzeitstorten?" Charlotte wollte eine Ahnung davon bekommen, wie groß die Wahrscheinlichkeit war, dass die alte Dame Joel Millers Torte angefertigt hatte. Vielleicht würde ihr das helfen, seine Braut zu finden. Auch wenn Charlotte keine Ahnung hatte, wie sie das anstellen sollte. Wenn sie genügend Fragen stellte, hätte sie vielleicht irgendwann Erfolg.

„Ach, ungefähr zwanzigtausend Hochzeitstorten." Sie gluckste. „Das gibt mir das Gefühl, eine Leistung vollbracht zu haben. Dabei kam es mir gar nicht so wichtig vor, dass ich etwas tat, was im Grunde jede Frau in ihrer Küche machen kann. Aber ich war dennoch stolz darauf. Ich bemühte mich bei jedem Kuchen und bei jeder Torte, dass sie gut und schön wird. Ich liebte das Backen. Es war so schade, als die ganzen Geschäfte aus der Innenstadt verschwanden. All die großen Gebäude, die großen Warenhäuser wie ‚Lovemans' und ‚Pizitz' machten einfach zu und waren fort, als hätte es sie nie gegeben."

„Würden Sie diese Karte gern behalten, Mrs Pettis?" Charlotte bot der Frau das Überbleibsel aus ihren goldenen Zeiten an.

Die Hand der Dame zitterte, als sie die Karte nahm, und ihre Augen glänzten feucht. „Was kann ich jetzt für Sie tun, meine Lieben? Wollen Sie heiraten?"

„Nein, nein", sagte Charlotte. „Wir sind nur Freunde."

„Wir wollten heiraten, aber –"

„Wir sind nur Freunde." Charlotte warf Tim einen schneidenden Blick zu.

„Hat er Sie betrogen, Liebes?" Mrs Pettis nahm sich einen weiteren Keks. „Tut mir leid, mein Junge, aber Sie sehen aus wie die Sorte Mann, die Frauen betrügt. Attraktive Männer mit langen Haaren tun das oft, wissen Sie."

Charlotte wollte lachen, aber Tim wirkte völlig verblüfft. Das geschah ihm recht. „Er hat mich nicht betrogen, Mrs Pettis. Er hat nur beschlossen, dass er noch nicht bereit ist für die Ehe. Er ist erst zweiunddreißig, wissen Sie." Diese Kekse sahen mit jeder Sekunde appetitlicher aus. Charlotte nahm einen. „Er hat ganze vierundzwanzig Stunden, nachdem er mir das Herz gebrochen hatte, gewartet, bis er mit einer anderen Frau ausging."

„Ich bin nicht mit ihr ausgegangen. Das war nur ein Abendessen unter Freunden."

„Soso", sagte Mrs Pettis.

„Seine Exverlobte." Charlotte schaute die alte Frau mit gerümpfter Nase an, als verbinde sie und Mrs Pettis etwas, das nur Frauen verstanden. Und es gefiel ihr zu beobachten, wie Tim sich innerlich wand.

„Ja, ja." Die alte Dame fuchtelte mit ihrem halb gegessenen Keks in Charlottes Richtung. „Bei den gut aussehenden Männern mit den langen Haaren muss man aufpassen, sage ich Ihnen. Das war in meiner Zeit auch nicht anders."

„Können wir jetzt bitte wieder zur eigentlichen Sache zurückkommen?" Tim fuhr sich mit den Händen durch die Haare, nahm die zerbrechlich aussehende Teetasse mit seiner großen Hand und stellte sie dann wieder ab. „Mrs Pettis, besteht irgendeine Möglichkeit, wie wir etwas über Joel Miller in Erfahrung bringen könnten? Vielleicht wen er geheiratet hat? Erinnern Sie sich an ihn? Er war Soldat. Bei den Marines."

„Sie sagten, er ist im Vietnamkrieg gefallen? Der Krieg raubt uns so viele gute Männer. Mein eigener Bruder fiel auch im Krieg. Im Großen Krieg. Mein Vater war danach nie wieder derselbe. Er kam von der Stahlfabrik nach Hause, setzte sich in seinen Sessel und las die Zeitung. Dann ging er auf die Veranda hinaus, lehnte sich an den Pfosten und starrte über den Nachbarsgarten in die Ferne, als warte er auf die Heimkehr seines Sohnes. Manchmal glaube ich, er sehnte sich danach, bei ihm zu sein. Fort von der stinkenden Fabrik. Ungefähr zehn Jahre später starb er selbst. Die Tuberkulose hat ihn wie so viele Arbeiter in den Fabriken und Minen dahingerafft. Früher hing immer dicker Smog über der Stadt. Erinnern Sie sich noch daran oder sind Sie dafür zu jung? Wahrscheinlich sind Sie zu jung dafür. Meine Mutter konnte ihre Wäsche nicht auf die Leine hängen, ohne dass sie vom Staub wieder schmutzig wurde."

„Mrs Pettis …" Tim stand auf. „Danke, dass Sie sich so viel Zeit für uns genommen haben. Charlotte, ich muss ins Büro zurück."

In welches Büro? Charlotte forderte ihn mit ihrem Blick auf, sich wieder zu setzen.

„Meine frühere Bäckerei ist jetzt ein Bürogebäude, wissen Sie."

„Ja, und im ersten Stock befinden sich Wohnungen", entgegnete Tim und sank in seinen Sessel zurück.

Mrs Pettis schnupperte und zog die Nase kraus. „Ob die Leute wohl noch den Backgeruch in den alten Steinen riechen? Wir haben immer gesagt, Backgeruch sei der Duft des Himmels." Sie lachte und versank in ihren Erinnerungen. Schweigend dachte sie an Menschen, die nur noch in ihrem Herzen lebendig waren. „An

Weihnachten haben wir alles schön dekoriert. Und es gab Süßigkeiten. Wir hatten einen kleinen Konkurrenzkampf mit ‚Newberrys' und ‚Mary Ball Candies'. Damals fand das ganze Geschäftsleben in der Innenstadt statt. Aber in den Jahren, von denen Sie sprechen, waren auch die Rassenkonflikte sehr groß. In den Städten wurde es richtig beängstigend mit all den Bomben in den Kirchen und den Polizeihunden, die auf Menschen losgelassen wurden. Aber diese Zeit liegt Gott sei Dank hinter uns."

Charlotte warf einen Blick auf Tim. Mrs Pettis war ihnen wirklich keine Hilfe. „Nochmals danke, Mrs Pettis." Sie brachte ihre Teetassen in die Küche. Als sie zurückkam, trat sie zu Tim, der schon an der Haustür stand. „Es war schön, Sie kennenzulernen." Sie verlor ein wenig den Mut. Und jetzt? Wo konnte sie Joel Miller finden? Sollte sie einen Privatdetektiv engagieren? Das hatte sie nicht einmal gemacht, um ihren eigenen Vater zu finden.

„Mrs Pettis, wir müssen jetzt gehen." Tim legte die Hand auf den Türgriff. Charlotte klemmte sich mit einem letzten Blick auf die alte Konditorin die Handtasche unter den Arm.

„Das ist wirklich schade. Ich habe den ganzen Speicher voll mit Unterlagen aus der Bäckerei, die bis ins Jahr 1939 zurückreichen. Darin würden Sie Ihren Joel Miller und seine Braut höchstwahrscheinlich finden."

~

„Was sagt man dazu?", brummte Tim, als sie oben auf der schmalen Dachbodentreppe ankamen. Er schob Kisten beiseite, um sich einen Weg zu bahnen. „‚Oh, meine Lieben, ich kann mich an meine Kunden nicht erinnern. Ich nannte jeden ‚Jimmy'. Ach, übrigens, auf dem Speicher stehen die Unterlagen von sechzig Jahren.'"

„Hör auf. Du bist doch nur sauer, weil sie gesagt hat, dass Männer wie du untreu seien."

„Sie hat gesagt, Männer, die *aussehen* wie ich, seien untreu." Tim schob mit dem Fuß eine Kiste aus dem Weg.

„Das ist gut. Lass deine Wut nur an der Kiste aus."

„Es ist heiß hier oben. Können wir bitte einfach nur suchen“, er trat zu dem Wandregal, das mit Schachteln beladen war, „was wir brauchen, und dann von hier verschwinden?“

„Hey, du kannst jederzeit gehen, Tim. Ich suche die Rechnung oder irgendetwas anderes, auf dem der Name ‚Joel Miller‘ und der seiner Braut stehen. Wenn du es eilig hast, kannst du wirklich gern gehen.“

„Und wie kommst du dann zurück?“

„Mit dem Bus. Oder mit einem Taxi.“ Charlotte schaute sich unter dem warmen Dach um. Die kleinen Fenster zu beiden Seiten des Dachbodens ließen genug Licht herein, dass sie etwas sehen konnten. Tim arbeitete sich zwischen den Möbeln zu einer Tiffany-Stehlampe neben einem breiten Weidenschaukelstuhl vor.

„Schau mal, was links neben dir steht, Tim. Ist das nicht ein Phonograph? Und ein Westinghouse-Radio.“

„Mein Opa hatte so ein Radio in seiner Werkstatt.“ Tim drehte geistesabwesend die Knöpfe an dem Gerät.

Alte Anzüge, vergilbte Kleider und ein Mantel mit Schal und Handschuhen, die in die Taschen gestopft waren, hingen an einer Leine, die von einer Ecke zur anderen gespannt war.

„Und da überlegen manche Leute, ob Zeitreisen möglich sind. Diese Leute sollten hierherkommen.“ Charlotte knöpfte ihren Blazer auf, zog ihn aus und warf ihn über die Rückenlehne des Stuhls. „Ich glaube, das, was wir wollen, befindet sich in diesem Regal, Tim.“ Sie deutete auf die gegenüberliegende Wand. Als sie sich umschaute, stellte sie fest, dass er sie beobachtete. „Was ist?“ Sie schob eine Schachtel mit zusammengefalteter Wäsche aus dem Weg.

„Als ich Mrs Pettis erzählte, dass wir eigentlich heiraten wollten, hatte ich nicht die Absicht, dich zu kränken.“

„Können wir bitte einfach nur die Bäckereiunterlagen finden?“ Charlotte deutete wieder zu dem Regal. „Diese Schachteln sehen irgendwie geschäftsmäßig aus, findest du nicht?“

„Das dachte ich auch.“ Tim ging hinüber und zog die erste Schachtel aus dem untersten Regalfach. „Ja, Geschäftsunterlagen, und sie sind datiert. Auf dieser Schachtel steht 1959.“ Er nahm den

Deckel ab und zog eine Rechnung heraus. „Dezember 1959. Die sind alle von 1959."

„Okay, dann suchen wir '67, '68 und '69 und schauen, ob wir Joel Miller finden können." Charlotte nahm eine Schachtel ganz rechts, zwei Fächer über dem Boden.

Darauf stand 1967. Sie stellte sie auf den Boden und kniete daneben nieder.

„Mann, diese Frau hat wirklich viele Kuchen und Torten gebacken." Tim schaute zu ihr herüber. „Hast du etwas gefunden?"

„Vielleicht", antwortete Charlotte, deren Finger regelrecht über die Rechnungen flogen. „Sie hat sie nach Monaten geordnet."

Tim nahm die Schachtel, auf der 1968 stand. „Es fühlt sich so normal an mit dir. Ich vergesse fast, dass wir … du weißt schon … Schluss gemacht haben."

„Und dass du das ja nicht vergisst." Mrs Pettis hatte die Rechnungen nicht nur nach Monaten sortiert, sondern auch alphabetisch. „Es sieht so aus, als hätte sie die Hochzeitstortenbestellungen nach dem Nachnamen der Braut sortiert."

„Aber wir kennen den Nachnamen der Braut nicht."

Charlotte blickte lächelnd auf. „Aber wir kennen den Namen des Bräutigams und Mrs Pettis hat den Namen des Bräutigams unter den der Braut geschrieben."

„Volltreffer. Wenn wir jetzt noch Joel Miller finden … Aber Charlotte, was ist, wenn Mrs Pettis ihre Hochzeitstorte gar nicht gebacken hat?"

„Sei still." Charlotte suchte die Monate Juli und August des Jahres 1967 durch. Nichts. Schließlich nahm sie all ihren Mut zusammen. „Ist es wegen *ihr?*" Sie sah Tim nicht an.

„Wegen ihr? Wovon sprichst du?"

Charlotte seufzte. Laut.

„Kim? Nein, ich habe unsere Hochzeit nicht wegen *ihr* verschoben." Er ahmte Charlottes Sprechweise nach. „Ich habe dir doch gesagt, dass sie erst anrief, nachdem wir … miteinander gesprochen hatten. Ich muss mir nur über einiges klarwerden, Charlotte."

Sie wandte ihm das Gesicht zu. Mit seinen blauen Augen schien er ihr direkt ins Herz zu schauen. „Es tut mir leid, dass ich dir wehgetan habe. Ehrlich."

„Ich glaube dir." Charlotte wandte sich wieder ihrer Schachtel zu und blätterte die Rechnungen durch. „Aber das mit uns ist vorbei. Es ist besser, vor der Hochzeit zu merken, dass wir nicht zusammenpassen, als danach." Warum konnte sie ihm nicht böse sein? Wenigstens eine Mauer zwischen sich und ihm aufbauen. Stattdessen schmolz ihre Entschlossenheit dahin, sobald er ein bisschen freundlich zu ihr war.

Tim nahm den Deckel von seiner Schachtel. „Ich habe nie gesagt, dass wir nicht zusammenpassen. Ich glaube, wir passen sehr gut zusammen. Ich habe nur –"

„Tim, wir sind hier, um herauszufinden, wen Joel Miller geheiratet hat. Konzentrieren wir uns doch bitte darauf und vergessen alles andere." Charlotte drehte sich wieder zu ihren Rechnungen herum. Als ob sie mit den Tränen in ihren Augen die handschriftlichen Einträge lesen könnte!

Schweigend arbeiteten sie sich durch die Schachteln. Dann brach das Rascheln von dünnem Papier in Tims Schachtel plötzlich ab.

„Ich hab's!" Er hielt eine Rechnung in das heiße, dämmrige Licht, das durch die kleinen Fenster drang.

„Du hast sie gefunden? Wirklich?" Charlotte beugte sich vor und schaute über seine Schulter. Sein Eau de Cologne drang durch sein Hemd, als sie die Handfläche auf die vertraute muskulöse Biegung seines Arms legte.

Sie zog die Hand zurück. Sie war nicht mehr mit Tim zusammen, aber trotzdem war die Sehnsucht in ihrem Herzen immer noch da.

„Da haben wir es", wiederholte Tim und schaute voller Mitgefühl zu ihr auf. Charlotte ballte die Hände. Wenn sie nicht aufpasste, würde sie sich wieder in ihn verlieben. „Braut: Hillary Saltonstall. Bräutigam: Joel Miller. Sie bestellten eine Kokosnusstorte mit viel Zuckerguss. Schau, das Wörtchen ‚viel' ist dreimal unterstrichen." Tim tippte auf das Blatt Papier und strahlte übers ganze Gesicht. „Wird am Morgen der Hochzeit abgeholt. 8. September 1968." Er stand auf, legte den Arm um sie und küsste sie auf die Stirn. „Wir haben unsere Braut gefunden."

Dann wurde ihm bewusst, was er soeben getan hatte, und er ließ sie mit einem unsicheren „Entschuldige" wieder los. Stattdessen reichte er Charlotte die Rechnung.

„Nein … vergiss es." Sie rieb sich die glühende Stelle, an der seine Lippen sie berührt hatten. Aber nichts konnte das Glühen aus ihrem Herzen vertreiben. *Hör auf. Konzentriere dich. Denk nach. Das Kleid. Es geht um das Kleid.* „Joel Miller, Hillary Saltonstall. Hier unten steht eine Fußnote. ‚Eilauftrag. Der Bräutigam wurde nach Vietnam versetzt.'"

Dieser Satz riss ihre Gedanken – und ihr Herz – von Tim los. Joel Miller hatte eilends geheiratet, bevor er in den Krieg gezogen war.

„Wann, hast du gesagt, ist er gestorben?", fragte Tim.

„Im April '69."

„Ein halbes Jahr später." Seine Augen starrten auf die Rechnung, als könnte diese ihm irgendwie die Vergangenheit erschließen. „Glaubst du, dass sie tatsächlich geheiratet haben? Du hast gesagt, dass das Kleid so aussieht, als wäre es nie getragen worden."

„Oder als wäre es nie geändert worden." Charlotte nahm Tim die Rechnung aus der Hand. „Es ist durchaus möglich, dass ein Kleid einer zweiten Braut passt, ohne geändert werden zu müssen, aber das ist höchst unwahrscheinlich. Irgendetwas muss immer geändert werden. Der Saum. Das Mieder. Irgendwas. Es sei denn, das Kleid stammt doch nicht aus dem Jahr 1912, und der Auktionator hat diese Geschichte nur erfunden, damit ich die Truhe kaufe." Sie zitterte. Obwohl sie auf ihrer Suche der Herkunft dieses Kleides einen Schritt näher gekommen war, hatte sie das Gefühl, meilenweit von der Wahrheit entfernt zu sein.

Aber sie hielt ein Stück aus dem Leben eines Mannes in der Hand, der von der Welt vergessen worden war. Aber nicht von „Deiner Frau", die etwas an Joels Gedächtniswand geschrieben hatte. Und Gott. „Glaubst du, Mrs Pettis überlässt mir diese Rechnung? Wenigstens leihweise?"

Tim setzte den Deckel wieder auf die Schachtel und stellte sie ins Regal zurück. „Warum nicht? Diese Rechnung ist der Grund, warum wir gekommen sind."

Bevor sie auf der Treppe nach unten gingen, nahm Charlotte ihre Jacke vom Stuhl und legte sie sich über den Arm. „Auf der Website, auf der ich Joels Namen gefunden habe, stand, dass seine Leiche nie gefunden wurde."

„Das muss für eine frisch verheiratete Frau sehr schwer gewesen sein." Tim trat zu ihr und strich ihre Haare liebevoll von ihren Schultern, doch dann steckte er seine Hände schnell in seine Hosentaschen. „Können wir gehen?"

„Ja." Auf diesem alten Dachboden wurde es immer heißer.

Kapitel 15

Am Samstag kurz vor Mittag bog Charlotte in Hillary Saltonstalls Einfahrt in Crestline. Die Einfahrt schlängelte sich wie ein grauer Fluss durch den gepflegten Rasen zu ihrem terracottafarbenen Ziegelhaus. Eichen und Ulmen warfen ihre Schatten auf das Haus und sorgten für eine angenehme Kühle trotz der Mittagssonne und der zunehmenden Hitze.

Charlotte stieg aus ihrem Auto und die Absätze ihrer flachen Pumps klapperten auf dem Pflaster. Sie zog ihre Kostümjacke aus und warf sie auf den Beifahrersitz, bevor sie das Auto abschloss und sich auf den Weg machte.

Der leichte Wind an diesem wolkenlosen Tag bewegte die Schatten und brachte Ordnung in ihren Gefühlsaufruhr. Auf der Fahrt hierher hatte sie im Geiste Hillary ihre Fragen gestellt und einen Plan entworfen, wie sie die Vergangenheit dieser Frau erforschen könnte. Das half Charlotte, die Tatsache zu ignorieren, dass sie heute einen Ausflug in ihre eigene Vergangenheit unternahm: nach Crestline, wo sie früher gewohnt hatte.

Direkt nach ihrem Fund hatte sie jeden Saltonstall angerufen, der im Birminghamer Telefonbuch stand, und irgendwann Hillarys Tante gefunden, die sich freundlich Charlottes Geschichte angehört und ihr nach ein paar Nachfragen Hillarys Telefonnummer gegeben hatte.

Dass Hillary in derselben Gegend wohnte, in der Charlotte ihre Kindheit verbracht hatte, wo sie mit ihren Freunden gespielt hatte und Fahrrad gefahren war, wo Hillary Mama vielleicht zugewinkt hatte, wenn sich ihre Autos auf der Straße begegnet waren … das hatte Charlotte nicht berührt. Bis jetzt.

Sie ging zum Beginn der Einfahrt zurück und stand an der Stelle, an der die Baker Street und die Monarch aufeinanderstießen. Sieben Häuser entfernt stand auf der rechten Seite ein kleines, weißes

Haus mit Zierkante aus roten Ziegeln, betonierter Veranda und einer Holzschaukel.

Charlotte bemühte sich mit allen Sinnen, dieses Haus zu hören, zu sehen, zu riechen. Aber alles, was ihr durch den Kopf schoss, waren verblasste Schnappschüsse.

Das erste Stockwerk. Das kleine Zimmer, das früher eine rosa Tapete mit Gänseblümchen darauf geziert hatte.

Mama, die in ihrer engen Jeans und ihrem bauchfreien Oberteil in der Einfahrt stand und Charlotte rief, dass sie nach Hause kommen sollte, weil das Essen fertig war.

Die junge Frau schaute mit zusammengekniffenen Augen ins Mittagslicht. Vermutlich erinnerten sich nur die Wände in diesem Haus noch an Mamas Stimme.

Während sie sich wieder zu Hillarys Haus umwandte und ihr der Wind die Haare ins Gesicht wehte, fragte sie sich, wie lange Hillary schon hier wohnte. War sie selbst wohl als kleines Mädchen Mrs Joel Miller, der trauernden Witwe eines gefallenen Soldaten, begegnet?

Aber Hillary hieß jetzt „Warner“. Nicht mehr „Saltonstall“. Und auch nicht mehr „Miller“.

Charlotte zog ihr Handy aus der Tasche und wählte Dixies Nummer. Aber sie erreichte nur deren Anrufbeantworter. Ihre Freundin hatte an diesem Nachmittag ein Beratungsgespräch mit einer neuen Kundin und musste sich darauf vorbereiten. Charlotte legte auf, ohne ihr eine Nachricht zu hinterlassen, dann starrte sie das Handy an und wählte schließlich Tims Nummer.

„Hallo.“ Zögernd. Erwartungsvoll. Aufheulende Motorradmotoren im Hintergrund.

„Wo bist du?“ Charlotte strich sich mit den Fingern die Haare aus dem Gesicht.

„Auf der Motocross-Strecke. Und du?“

„Ich stehe vor ihrem Haus.“

„Du hast sie also angerufen?“ Tims Stimme klang lauter, während gleichzeitig das Motorengeräusch im Hintergrund leiser wurde.

„Sie wohnt nur sieben Häuser von dem Haus entfernt, in dem

ich aufgewachsen bin. Das Haus, in dem ich wohnte, als Mama starb."

Er pfiff leise. „Wusstest du das, als du hingefahren bist?" Der weiche Klang seiner Stimme erfüllte Charlotte wie süßer Karamellpudding.

„Ich habe mir keine Gedanken darüber gemacht. Es ist schon seltsam, hier zu stehen, Tim. Seit Mamas Tod war ich nicht mehr hier."

Ein kräftiges, gedämpftes Klopfen erklang von seinem Ende der Leitung. „Hey, Charlotte, kannst du kurz dranbleiben?" Sie hörte ein Rauschen, dann: „Mann, ich telefoniere gerade!"

Das gedämpfte Gespräch, das sie aus der Ferne mit anhörte, verriet ihr, dass Tim das Telefonat beenden und losfahren musste.

„Charlotte, es tut mir leid, aber ich muss gleich los. Es ist also seltsam, dort zu sein?"

„Irgendwie schon. Es kommt mir so vor, als sollte Mama eigentlich hier sein. In diesem kleinen, weißen Haus mit den roten Ziegeln. Aber sie ist nicht da. Noch schlimmer ist, dass ich mich kaum daran erinnern kann, wie es war, als wir hier wohnten."

„Es ist lange her, dass sie gestorben ist, Charlotte. Du warst noch ein kleines Mädchen, als du deine Mutter verloren hast. Jetzt bist du eine Frau, die ihren Weg geht, und das mit großem Erfolg."

„Aber ein Mädchen braucht in gewisser Weise immer seine Mutter."

„Wer sagt das? Charlotte, jeden Tag müssen Menschen damit fertigwerden, dass ihre Mütter, Väter, Geschwister oder Freunde sie verlassen oder sterben. Dass man darüber hinwegkommt, ist Teil des Lebens."

„Wenn jemand stirbt, ist das etwas anderes. Ich habe fast keine Erinnerungen mehr an sie, Tim. Ich weiß nicht, ob meine Erinnerungen von ihr nur irgendein Bild oder Ideal sind, das ich erfunden habe. Ich spüre hier auch nichts von meiner Mutter."

„Vielleicht ist das ein Segen." Das Geräusch einer zuschlagenden Autotür verriet Charlotte, dass Tim das Gespräch bald beenden würde.

„Aber ich habe nichts anderes als Erinnerungen. So dumm es vielleicht klingen mag, aber *sie* sind meine Familie."

„Du wirst irgendwann neue Erinnerungen schaffen. Eine neue Familie haben ... eines Tages." Seine Worte stockten ein wenig. Freund Tim rang mit dem Verlobten Tim.

„Hey, du musst los und ich auch. Danke, dass du dir Zeit für mich genommen hast."

„Ja, Charlotte ... jederzeit gern."

„Viel Spaß! Fahr bitte vorsichtig! Jetzt, da du mein Freund und nicht mehr mein Verlobter bist, kann ich dir endlich sagen, dass ich nicht gerade begeistert bin über deine Begeisterung dafür, mit diesen Motorrädern über das Gelände zu rasen. Es ist so gefährlich."

Er lachte. Der herzliche Klang seines Lachens gab ihr neuen Mut. „Das sagst du mir jetzt!? Du warst also bereit, deinen Verlobten das Risiko eingehen zu lassen, sich das Genick zu brechen, aber wenn du mit ihm verheiratet gewesen wärst, hättest du gesagt: ‚Das erlaube ich dir auf keinen Fall'?"

„So weit sind wir ja nicht gekommen. Aber ja, wahrscheinlich. Etwas in der Art."

„Das hättest du mir sagen sollen." Die Belustigung in seiner Stimme verschwand. „So etwas sollte man seinem Verlobten sagen."

„Wann hätte ich das denn tun sollen? Wir haben uns kennengelernt, uns unterhalten, dann haben wir uns geküsst, und schon waren wir verlobt."

„Siehst du, Charlotte? Wieder ein Grund, warum es gut war, die Hochzeit zu verschieben."

„Ich lege jetzt auf. Sei vorsichtig, Tim." Der gelbe Schein der Sonne verblasste, als eine graue Wolke sich davor schob und den blauen Himmel verdunkelte.

„Viel Glück mit Hillary! Sei einfach du selbst. Sie wird dich lieben."

Charlotte legte auf und steckte das Handy in ihre Handtasche. Als sie sich umdrehte, stellte sie fest, dass eine große, schlanke Frau mit grauen Strähnen im Haar sie vom Rand des Rasens aus beobachtete.

„Sind Sie Charlotte?“

„Ja, und Sie sind Mrs Warner?“ Charlotte trat auf die ältere Dame zu, um ihr die Hand zu reichen. Sie war überrascht, als sie in den Augen der Frau Tränen sah.

„Bitte nennen Sie mich ‚Hillary‘.“ Sie trug eine Jeans und eine Bluse und weiße Leinenschuhe. Ihre kurzen Haare wehten im Wind und lockten sich um ihr Gesicht. Freundlichkeit strahlte ihr aus ihren braunen Augen entgegen. „Darf ich fragen, was auf der Straße so interessant ist?“

Erinnerungen. „In meiner Kindheit habe ich in dem weißen Haus da unten rechts gewohnt, in dem Haus mit den roten Ziegeln.“ Die goldenen Sonnenstrahlen drängten die Regenwolke zurück.

„Wirklich?“ Hillary trat auf die Straße. Sie beugte sich vor und schaute um die Bäume und ein vorbeifahrendes Auto herum. „Greg und ich sind vor zwanzig Jahren hierhergezogen. Damals liefen viele Kinder auf dieser Straße herum oder fuhren Fahrrad. Sie sind jetzt alle fort.“ Sie legte sich nachdenklich die Fingerspitzen an die Lippen. „Ich erinnere mich an ein dünnes, dunkelhaariges Mädchen, das auf einem lila Fahrrad hier herumfuhr. Es trat immer kräftig in die Pedale.“ Hillary legte die Handflächen aneinander. „Ich habe damals zu meinem Mann gesagt, wenn wir eine Tochter hätten –“

„Ich hatte ein lila Fahrrad!“, unterbrach Charlotte sie. „Und lange, dunkle Haare.“

„Bis zur Hüfte. Sie ließen sich nie von einem Gummiband bändigen.“ Hillary schaute sie forschend an.

„Nie.“

„Dann waren Sie das!“ Sie kniff die Augen zusammen. „Wie –?“

„Die Welt ist wirklich klein.“ Charlottes Pulsschlag raste.

„Ich habe Greg gesagt, falls wir je ein Kind bekommen würden, dann hätte ich gern ein Mädchen wie dieses Kind auf dem lila Fahrrad.“

Charlotte fühlte sich von diesen Worten seltsam getröstet. „Ich erinnere mich noch daran, dass es im Sommer aus Ihrem Garten oft nach Gegrilltem roch. Und an Weihnachten war Ihr Haus am schönsten dekoriert und hatte die meisten Lichter.“

„Mein Mann hat gern gegrillt. Ich war keine besonders gute Köchin. Aber an Weihnachten bin ich immer richtig aufgeblüht." Hillary deutete zum Haus und wandte sich zum Gehen. „Ihre Mutter ist gestorben, nicht wahr?"

„Als ich zwölf war. Bei einem Autounfall."

Hillary blieb im Schatten vor dem Haus stehen. „Das tut mir leid. Und Ihr Vater?"

„Den habe ich nie kennengelernt. Ich weiß bis heute nichts über ihn. Ich wohnte nach Mamas Tod bei ihrer Freundin Gerti."

„Davon hatte ich ja keine Ahnung." Hillary zögerte und starrte über den Rasen. „Ich hatte wirklich keine … Ahnung." Sie schaute Charlotte lange an, dann drehte sie sich zum Haus herum. „Kommen Sie, ich habe Zimtmuffins gebacken."

Das Innere des Hauses passte zum Garten. Sauber, einladend, gemütlich. Der Teppich war neu und dick, die Möbel waren modern. Die Luft war erfüllt vom Geruch nach frischer Farbe mit einem Hauch Zimt. Hillary ging durch das Wohnzimmer zu der hellen Glasveranda.

„Setzen Sie sich doch." Die ältere Dame deutete auf einen burgunderroten Schaukelstuhl. Ein zweiter Schaukelstuhl stand auf der anderen Seite des kleinen Tisches. Ein Vogelbuch und ein Fernglas lagen darauf. Schweigend schauten beide zum Fenster hinaus auf den Garten.

Charlotte legte schließlich ihre Handtasche auf den Schaukelstuhl neben sich. Sie hatte dieses Zimmer oft von außen gesehen. Hillary hatte sie also Fahrrad fahren sehen. Das Fahrrad war ihr letztes großes Geschenk von Mama gewesen. Ein Jahr später war Charlotte ein Waisenkind gewesen, das bei Gerti gewohnt hatte, die gleich in der ersten Woche, in der sie bei ihr eingezogen war, rückwärts über Charlottes Rad gefallen war.

Hillary stellte einen weißen Teller mit dampfenden Muffins auf den Tisch. „Was möchten Sie trinken? Milch, Kaffee, Tee, Wasser, Cola?"

„Milch, bitte." Das klang gut. Charlotte genoss Hillarys offene, aber trotzdem feinfühlige Art.

Während sie Kaffee und Milch tranken und ihre Zimtmuffins genossen, plauderten die Frauen und lernten sich dabei ein wenig kennen.

Hillary war Krankenschwester bei der Marine und dann im St.-Vincents-Krankenhaus gewesen.

Charlotte besaß eine Brautmodenboutique.

Hillary hatte Greg geheiratet, als sie vierzig gewesen war. Er war pensionierter Marineoffizier, der jetzt in der freien Wirtschaft tätig war.

Charlotte war dreißig und noch Single.

Sie liebten beide sonnige, heiße Tage. Hunde. Und Michael Bublé.

„Haben Sie Erfolg?" Hillary stützte sich auf die Armlehne. „Mit Ihrer Boutique, meine ich."

„Ich habe die Boutique seit fünf Jahren. Meistens sind wir in den schwarzen Zahlen. Vor Kurzem hat Tawny Boswell ihr Brautkleid bei uns gekauft."

„Tawny Boswell? Miss Alabama? So, so."

Charlotte lächelte. Hillary sah nicht wie jemand aus, der sich für Schönheitsköniginnen interessierte.

„Ich sehe Ihnen an, es überrascht Sie, dass ich weiß, wer die amtierende Miss Alabama ist." Hillary führte ihre Kaffeetasse an ihre Lippen. „Ich war 1962 Finalistin bei den Wahlen zur Miss Teen Alabama."

„Wirklich?" Charlotte musste lächeln. „Sie wirken auf mich einfach nicht wie der Typ Frau, der etwas mit Schönheitswettbewerben am Hut hat." Im gleichen Augenblick erkannte sie, dass ihre Worte wahrscheinlich wie eine Beleidigung klangen. „Ich meine das Theater und den ganzen Schein und das gekünstelte Drumherum."

„Wenn man zwanzig Jahre als Krankenschwester bei der Marine gearbeitet hat, schlägt man sich den ganzen Flitterkram aus dem Kopf, da haben Sie recht." Die ältere Dame trank ihren Kaffee. Sie nippte nicht an ihrer Tasse, sie trank richtig. „Schauen Sie mich nicht so an. Ich bin heute eine andere als damals. Und auch eine ganz andere Art von Frau, als ich mir das in meiner Jugend einmal ausgemalt hatte. Aber jetzt erzählen Sie mal: Was führt Sie zu mir? Sie sagten, dass Sie etwas gefunden haben, das mir gehört hat?“

„Ich hatte gehofft, Sie könnten mir bei der Lösung eines Rätsels helfen.“ Charlotte zog das Seidentäschchen aus ihrer Handtasche und reichte es Hillary. Bethany hatte das Täschchen schon nachgenäht und ihr zurückgebracht. Charlotte hatte die Erkennungsmarken wieder in das Originaltäschchen gesteckt. „Das habe ich in einer Truhe gefunden, die ich auf einer Auktion gekauft hatte.“

Zuerst schien Hillary die Tasche nicht zu erkennen. Doch als ihre Finger über die Seide strichen, zitterten sie. Ihre Nase und ihre Augen röteten sich. „Meine Güte!“ Ihre Stimme klang belegt und ihre Augenlider zuckten. „Ich hatte nicht erwartet, diese Tasche jemals wiederzusehen.“

„Die Erkennungsmarken sind darin. Haben Sie sie in die Tasche gesteckt?“

„Sie haben es geschafft, die Truhe zu öffnen?“ Hillary nahm die Erkennungsmarken in die Hand und schloss die Finger darum. „Ich hätte das ganze Zeug in der Nacht nach seiner Beerdigung am liebsten verbrannt.“

„Ich habe gelesen, dass seine Leiche nie gefunden wurde.“

„Er wurde in Stücke gerissen. Es gab keine Leiche, die man hätte finden können.“ Hillary bückte sich und nahm ein Taschentuch aus einer Schachtel, die neben ihrem Schaukelstuhl stand. „Ich hätte nicht gedacht, dass jemand diese Truhe wieder aufbringen würde, nachdem ich sie zugeschweißt hatte.“

„Es war wirklich nicht leicht. Mein Freund musste sie aufsägen.“

„Ich bin offenbar doch nicht so eine gute Schweißerin, wie ich dachte.“ Als Hillary lächelte, rann eine einsame Träne über ihre Wange. Sie streichelte Joels Erkennungsmarken. „Ich vermisse ihn immer noch. Es ist über vierzig Jahre her, aber ich vermisse ihn schrecklich.“

„Sie haben geheiratet, bevor er wegging?“

„Wir hatten eine wunderschöne Hochzeit im Garten hinter dem Haus meiner Eltern. Nicht weit von hier. Joel sollte nach Vietnam und ich wollte ihn unbedingt vorher heiraten. Ich hatte noch ein

Jahr College vor mir und er ging nach Vietnam. Ich dachte, wir könnten unsere Liebe mit einer Hochzeit besiegeln. Ich wusste einfach, dass unsere Liebe stärker war als der Tod."

„Das ist sie ja auch, Hillary."

Die ältere Dame wischte sich mit dem Handrücken die Wangen ab. „Unsere Liebe war aber nicht kugelsicher. Sie rettete ihm nicht das Leben. Ich weiß nicht, wie es war, als Sie Ihre Mutter verloren, aber mir fiel es bei Joel furchtbar schwer, ein Leben abzuschließen, das nie wirklich begonnen hatte. Wir hatten alle unsere Träume aufgeschoben. Es gab so vieles, das wir erst dann tun wollten, wenn er aus Vietnam zurückkäme." Hillary schaukelte auf ihrem Stuhl. „Irgendwie sind sie das immer noch. Diese Träume sind immer noch aufgeschoben. Verrostet und eingestaubt im Regal, einsam und allein, weil ich sie nie anschaue. Dabei wollten wir gar nicht heiraten, aber –"

„Was ist passiert? Sie haben doch geheiratet, oder?" Charlotte sah im Geiste Hillarys und Joels Namen auf der vergilbten Tortenrechnung.

Ihr Gegenüber lächelte leicht. „Ich hatte bereits beschlossen, eine Party für ihn zu geben, bevor er in See stach. Wir sprachen darüber, ob wir heiraten sollten, aber Joel bestand darauf, dass er mich nicht alleinlassen wollte, dass er nicht das Risiko eingehen wollte, mich so jung als Witwe zurückzulassen. Die Abschiedsfeier war schön, aber es war keine Hochzeit. Ich lud alle unsere Freunde vom College und unsere Familien dazu ein. Zufällig räumte ich aber vorher den Keller aus und fand dabei die Truhe und das Kleid."

„Sie wussten nicht, dass die Truhe im Keller war?"

„Ich hatte keine Ahnung davon. Meine Eltern auch nicht. Natürlich verstand ich dieses Kleid als eine Art Zeichen."

„Was hat Joel dazu gesagt?" Charlotte beugte sich vor und hörte Hillary gespannt zu.

„Ich habe es ihm nicht gesagt, auch wenn mir das sehr schwerfiel." Sie lächelte und zog dabei die Nase kraus. „Ich wollte, dass unsere letzten beiden Wochen glücklich wären. Ich wollte nicht die ganze Zeit darüber diskutieren, ob wir nicht doch heiraten sollten.

Aber", Hillary hob den Finger, „was ich nicht wusste, war, dass *Joel* es sich anders überlegt hatte und doch nicht länger warten wollte. Als die Party in vollem Gang war, kniete er vor mir nieder und machte mir vor unseren Familien und Freunden einen Heiratsantrag."

Tim hatte ihr ebenfalls in Gegenwart seiner Familie und seiner Freunde einen Heiratsantrag gemacht. Aber diese Geschichte gehörte nicht hierher.

„In der darauffolgenden Woche wurde die Hochzeit vorbereitet. Am Freitagabend heirateten wir, und eine Woche später, am darauffolgenden Freitag, lief sein Schiff aus, und danach habe ich ihn nie wiedergesehen."

Charlotte lehnte sich zurück. Sie konnte nichts sagen. Jedes Wort wäre unangebracht gewesen. Nach langem Schweigen flüsterte sie schließlich: „Hillary, ich habe das Kleid."

„Das dachte ich mir schon, als Sie mir erzählten, dass Sie die Truhe geöffnet haben. Bitte sagen Sie mir, dass Sie nicht darin heiraten wollen."

„Nein, ich heirate nicht. Aber das Kleid ist ... wie neu." Charlotte wollte sich noch einen Muffin nehmen, zog dann aber die Hand zurück. „Es sieht aus, als wäre es nie getragen worden."

„Ich habe es definitiv getragen, Charlotte." Hillary schaute sie mit hoch gezogenen Brauen an.

„Haben Sie es geändert?"

„Das musste ich gar nicht. Das war wirklich seltsam. Meine Mutter und Großmutter konnten es überhaupt nicht verstehen. Das Kleid passte wie angegossen. Als wäre es eigens für mich gemacht worden." Hillary drückte ihre Kaffeetasse an ihre Brust. „Der Stil war zeitlos. Ich hatte mich sofort in das Kleid verliebt. Sagen Sie, hat es immer noch einen perlenbesetzten Bund im Empirestil und ... Wahrscheinlich hat es das alles noch, wenn es die ganze Zeit in der Truhe eingeschlossen war."

„Ja. Das Kleid ist perfekt."

„Ich wollte dieses Kleid verbrennen. Aber mein Vater ließ es nicht zu. Ich war gerade dabei, die Truhe, das Kleid und die

Erkennungsmarken in Brand zu setzen, als er mich erwischte. Ich war vor Trauer völlig außer mir. Ich konnte nicht einmal Joels toten Körper sehen und seine kalten Lippen küssen. Mir wäre es egal gewesen, dass sein Geist nicht mehr darin war. Nach der Beerdigung habe ich den Schweißbrenner genommen und das Schloss zugeschweißt. Ich wollte nicht, dass je wieder eine Braut ein so trauriges Kleid trägt." Ihr Blick glitt zu Charlotte. „Ich hätte nie gedacht, dass ich je wieder einen Mann lieben könnte. Dann lernte ich meinen Mann Greg kennen. Kurz nach meinem vierzigsten Geburtstag. Er hat mich gerettet. Er hat mich wirklich gerettet." Hillary öffnete die Hand und betrachtete die Erkennungsmarken. „Es ist unglaublich schwer, mit einem Geist verheiratet zu sein."

„Hillary, woher kam das Kleid? Haben Sie irgendeine Ahnung, woher es stammt?"

„Aus dem Haus. Die Truhe und das Kleid gehörten zu dem Haus."

„Zu dem Haus?" Charlotte drehte sich auf ihrem Stuhl, um Hillary besser sehen zu können.

„Ich habe es im Haus meiner Eltern gefunden. Und ich habe es später wieder dort gelassen. Es gehörte zu dem Haus. Wie haben Sie es gefunden?"

„Ich habe die Truhe auf der Ludlow-Auktion gekauft. Oben auf dem Red Mountain."

„Vierundvierzig Jahre später landet diese verflixte Truhe oben auf dem Red Mountain." Hillary schloss die Finger wieder um die Erkennungsmarken. „Wir zogen um, als das Haus abgerissen wurde, um einem Einkaufszentrum Platz zu machen. Ich habe meine Mutter nie gefragt, was sie mit der Truhe gemacht hat. Ich war damals schon ausgezogen und wollte nicht daran erinnert werden."

„Sie haben also keine Ahnung, wie die Truhe etwa vierzig Jahre später auf der Auktion gelandet ist?"

„Nicht die geringste."

Sie war in einer Sackgasse gelandet. Dabei war sie so gut vorangekommen. Ihre Überlegungen wurden vom Klingeln ihres Handys unterbrochen und Charlotte fuhr zusammen. Sie zog es eilig heraus, erkannte aber die Nummer nicht, die auf dem Display angezeigt wurde. „Hallo?“

„Charlotte, hier ist Jared.“ Dixies Mann. „Dixie hat mir deine Nummer gegeben.“

„Jared, ist alles in Ordnung? Ist etwas mit Dixie? Mit der Boutique?“ Charlotte wurde plötzlich eiskalt, obwohl es in dem hellen Zimmer sehr warm war.

„Dixie geht es gut. Sie ist zu eigensinnig, als dass ihr etwas zustoßen könnte. In der Boutique ist auch alles in Ordnung, soviel ich weiß. Andererseits: Dixie ist gerade dort, man kann also nie sicher sein.“ Dann seufzte er tief. Eine Gänsehaut überzog Charlottes Arme. „Ich habe gerade meinen Dienst angetreten und, Charlotte, es ist Tim. Er wurde mit dem Rettungshubschrauber ins Krankenhaus gebracht. Ich dachte, dass du das wahrscheinlich wissen willst.“

Kapitel 16

Emily

Taffy schob Emily das Kleid zur letzten Anprobe über den Kopf. Die junge Braut schloss die Augen und hatte das Gefühl, warmer Regen laufe an einem heißen Sommernachmittag über ihre Arme und sammle sich raschelnd um ihre Füße.

„Ich weiß nicht, ob das richtig ist, Emily. Ihre Mutter besteht doch darauf, dass Sie das Kleid von Caroline Caruthers tragen."

„Ich finde, dass das vollkommen richtig ist. Ich bin schließlich die Braut. Nicht meine Mutter. Sollte die Hochzeit nicht *mein* großer Tag sein?"

„Sie sind doch nicht so naiv zu glauben, dass es nicht auch um die Familien ginge?"

„Nein, aber das hier ist doch nur eine Kleinigkeit. Ich bin wirklich nicht eigensinnig, Taffy. Aber es ist meine Hochzeit. Mein Hochzeitskleid. Und ich *will* dieses Kleid." Emily schaute in die Spiegel der Schneiderin. „In diesem Kleid fühle ich mich irgendwie geliebt."

„Von Ihrem Verlobten?" Taffy kniete nieder, um den Saum auszumessen, und wandte den Kopf leicht zur Seite, weil sie husten musste. Sie hatte ihren Termin bei den Cantons abgesagt, weil sie krank war. Deshalb hatte sich Emily von Big Mike in die 5th Avenue fahren lassen. „Miss Emily, halten Sie still, damit ich das hier machen kann. Und damit Sie schnell wieder von hier fortkommen. Ich will nicht, dass uns jemand zusammen erwischt und Sie Schwierigkeiten bekommen. Außerdem will ich nicht, dass Sie sich mit meiner Krankheit anstecken."

„Ich bekomme schon keine Schwierigkeiten." Emily strich mit der Hand über das Mieder. Ja, ihr Verlobter liebte sie. Oder etwa nicht? Das Kleid war so schön. Glänzend, seidig, und falls das überhaupt möglich war … „Taffy, ich muss sagen, man könnte meinen, dass das Kleid Licht ausstrahlt."

„Ich habe es mit einem Goldfaden genäht."

„Mit einem Goldfaden?" Emily untersuchte den Saum des Spitzenärmels. „Wirklich? Echtes Gold?"

„Ich bekomme ihn hier und da. Wenn zum Beispiel bei Auftragsarbeiten etwas übrig bleibt. In dieser Stadt bekommt man fast alles, selbst als Farbige, wenn man es wirklich will und wenn man weiß, wo man es findet. Manchmal bitte ich einfach Gott, mir das zu bringen, was ich brauche."

„Wofür haben Sie gebetet, als Sie mein Kleid nähten, Taffy?"

„Dass Gott Ihnen bringt, was *Sie* brauchen." Taffy tätschelte Emilys Bein. „Drehen Sie sich um, damit ich die Nadeln feststecken kann." Sie beugte sich erneut zur Seite und hustete. In ihrer Brust rasselte es.

„Sie sollten zum Arzt gehen." Emily drehte sich langsam, damit Taffy den Saum hochstecken konnte.

„Weiße Frauen gehen zum Arzt. Farbige Frauen gehen auf die Knie und beten."

Emily schaute zu ihr herab. „Ich wünschte, ich hätte Ihren Glauben und Ihren Mut."

„Dafür habe ich ebenfalls gebetet, Miss Emily. Dass Gott Ihnen Mut und Glauben schenkt."

Emily warf einen Blick hinter sich in den Spiegel. Das Rückenteil des Kleides fiel angenehm über ihre Schultern. Der Rock saß bequem auf ihren Hüften und floss wie Milch über den Hocker und ging in eine Schleppe über. Sie hatte das Gefühl, in diesem Kleid schweben zu können. Sie wollte es nie wieder ausziehen.

„Mut und Glauben, sagen Sie?" Emily richtete ihre Aufmerksamkeit auf Taffy. Sie bräuchte zweifellos beides, um Phillip, diesen eigensinnigen Mann, zu heiraten. Seit ihrer Verlobung war ihr bewusst geworden, dass es keine leichte Aufgabe wäre, den Namen Saltonstall zu tragen. Frauen wie Emmeline kümmerten sich keinen Deut um ein Ehegelübde. Sie waren mit ihren klimpernden Augen und ihrem üppigen Busen für Männer wie Phillip immer eine Versuchung. „Er ist zu eingebildet, zu dumm, um für Schmeicheleien nicht anfällig zu sein."

„Wie bitte, Miss Emily?"

Ihre Wangen glühten, weil sie sich ertappt fühlte. „Ich habe nur Selbstgespräche geführt."

Taffy grinste und nahm die nächste Stecknadel, die sie zwischen den Lippen festhielt. „Ich führe den ganzen Tag über Selbstgespräche."

„Taffy, warum glauben Sie, dass ich Mut und Glauben brauchen werde?"

„Weil ..." Die Frau atmete aus und steckte das letzte Stück des Saums fest. Sie richtete sich zu ihrer vollen Größe auf und schaute Emily in die Augen. „Weil Sie Mut und Glauben brauchen werden, um den richtigen Mann zu heiraten."

Kleine Schlammspritzer überzogen den Saum von Emilys Rock, als sie eine Abkürzung durch den Nachbargarten nahm, um zur Küchentür zu gelangen. Big Mike hatte sie bei Taffy abgesetzt, aber er hatte nicht warten können, um sie wieder zurückzubringen. Vater hatte eine Liste mit Besorgungen für Big Mike, die dieser erledigen musste. Deshalb war sie mit dem Bus nach Hause gefahren.

„Da sind Sie ja endlich, Miss!" Molly schob die Küchentür auf und schaute sie mit hochgezogener Braue an. „Ihre Mutter hat Sie gesucht. Sie haben einen Spaziergang durch den Matsch gemacht, wie ich sehe."

„Ich bin von der Bushaltestelle zu Fuß nach Hause gelaufen." Emily wollte schon zur Dienstbotentreppe gehen. „Wo ist Mutter? Kannst du das saubermachen, bevor sie es sieht?" Emily öffnete ihren Rock und zog ihn aus. Dann trat sie hinter die Speisekammertür, damit Jefferson, Vaters Diener, sie nicht in ihrer Unterhose sähe, falls er ausgerechnet jetzt in die Küche käme.

„Legen Sie den Rock in Ihr Ankleidezimmer. Ich hole ihn dann gleich." Molly legte einen großen Klumpen Brotteig auf den Tisch. „Und wo genau waren Sie heute Nachmittag?"

Unter Mollys strengem Blick errötete Emily. Diese Frau kannte sie besser als ihre Schulfreundinnen. „Ich war bei Taffy. Sie hat mir ausrichten lassen, dass das Kleid fertig zur Anprobe sei."

„Warum haben Sie ihr nicht gesagt, dass sie hierherkommen soll? Sie wissen, was Ihre Eltern davon halten, dass Sie in das Farbigenviertel gehen."

„Sie ist krank." Emily trat an den Arbeitstisch. „Außerdem musste ich mich vergewissern, dass Taffy mir ein Brautkleid näht und nicht ein Abendkleid, wie Mutter es wollte. Mir wird schon etwas einfallen, wie ich Taffys Kleid bei meiner Hochzeit tragen kann, Molly. Warte nur ab. Als ich es heute anprobiert habe, fühlte ich mich richtig … geliebt."

„Geliebt?" Molly verzog das Gesicht. „Werden Sie denn *nicht* geliebt, Miss?"

„Was ist das für eine Frage, Molly?" Seit Emily vor vier Wochen mit Phillip wegen ihres ersten Besuchs bei Taffy aneinandergeraten war, war er ein sehr aufmerksamer und liebevoller Verlobter. Seine Leidenschaft war gemäßigt und beherrscht, als habe er sich daran erinnert, wessen Lippen er da küsste. Die seiner zukünftigen Frau. Nicht die einer ihm ergebenen Geliebten, die dafür da war, seine Lust zu befriedigen. „Natürlich werde ich geliebt. Es ist nur so, dass ich mich in dem Kleid so gut fühle. So sauber." Emily hatte Mühe, die richtigen Worte zu finden, um ihre Gefühle auszudrücken.

„Ah, das Gefühl, das ich in der Kirche habe, wenn der Heilige Geist mich innerlich bewegt."

„Was macht der Heilige Geist denn, wenn er dich innerlich bewegt?" Emily blieb neben der Küchentreppe stehen und schaute Molly gespannt an. Sie hatte davon gehört, dass in einigen Kirchen Zeichen und Wunder passierten. Ihr Pastor tat das jedoch als Gefühlsduselei ab. Aber andererseits war Molly eine vernünftige Frau, die auf keinen Humbug hereinfiel.

„Was er macht? Er macht, was er will, Miss. Manchmal muss man die ganze Wäsche aus der Schublade räumen, um sie wieder sauber und ordentlich einräumen zu können. Der Heilige Geist macht mit unseren Sünden manchmal genau das Gleiche."

„Er zeigt unsere ganzen Sünden?" Wie entsetzlich! Bei diesem Gedanken erschauerte Emily. Und wegen der kühlen Abendluft, die durch das Fenster, das Molly immer einen Spaltbreit offen ließ, in die Küche drang.

„Nur Ihnen. Nicht den anderen. Aber es kann sein, dass man weint. Oder zittert. Oder um Vergebung bittet. Und ehe man sich versieht, hat der Heilige Geist alles in Ordnung gebracht, und ein Mensch ist innerlich wieder ganz sauber und ordentlich. Und voller Freude."

Fühlte sich Emily innerlich sauber und ordentlich? Voller Freude? „Verrate Mutter nicht, dass ich bei Taffy war." Wann hatte sie das letzte Mal gelacht? Wirklich gelacht. Das war mit Daniel gewesen, als er …

„Und wenn Mr Saltonstalls Leute Sie heute wieder gesehen haben?"

„Ich war vorsichtig." Emily hatte sich vorher überlegt, was dieser Besuch bei Taffy sie kosten könnte, und sie war bereit gewesen, das Risiko einzugehen. Aber jetzt lief ihr ein kalter Schauer über den Rücken. „Er muss das einfach verstehen. Ich musste das Kleid anprobieren, denn Taffy musste es noch säumen."

„Emily, bist du hier drinnen?" Mutter tauchte auf der anderen Seite der Küche auf. „Meine Güte, warum stehst du in Unterwäsche hier? Was hast du mit deinem Rock gemacht?"

„Das ist Matsch, Mutter. Nicht das Ende der Welt."

„Natürlich nicht. Aber warum ist dein Rock voll Matsch?"

„Es regnet. Die Straßen sind matschig." Emily stürmte mit einem kurzen Blick auf Molly die Treppe hinauf, bevor ihre Mutter noch mehr Fragen stellen konnte.

„Möchten Sie ein Stück Kuchen, Mrs Canton?", hörte sie Molly fragen. „Unter der Abdeckhaube ist das letzte Stück Schokoladenkuchen."

Danke, Molly! Für Schokoladenkuchen tut Mutter fast alles. Besonders, wenn du ihn gebacken hast.

Emily wusch sich und zog sich um, während sie darüber nachgrübelte, dass sie Hunger auf eine dicke Scheibe Marmeladenbrot hatte. Ihre Gedanken wurden vom Läuten der Haustürglocke unterbrochen, und sie schaute aus dem Fenster. Ein Polizeiwagen wartete in der Einfahrt. *War etwas mit Vater? Oder wollten sie zu Big Mike?* Mutter hatte recht: Mit ihren Besuchen im Farbigenviertel brachte sie andere in Schwierigkeiten.

Emily eilte aus ihrem Zimmer und lief die Treppe hinab.

„Guten Abend, bitte entschuldigen Sie die Störung." Ernste Männerstimmen waren in der Eingangshalle zu hören.

„Meine Herren." Jefferson hielt ihnen die Tür auf. „Was kann ich für Sie tun?"

Emily trat von der unteren Stufe in die Eingangshalle. „Ist alles in Ordnung?" Ihr Blick wanderte von einem Beamten zum anderen. „Es ist doch nichts mit meinem Vater? Oder mit Big Mike?"

„Nein, Ma'am." Die Polizisten wechselten einen freudlosen Blick. „Wir sind Ihretwegen hier."

„Was ist hier los?" Mutter kam aus der Küche. „Meine Herren, kommen Sie doch bitte herein. Kann ich Ihnen Tee oder Kaffee anbieten? Mein Mann ist nicht zu Hause, aber wir erwarten ihn bald zurück."

„Ma'am." Der große Polizist mit den ernsten, blauen Augen nahm seine Kappe ab. „Wir sind dienstlich hier."

„Was heißt das?" Mutter schaute die Männer an und ballte die Hände vor ihrem Bauch.

„Wir haben einen Haftbefehl für Miss Emily Canton."

Emily erstarrte und ihr Herz drohte stehen zu bleiben. „Für mich?" Ihr stockte der Atem.

„Sie wollen meine Tochter verhaften? Weswegen?" Mutter baute sich zwischen Emily und den Polizisten auf. Die junge Frau brach auf der Treppe zusammen. Jefferson legte die Hand an ihren Rücken und kniete auf der Stufe neben ihr nieder.

„Sie hat gegen das Gesetz verstoßen, Ma'am. Sie wurde heute Nachmittag im ‚Gaston Hotel' gesehen. Die Anklage lautet auf Verbrüderung mit Farbigen, Gefahr der Aufwiegelung zum Aufstand."

„Aufstand." Mutter stampfte mit ihrem eleganten Schuh kräftig auf. „Taffy Hayes ist meine Schneiderin. Wollen Sie damit sagen, dass wir mit meiner Schneiderin keine Geschäfte machen dürfen, weil sie eine Farbige ist?"

„Nicht, wenn die Gefahr besteht, dass es zu Unruhen kommen könnte. Es gibt besorgte Bürger, die die Bewohner dieser Stadt daran erinnern wollen, dass Weiße und Schwarze eben nicht gleich sind."

„Und jetzt wollen eben diese Leute an meiner Tochter ein Exempel statuieren?" Mutters Worte kamen wie aus der Kanone geschossen.

Emily klammerte sich an Jefferson, während der große Beamte einen Haftbefehl aus der Tasche zog. Sie versuchte, das Dokument zu lesen, aber die Worte verschwammen vor ihren Augen. Mutter nahm dem Polizisten das Blatt aus der Hand.

„Das glaube ich nicht. Das glaube ich einfach nicht!"

„Miss, Sie müssen mit uns mitkommen." Der Polizist streckte die Hand nach Emily aus, aber Jefferson hielt sie fest. *Lass mich nicht los, Jefferson.*

Der Polizist schaute sie entschuldigend an, während er Emily aus Jeffersons Armen zog. „Mutter?"

„Das ist eine Unverschämtheit!" Mutter folgte ihnen die Stufen vor dem Eingang hinab. „Jefferson, rufen Sie sofort meinen Mann im Büro an."

Emily taumelte zum Polizeiwagen. Ihre Beine wollten ihr nicht gehorchen. Sie stolperte über das Pflaster und ihre Gedanken waren wie tote Blätter im Herbstwind.

Mutter lief neben ihr her. „Jetzt hör mir gut zu." Sie nahm Emilys Gesicht in beide Hände. „Du bist eine Canton. Sei stark und mutig." Mutter schaute die Polizisten mit wütend funkelnden Augen an. „Ich bin sicher, dass diese Herren dich wie eine Dame behandeln werden. Ich komme sofort nach. Jefferson wird mich in der Kutsche zum Gefängnis fahren."

„O Mutter." Emily brach zusammen. Der Polizist an ihrer Seite fing sie auf und führte sie in den Wagen. „Ich wollte doch nur ein

Brautkleid, in dem ich mich frei und geliebt fühle. Und schön. Wie eine Prinzessin."

„Emily, sei stark." Mutter zog sie auf die Beine und schüttelte sie. „Das alles ist noch vor dem Abendessen wieder vorbei."

Der Polizist half Emily auf den Rücksitz des Wagens. Als der Fahrer die Pferde lostraben ließ, liefen Emily Tränen übers Gesicht und fielen wie heiße Kohlen auf ihre eisigen Hände.

Kapitel 17

Charlotte

Das Wartezimmer brauchte dringend mehr Licht. Warum glaubten Architekten bloß, dass trauernde, verängstigte, nervöse Menschen im Dunkeln sitzen müssten? Charlotte trat ans Fenster und blickte auf die Stadt hinaus. Sie war für das Sonnenlicht dankbar, das die frühen Abendstunden mit seinem warmen Schein erfüllte.

Sie war zur gleichen Zeit im Krankenhaus eingetroffen wie Mr und Mrs Rose und Katherine. Während die drei mit dem Arzt sprachen, stand sie neben den Stühlen und wartete. Tims Brüder, David, Jack und Chase, waren noch unterwegs. Sie brachten ihre Motorräder von Huntsville nach Hause.

Tim war bereits in den Operationssaal geschoben worden. In der schmerzlichen Stille wartete Charlotte nun zusammen mit der Familie auf Neuigkeiten, unterhielt sich und versuchte, die bruchstückhaften Informationen zusammenzusetzen.

Ein Doppelsprung. Falsch gelandet. Ein anderes Motorrad touchiert. Tims Motorrad war daraufhin durch die Luft geflogen und auf *ihm* gelandet. Er war zwischen den beiden Motorrädern eingeklemmt worden.

Diese Informationen machten Charlotte schier wahnsinnig. Warum benahmen sich erwachsene Männer, als wären sie unbezwingbare Jungen? Mrs Rose, die schon viele Unfälle ihrer Söhne mitgemacht hatte, tätschelte Charlottes Arm.

„Tim wird wieder ganz gesund werden."

Aber für Charlotte war diese Erfahrung neu. Gefährliche Sportarten und Männer, die diesen Sport liebten. Sie hatte ihm doch erst an diesem Tag gesagt, dass er vorsichtig sein sollte!

Gegen sechs Uhr trafen seine Brüder ein, die immer noch ihre staubbedeckten Motorradanzüge trugen. Gegen sieben Uhr wurde Tim in ein Zimmer gebracht. Sobald der Arzt es erlaubte, strömten die Roses durch den Gang, um ihn zu sehen.

Katherine blieb zurück. „Das mit Tim und dir tut mir leid, Charlotte."

„Das ist Schnee von gestern, Katherine. Wenn es dir wirklich leidtäte, hättest du mich schon vor Wochen angerufen." Sie war nicht in der Stimmung für irgendwelche Höflichkeiten.

Ihre Fast-Schwägerin machte Anstalten, etwas hinzuzufügen, zögerte dann aber. „Ich will doch nur, dass er glücklich ist."

„Damit sind wir schon zu zweit."

Charlotte blieb im Wartezimmer zurück. Die Familie durfte Tim zuerst sehen. Nicht die Exverlobte. Im Beisein der Familie würde sie sich sowieso nicht wohlfühlen.

Während sie ihnen nachblickte, wie sie sich in Tims Zimmer drängten, strich Charlotte mit dem Daumen über ihren unberingten Finger. Familie. Sie war nicht sicher, ob sie je erlebt hatte, was für ein Gefühl es war, eine Familie zu haben.

Bei Mama hatte es immer „Wir Mädels" oder „Wir zwei" geheißen. An Geburtstagen. An Weihnachten. An Ostern. Und so war Charlotte bei Mamas Beerdigung die einzige Angehörige gewesen.

Sie trat ans Fenster, legte die Stirn an das von der Sonne aufgewärmte Glas und atmete tief aus, um ihren aufgestauten Gefühlen Luft zu machen. *Bitte, Jesus, sei bei Tim.*

„Charlotte, hallo." Sie blickte auf, als Jared in seiner blauen Arzthose und seinem weißen Kittel auf sie zukam. „Ich soll dir von Dixie ausrichten, dass du dir wegen der Boutique keine Sorgen zu machen brauchst. Sie hat alles im Griff."

„Wie geht es Tim?" Charlotte ergriff seine Hände. Sie waren glatt und stark. Tröstlich.

„Für einen Mann, der auf einem Motorrad gelandet ist und dann unter seinem zweihundertfünfzig Kilo schweren eigenen Motorrad begraben wurde, ganz gut." Jared drückte ihre Finger. „Er hat Blutergüsse und Quetschungen. Wir mussten seine Milz entfernen. Und wir haben ihm einen Tubus gelegt, damit sein linker Lungenflügel nicht kollabiert. Wir behalten ihn ein paar Tage hier. Er kann von Glück sagen, dass er noch lebt. Wenn er nur ein wenig anders auf seiner Wirbelsäule aufgeschlagen wäre, wäre er gelähmt oder tot."

Er kann von Glück sagen, dass er noch lebt. Dieser Satz hallte in Charlottes Kopf wider. Was würde sie nur ohne Tim machen? Ohne ihren Freund Tim? Sie liebte und brauchte ihn. Sie hatte sich in einer Weise auf ihn verlassen, die ihr bis jetzt nicht klar gewesen war.

Jared nahm sie in die Arme. „Wir sind für dich da."

Charlotte atmete tief aus und lud einen Teil der Last, die auf ihr lag, bei Dixies Märchenprinz ab. Wenn sie einen Bruder hätte, würde sie sich wünschen, dass er wie Jared wäre.

„Charlotte?" Jack kam aus Tims Zimmer. Sein Gesicht war schmutzverschmiert. Seine Stimme klang ernst. „Tim fragt nach dir."

„Wirklich?" Sie schaute Jack an.

„Ich komme später wieder." Jared wandte sich zum Gehen. Am liebsten hätte sich Charlotte an seine brüderliche Nähe geklammert. „Ich muss zu meinen Patienten."

„Danke, Herr Doktor." Jack schaute ihm nach, dann wandte er sich an Charlotte. „Tim sind wir anderen im Moment alle egal. Er fragt ständig nach dir. Er ist immer nur kurz wach und schläft dann wieder ein. Also ..." Jack bedeutete ihr, ihm zu folgen.

Als Charlotte eintrat, verließ die Familie das Zimmer, und jeder umarmte sie kurz zum Abschied. „Liebes, komm doch zum Essen vorbei, wenn du kannst." Mrs Rose, die Matriarchin, strich über Charlottes Haare, wie sie es unzählige Male getan hatte, als sie in Tims Leben noch eine Rolle gespielt hatte. „Wir fahren jetzt nach Hause."

„Danke." *Nein danke.* Charlotte trat zur Seite, um Katherine vorbeizulassen.

In Tims Zimmer wurde es still. Der Raum wurde von einer Lampe erhellt, die an der Wand hinter seinem Bett angebracht war und ein weiches Licht spendete. Durch das Fenster strömten die letzten Strahlen des Sonnenuntergangs. Charlotte beugte sich über ihn, aber er schlief.

Langsam sank sie auf den Stuhl neben seinem Bett. „Verrückter Kerl! Du hättest dich beinahe umgebracht."

Er war an Schläuche und Maschinen angeschlossen und sah im Schlaf so friedlich aus. Sein aufgeschürftes attraktives Gesicht sah ganz sanft aus.

Verräterische dunkelblaue und schwarze Spuren waren an seinem Hals zu sehen. Sie zogen an seinem rechten Arm herab, bis sie unter einem Gips verschwanden, aber an dessen Ende bis zu seinen Fingerspitzen weiterführten.

„O Tim, du musst wieder gesund werden." Charlotte legte die Stirn auf die Bettkante und flüsterte: „Was sollte ich nur ohne dich machen?"

Eine sanfte Berührung auf ihrem Kopf jagte ihr eine Gänsehaut über den Rücken. Zärtlich streichelte Tim ihre Haare. „Tim …" Sie hob den Kopf.

„Es tut mir leid." Der Verletzte strich mit dem Daumen über ihre nassen Wangen. Seine Stimme war nicht mehr als ein atemloses Flüstern.

„Leid? Was tut dir leid? Dass du so bist, wie du bist? Du schuldest mir keine –"

„Dass ich dachte, es gäbe auf dieser Welt irgendetwas, das ich mehr liebe als dich." Seine Stimme verebbte und wurde dann wieder kräftiger.

Charlotte presste die Lippen auf seine Handfläche. „Stirb mir bloß nicht. Wenn du das machst, werde ich echt sauer."

Er lächelte. Dann verzog er das Gesicht. „Mir tut alles weh. Sogar meine Haarspitzen."

Charlotte stand auf und lehnte sich an sein Bett. „Schlaf jetzt. Ruh dich aus, sag deiner Lunge, dass sie wieder richtig funktionieren soll."

„Ich bin ziemlich übel zugerichtet, was?" Tim beugte seinen gesunden Arm, bis seine Finger seine Lippen berührten.

„Was? Brauchst du etwas? Wasser?"

„Kuss.“

„Einen Kuss?“ Charlotte strich ihm seine verschwitzten, zerzausten Haare aus der Stirn.

„Dann tut bestimmt alles nicht mehr so weh.“

„Wie sollte ich einem schwer verletzten Mann einen Wunsch abschlagen?“ Charlotte beugte sich vor und küsste sanft seinen Mundwinkel. Er schloss die Augen und sein warmer Atem strich über ihr Gesicht. Sie bewegte die Lippen und gab ihm einen weiteren leichten Kuss auf seinen Mund. Tim legte seinen gesunden Arm auf ihren Rücken. Charlotte hob den Kopf, und als sich ihre Blicke trafen, küsste sie ihn ein weiteres Mal. Trotz ihrer leichten Berührung spürte sie seine Leidenschaft.

„Ich liebe dich, Charlotte“, flüsterte er.

„Der Herr steh mir bei, ich liebe dich auch.“ Sanft strich sie mit den Fingern über seine Stirn. Das war die einzige Stelle, die nicht aufgeschürft war. „Ich will eigentlich nicht, aber ich kann nichts daran ändern.“

Er streichelte ihre langen Haare. „Als ich nach dem Zusammenstoß zu mir kam, konnte ich an nichts anderes denken als an dich. Ich wusste nicht, wo ich war, und ein paar Minuten lang wusste ich nicht einmal, wer ich war, aber ich wusste, dass es dich gibt.“

„Gute Freunde findet man eben nicht so leicht.“ Sie strich mit der Hand zwischen den unzähligen Schläuchen und Verbänden über seine Brust.

„Ich habe gute Freunde. Aber eine Frau, die ich liebe und die noch dazu die heißeste Braut ist, die ich je gesehen habe und die zufällig auch noch meine beste Freundin ist – also, eine solche Kombination findet man nur ganz selten. Charlotte …“ Er schien jetzt wach zu sein. Er schaute sie mit wachem Blick an und seine Stimme klang völlig klar.

In diesem Augenblick wurde die Zimmertür aufgerissen. „Meine Güte, Tim! Ich bin gekommen, so schnell ich konnte.“

Charlotte zuckte zusammen und wich zurück, als Kim, die Blondine aus dem Restaurant, ins Zimmer gestürmt kam.

„Katherine hat schon vor Stunden angerufen, aber ich war bei einem Werbeshooting. O Liebling, geht es dir gut?“ Sie ging um die Seite des Betts herum und küsste ihn voll auf die Lippen.

Die Lippen, die Charlotte noch vor wenigen Sekunden berührt hatte.

„Kim.“ Tim verzog das Gesicht und wandte den Kopf von ihr weg. „Das ist Charlotte Malone.“

„Es freut mich, Sie kennenzulernen.“ Kim reichte ihr die Hand. Dann stellte sie ihre Handtasche auf den Nachttisch und warf ihre glatten, umwerfend aussehenden Haare mit einer Bewegung ihres Kopfes über die Schulter. Sie beugte sich mit ihrem perfekten Gesicht und ihrem schlanken, perfekten Körper über ihn. „Ich habe unsere Tischreservierung abgesagt, Babe. Und ich soll dir von George und den anderen liebe Grüße bestellen.“

Charlotte stolperte über ihren Stuhl, als sie vom Bett zurückwich.

Kim blickte auf und schaute sie stirnrunzelnd an. „Ist mit Ihnen alles in Ordnung?“

„Ja.“ Charlotte hielt die Luft an und verbarg ihre aufgewühlten Gefühle, auch wenn sie das ihre ganze Selbstbeherrschung kostete. „Gute Besserung, Tim.“

„Charlotte, warte!“ Seine Stimme folgte ihr schwach auf den Gang hinaus.

Sie war schon auf halbem Weg zum Aufzug, und ihr Hals war wie zugeschnürt, weil sie so angestrengt ihr Schluchzen unterdrückte, als ihr auffiel, dass sie ihre Handtasche auf dem Stuhl neben Tims Bett liegen gelassen hatte.

Aber sie würde auf gar keinen Fall jetzt umkehren und sie holen.

Am Sonntagmorgen wachte Charlotte früh auf. Die Sonne lugte gerade hell leuchtend über die Berge und eine Sekunde lang war ihre Welt in Ordnung.

Eine Sekunde lang.

Dann fiel es ihr wieder ein. Tim und Kim. Klang das nicht süß? Tim und Kim. Sie hatten einander verdient.

Sie sprang aus dem Bett, ohne sich zu erlauben, sich länger in ihrem Schmerz zu wälzen. Stattdessen duschte sie und machte sich für den Gottesdienst fertig. Sie nahm am Frühgottesdienst in ihrer Gemeinde teil und fand einen Sitzplatz im hinteren Bereich der Kirche, wo sie von ganzem Herzen Gott anbetete.

Ihm konnte sie vertrauen. Er würde niemals den Blick von ihr abwenden, wenn eine andere Frau das Zimmer betrat. Jesu Liebe konnte ihr niemand rauben. Mit geschlossenen Augen sang sie die Lieder mit.

Als ein Mann, der nach Sandelholz roch, sich neben sie setzte, öffnete sie die Augen. „Hallo, Jack."

„Ich habe es gehört."

„Was hast du gehört?"

„Dass Kim aufgetaucht ist."

„Das hatte ich Katherine zu verdanken."

Jack seufzte laut, als die Musik verstummte und die Frau, die vor ihnen saß, ihnen einen strafenden Blick zuwarf. „Er will dich sehen", flüsterte Jack Charlotte ins Ohr.

„Er *hat* mich gesehen. Gestern."

„Charlotte, komm schon! Lass dich von Kim nicht aus dem Rennen werfen."

„Keine Angst, Jack. Kim kann mich nicht aus dem Rennen werfen." Sie tätschelte seine Schulter und schaute ihn an. „Weil ich mich auf kein Rennen einlasse." Dann drehte sie sich wieder nach vorne, als der Refrain des nächsten Liedes gesungen wurde. Jack rührte sich nicht.

Charlotte hatte den Samstagabend damit verbracht, eine Tüte Babykarotten zu knabbern. Sie hatte dem überwältigenden Drang widerstanden, sich eine große Pizza zu bestellen und diese allein zu verdrücken. Mit dieser „Seelennahrung" hatte sie sich Filme angeschaut und mit dem Kleid gesprochen. Mit Hillarys Kleid. Dem Kleid aus der Truhe. Dem Kleid, um das sie sich kümmern sollte, bis sie seine nächste Braut fände.

„Und dann kam diese Kim ins Zimmer. Kleid, hörst du mir zu? Sie kam hereinstolziert, als würde ihr das ganze Krankenhaus gehören.

Eine Sekunde früher, und sie hätte uns dabei erwischt, wie wir uns geküsst haben. Ja, ja, ich weiß. Er hat mich gebeten, ihn zu küssen, aber er mit ihr hatte er ein Date.“

„Was soll ich ihm ausrichten?“, erkundigte sich Jack, während der Gesang lauter wurde und der Refrain des Liedes ertönte. *Unser Gott regiert, unser Gott regiert.*

„Sag ihm, dass ich ihm gute Besserung wünsche.“ Charlotte schloss die Augen und fühlte das Schlagzeug und den Bass der Band in ihrer Brust.

Unser Gott regiert, unser Gott regiert.

„Er liebt dich.“ Jacks Worte rissen Charlotte unsanft aus ihren Gedanken.

Sie öffnete ein Auge und schaute Jack an. „Er hat eine komische Art, mir das zu zeigen.“

„Das brauchst du mir nicht zu sagen. Du bist das Beste, was ihm je passiert ist.“ Der drittälteste Rose-Sohn legte seinen Arm um Charlottes Schultern und drückte sie. Dann rutschte er aus der Kirchenbank und verließ die Gemeinde.

Zitternd sank Charlotte an die Rückenlehne zurück. Der Gottesdienst hatte ihr so gut getan, und sie hatte sich darauf konzentriert, Gott anzubeten und die Musik zu genießen. Jetzt versank sie wieder in dem Gefühlschaos und dem Schmerz wegen der anderen Frau. Sie hob ihre Tasche vom Boden auf – sie hatte eine Krankenschwester gebeten, sie aus Tims Zimmer zu holen –, nahm ihre Bibel und verließ ebenfalls die Kirche.

Als sie auf den Parkplatz vor ihrer Wohnung bog und darüber nachdachte, dass heute ein guter Tag wäre, um eine ganze Käsepizza zu verspeisen, hörte sie, wie eine Frau ihren Namen rief. Sie drehte sich um und erblickte Hillary, die eine hellbraune Ledertasche über ihre Schulter geworfen hatte und mit schnellen Schritten auf sie zugeeilt kam.

„Hillary? Was machen Sie denn hier?“

„Ihr Besuch ging mir nicht aus dem Kopf. Ich habe daraufhin in Ihrer Brautmodenboutique angerufen, nachdem Sie gestern weggefahren waren. Ihre Freundin hat mir verraten, wo Sie wohnen. Ich hoffe, das stört Sie nicht." Sie stand mit Charlotte vor dem Eingang und trug Joels Erkennungsmarken um den Hals.

„Meine Gedanken haben immer wieder um Sie gekreist. Um Sie, das Kleid, Joel und mich. Als Greg nach Hause kam, saß ich zwischen alten Bildern und weinte. Ich habe nie verstanden, warum das alles passiert ist. Warum habe ich Joel geheiratet, nur um ihn sofort wieder zu verlieren? Mir war nicht bewusst, dass ich immer noch so wütend war."

„Hillary, ich hätte nie zu Ihnen kommen dürfen. Ich war so darauf versessen, mehr über Joel zu erfahren und was es mit dem Kleid auf sich hat, dass ich nie daran gedacht habe, wie das für Sie sein muss. Ich war ein wenig besessen." Charlotte rang die Hände. Dixie hatte sie gewarnt, aber sie hatte nicht hören wollen. „Plötzlich hatte ich ein altes Kleid. Und am nächsten Tag war ich tief in dieses Geheimnis um einen Mann verstrickt, dessen Leben in vier Zeilen auf einer Militärmarke und ein paar Informationen auf einer Website zusammengefasst war."

„Ich bin froh, dass Sie zu mir gekommen sind, Charlotte. Ihr Besuch hat mir gutgetan." Hillarys Haare wehten im Wind. Sie trug ein langärmeliges T-Shirt, eine Khaki-Shorts und dieselben weißen Leinenschuhe wie am Vortag. „Selbst mein Mann wusste, dass der Tag, an dem ich mich meiner Vergangenheit stellen muss, irgendwann kommen würde. Er sagte, er wisse seit Jahren, dass ich mich immer noch nicht ganz von Joel verabschiedet hätte. Vielleicht habe ich jetzt die Gelegenheit, diesen endgültigen Schritt zu tun."

Charlotte wedelte mit ihren Schlüsseln. „Ich wollte mir gerade eine Käsepizza bestellen."

„Ist das eine Information oder eine Einladung?"

Charlotte schaute sie mit zusammengekniffenen Augen an. „Das hängt von Ihrer Antwort ab. Mögen Sie Pizza?"

„Ich liebe Pizza. Egal, welche."

„Ich wohne im dritten Stock."

„Dann geh voraus, Schätzchen."

Charlotte ging die Treppe in den dritten Stock hinauf und öffnete ihre Wohnungstür. Ihr fiel erst ein, dass das Kleid ja im

Wohnzimmer hing, als Hillary den kurzen Flur durchquerte und den Raum betrat. Die ältere Dame stieß ein Keuchen aus und hielt sich die Hand vor den Mund.

„Entschuldigung, Hillary. Ich hatte vergessen, dass das Kleid hier hängt."

„Ich hätte nie gedacht, dass ich es je wiedersehen würde." Sie ging um das Kleid herum, wischte sich über die Wangen und hob sanft die seidigen Falten des Rocks an. Sie beugte sich zu dem Stoff, schloss die Augen und atmete tief ein. „Der Rock roch immer wie schweres Duftöl, fand ich."

„Ich finde, dass das Kleid immer das Licht einfängt und reflektiert." Charlotte strich vorsichtig mit der Hand über den Ärmel. „Ich liebe die Goldfäden."

„Es ist immer noch das schönste Kleid, das ich je gesehen habe."

Charlotte setzte sich auf die Sofakante, zog die Beine an und entspannte sich. „Ich habe schon viele Brautkleider gesehen, von denen viele exquisit waren, aber keines war mit diesem Kleid zu vergleichen."

„Es ist etwas Besonderes", sagte Hillary. Ihre Stimme und ihre Augen verrieten, wie aufgewühlt sie war.

„Warum glaubst du, dass es etwas Besonderes ist, Hillary?" Charlotte stützte das Kinn auf ihre Hand. Wenn sie versuchte, das Kleid mit Hillarys Augen zu sehen, verstärkte das ihre Entschlossenheit, die nächste Braut zu finden. Diese Braut musste wirklich eine ganz besondere Frau sein.

„Weil es nur für diejenigen geeignet ist, die es annehmen. Die es tragen können."

„Wie meinst du das? Nur für diejenigen, die es annehmen?"

„Das kann ich nicht genau erklären. Ich weiß es einfach *hier*." Sie zeigte auf ihr Herz. „Man muss dieses Kleid annehmen. Man muss Glauben haben, wenn du so willst."

„Es ist doch nur ein Kleid."

„Nein, es ist ein Schicksal." Hillarys Gesicht strahlte auf und der Glanz in ihren Augen leuchtete genauso wie der Glanz der Fäden. „Ich bin so froh, dass du die Truhe gefunden hast, Charlotte. Oh, du meine Güte!“ Sie presste sich die Hand aufs Herz. Tränen traten in ihre Augen und liefen ihr übers Gesicht.

Charlotte schluckte die Gefühle hinunter, die sich in ihrer Brust ausbreiteten. „Der Mann, der mir die Truhe verkauft hat, sagte etwas davon, dass eine Braut es 1912 getragen habe. Er gab mir eine Quittung mit dem Stempelaufdruck BEFREIT darauf. Weißt du, was das bedeutet? Weißt du, ob du die Einzige warst, die es getragen hat, Hillary?“

„Das weiß ich nicht genau, aber als ich es anzog, hatte ich das Gefühl, dass ich nicht die erste Braut war, die darin geheiratet hat.“ Sie schaute Charlotte vielsagend an. „Und ich habe eine sehr gute Vorstellung, wer es nach mir tragen könnte.“

„Ganz bestimmt nicht ich.“ Charlotte stand auf und hob die Hände, als ergebe sie sich. „Ich werde die richtige Braut finden, aber glaub mir, das bin bestimmt nicht ich.“

„Du protestierst aber sehr entschieden.“

„Wenn jemand Unsinn redet, muss ich widersprechen. Jetzt sollten wir unsere Pizza bestellen.“

Charlotte nahm ihr Handy und gab telefonisch ihre Bestellung durch. Dann zog sie sich um und schlüpfte in eine Jeans und ließ Hillary mit dem Kleid und ihren Erinnerungen allein.

Als sie aus dem Schlafzimmer zurückkam, stand Hillary am Fenster und starrte in Richtung Nordwesten auf die Stadt. Sie presste ein schwarz gerahmtes Bild an sich.

„Du hast eine schöne Wohnung, Charlotte“, sagte sie und drehte sich wieder um.

„Über dem westlichen Rand der Berge kann man manchmal schöne Sonnenuntergänge beobachten. Aber du hast mir erzählt, dass du bei der Marine warst. Hast du auf einem Schiff gelebt? Dann musst du doch auch einige herrliche Sonnenuntergänge gesehen haben.“

„Ich habe dort in Kajüten gelebt, die kleiner waren als dein Kleiderschrank. Aber ja, ich habe einige atemberaubende Sonnenuntergänge über dem Meer gesehen. Und Sonnenaufgänge. Selbst ein Sturm ist auf seine Art wunderschön. Ich habe so einige Stürme erlebt.“ Hillary kam zu Charlotte herüber. „Ich habe etwas für dich.“ Sie hielt ihr das Bild hin. „Das sind Joel und ich bei unserer Hochzeit.“

„Hillary …“ Es war ein verblasstes Farbfoto. Die Motive im Hintergrund waren verschwommen und grobkörnig. Aber in der Mitte des zwanzig auf fünfundzwanzig Zentimeter großen Bildes stand ein attraktiver, athletisch aussehender Leutnant, der den Arm eng um seine Braut geschlungen hatte, und eine strahlende, goldblonde Hillary, die das Brautkleid perfekt ausfüllte, das jetzt an der Schneiderpuppe hing. Charlotte warf einen Blick auf das Kleid. Wenn sie es nicht besser wüsste, hätte sie schwören können, dass das Kleid gerade ausatmete. Das musste am Licht des Spätvormittags liegen, das durch das Fenster fiel. „Du bist so schön. Joel sieht genauso aus, wie ich ihn mir vorgestellt habe.“

Sie waren jung, hatten das Kinn hoch erhoben, und aus ihren Augen strahlte dem Betrachter viel Liebe entgegen. Ihr Lächeln war breit und voller Hoffnung. Er ein wagemutiger Held. Sie eine faszinierende Südstaaten-Schönheitskönigin.

„Behalte es. Bitte.“ Hillary drückte Charlotte das Bild in die Hand, als diese versuchte, es ihr zurückzugeben.

„Nein, das kann ich nicht.“ Charlotte strich mit dem Finger über Joels Gesicht, das nie alt werden würde. „Willst du es denn nicht behalten?“

„Ich will, dass du es hast. Joel gehört jetzt uns beiden. Du hast ihn mir zurückgebracht. Er hat dich genauso fasziniert wie mich.“ Hillarys Miene wurde weicher, als sie weitersprach. „Zum ersten Mal seit seinem Tod war ich froh, dass ich ihn geheiratet habe. Ich erinnerte mich an all das Gute und unser Glück. Das verdanke ich dir.“

Es klingelte an der Tür und der Pizzabote störte den feierlichen Moment. Charlotte bezahlte das Essen und weigerte sich, das Geld anzunehmen, das Hillary ihr geben wollte.

„Riecht gut.“ Hillary öffnete die Küchenschränke. „Hm … Teller und Gläser?“

„Neben der Spüle.“ Charlotte deutete zu dem Schrank, in dem

die Servietten lagen. „Ich habe Eistee, Wasser, Milch, Saft, Cola light."

„Ich hätte gern Eistee." Hillary schaute sie an. „Ist der süß?"

Charlotte grinste und öffnete die Pizzaschachtel auf dem Esstisch. „Ja, durchaus."

„Das reicht mir. Mehr will ich gar nicht wissen."

Die Frauen aßen schweigend die ersten heißen Bissen. Dann nahm Hillary ihre Serviette. „Wie geht es deinem verletzten Freund?"

„Wir sprechen jetzt über mich?"

„Warum nicht? Dieses Kleid macht uns praktisch zu einer Familie."

Familie. Das Wort tat Charlotte gut.

„Ihm geht es gut. Er hatte einen Unfall bei einem Motocross-Rennen." Charlotte wischte sich die Tomatensoße von den Fingern.

„Ist er jemand Besonderes?"

„Das war er. Wir waren verlobt, aber er hat die Hochzeit abgeblasen." Charlotte nahm ihr Glas. „Er wollte sie verschieben. Er sagte, er sei noch nicht dazu bereit. Aber wie kann man heute verlobt sein und eine Hochzeit planen und morgen plötzlich beschließen, dass alles noch warten muss? Ich hing irgendwie in der Luft." Charlotte trank einen Schluck von ihrer Cola. Das Getränk und das Gespräch taten ihr genauso gut wie die Pizza. „Es ging alles zu schnell. Als wir uns verlobt haben, kannten wir uns erst zwei Monate."

„Einige der besten Liebesgeschichten der Welt handeln von Männern und Frauen, die sich an einem Tag kennenlernen und am nächsten heiraten."

„Wirklich? Welche zum Beispiel?"

Hillary war in Erklärungsnot. „Keine Ahnung. Du bist die Hochzeitsberaterin. Aber das stimmt sicher."

Charlotte lachte. „Du bist eine schlechte Lügnerin."

„Vielleicht. Du hast die Geschichten von der Liebe auf den ersten Blick doch auch schon gehört. Und ich habe das Gefühl, dass du dich von diesem Mann nicht wirklich verabschieden willst." Hillary nahm ein weiteres Stück Pizza.

„Ich wollte auch nicht, dass meine Mutter mit fünfunddreißig stirbt, aber sie ist trotzdem gestorben. Es kommt im Leben nicht immer so, wie wir es uns wünschen. Aber es gibt immer eine Pizza." Charlotte nahm einen großen Bissen. Dadurch, dass sie in Hillarys Vergangenheit eingedrungen war, hatte sie ihr gewissermaßen die Erlaubnis gegeben, bei ihr das Gleiche zu tun.

„Bevor Joel getötet wurde", sagte Hillary, „schrieben wir uns Briefe und vereinbarten einen Tag, an dem wir gemeinsam den Mond anschauen würden. Uns trennten zwölf Zeitzonen voneinander. Der eine von uns sah also den Mond bei Nacht, der andere sah ihn bei Tag, wenn er ihn überhaupt finden konnte. In der Nacht nach seiner Beerdigung stand der Vollmond hell und groß wie eine tanzende Kugel am Himmel. Doch wie konnte der Mond scheinen, wenn es in meinem Herz so dunkel war? Ich konnte diesen Gedanken nicht ertragen. Mir wurde alles zu viel. Ich lief in mein Zimmer, riss das Kleid vom Kleiderbügel, packte Joels Erkennungsmarken und rannte damit in den Keller hinab. Ich hatte keine Ahnung, was ich tun wollte, bis ich die Truhe entdeckte. Ich warf das Kleid wieder dorthin zurück, woher es gekommen war, stopfte Joels Erkennungsmarken in das kleine Täschchen und zerrte die Truhe in den Garten. Ich hatte die feste Absicht, beides zu verbrennen. Doch dann stand plötzlich mein Vater vor mir."

Charlotte wischte sich die Krümel von den Fingern und hörte aufmerksam zu.

„‚Warte', sagte er. ‚Ich glaube nicht, dass du das wirklich willst.' Aber ich hörte nicht auf ihn. Ich wollte diese dumme Truhe und alles, was damit verbunden war, verbrennen. Ich wollte nichts haben, das mich an Joel erinnerte. Mein Vater redete eine Weile auf mich ein. ‚Jetzt hör mir mal zu …'" Hillary hob den Finger, wie ihr Vater es an jenem Abend vor über vierzig Jahren gemacht hatte. „‚Heute leidest du, aber so wirst du dich nicht immer fühlen. Vielleicht willst du dieses Kleid wiederhaben. Vielleicht lernst du irgendwann einen anderen Joel kennen.' Oh Mann, damit machte er mich endgültig wütend. Wie konnte er so etwas sagen? Es gab nur einen einzigen Joel. Für mich gab es nur einen einzigen Mann.

Aber schließlich beruhigte ich mich doch ein bisschen. Als mein Vater wieder gegangen war, marschierte ich in seine Werkstatt, suchte seinen Schweißbrenner und machte mich an die Arbeit. Das hatte er davon, dass ich in der Highschool den Technikkurs hatte belegen müssen! Ich schweißte also das Schloss zu. Dann brach ich zusammen. Ich erwachte am nächsten Morgen in meinem Bett, und meine Hände waren verbunden, weil ich mich am Schweißbrenner verbrannt hatte."

Hillary stand auf, holte ihre Tasche und zog ein Foto aus der vorderen Seitentasche. „Als ich all meine Fotos durchgesehen habe, fand ich das hier." Sie hielt Charlotte ein Schwarzweißfoto hin. „Das sind meine Mutter, mein Vater und neben ihnen die früheren Besitzer unseres Hauses."

„Das Haus, in dem du die Truhe gefunden hast?" Die Frau war ungefähr Mitte dreißig und sah in ihrem Sonntagskostüm sehr gut aus. „Glaubst du, sie haben irgendwas mit dem Kleid zu tun?"

„Ich habe keine Ahnung. Aber ihre Namen stehen auf der Rückseite. Thomas und Mary Grace Talbot. Das ist die Handschrift meiner Mutter. Sehr ordentlich, findest du nicht? Ich erinnere mich noch daran, dass Thomas Prediger war. Sie hatten gerade ein großes Zelt gekauft, um im ganzen Land Erweckungsveranstaltungen durchzuführen. Er erzählte Mama, dass er die Gabe der Heilung besitze. Ich hielt ihn für den sonderbarsten Mann, dem ich je begegnet war."

„Wirklich? Wegen der Sache mit der Heilung?"

„Ich wurde später Krankenschwester, habe aber schon im reifen Alter von zehn Jahren nicht geglaubt, dass ein Mensch andere einfach so heilen kann." Hillary zog die Brauen in die Höhe. „Was meinst du dazu?"

„Ich bin davon überzeugt, dass Gott unvollkommene Menschen benutzt, um seine Pläne zu verwirklichen. Er gebraucht zum Beispiel mich, um Frauen auf ihre Hochzeit vorzubereiten." Charlotte schaute das Bild wieder an und berührte mit der Fingerspitze ihre Gesichter. „Thomas und Mary Grace Talbot. Was ist nur aus euch geworden?"

„Ich schätze, dass sie inzwischen Ende achtzig oder Anfang neunzig sein müssen."

„Wenn sie noch leben."

Hillary nahm ein weiteres Stück Pizza. „Sie leben noch." Sie grinste. „Und ich glaube, ich kann herausfinden, wo sie wohnen."

Kapitel 18

Charlotte packte am Mittwoch nach dem Mittagessen eine neue Kleiderlieferung aus. Die Winterkleider, die sie bestellt hatte, waren wunderschön. Die Beschäftigung mit ihrer geliebten Ware beruhigte ihre aufgewühlten Gefühle. Auf ihrem iPad lief *Jesus Culture* und in solchen Momenten fühlte sich Charlotte richtig wohl.

Schritte hallten über den Holzboden des Geschäfts. „Ich bin da!" Es war Dixie. Sie kam in den Lagerraum, setzte sich auf den alten Holzschreibtisch und band ihre Haare zu einem Pferdeschwanz zusammen. „Jared sagt übrigens, dass es Tim gut geht. Er wird wahrscheinlich heute entlassen."

„Gut, freut mich." Am Montag hatte Charlotte Dixie bei einem zweistündigen Mittagessen erzählt, was am Wochenende passiert war. Dixie hatte alles ganz genau wissen wollen, angefangen beim H in „Hallo" bis zum S in „Tschüs".

„Jared sagt, Tims Blondine aus dem Restaurant war jeden Tag bei ihm."

„Es ist doch schön, wenn man jemanden hat, der sich um einen kümmert, wenn es einem nicht gut geht."

Dixie schlug mit der Hand auf den Schreibtisch. „Würdest du bitte aufhören, so nett zu sein? Werde wütend. Reg dich auf. Wirf was gegen die Wand. Sag: ‚Das lasse ich mir nicht bieten!' Kämpfe um ihn, kämpfe um das, was dir gehört."

Charlotte verzog das Gesicht und verdrehte die Augen. „Sehr theatralisch, meine Liebe. Was würde es mir helfen, wenn ich etwas gegen die Wand werfe? Dann steigere ich mich nur in etwas hinein, das ich nicht ändern kann." Sie hatte innerlich schon genug gewütet und es machte sie doch nur noch wütender und trauriger. Sie hatte im Augenblick Frieden, und sie wollte gern, dass das so blieb. „Ich kann nicht um einen Mann kämpfen, der mich nicht will."

„Aber du hast doch gesagt, dass er –"

„Ja, er hat so einiges gesagt. Aber als sie ins Zimmer stolziert kam, war es, als wäre ich nicht mehr da." Charlotte hielt ein neues Kleid von Bray-Lindsay hoch. „Wie gefallen dir die Kleider? Ich liebe einfach jedes Kleid dieses Designers." Sie hätte es am liebsten an sich gedrückt und wäre mit den Seidenfäden und dem reinen Weiß verschmolzen.

„Sie machen wirklich ausgezeichnete Arbeit. Zeig bloß Tawny diese Kleider nicht. Sonst überlegt sie es sich wieder anders."

Charlotte schüttelte das nächste Kleid aus, ein neues Modell von einer örtlichen Designerin, Heidi Elnora.

Die Glocke über der Tür läutete, gefolgt von einem hohen „Hallo?".

„Ich gehe schon." Dixie verließ den Lagerraum und kam wenige Sekunden später mit Hillary zurück.

Charlotte hängte das Kleid an den Ständer. „Hillary, hallo, was machst du denn hier?" Sie winkte sie zu sich in den Lagerraum. „Dixie, das ist Hillary."

„Ich weiß. Wir haben uns gerade begrüßt." Ihre Freundin ließ sich wieder auf dem alten Schreibtisch nieder. „Sie sind also die Hillary, die das Brautkleid getragen hat? Die es in die Truhe eingeschweißt hat?"

„Schuldig im Sinne der Anklage. Aber ich stehe in der Schuld dieser Frau, die es befreit hat. Die *mich* befreit hat." *Befreit.* Das Wort, das der Mann mit dem lila Hemd benutzt hatte. „Charlotte, hast du ein paar Stunden Zeit?", wollte Hillary wissen.

„Wenn du mich brauchst, lässt es sich einrichten. Ist alles in Ordnung?" Sie schaute Dixie fragend an, die nickte. Sie würde den Nachmittag übernehmen.

„Ich habe Thomas und Mary Grace Talbot angerufen. Die beiden würden sich über einen Besuch heute Nachmittag freuen, wenn du Lust hast."

„Jetzt gleich?"

„Jetzt gleich."

„Bitte langsam und der Reihe nach! Erklärt der alten Dixie doch mal, was hier gespielt wird. Woher kennst du diese Talbots?"

Sie drohte Charlotte mit dem Finger. „Davon hast du mir nichts erzählt."

„Ich wusste bis gestern selbst nichts von ihnen." Charlotte gab Dixie die Kurzversion. „Hillary hat damals im St.-Vincents-Krankenhaus mit einem Arzt namens Talbot zusammengearbeitet. Als sie dann auf einem Foto auf die Namen von Thomas und Mary Grace Talbot stieß, rief sie ihn an, um herauszufinden, ob vielleicht eine Verbindung zwischen ihnen besteht."

„Und?", fragte Dixie und drehte sich zu Hillary herum.

„Er hat nie von ihnen gehört." Hillary erzählte weiter: „Aber er ging mit einem anderen Talbot zur Schule. Wenn man von der ersten bis zur zwölften Klasse mit jemandem zur Schule geht, erfährt man so einiges über ihn. Der Dr. Talbot, den ich kannte, gab mir die Telefonnummer von Harry, dem Großneffen von Thomas und Mary Grace."

Dixie entfuhr ein fasziniertes „Wow". „Glauben Sie, Mrs Talbot hat das Kleid vor Ihnen getragen, Hillary?"

Charlotte hängte das letzte Kleid der Lieferung auf einen Bügel. „Das werden wir bald wissen."

„Kirkwood" war eine Seniorenwohnanlage auf einem bewaldeten Gelände am Cahaba River. Als Charlotte das Auto abstellte und mit Hillary zum Haupteingang schritt, erzählte diese ihr, was sie wusste.

„Er ist vierundneunzig und leidet an Demenz. Sie ist dreiundneunzig und geistig noch völlig fit. Wenigstens sagt Harry das."

Als sie über eine von der Sonne beschienene Stelle auf der Veranda schritten, blieb Charlotte plötzlich stehen. „Ich bin nicht sicher, ob ich reingehen will."

„Was? Wir haben schon so viel erreicht. War das nicht der Grund, warum du *mich* gesucht hast?" Hillary setzte sich auf eine schmiedeeiserne Bank mit geblümten Kissen.

„Und wenn sie nichts von dem Kleid weiß? Wenn das nur eine Sackgasse ist? Du warst die Letzte, die das Kleid getragen hat, und wir haben keine Ahnung, wer vor dir kam. Wir wissen nicht, ob die Braut vor dir verliebt war oder aus anderen Gründen geheiratet hat. Oder ob sie eine Witwe ist wie du, schließlich haben zwischen 1912 und 1968 noch drei weitere Kriege stattgefunden … Ich bin nicht sicher, ob ich das Ende der Fahnenstange erreichen will. Ob ich wissen will, dass ich es nie wissen werde. In meiner Vergangenheit gibt es schon zu viel Unbekanntes. Ich will nicht noch die Geschichte mit dem Kleid hinzufügen."

„Charlotte, wir tappen im Dunkeln, und wenn wir nicht fragen, wird sich daran auch nichts ändern. Wenn wir bei der Geschichte um das Kleid in einer Sackgasse landen, dann wissen wir wenigstens, dass wir es versucht haben. Es gibt im Leben keine Garantie auf Antworten."

„Aber ich kann so tun als ob." Charlotte setzte sich neben Hillary auf die Bank. „Wenn ich nicht mit Mrs Talbot spreche, kann ich mir den Rest der Geschichte ausdenken. Ein hübsches Mädchen, ein attraktiver Bräutigam, eine einfache Hochzeit. Und sie trägt dein Kleid."

„Und *dein* Kleid." Hillary stand auf und ging weiter in Richtung Eingangstür. „Du hast deine Berufung verfehlt, Charlotte. Du hättest Liebesromane schreiben sollen."

„Hier geht es nicht um schmalzige Romane, Hillary, sondern um das wahre Leben. Wer wünscht sich nicht, geliebt zu werden? Sicher zu sein? Ein Zuhause und eine Familie zu haben?" War es das, was sie sich so verzweifelt wünschte? Sicherheit? Ein Zuhause und eine Familie? Charlotte hatte ihre Angst nie zuvor in Worte gefasst. Hatte sie deshalb Zweifel gehabt, ob sie wirklich Tim heiraten sollte? Weil sie nicht sicher war, dass ihr Herz bei ihm in guten Händen war? Oder dass ein Zuhause auch eine Familie mit sich brachte? Katherine war der festen Meinung, dass sie nicht in ihre Familie passte.

„Das klingt, als würdest du dich nach der perfekten Liebe sehnen, Charlotte. Eine Liebe, die dein Herz nicht durcheinanderbringt und dir deine Ängste lässt. Lass dir von mir eines gesagt sein: Eine solche Liebe gibt es nicht. Angenommen, wir gehen jetzt durch diese Tür und finden heraus, dass keiner der Talbots sich an das Kleid erinnert. Dass sie nichts davon wissen. Weißt du, dass sie seit zweiundsiebzig Jahren verheiratet sind? Mehr als sieben Jahrzehnte. Das ist mehr als doppelt so lange, wie du auf dieser Erde lebst. Vielleicht finden wir nicht mehr heraus, welche Frau dieses Kleid noch getragen hat. Vielleicht erfahren wir nicht, wie es in den Keller meiner Eltern gelangt ist, aber wir werden hinter dieser Tür Menschen finden, die wissen, was es heißt zu lieben. Diese Art von Liebe vertreibt alle Angst. Nicht die Art von Liebe, die du finden willst, indem du wegläufst und dich versteckst." Hillary straffte die Schultern. „Jetzt komm!"

Ohne Widerrede folgte Charlotte ihr. Ein junger, dunkelhaariger Altenpfleger begrüßte sie und führte sie durch einen langen Flur, am Fernseh- und Speiseraum vorbei, zu Thomas und Mary Grace Talbots Zimmertür.

„Erwarten die Talbots Sie?" Er klopfte leicht. „Mary Grace? Thomas? Hier ist George. Sie haben Besuch." Er öffnete die Tür.

Als die Tür aufging, fiel Charlottes Blick gleich auf Mrs Talbot, die in ihrem Pullover und ihrer Hose dünn und verloren wirkte. Mit einem Gehstock kam die alte Dame durch das Zimmer auf sie zu. „Lassen Sie sie eintreten, George." Charlottes Herz schlug vor Aufregung schneller. Mrs Talbot lächelte und Charlotte erkannte die um viele Jahre jüngere Schönheit auf dem Foto wieder. „Kommen Sie herein, kommen Sie herein! Thomas, unser Besuch ist da."

George eilte durch das Zimmer und bot einem gebrechlichen Mann, der aus dem Schlafzimmer kam, seine Hilfe an. „Diese alten Beine gehorchen mir einfach nicht mehr. Werden Sie nicht alt, meine Damen." Er machte eine wegwerfende Handbewegung und bückte sich, um sich in seinen Schaukelstuhl zu setzen. „Das zahlt sich nicht aus. Ich habe mit Gott alles geregelt. Ich weiß nicht, warum er mich nicht zu sich holt. Hier unten bin ich für ihn zu nichts mehr zu gebrauchen."

„Außer, um mir Gesellschaft zu leisten." Mrs Talbot ging mit Georges Hilfe zu einem zweiten Stuhl. „Wenn du in den Himmel gehst, wirst du mich vermissen, Tommy."

„Mein Schatz, ich hatte nicht vor, ohne dich zu gehen. Du hast mit mir alles durchgemacht. Der Lohn gebührt dir genauso wie mir." Er streckte seine fleckige Hand über die Seite seines Stuhls und griff nach der ihren. „Was kann ich für die jungen Damen tun?" Das Leuchten in Thomas' Augen war freundlich, weise und geduldig. Charlotte mochte ihn auf Anhieb. Wenn er an Demenz litt, war an diesem Tag davon nichts zu merken.

„Ich bin Charlotte Malone, Mr Talbot. Und das ist Hillary Warner."

„Hier sagt jeder Thomas und Mary Grace zu uns."

„Ich habe mit Ihnen telefoniert", sagte Hillary und erhob sich halb, als Mary Grace von ihrem Stuhl aufstehen wollte. George war wieder gegangen, und es war nicht klar, was die alte Frau wollte. „Kann ich Ihnen helfen?"

„In der Küche steht Kaffee. Könnten Sie ihn vielleicht holen? Ich würde das ja selbst machen, aber bis ich in die Küche und wieder zurück geschlurft bin, ist es Abend." Ihr Lachen strafte ihr Alter Lügen.

Hillary ging in die Küche, deutete aber vorher auf Charlotte. „Fang schon mal an zu erzählen."

Charlotte stützte sich auf die Armlehne des Sofas und beugte sich ein wenig zu dem Ehepaar vor. Lange schaute sie in Mary Graces Augen, die blau und klar waren wie ein Sommerhimmel.

„Ich habe ein Brautkleid gefunden." Charlotte traten ungewollt Tränen in die Augen. „In einer Truhe, die ich auf einer Auktion gekauft habe."

„Sie haben also das Kleid gefunden?" Mary Graces Finger ließen die Hand ihres Mannes nicht los. „Das Seidenkleid mit dem Satinrock, den Perlen auf den Bund und dem Glanz eines Goldfadens?"

In diesem Augenblick kam Hillary mit einer Kaffeetasse in jeder Hand aus der Küche. „Ja, genau dieses Kleid. Wer will Milch und Zucker?"

„Ich möchte meinen Kaffee schwarz." Thomas hob seine zittrige Hand.

„Einen Löffel Zucker und einen Schuss Milch für mich bitte."

Mary Grace bewegte einen unsichtbaren Löffel durch die Luft. Ihr Esprit, ihre Jugendlichkeit faszinierten Charlotte.

„Charlotte?“, fragte Hillary.

„Für mich nur Wasser, bitte.“ Koffein würde sie nur noch nervöser machen. Ihre Nerven waren vor Aufregung schon angespannt genug. „Mary Grace, Sie wissen von diesem Kleid?“

„Natürlich. Ich habe es auf meiner eigenen Hochzeit getragen.“

„Sie war die schönste Braut, die Birmingham je gesehen hat“, verkündete Thomas mit klarer, kräftiger Stimme.

„Psst, Thomas.“ Mary Grace nahm die Tasse, die Hillary ihr reichte. „Er macht mir immer noch Komplimente. Erzählen Sie mir, was Sie machen, Charlotte.“

„Ich ... ich habe eine Brautmodenboutique in Mountain Brook.“ Mary Grace hatte das Kleid getragen. Charlotte nahm das Wasser, das Hillary ihr reichte. Der kühle Keramikbecher fühlte sich gut an in ihrer Hand.

„Und Sie haben mein Kleid gefunden.“ Mary Grace lächelte und wurde dann wieder ernst. „Aber dieses Kleid kann man nicht verkaufen. Es muss von der Frau getragen werden, die es findet.“

„Nun ja, wissen Sie, Mary Grace, ich denke, dass ich die nächste Braut finden soll.“ Charlotte hob den Becher mit dem Wasser an ihre Lippen und trank einen Schluck. „Vielleicht kommt eine Frau in meine Boutique, und ich weiß, dass sie die Richtige ist.“

„Sie sind die Braut!“ Mary Grace deutete langsam und entschlossen auf sie.

„Hatte ich es dir nicht gesagt?“, flüsterte Hillary unauffällig.

„Sei still.“ Charlotte rutschte auf die Kante des Sofas vor. Sie wollte der alten Dame die Sache verständlich machen. „Es ist mein Beruf, Bräuten zu helfen, sich auf den größten Tag ihres Lebens vorzubereiten. Es ist meine Gabe, könnte man sagen. Und ich bin gut in dem, was ich tue.“ Selbst in ihren eigenen Ohren klang ihre Argumentation dürftig. Wem machte sie hier etwas vor? Sie hatte keine Ahnung, warum sie das Kleid *befreit* hatte.

„Das glaube ich Ihnen gern, aber man konnte dieses Kleid nie kaufen. Es wurde von einer Braut an die nächste verschenkt.“

Die Kaffeetasse in Hillarys Hand erstarrte. „Aber ich habe die Truhe im Keller meiner Eltern gefunden."

„Ich weiß." Mary Grace schaukelte leicht in ihrem Stuhl. „Ich habe das Kleid für Sie dort gelassen."

„Sie haben es dort gelassen? Aber ich war damals doch erst zehn." Schock und Überraschung mischten sich in Hillarys Gesicht.

Charlotte konnte sehen, dass ihre Freundin in ihrem Herzen noch immer nicht ganz Frieden gefunden hatte. Deshalb lenkte sie das Gespräch für einen Moment von dem Kleid weg.

„Thomas, ich habe gehört, dass Sie Prediger waren."

„Ja, das stimmt. Zweiundfünfzig Jahre. Ich habe das Evangelium von Maine bis Hawaii und bis hinunter nach Mexiko und Guatemala gepredigt. Und bis hinauf nach Kanada und Alaska."

„Er predigt immer noch", ergänzte Mary Grace. „Mir und allen Bewohnern hier. Unsere arme Reinemachefrau muss sich jede Woche eine Predigt anhören. Und der Mann, der unsere Lebensmittel bringt, steht kurz davor, sich für unseren Herrn zu entscheiden. Das weiß ich. Und dann ist da unser lieber George, der behauptet, er wäre ein … wie heißt das noch mal, Tommy?"

„Ein Agnostiker."

„Ja, das ist er, sagt er wenigstens. Stellen Sie sich das nur einmal vor. Er sagt, er glaube an gar nichts. Welche Hoffnung kann so jemand haben?"

„Genau. Wenn man eine gute Nachricht hat, muss man sie auch verbreiten." Thomas lachte leise. „Es hat keinen Sinn, den Mund zu halten."

„Er ist ein begabter Prediger", sagte Mary Grace. „Er hat viele verlorene Seelen zu Gott geführt. Einmal predigten wir in einem Zelt mitten in der Prärie von Kansas und –"

„Mary Grace, wo ist mein Kaffee?"

Sie nahm die Tasse vom Tisch und reichte sie ihm. „In jenem Sommer war es unglaublich heiß und es gab so viele Fliegen. An diesem Abend wehte nicht das geringste Lüftchen über die Prärie. Aber die Leute kamen trotzdem, um die Predigt zu hören."

„Damals hatten die meisten noch keinen Fernseher." Thomas

nippte an seinem Kaffee und stellte ihn wieder ab. „Das war direkt nach dem Krieg und das Land brauchte die gute Nachricht. Neue Hoffnung."

„Aber die Hitze machte den Leuten in dem Zelt schwer zu schaffen. Handfächer wurden herausgeholt. Dann begann Thomas zu predigen, und er hatte noch keine fünfzig Wörter gesagt, da brach er plötzlich ab." Mary Grace schaute ihren Mann an. „Er stand mitten auf dem Podium, breitete die Hände aus, legte den Kopf in den Nacken und schloss die Augen."

Charlotte war fasziniert. Die Talbots erinnerten sie an ein junges, energiegeladenes Paar. Keine Spur von Gebrechlichkeit. Oder Demenz.

„So blieb Tommy stehen. Mitten auf der Bühne. Er hatte die Arme weit ausgebreitet und das Gesicht zum Himmel erhoben. Dann sagte er schließlich mit ruhiger, sicherer Stimme: ‚Herr des Himmels, der die Wellen beruhigt und den Sturm besiegt hat, ich bitte dich um deine Gnade für diese Menschen, die meilenweit gefahren sind, um dein Wort zu hören. Bitte schick uns einen kühlen, sanften Regen.'"

„Einige Leute in der ersten Reihe lachten hämisch." Thomas schüttelte den Kopf.

„Aber er ließ sich davon nicht stören oder aus der Ruhe bringen", erzählte Mary Grace weiter. „Die Sekunden verstrichen. Thomas rührte sich nicht und nichts passierte."

„Der Schweiß durchdrang schon mein Hemd. Ich hatte mit dieser verrückten Bitte gerade meinen Ruf und meinen Dienst als Prediger aufs Spiel gesetzt."

„Und was tat er? Er wiederholte seine Bitte." Mary Grace streckte ihre leicht geballte Faust in die Luft.

„Nur für den Fall, dass die Leute in der letzten Reihe auch etwas zu lachen haben wollten." Thomas und Mary Grace erzählten ihre Geschichte wie einen gut eingeübten Walzer.

„‚Herr', sagte er, ‚Herr über Wind und Wellen, Schöpfer aller Dinge …'"

„Wenn man schon untergeht, dann sollte man mit Gottes Lob

auf den Lippen untergehen." Thomas hob die Hand und deutete zum Himmel hinauf.

„‚... schick uns einen kühlen, sanften Regen'", beendete Mary Grace ihren Satz.

„Die Stühle knarrten", meinte Thomas. „Männer räusperten sich und zogen an ihren verschwitzten Krägen. Babys weinten, und Mütter versuchten, mit ihren Fächern für Kühlung zu sorgen."

„Als wir darauf warteten, was Thomas oder Gott tun würde – das war die längste Minute unseres Lebens. Dann ..." Mary Graces Augen funkelten. Charlotte beugte sich vor und umklammerte ihren Wasserbecher. Hillary beugte sich ebenfalls vor. „Dann zitterte das Zelt ein wenig."

„Die Luft bewegte sich."

„Und ein herrlicher, kühler Wind drang in das Zelt herein und wehte um unsere Stühle herum. Durch die Haare der Leute. Man konnte die Enden flattern sehen."

„Es roch nach frisch gemähtem Gras. Die Leute standen auf und begannen, Gott zu loben. Und ein leiser Regen fiel auf das Zelt. Es regnete den restlichen Abend, die ganze Nacht und den nächsten Tag." Thomas lehnte sich lächelnd zurück.

„Ich sage Ihnen was", schloss Mary Grace, „an diesem Abend gab es keine Atheisten in diesem Zelt. Wir hatten jede Menge Leute, die sich für Jesus entschieden. Wir erlebten sogar ein paar Heilungen. Erinnerst du dich an den Jungen mit Kinderlähmung, Tommy?" Ihre dunklen Augen funkelten. „Er warf seine Krücken weg, nahm seine Beinschiene ab und lief wie ein freigelassener Mann durch das Zelt. Sein Vater fing ihn schließlich ein und ließ ihn von einem Arzt untersuchen, der ebenfalls im Zelt war. Er bestätigte, dass der Junge ein völlig neues Bein hatte."

„Ein Junge wurde von Kinderlähmung geheilt?" Hillary stellte ihren Kaffee mit einem leisen Schnauben ab. „Einfach so?" Sie schnippte mit den Fingern. „Ich habe fast vierzig Jahre als Krankenschwester gearbeitet. Ich habe nie gesehen, dass jemand von einer Krankheit wie Kinderlähmung geheilt wurde."

„Ihr Glaube beruht also auf Ihren Erfahrungen? Auf dem, was

Sie sehen? Damit kommen Sie aber nicht sehr weit." Thomas war plötzlich kein alter Mann mehr. Er sprach mit Vollmacht. „Ohne Glauben ist es unmöglich, Gott zu gefallen."

„Thomas, bitte." Mary Grace drückte seine Finger und mischte sich sanft ein. „Es war ein echtes Wunder und wurde von einem Arzt bestätigt. Jetzt aber, meine Liebe, was wollten Sie von uns wissen?"

Ja, zurück zu dem Kleid. Charlotte räusperte sich und strich mit der Hand über den Rock ihres Kostüms.

„Mary Grace, Hillary hat in einer Kiste mit den Sachen ihrer Eltern dieses Bild gefunden." Charlotte forderte Hillary mit einer Handbewegung auf, den beiden das Bild zu geben, das die Talbots mit ihren Eltern zeigte.

„Auf der Rückseite steht ein Datum", sagte Hillary. „Das war der Tag, an dem meine Eltern das Haus von Ihnen kauften."

„Oh, du meine Güte." Mary Grace drückte ihre kleine Hand mit den Altersflecken an ihre Brust. „Das ist so viele Jahre her."

Thomas setzte seine Brille auf und beugte sich vor, um das Foto zu betrachten. „Wer ist die junge, schöne Frau, neben der ich stehe?"

Mary Grace gluckste. „Ich war Ende dreißig, und mir graute davor, vierzig zu werden, weil ich dachte, das wäre so alt."

„Ich wette, dass du jetzt tauschen würdest, wenn du könntest, nicht wahr, meine Liebe?", neckte Thomas sie.

„Ohne mit der Wimper zu zucken."

Charlotte hätte gern mit *den beiden* getauscht. Wenn auch nur für einen Moment. Zu wissen, was für ein Gefühl es war, zweiundsiebzig Jahre lang zu lieben. Eine Geschichte in vollkommener Harmonie zu erzählen. Immer noch zu hören, dass sie die schönste Braut in ganz Birmingham gewesen sei.

„Sie stehen hier neben meinen Eltern, Lindell und Arlene Saltonstall." Hillary trat zu Thomas, der das Bild in der Hand hielt. „Sie kauften das Haus 1957 von Ihnen. Ich war damals zehn. Ich hatte einen älteren Bruder. Wir nannten ihn Shoop."

„Hillary, Sie waren das junge Mädchen, für das ich das Kleid zurückließ." Mary Grace lehnte sich mit einem Seufzen zurück und schloss die Augen. „Sagen Sie mir, sind Sie irgendwie mit den Saltonstalls verwandt, denen die Bergwerke gehörten? Mein Vater arbeitete dreißig Jahre in den Minen."

„Mein Urgroßvater war einer der Brüder, denen die Minen gehörten. Aber mein Großvater, Paul Saltonstall, wollte mit dem Familienunternehmen nichts zu tun haben. Er schlug eine andere Richtung ein. Er wollte Ingenieur werden."

Während Hillary sprach, lehnte Mary Grace den Kopf zurück an ihre Rückenlehne. Ihre Augen fielen zu.

„Mrs Talbot?" Charlotte wollte aufstehen. Ging es der Frau gut? Thomas wirkte nicht beunruhigt. Er selbst sah allerdings auch nicht mehr besonders wach aus.

„Bitte sagen Sie doch ‚Mary Grace' zu mir." Sie schlug die Augen wieder auf. „Ich dachte nur gerade an meinen Vater. Hillary, sagen Sie, haben Sie das Kleid getragen?"

Hillary holte tief Luft. „Ja, ich habe es getragen."

Charlotte konnte dem Klang von Hillarys Worten entnehmen, wie aufgewühlt sie war.

„In diesem Kleid heiratete ich meinen ersten Mann. Sechs Monate später wurde er in Vietnam getötet."

„Oh, das tut mir leid." Mary Grace schob sich vor und erhob sich mühsam von ihrem Schaukelstuhl. Sie nahm ihren Stock, stützte sich darauf und trat zu einer kleinen Schublade, um etwas herauszunehmen. Als sie zu ihrem Stuhl zurückkehrte, hielt sie ein Foto in der Hand.

Charlotte erkannte auf dem Bild die lächelnden, frisch vermählten Talbots.

„Das sind Tommy und ich an unserem Hochzeitstag."

Charlotte hielt das Bild – ein abgegriffenes Schwarzweißfoto – in der Hand. Ein Künstler hatte Mary Graces Wangen rosa angemalt. Und auch die Lippen der beiden waren rot angemalt. Aber ihre Schönheit und seine Attraktivität waren nicht zu übersehen. Und sie trug *das Kleid*.

„Wir kannten uns seit der Grundschule. Ich verliebte mich auf dem Pausenhof in ihn."

„Sie war zwar ganz nett, aber ich wollte nichts mit ihr zu tun haben."

Thomas schaukelte in seinem Stuhl und Mary Graces Augen waren wieder geschlossen. Charlotte warf einen Blick auf Hillary. Wenn sie in den nächsten Minuten nichts über das Kleid erfuhren, würden sie vielleicht nie etwas darüber erfahren. Wenigstens nicht heute.

„Mary Grace …" Hillary stand auf, kniete neben ihrem Stuhl nieder und drückte ihre Hand. Charlotte vermutete, dass sie einerseits kontrollierte, ob sie wach war, und gleichzeitig wissen wollte, ob ihr Puls noch schlug. „Wie kamen Sie zu dem Kleid? Wer hat es für Sie angefertigt?"

Die alte Frau setzte sich ein wenig vor. Sie streckte ihre zitternde Hand nach ihrem Kaffee aus. „Ich bekam es von der Frau, die es als Erste trug."

Ihre Aussage öffnete die Tür zu einer Flut weiterer Fragen. Charlotte erschauerte. Sie warf einen Blick auf Hillary, die die Stirn runzelte.

„Warum haben Sie es dann im Haus gelassen?"

Eine gute Frage, aber nicht die Frage, die Charlotte gestellt hätte. *Wer* hatte Mary Grace das Kleid gegeben? Wer war die erste Frau, die es getragen hatte? Aber heute schien es um Hillary zu gehen. Charlotte setzte sich zurück und nippte an ihrem Wasser.

„Wir verkauften das Haus an Ihre Eltern, und als wir alles gepackt hatten und fahren wollten, gehörte die Truhe mit dem Kleid zu den letzten Sachen, die eingeladen werden sollten."

„Ich wollte die Truhe schon zum Umzugswagen hinaustragen", sagte Thomas mit halb geschlossenen Augen, „als Gracie sagte: ‚Tommy, lass sie hier. Für das Mädchen.'"

„Sie haben die Truhe wirklich für *mich* dagelassen?" Hillarys Stimme zitterte.

„Ich hatte das Gefühl, dass ich sie für Sie dalassen sollte."

„Sie liebte dieses Kleid. Aber wenn Gracie das Gefühl hat, dass Gott etwas von ihr will, dann gehorcht sie."

Hillary stand auf. „Gott hat Ihnen gesagt, dass Sie *diese* Truhe für mich im Keller lassen sollen?“ In ihrer Stimme lag Unglaube. Zweifel. Ehrfurcht.

„Ich glaube schon. Sie haben das Kleid gefunden. Und Sie haben es getragen.“

„Ja, ja, das stimmt. Am glücklichsten Tag meines Lebens. Der aber zum schlimmsten Tag meines Lebens führte. Ich trug das Kleid für einen Bräutigam, der sechs Monate später getötet wurde.“ Hillary sprang auf und stürzte zur Tür hinaus, bevor jemand noch ein Wort sagen konnte. Ohne sich zu entschuldigen, ohne sich zu bedanken, ohne sich zu verabschieden.

„Hillary.“ Charlotte trat auf den Flur. Aber ihre neu gefundene Freundin war fort. „Mary Grace, Thomas, es tut mir so leid.“ Charlotte nahm ihre Handtasche und die ihrer Freundin. „Sie kämpft mit alten Erinnerungen. Danke, dass Sie sich so viel Zeit für uns genommen haben. Darf ich wiederkommen?“

„Bitte, kommen Sie uns bald wieder besuchen. Machen Sie sich keine Sorgen wegen Hillary. Sie kommt schon klar.“

Ihr Wort in Gottes Ohr! Charlotte holte Hillary schließlich beim Auto ein.

„Hey, für eine alte Frau läufst du aber ganz schön schnell.“ Charlotte zwang sich zu lachen und zielte mit ihrem Schlüssel auf ihr Auto. Hillary stand mit versteinerter Miene neben der Beifahrertür. Charlotte rutschte hinters Lenkrad und legte die beiden Handtaschen auf den Rücksitz. „Was ist los?“

„Fahr einfach los.“ Hillary war kreidebleich im Gesicht. Sie rollte ihr Fenster hinab und steckte den Kopf hinaus. Ihre linke Hand lag auf ihrem Schoss, mit der anderen hielt sie sich am Türgriff fest. Ihre Knöchel traten weiß hervor. „Gott hat also schon 1957 dafür gesorgt, dass ich Witwe werden würde? Dass ich einen Mann nur sechs Monate, bevor seine Zeit um war, heiratete?“ Sie schlug mit ihrer rechten Faust gegen die Tür. „Ich werde nie wieder einen Fuß in eine Kirche setzen!“

„Du glaubst, Gott halte sich nur in Kirchen auf? Er war vor fünf Minuten mit uns in diesem Zimmer. Er ist überall.“ Charlotte hatte beim Jugendtreffen in jenem Sommer gelernt, dass Gott überall bei ihr war. Sie parkte rückwärts aus, hielt aber mitten auf der Straße an. „Ist mit dir alles in Ordnung?"

„Er wusste es. Er wusste, dass Joel sterben würde." Tränen liefen über Hillarys rosa Wangen. Sie hielt den Kopf aus dem Fenster und schnappte stockend nach Luft. „Und er hat trotzdem zugelassen, dass ich ihn heirate."

Charlotte seufzte. *Gott, hilf mir. Was soll ich jetzt sagen?* „Hillary, vielleicht hat Gott –"

„Gibt es einen Grund dafür, warum wir hier mitten auf dem Parkplatz stehen bleiben?"

„Hillary." Charlotte schaute auf ihrer Seite aus dem Fenster. Der Wind wehte durch die Bäume. Ihr Verstand arbeitete auf Hochtouren. „Und wenn es bei deiner Hochzeit mit Joel gar nicht um dich ging? Sondern um ihn?"

„Bei der Hochzeit ging es um uns beide."

„Aber nur einer von euch sollte, laut deiner Theorie, ein halbes Jahr später sterben. Was ist, wenn es bei eurer Hochzeit darum ging, dass ein junger Mann, der in den Krieg zog, geliebt wurde, glücklich war und vom Gedanken an eine schöne Frau, die zu Hause auf ihn wartete, getröstet wurde? Vielleicht war der Gedanke an dich, die Erinnerung an eure Hochzeit, eure Liebe, eure Freundschaft und euer Lachen das Einzige, das Joel in den Nächten, in denen er Angst hatte und einsam war, in denen er fror und Hunger hatte und sich elend fühlte, Mut machte, nicht aufzugeben.

Vielleicht waren deine Briefe das Einzige, das ihm half, im Kampf nicht den Verstand zu verlieren. Vielleicht ging es bei eurer Hochzeit gar nicht so sehr um dich, Hillary. Vielleicht ging es vor allem um Joel. Oder sogar nur um Joel. Vielleicht hat Gott ihn so sehr geliebt, dass er ihm eine Frau gab, bevor er starb. Könntest du mit diesem Gedanken leben?" Charlotte legte den Gang ein und nahm den Fuß von der Bremse. Das Auto fuhr los, aber sie konnte die Straße nur verschwommen sehen.

Hillary beugte sich vor und barg ihr Gesicht in den Händen. Sie weinte herzzerreißend, und ihre Schultern zuckten, als sie schmerzerfüllt schluchzte.

Charlotte trat an der Einfahrt zur Seniorenwohnanlage auf die Bremse und strich mit der Hand über Hillarys Rücken. „Es tut mir leid. Es tut mir so leid. Ich weiß nicht, was in mich gefahren ist."

Der Wind kam durch die Bäume zu ihnen und wehte tröstlich durch das Auto. Nach einer langen Weile richtete sich Hillary auf, wischte sich mit dem Handrücken das Gesicht ab und schaute aus dem Fenster.

Charlotte legte erneut den Gang ein und trat aufs Gaspedal. Als sie auf die Straße bog, drückte Hillary ihre Hand.

Kapitel 19

Emily

Emily saß allein in der Gefängniszelle und wartete darauf, dass Vater oder Phillip – *irgendjemand* – sie hier herausholen würde. Die Zelle mit der vergitterten Tür war kühl und dunkel und Emily war kalt bis auf die Knochen. Und bis tief in ihr Herz hinein.

Mutter war mit Jefferson gekommen und hatte ihre Freilassung verlangt, aber man hatte ihr gesagt, dass eine Kaution gezahlt werden müsse. Tausend Dollar. *Tausend Dollar.* Der Jahreslohn eines Arbeiters. Natürlich konnte ihr Vater sich diese Summe leisten, aber da die Kassenschalter an diesem Tag schon geschlossen hatten, war nicht sicher, ob er das Geld bekommen konnte.

Als Emily zu ihrer Zelle geführt wurde, hatte ihre Mutter darauf beharrt, dass der Polizist ihr den Umhang gab, den sie für sie mitgebracht hatte. „Ich fahre los und suche deinen Vater. Emily, sei stark. Du bist eine Canton."

Aber die junge Frau war weinend zusammengebrochen und war so schwach gewesen, dass der Polizist sie auf dem Weg zur Zelle hatte stützen müssen.

Als die Eisentür hinter ihr ins Schloss fiel, brach sie endgültig zusammen und sank auf die abgenutzte, modrige Decke. Schmerzerfüllte Minuten lang hörte sie nichts anderes als ihr eigenes Schluchzen.

Jetzt lehnte sie an der Steinmauer und zog ihren Umhang um ihre Schultern. Die Novemberkälte drang durch die Wand und legte sich um ihre Arme und Beine.

Sie hatte viele Träume gehabt, was ihre Zukunft betraf. Aber selbst in ihren schlimmsten Albträumen hätte sie nie daran gedacht, verhaftet und in eine Zelle gesperrt zu werden.

Wie demütigend. Wie vernichtend. Wenn sie nur stark und mutig wäre! Sie war bereit, aufzugeben und zu versprechen, dass sie nie wieder Kontakt zu Taffy Hayes haben würde. Sie war keine Canton. Sie war ein Feigling.

Emily rappelte sich auf und umklammerte die Gitterstäbe der Zelle. Mühsam lugte sie durch ein kleines Quadrat in der Tür und versuchte, auf dem dunklen Korridor etwas zu erkennen. „Hallo! Hört mich jemand? Bitte! Hallo!"

Würde überhaupt jemand kommen, um sie herauszuholen? Oder würde man sie einfach hier verfaulen lassen? Gefangen und vergessen?

Mit hängenden Schultern und einem müden Herzen sank Emily wieder auf die Pritsche. Sie zog die Beine an die Brust und versuchte, nicht an die dunklen Mauern zu denken, die sie von allen Seiten zu erdrücken drohten. Aber sie konnte an nichts anderes denken als an die kalten Steine in dieser engen Zelle, in der man Platzangst bekam.

Wer hatte ihr das angetan? Wer hasste sie so sehr, dass er ihre Verhaftung veranlasst hatte?

Emily warf ihren Umhang neben sich, während ihr Verstand auf Hochtouren arbeitete. Diese ganze Sache war so unglaublich. Einfach absurd.

Soweit sie wusste, hatte sie keine Feinde. Sie sprang wieder auf die Beine, rang die Hände und strich mit dem Daumen über ihren nackten Ringfinger.

Der Polizist hatte ihr ihren Verlobungsring abgenommen. Um ihn aufzubewahren, hatte er gesagt. Wenn sie gewusst hätte, dass sie so lange festgehalten werden würde, hätte sie versucht, mit diesem Ring die Kaution zu bezahlen.

Er war sicher tausend Dollar wert. Emily atmete angesichts dieser Summe aus. Eintausend Dollar. Selbst ihre Kaution hatte eine absurde Höhe.

Eine Stahltür fiel ins Schloss. Sie sprang auf und lief zur Tür.

Verzweifelt lugte sie ein weiteres Mal durch das kleine Fenster und versuchte, das kleine Gaslicht auszumachen, das an der gegenüberliegenden Wand brannte. Stimmen drangen an ihre Ohren und wurden dann wieder leiser.

„Hallo? Ist da jemand? Ich bin Emily Canton", rief sie aus voller Kehle. „Bitte lassen Sie mich frei."

Die Stimmen wurden leiser und verstummten dann ganz. Sie seufzte. Sie kamen nicht, um sie zu holen.

Was war mit ihrer Mutter? Ihrem Vater? Warum eilte Phillip nicht zu ihrer Rettung herbei? Stunden waren vergangen, seit sie ins Gefängnis gebracht worden war. Die Nacht lag dunkel hinter dem vergitterten Fenster, das zur Straße hinausführte, und die Geräusche des Geschäftstages waren längst verstummt.

Emily nahm ihren Umhang und wickelte ihn um sich. Wie konnten die anderen sie einfach hier drinnen lassen?

Irgendwo quietschte eine Tür. Emily sprang auf und beugte sich ein weiteres Mal vor, um auf den Flur zu schauen. Ein helles Licht beschien die Wand. Schritte hallten auf dem kahlen Boden wider. Die Schritte kamen ihr nicht bekannt vor. Aber dann tauchte ein Gesicht, ein *sehr* bekanntes, gut aussehendes Gesicht auf.

„Daniel!" Emily streckte die Hände durch die Gitterstäbe und ihr Puls hämmerte in ihren Ohren. „Was machst du denn hier?"

Er ergriff ihre Hände. „Das Gleiche wollte ich dich gerade fragen."

„Ich werde beschuldigt, gegen ein Jim-Crow-Gesetz[1] verstoßen zu haben."

Er lachte, nahm seine Mütze ab und zerknüllte sie in seiner Hand. „Wen hast du denn verärgert, Emily?"

„Findest du das auch noch lustig, Daniel Ludlow? Ich sitze hinter Gittern. Schau dich um. Ich bin in dieser feuchten, dunklen, kalten Zelle eingesperrt. Und warum? Weil ich Taffy Hayes den Auftrag gegeben habe, mir mein Kleid zu nähen, und weil ich ihre Schneiderwerkstatt besucht habe."

---

[1] Als „Jim-Crow-Gesetze" werden in den USA Gesetze bezeichnet, die in den Jahren 1876 bis 1964 eine Rassentrennung zwischen Schwarzen und Weißen vorschrieben.

„Jetzt weißt du, wie es ist, auf der anderen Seite zu stehen. In Zukunft wirst du mehr Mitgefühl mit Menschen haben, die fälschlich eines Vergehens beschuldigt werden."

„Ich habe doch Mitgefühl mit ihnen." Andererseits zweifelte sie angesichts ihrer jetzigen Lage an der Tiefe ihres früheren Mitgefühls. „Bist du gekommen, um dich über mich lustig zu machen?"

„Ich bin gekommen, um dir zu helfen." Er streckte die Hand durch das Gitter und strich mit dem Finger über ihr Kinn. „Ach, Emily, selbst im Gefängnis bist du wunderschön. Besonders, wenn du wütend bist."

„Wenn du mich noch weiter aufziehst, Daniel Ludlow, wirst du eine Schönheit erleben, wie sie noch kein Mensch gesehen hat! Kannst du mich hier herausholen?"

„Ich versuche es. Ich war im Büro deines Vaters, aber er war schon fort."

„Heute ist Donnerstag. Da geht er immer in den Club. Mutter ist bestimmt dorthin gefahren. Aber die Banken haben schon zu, und ich bin nicht sicher, ob er tausend Dollar zu Hause hat.

O Daniel, ich kann dic Nacht unmöglich hier verbringen." Emily zog ihre Hände zurück und verschränkte die Arme unter ihrem Umhang. „Woher wusstest du, dass ich hier bin? Weiß es schon ganz Birmingham? Stehe ich in der Abendzeitung? Als ich ankam, stand vor dem Gefängnis ein Fotograf. Oh, du meine Güte, das ist alles so demütigend."

„Es steht nicht in der Zeitung, Emily. Wenigstens weiß ich nichts davon. Ich habe von Leutnant Flannigan, der mit Vater befreundet ist, erfahren, dass du hier bist. Er gab mir Bescheid, und ich bin gekommen, so schnell ich konnte."

„Leutnant Flannigan hat dir Bescheid gegeben?"

„Er dachte, dass ich es wahrscheinlich wissen will." Daniel schob die Arme durch die Gitterstäbe und umarmte Emily, so gut es ging. Der Druck seiner Hände auf ihrer Taille schenkte ihr Trost. Jetzt war sie nicht länger allein. „Es ist nicht schwer zu erkennen, wenn ein Mann verliebt ist. Nicht einmal für seine Freunde."

Sein Geständnis tat ihr gut, machte ihr aber gleichzeitig das

Herz schwer. „Sag so etwas nicht, Danny. Wir waren wirklich sehr gut miteinander befreundet, und ich schätze dich sehr, aber als du zu den ‚Barons' gegangen bist, war es vorbei. Das war deine Art, freundlich Lebwohl zu mir zu sagen."

„Freundlich Lebwohl zu sagen? Ich hatte nie die Absicht, mich zwischen Baseball und dir zu entscheiden. Woher sollte ich wissen, dass du dich mit diesem Angeber Saltonstall verlobst? Wenn du nur meine Briefe gelesen hättest!"

„Ich habe deine dummen alten Briefe gefunden." Sie saß im Gefängnis, warum sollte sie also nicht auch alles zugeben? „Vater hatte sie im Stall versteckt."

„Warum sollte er so etwas tun?" Daniel ließ sie los und trat zurück.

„Das ist jetzt auch egal. Er hat es eben gemacht. Ich hatte angefangen, sie zu lesen, habe dann aber entschieden, es doch nicht zu tun. Ich bin mit einem anderen Mann verlobt und sollte deshalb nicht die Briefe meines früheren Freundes lesen. Das wäre nicht richtig. Ich wäre auch nicht begeistert, wenn Phillip –"

„– mit einer anderen Frau ausgeht?"

Emily ignorierte das Schaudern, das ihr über den Rücken lief, weil er die Wahrheit sagte. „Jetzt fängst du schon wieder damit an, den Mann zu beschuldigen, den ich liebe."

„Ich habe ihn nicht beschuldigt, Emily."

Sie umklammerte das Gitter. „Weißt du noch mehr?" Sie griff nach seinem Mantel. „Sag schon!"

„Stell keine Frage, wenn du die Antwort darauf nicht hören willst. Das hatten wir doch schon, Emily."

„Bei allem, was dir heilig ist, Daniel Ludlow, gib mir eine Antwort!" Sie zog sein Gesicht zwischen den Gittern zu sich heran. Der kalte Stahl drückte sich an seine Wange, aber er wich nicht aus und riss sich nicht los, sondern schaute ihr direkt ins Gesicht. „Wenn ich dir irgendetwas bedeute, wenn dein Liebesgeständnis auch nur einen Funken Wahrheit enthält, dann sag mir, was du weißt. Du bist doch mein Freund, oder?"

„Ich habe ihn gesehen. Mit ihr."

„Abgesehen von jenem Tag auf der Straße?“ Emily ließ seinen Mantel los und Daniel rieb sich die Wange. „Er war mit ihr zusammen? Mit Emmeline?“

„Im ‚Italian Garden‘, nach Mitternacht.“

„Sie ist ausgesprochen schön, nicht wahr?“ Emily fühlte sich schwach und gedemütigt und drehte sich zur hinteren Wand der winzigen Zelle um. Eine Gesetzesbrecherin, die zu ihrer Schande verhaftet worden war. Ein armseliger, erbärmlicher Anblick im Vergleich zu der umwerfenden Emmeline Graves.

„Im Vergleich zu dir ist sie nichts, Emily.“

Sie wischte sich Tränen von den Wangen. „Kannst du dir vorstellen, dass er mit einer Frau herumzieht, die fast den gleichen Namen hat wie ich? Wahrscheinlich, damit er unsere Namen nicht verwechselt.“

„Sie hat nicht deinen Charakter. Schau dich doch an! Du sitzt im Gefängnis, weil du zu deinen Überzeugungen stehst.“

„Und was habe ich damit erreicht?“ Emily fuhr herum. „Taffy! Oh, du meine Güte, Daniel.“ Sie eilte wieder zum Gitter und packte ihn erneut am Mantel. „Ich bin so egoistisch. Ich mache mir nur Sorgen um mich, aber was werden sie mit Taffy machen? Bitte sag mir, dass es ihr gut geht.“

„Soweit ich weiß, ist ihr nichts passiert. Flannigan sagte, er hätte nur die Anweisung bekommen, ihr mitzuteilen, dass sie sich von dir fernhalten soll.“

„Dass sie sich von mir fernhalten soll? Das ergibt doch keinen Sinn. Überhaupt keinen Sinn, Danny. Wer sollte so etwas anordnen?“

„Emily, du bist nicht naiv. Du weißt doch, wie es in dieser Stadt läuft, oder?“

„Nein, aber –“

„Weißt du, was? Kannst du dich an meinen Freund Ross erinnern? Er schreibt für den ‚Age-Herald‘. Ich kann ihn bitten nachzuforschen, wer hinter deiner Verhaftung steckt.“

„Bitte, Danny, würdest du das machen? Ich will wissen, wer mich angezeigt hat.“

„Wie sollte ich dir eine solche Bitte ausschlagen können?" Er ergriff ihre Hände. Seine dicken, ungebändigten Locken fielen ihm in die Stirn und seine blauen Augen zogen Emily fast magisch an. „Du fehlst mir."

„Danny, nicht. Es hilft uns nicht weiter, in Erinnerungen an das zu schwelgen, was einmal gewesen ist. Wir müssen in der Gegenwart leben und in die Zukunft blicken. Ich will wirklich, dass wir Freunde bleiben."

„Aber ich liebe dich."

Emily entzog ihm ihre Hände. „Dann hättest du mit meinem Vater sprechen müssen. Wenn du schon nicht mit ihm gesprochen hast, bevor du zu den ‚Barons' gingst, hättest du zu ihm gehen sollen, sobald du nach Hause zurückgekommen warst."

„Ich hatte nicht einmal mit dir gesprochen, Emily. Du hast keinen meiner Briefe beantwortet. Was hätte ich denn zu deinem Vater sagen sollen? ‚Guten Tag, Sir, ich möchte Sie gern um die Hand Ihre Tochter bitten, auch wenn ich seit fünf Monaten nicht mit ihr gesprochen habe'?"

„Ja, Daniel. Um Himmels willen, ja."

Er seufzte und wandte das Gesicht dem dunklen Korridor zu. „Warum heiratest du dann Phillip Saltonstall?"

„Ich sitze im Gefängnis, Daniel." Emily ließ die Hände von dem Gitter sinken und umklammerte ihren Umhang, der von ihren Schultern zu rutschen drohte. „Ich will darüber jetzt nicht sprechen. Ich kann jetzt nicht an so etwas denken. Ich will einfach von hier weg."

„Entschuldige. Du hast recht." Er schlug seine Kappe gegen das Gitter. „Dann gehe ich mal und schaue, was ich tun kann."

„Danke. Und, Daniel?"

„Ja?"

„An dem Abend im ‚Italian Garden' – mit wem warst du dort?" Sie hatte kein Recht, ihm diese Frage zu stellen, aber sie wollte es trotzdem wissen.

„Mit meinen Freunden Ross und Alex."

„Hast du getanzt?"

„Einmal, aber nur, um Ross' Hals zu retten und das arme Mädchen nicht in Verlegenheit zu bringen, das er zu unserem Tisch zerrte." Er setzte seine Kappe wieder auf. „Hast du Hunger?"

„Bärenhunger."

„Ich bin bald wieder da. Mit Essen und heißem Kaffee und hoffentlich mit der Nachricht, dass du bald entlassen wirst."

„Daniel, du bist so nett und ich benehme mich so grob. Es tut mir leid, aber ich bin zum ersten Mal im Gefängnis. Nächstes Mal bin ich freundlicher."

Sie liebte den Klang seines Lachens. Es linderte ihren Schmerz. „Das glaube ich dir gern." Er streckte die Hand durch das Gitter und strich mit der Rückseite seiner Finger über ihre Wange. „Emily Canton, du kannst deine schlechte Laune jederzeit an mir auslassen." Er verbeugte sich und ging rückwärts den Flur entlang zur Tür. „Mit dir zu streiten macht mehr Spaß, als mit irgendeiner anderen Frau zu scherzen."

Emily lehnte sich an das Gitter und starrte die Stelle an, an der Daniel gestanden hatte, und atmete seinen leichten, sauberen Duft ein. Liebte sie ihn? Dieser Mann ging ihr unter die Haut. Er brachte ihr Blut zum Kochen. Ihr machte es ebenfalls Spaß, mit ihm zu streiten. Er brachte ihr Herz und ihren Verstand zum Rasen. Im Gegensatz zu Phillip, der sich nur für ihren Körper zu interessieren schien. Er sprach ständig von ihrem Charme und ihrer Schönheit. Und vom guten Namen ihrer Familie. Aber nur selten ging er auf ihre Geschichten ein oder lachte über ihre Scherze.

Liebte sie Phillip? Im Moment konnte sie an nichts anderes denken als daran, dass sie frei sein wollte.

Doch was spielte das schon für eine Rolle? Sie hatte Phillip ihre Liebe versprochen und seinen Ring angenommen. Was galt ihr Wort, wenn sie nicht länger dazu stand, sobald es schwierig und mühsam wurde?

Selbst wenn sie Daniel liebte, war sie Phillip versprochen. Ob es ihr gefiel oder nicht, sie war durch ihr eigenes Tun und ihre Worte gebunden.

Oh, du meine Güte! Emily rüttelte am Gitter. „Lasst mich hier raus!"

Die Stahltür am anderen Ende ging wieder mit lautem Quietschen auf und ihr Herz schlug höher. *Daniel!* Emily lief angesichts der Vorstellung, gleich etwas zu essen zu bekommen, das Wasser im Mund zusammen. Ihr Puls hämmerte vor Vorfreude, als sie daran dachte, gleich Daniel zu sehen.

Aber der Mann, der um die Ecke kam, war nicht Daniel.

„Phillip." Sie streckte die Arme durch das Zellengitter und ihr Herz pochte aufgeregt in ihrer Brust. „Du bist gekommen." Er ging neben einem Polizisten, das Kinn hoch erhoben, den Rücken aufrecht und die Schultern zurückgeworfen.

„Sobald ich konnte, Liebste." Er nahm ihr Gesicht in die Hände und zog ihre Stirn zu sich, um sie zu küssen. „Es tut mir so leid, Emily, so leid. Du kannst mir vertrauen, ich werde mit dem Polizeichef und dem Bürgermeister über diesen Justizirrtum sprechen."

„Die Kaution ist hinterlegt", erklärte der Polizist. „Sie können gehen, Miss Canton."

Die Zellentür ging auf und Phillip zog Emily an sich heran. Sanft streichelte er sie und flüsterte ihr ins Ohr. „Ich bin jetzt hier. Diese Sache wird geregelt. Vertrau mir."

„Phillip." Tränen verschluckten den Rest ihrer Worte. Sie fühlte sich schwach und brauchte dringend die Umarmung ihres Verlobten. Wie hatte sie noch vor wenigen Minuten mit Daniel flirten können? Wie konnte er es wagen, Zweifel in ihr zu säen? *Schon wieder.* Emily sah zu Phillip auf. „Ich will nicht länger warten."

Ein anzügliches Grinsen überzog sein Gesicht und seine Augen leuchteten auf. „Liebling, das sage ich schon die ganze Zeit, aber wir können nicht." Er schaute sich um. „Die Polizisten könnten uns überraschen." Er hob ihre Hand und steckte ihren Diamantring an ihren Finger. „Ich glaube, der gehört dir."

„Ich meine, lass uns heiraten, Phillip. Ich will nicht bis zum Frühling warten. Lass uns an Silvester heiraten. Lass uns das Jahr 1912 als Ehepaar beschließen."

„Bist du sicher? Was ist mit der Hochzeitsreise nach Europa?"

„Dann fahren wir eben nach Hot Springs oder Florida und erst im Frühling nach Paris. Klingt das nicht schön, Phillip?"

„Es klingt himmlisch. An Silvester wirst du meine Frau. Ich spreche mit unseren Vätern."

„Was ist mit unseren Müttern?"

Phillip legte den Arm um sie, küsste sie auf die Stirn und führte sie aus ihrer Zelle. „Das, mein Liebling, ist deine Aufgabe."

Sie lachte. Ein befreites, von Herzen kommendes Lachen. „Du wirfst mich den Wölfen vor, während du dich um die Lämmer kümmerst."

„Ein Mann ist ein Mann."

Als sie um die Ecke bogen, stand Daniel mit einem Korb in der Hand auf dem Flur. Seine Blicke wanderten von Emily zu Phillip. Ohne ein Wort zu sagen, drehte er sich auf dem Absatz um und verschwand.

Phillip schüttelte den Kopf. „Ein komischer Kauz", sagte er mit einem spöttischen Grinsen.

„Wieso?" Emily räusperte sich mühsam. Ihre Stimme drohte ihr zu entgleiten. „Kennst du ihn?"

„Sozusagen. Ich bin ihm schon einmal begegnet." Phillip nahm seinen Arm von Emily. „Abends in der Stadt. Du weißt schon, wenn Männer unter sich sind."

„Phillip." Emily verlangsamte ihre Schritte und berührte seinen Arm. „Darf ich dich etwas fragen und um eine ehrliche, offene Antwort bitten?"

„Glaubst du, ich riskiere es, deinen Unmut auf mich zu ziehen, indem ich dir eine Lüge erzähle?"

„Wenn wir verheiratet sind …" Ohne ihn anzuschauen, strich sie mit der Hand über sein Jackett. Die edle Wolle roch leicht nach einem Frauenparfüm. „… triffst du dich nicht mehr mit Emmeline, nicht wahr?"

„Emily!" Phillip fuhr zurück und zupfte an seiner Weste. „Wie kommst du auf eine solche Frage? Das haben wir doch alles schon durchgekaut. Ich weiß nicht, wie ich dir darauf antworten soll. Warum willst du mich heiraten, wenn du mich für untreu hältst?

Hat *er* dir das eingeredet?“ Phillip deutete zur Tür. „Hat dieser Kretin dir Lügen über mich erzählt?“

„Sei einfach ehrlich, Phillip: Bist du mir untreu? Triffst du dich mit Emmeline?“

„Darf ich *dir* eine Frage stellen?“

Emily atmete tief aus. Phillip beantwortete ihre Fragen immer mit einer Gegenfrage. „Ja, natürlich.“

„Ist das heute das letzte Mal, dass ich dich aus dem Gefängnis holen muss? Es hat mich einige Mühe gekostet, meinen Vater zu beruhigen, als er hörte, was passiert ist. Wir haben mit der Zeitung telefoniert, um deinen Namen herauszuhalten, und wir haben eine beträchtliche Summe gezahlt, um sicherzustellen, dass es kein Foto von dir geben wird. Ich will nicht, dass unsere Hochzeit von einem Bild überschattet wird, das dich in einem Gefängniswagen zeigt.“

„Ich hatte nie die Absicht, mich verhaften zu lassen. Ich war nur zur Anprobe bei Taffy.“

„Hatte ich dir nicht gesagt, dass du nicht ins Schwarzenviertel gehen sollst?“

Sie behielt ihre Antwort für sich, da sie es müde war, immer wieder über dasselbe Thema zu diskutieren.

„Emily, Liebling.“ Phillip kniff sie sanft ins Kinn. „Wir sind Saltonstalls. Wir gehen nicht zu Leuten. Sie kommen zu uns. Und wir machen keine Geschäfte mit Negern.“

„Niemals?“

„Es gibt genügend Weiße, die Arbeit suchen. Für jede Arbeit, für die ich einen Schwarzen beschäftigen würde, kann ich einen Weißen finden, der mir diese Aufgabe zum gleichen Preis erledigt.“

„Außer in den Saltonstall-Minen. Wir steht es da, Phillip? Dort verrichten die farbigen Sträflinge die Arbeit. Ihr findet Wege, damit ihre Haftstrafen verlängert werden, damit sie länger kostenlos für euch arbeiten müssen, nicht wahr? Dort ist dir ein farbiger Arbeiter schon recht.“

„Wir geben verurteilten Verbrechern Arbeit und bringen ihnen Fertigkeiten bei, damit sie, wenn sie *zur rechten Zeit* freigelassen werden, gegen Bezahlung eine Anstellung finden können.“

„Wann wurde zum letzten Mal in den Saltonstall-Minen ein farbiger Exsträfling gegen Bezahlung eingestellt?"

Phillip biss sich auf die Unterlippe und verdrehte die Augen. „Vor fünf Minuten hätte ich dich in einer Gefängniszelle verführen können. Du warst wie eine Rose in meiner Hand." Er schaute auf sie hinab. „Und jetzt bist du ein Dorn in meinem Fleisch."

„Könnten wir dann zur ursprünglichen Frage zurückkommen?"

Phillip zog Emily in seine Arme, beugte den Kopf zu ihr herab und küsste sie mit einer so brennenden Leidenschaft, dass es ihr den Atem verschlug. Als er den Kopf hob, musste sie schlucken.

„Würde ein Mann, der dich so küsst, sein Verlangen bei einer anderen Frau stillen?"

„Wahrscheinlich nicht." Ehrlich gesagt, hatte Emily keine Ahnung. Sie musste noch viel über Männer lernen. Über ihren Mann. Aber im Moment genügte ihr sein Kuss. Phillip Saltonstall gehörte ihr. Ihr allein.

Kapitel 20

Tim

Er war schon früher mal gestürzt. Er hatte Prellungen und Verbrennungen erlitten. Knochenbrüche. Angebrochene Rippen. Gehirnerschütterungen. Aber noch nie ein gebrochenes Herz. Nein, auf sein Herz hatte er immer gut aufgepasst.

Er sah ständig Charlotte vor sich, wie sie aus seinem Krankenhauszimmer geflüchtet war, als Kim sich über ihn gebeugt hatte. Tim verzog das Gesicht. *Er war dumm. So dumm.* Aber um Charlotte vor dem Schmerz zu bewahren, hätte er Kim verletzen müssen, und sie hatte doch nichts Schlimmes getan. Ihre Aufmerksamkeiten waren nur die Reaktion auf seine eigenen Avancen gewesen.

Tim schlüpfte in Jeans und Schuhe und warf sich dann ein Hemd über die Schultern. Zehn Tage nach dem Unfall tat ihm immer noch alles weh. Die Schmerzen begannen in seiner Taille, schossen an seinem Oberkörper herauf und an seinem Arm hinab. Manchmal konnte er nachts spüren, wie sich der Knochen unter der Haut bewegte. Wenigstens fühlte es sich so an.

Die Prellungen, die an seinem Hals, auf seiner Brust und seinen Armen immer noch sichtbar waren, machten das Duschen und Anziehen zu einer schmerzhaften Angelegenheit. Alles kam ihm so anstrengend vor wie ein Zehnkilometerlauf. Bergauf.

Sein gesamter Körper war mit dunklen Blutergüssen übersät. Der Arzt hatte ihn nur nach Hause gelassen, wenn er versprach, sich viel auszuruhen und nicht zu arbeiten. Er durfte nicht Auto fahren. Und auch keine Rennen. Als ob man ihm das noch extra hätte sagen müssen! Aber Gott sei Dank kam er allein zurecht.

„Tim?“ Die Küchentür fiel ins Schloss. „Ich habe Frühstück mitgebracht.“ Die Balken des restaurierten Landhauses aus den

Zwanzigerjahren knarrten, als Kim seine Wohnung betrat und ihre vertraute Stimme erklang. „Schatz, bist du auf?"

„Ja, ja, ich komme schon." Tim steckte sein Handy in die Tasche und bewegte sich langsam und vorsichtig durch den breiten Flur.

„Du hättest mal die Schlange bei ‚Starbucks' sehen sollen", rief sie.

„Das überrascht mich nicht. Dort ist immer viel los." Tim ging in sein Büro. Seit er zu Hause war, hatte er mehr Zeit, als ihm lieb war, um über sein Leben nachzudenken. Über seine Entscheidungen. Sein gebrochenes Herz, an dem er selbst schuld war.

„Aber wenn jemand weiß, wie man sich in einer Schlange vordrängelt, Schatz, dann bin das ich. Kim Defario." Sie unterstrich jede Silbe ihres Namens mit einem Fingerschnippen.

„Das stimmt. Das brauchst du mir nicht zweimal zu sagen", rief Tim und atmete tief ein. Es tat weh, laut zu sprechen. Er setzte sich auf den Stuhl vor seinem Zeichenbrett und verzog vor Schmerzen das Gesicht. Obwohl er natürlich einen Computer besaß, zeichnete er seine ersten Ideen und Entwürfe immer noch gern mit der Hand. Er mochte das Gefühl, mit einem Stift in der Hand etwas zu Papier zu bringen.

„Kommst du? Ich muss in einer halben Stunde los."

„Ja, gleich." Tim strich mit der Hand über seine angebrochenen, schmerzenden Rippen. Mann, es war gar nicht so leicht, sich von einem Zusammenstoß mit einem zweihundertfünfzig Kilo schweren Motorrad zu erholen.

Er hatte gar nicht vorgehabt, mit Kim etwas anzufangen. Er hatte nicht einmal gewusst, dass sie in der Stadt war, bis sie angerufen und den Wunsch geäußert hatte, sich mit ihm zu treffen. Einfach ein Treffen unter alten Freunden.

Drei Wochen später war sie aus seinem Leben nicht mehr wegzudenken, und er fragte sich, wie er hatte zulassen können, dass es so weit kam. Er fühlte sich immer mehr wie ein Schuft. Immer mehr wie ein Idiot. Er war auch ein Idiot, denn er hatte die sanfte, schöne Charlotte, der immer noch sein Herz gehörte, gehen lassen.

Tim zog das Handy aus der Hosentasche. Keine entgangenen

Anrufe. Keine Charlotte. Sie hatte ihm deutlich zu verstehen gegeben, was sie für ihn empfand, als sie nicht wieder ins Krankenhaus kam, nachdem Kim ihren … gewissen Moment gestört hatte. Kein Anruf und keine SMS.

Daraufhin hatte Tim Jack losgeschickt. Aber nicht einmal sein charmanter kleiner Bruder hatte sie umstimmen können. Warum vermisste er sie dann so sehr? Er musste über sie hinwegkommen und ohne sie weiterleben. Eine umwerfende, liebevolle, intelligente Frau saß in seiner Küche und hatte ihm gerade sein Frühstück gebracht. Was war also sein Problem?

Sein Problem? Er spürte immer noch Charlottes Lippen auf seinem Mund. Roch den Duft ihrer Haut. Fühlte ihre weichen Haare auf seiner Wange. Hörte ihr Lachen, das ihn jedes Mal überraschte und ihn selbst auch zum Lachen brachte. Die Art, wie ihre Augen funkelten, wenn sie von ihrem Beruf sprach. Von Brautkleidern und Bräuten. Tim erschauerte. *Krieg dich wieder ein, Mann.*

Sie war ein Teil seiner Seele – von dem Augenblick an, als er sie das erste Mal gesehen hatte. Sie war überraschend, schön, aufregend. Neben ihr verblasste das Fliegen über eine Motocross-Strecke zu einem Bobbycar-Rennen. Statt für die Firma Rose einen neuen Auftrag an Land zu ziehen, hatte er die Tage nach ihrer ersten Begegnung damit verbracht, sich zu überlegen, wie er ihr Herz gewinnen könnte.

Er und David hatten bis dahin nie viel gestritten.

„Konzentriere dich endlich wieder auf deine Arbeit, Tim!"

Nach zwei Monaten hatte er ihr einen Heiratsantrag gemacht. In jener Nacht hatte er wie ein Baby geschlafen. Er hatte das Gefühl gehabt, das Richtige zu tun. In seinem Leben einen Schritt weiterzugehen. Erwachsen zu werden. Ehe er sich versah, war er nicht mehr zweiunddreißig, sondern zweiundvierzig, und er wollte eine Frau und Kinder. Aber als die Hochzeit näher gerückt war, hatte ihn der Gedanke, zwei Leben zu einem zu verschmelzen, Angst gemacht und ihm den Schlaf geraubt.

„Hey, Tim. Ich esse mein Frühstück, und wenn du nicht in einer Minute hier bist, esse ich deines auch."

„Kim, bitte! Seit wann kannst du zwei Portionen essen? Ich esse mein Frühstück und noch die Hälfte von deinem."

Ihr Lachen hallte durch den Flur. „Du kennst mich einfach zu gut."

Je näher der 23. Juni gerückt war, umso größer war seine Panik geworden. Er hatte den Kopf in den Sand gesteckt wie ein verängstigter Strauß und das Beste aufgegeben, was ihm in seinem Leben passiert war.

„Ich muss nur noch kurz telefonieren." Tim zog das Handy aus seiner Tasche und wählte die Nummer, die er am Tag vor dem Unfall auf den Rand eines Zeichenblatts gekritzelt hatte.

Als das Telefon am anderen Ende klingelte, stand er mit schmerzverzerrter Miene auf, humpelte zur Tür und schob sie halb zu. Er schuldete seinem Freund Brooks in der Bezirksverwaltung einen großen Gefallen, weil er die Nummer in Erfahrung gebracht hatte, die Tim gerade wählte.

Sein Herz blieb beinahe stehen, als sich ein Mann meldete. „Hallo?", fragte Tim. „Spreche ich mit Montgomery Fillmore?"

„Am Apparat."

Sie kennen mich nicht. Mein Name ist Tim Rose. Meine Ver- … meine Freundin Charlotte Malone hat früher bei Ihrer Mutter Gerti gewohnt."

„Das stimmt. Was kann ich für Sie tun?" Der geschäftsmäßige Tonfall seines Gegenübers gab Tim zu verstehen, dass er direkt zur Sache kommen sollte.

„Ich wollte Sie fragen, ob Sie den Namen ihres Vaters kennen."

„Charlottes Vater? Nein. So nah stand ich ihr und ihrer Mutter nicht. Ich war verheiratet und hatte selbst Kinder, als meine Mutter Phoebe und Charlotte unter ihre Fittiche nahm."

„Hat Ihre Mutter ihn je erwähnt?"

„Mir gegenüber nicht. Phoebe hat mit ihr vielleicht über ihn gesprochen, aber ich erfuhr davon nichts."

„Fällt Ihnen sonst jemand ein, der etwas über Charlottes Vater wissen könnte? Großeltern? Tanten, Onkel?" Tim ging zum Fenster. Vor ihm breitete sich an diesem Junitag ein blauweißer Himmel über der Skyline von Birmingham aus. „Hat sie irgendetwas zurückgelassen, als sie auszog, oder haben Sie etwas gefunden, als Ihre Mutter starb?"

„Mir fällt niemand ein, der Phoebe so nah gestanden haben könnte. Meine Mutter nahm Charlotte nach Phoebes Tod auf, weil das Mädchen niemanden hatte. Sonst wäre sie zu Pflegeeltern oder in ein Waisenhaus gekommen. Mir fällt nichts ein, das sie dagelassen haben könnte. Wir haben das Haus meiner Mutter nach ihrem Tod leer geräumt. Wir gaben Möbel, Kleidung und Geräte weg. Da blieb nicht viel übrig. Warum fragen Sie?"

„Ich will nur einer Freundin einen Gefallen tun. Danke, dass Sie sich Zeit für mich genommen haben, Montgomery." Tim legte auf. Als er die Tür öffnete, stand Kim mit verschränkten Armen auf dem Flur.

„Ist dir klar, dass sie vielleicht nicht will, dass du in ihrer Vergangenheit herumschnüffelst?"

„Vielleicht." Kims Augen, die braun waren wie die eines Falken und doppelt so aufmerksam, schauten ihn durchbohrend an, als er in die Küche ging.

„Manchmal ist es besser, etwas *nicht* zu wissen, Tim. Du kannst nicht einfach ins Leben dieser Frau platzen und sagen: ‚Ich habe deinen Vater gefunden', und dann auch noch erwarten, dass du ihr Held bist."

„Ich habe nie gesagt, dass ich ihr Held sein will." Tim öffnete den Schrank, um sich eine Müslischale herauszuholen. Wenn er ehrlich war, wollte er schon Charlottes Held sein. Er wollte seine Dummheit irgendwie wiedergutmachen. Etwas für sie tun, das Bestand hatte.

„Tim, was läuft hier?" Kim lehnte sich an die Arbeitsplatte und schlug ihre langen Beine an den Knöcheln übereinander. Ihre maßgeschneiderte Bluse betonte ihre Kurven und ihre Hose umschmeichelte ihre Hüften.

„Wir frühstücken. Das läuft hier." Dumme Antwort. Dass er so rastlos war, war schließlich nicht Kims Schuld.

„Lass deine schlechte Laune nicht an mir aus." Sie ging zum

Tisch und nahm ihren Kaffee. „Ich will wissen, was zwischen dir und mir los ist. Was läuft zwischen uns?“

„Ich glaube, ich liebe sie immer noch.“ Tim öffnete den Kühlschrank, holte die Milch heraus und goss sie über sein Müsli.

„Du *glaubst?*“

„Ich weiß es. Ja, ich weiß es.“ Als er sich umdrehte, hängte sich Kim gerade ihre Handtasche über ihre Schulter. „Ich habe nie aufgehört, sie zu lieben“, gestand er.

„Dann geh und hol sie dir.“ Freundlichkeit vermischte sich in ihrer Stimme mit Traurigkeit.

„Sie will mich nicht. Daraus kann ich ihr keinen Vorwurf machen.“

„Und was war das mit mir?“

„Du kamst in die Stadt zurück, hast mich angerufen, wir gingen öfter miteinander essen …“ Er schaute sie an. „Kim, es tut mir leid. Ich wollte nie mehr, als dass wir Freunde sind, aber ich habe dir falsche Hoffnungen gemacht. Ich hätte …“ Er starrte die Milch an und drehte den Verschluss wieder zu. „Das hätte ich dir von Anfang an offen sagen sollen.“

„Allerdings hättest du mir das sagen sollen.“ Kims Absätze klapperten über die Küchenfliesen. „Sei ihr gegenüber nicht so dumm, Tim.“ Die Tür ging leise zu, als sie das Haus verließ.

Tim zog die Besteckschublade auf, holte einen Löffel heraus, schob den ersten süßen Bissen in seinen Mund und empfand große Trauer.

Herr, vergib mir.

Gleichzeitig erfüllte ihn große Freude. Er war immer noch in Charlotte verliebt.

Charlotte

Den ganzen Juni hindurch war Charlotte jeden Samstag mit Hochzeiten beschäftigt. Sie und Dixie statteten nicht weniger als fünfundzwanzig Frauen für ihre Hochzeit aus.

Das Beste dabei war, dass Hillary jetzt Teil ihres Lebens war. Sie kam fast jeden Tag in die Boutique. Sie bot an, Besorgungen zu erledigen oder im Lager zu helfen. Und sie weigerte sich, dafür irgendeine Bezahlung anzunehmen. Sie brachte ihnen etwas zu Essen mit, das sie selbst gekocht hatte, und diskutierte lebhaft mit Dixie über ihre Lieblings-Realityshow im Fernsehen.

An den Sonntagen sah sie Tim aus der Ferne, wenn sie zum Spätgottesdienst eintraf und er gerade den Frühgottesdienst verließ. Sie stellte ihren Wagen auf der anderen Seite des Parkplatzes ab – weit entfernt von seinem Auto – und huschte zur Seitentür in die Kirche hinein. Doch an drei von vier Sonntagen lief sie ihm dennoch über den Weg.

Mehrere hundert Gottesdienstbesucher waren an diesem Morgen in der Kirche und sie musste ausgerechnet mit Tim Rose zusammenstoßen! Meistens waren auch noch ein oder zwei andere Mitglieder seiner Familie dabei. Sie hatte alles getan – außer absichtlich zu spät zum Gottesdienst zu kommen –, um ihnen nicht zu begegnen.

Aber gleichzeitig vermisste sie sie.

Heute, am Sonntag nach ihrer geplanten Hochzeit, eilte Charlotte hundemüde von diesem Hochzeitsmonat, aber gleichzeitig dankbar, dass es ihr eigentlich gut ging, zur Kirche.

Sie hatte am Vortag sieben Bräute angekleidet und auf diese Weise versucht, nicht daran zu denken, dass an diesem Datum eigentlich auch ihre eigene Hochzeit stattfinden sollte.

Die Sonne brannte schon um zehn Uhr morgens heiß von einem blauen Himmel herab, über den nur dünne Federwolken zogen. Der erste Sonntag nach dem Sommeranfang machte seinem Namen alle Ehre und die Grillen zirpten ihr lautes Lied in der feuchtwarmen Luft.

Charlotte eilte durch Gruppen von Gemeindemitgliedern die Stufen zum Eingang hinauf, als eine vertraute Stimme sie innehalten ließ. „Wohin fahren wir zum Frühstücken?“ Sie drehte sich um und sah David an sich vorübergehen. Er kam mit Jack und seinen jüngeren Brüdern Chase und Rudy aus dem ersten Gottesdienst. Der Rest der Familie – Katherine mit ihren zwei Kindern sowie Mr und Mrs Rose – stand schon auf dem Parkplatz zusammen.

Charlotte lehnte sich ans Geländer. Was wollte sie zum Frühstück? *Das.* Zu einer Familie gehören und mit ihnen zusammenstehen. Oder auf sie zugehen, den Kopf in die Runde stecken und fragen: „Was machen wir jetzt?“ Ohne eine Einladung zu brauchen. Ohne eine Absage zu befürchten.

Tim überquerte leicht hinkend den Parkplatz. Sein Hemd flatterte über seiner Jeans und seine Haare, die in der Sonne glänzten, wehten ihm ins Gesicht.

Er blieb kurz bei der Gruppe stehen und drehte sich dann wieder zur Kirche herum und blickte mit zusammengekniffenen Augen in ihre Richtung. In ihrem Bauch kribbelte es.

„Hey.“ Er kam zu ihr herübergejoggt. „Wie geht es dir?“

„Ich bin müde, aber mir geht es gut. Und dir?“ Sie lächelte, weil er diese „Alles ist bestens“-Aura ausstrahlte. Er war gleichzeitig selbstsicher und verwundbar. Eine Kombination, die ihr Herz nicht unbedingt ertragen konnte. „Du siehst gesünder aus als das letzte Mal, als ich dich sah.“

„Ich fühle mich auch besser als das letzte Mal, als du mich gesehen hast.“ Er blieb am Fuß der Treppe stehen und stemmte die Hände in die Hüfte. „Gestern war also …“

„… sehr viel los. Dixie und ich mussten uns um sieben Hochzeiten kümmern. Ich kam erst um Mitternacht nach Hause. Ich war so fertig, dass ich angezogen aufs Bett fiel und gleich einschlief.“ *Gib ihm keine Gelegenheit, es zu sagen!* Dass sie eigentlich an diesem Tag seine Frau hätte werden sollen.

„Du siehst gut aus.“ Angesichts des Tonfalls, in dem er das sagte, wurde ihr warm ums Herz.

„Ich habe keine dunklen Ringe unter den Augen?“

„Überhaupt nicht. Charlotte, das im Krankenhaus tut mir leid."
„Was war denn im Krankenhaus? Du meinst Kim?"
„Der Kuss. Und ja, Kim."
Der Kuss? Ihm tat der zärtliche, leidenschaftliche Kuss leid? Der Kuss, der ihr immer dann unerlaubt durch den Kopf schoss, wenn in ihren Tag eine Sekunde Ruhe einkehrte?
„Ich sollte jetzt hineingehen. Ich höre schon die Musik." Charlotte ging rückwärts die Stufen hinauf.
„Willst du mit uns frühstücken gehen?" Er deutete über die Schulter auf den Familienclan.
Mehr als alles auf der Welt. „Nein, nein, das geht nicht. Ich will den Gottesdienst nicht verpassen."
„Bist du sicher?" Er schaute sie mit zusammengekniffenen Augen und tief gerunzelter Stirn an. „Wir können warten, bis dein Gottesdienst aus ist."
„Wirklich? Nein, das kann ich nicht von euch verlangen, Tim. Diese hungrige Gruppe dort drüben verwandelt sich in einen wütenden Mob, wenn du verlangst, dass sie noch länger auf ihr Frühstück wartet."
Er trat vor. „Dann warte ich." Tim wartete auf ihre Antwort und atmete tief ein. Der Duft seines Rasierwassers lag zwischen ihnen in der Luft.
„Das ist nicht nötig. Ich gehe in den Gottesdienst und fahre anschließend nach Hause, um mich auszuschlafen."
„Also gut. Da kann man wohl nichts machen." Er schaute sie lange an, dann sagte er: „Ach, wie läuft es mit dem Kleid? Was kam bei Hillary heraus?"
„Eine ziemlich erstaunliche Geschichte." Charlotte lächelte. Ihre Haarspitzen schienen ihm im leichten Wind des Morgens zuzuwinken. „Sie hat Joel tatsächlich in diesem Kleid geheiratet. Als er getötet wurde, hat sie dann die Truhe zugeschweißt. Sie hatte auch ein Foto von ihren Eltern mit den Leuten, von denen die das Haus gekauft hatten, und das führte uns zu Mary Grace Talbot, die das Kleid 1939 trug."
„Wow. Das ist wirklich erstaunlich."

„Hillary hilft uns jetzt viel in der Boutique. Sie taucht einfach –"

„Tim, kommst du?", rief David aus der Familientraube. „Hallo, Charlotte."

Sie hob die Hand und winkte. „Hallo, David."

„Ja, sofort", rief Tim zurück.

„Deine Familie wartet. Mach's gut, Tim."

„Kann ich dich anrufen?"

„Nein, Tim, bitte nicht." Charlottes Blick wanderte über den Parkplatz, während ihre Hand auf dem Türgriff lag.

„Charlotte, nur dass du es weißt: Dein Freund Tim vermisst dich."

„Ja, aber im Moment sehen sich mein Freund Tim und mein Verlobter Tim schrecklich ähnlich."

Kapitel 21

Tim

Tim kontrollierte ein letztes Mal die Pläne für seine Präsentation. Das Architekturbüro Rose hatte die Zusage in letzter Sekunde bekommen und er wollte sein Bestes geben.

Tims Blick blieb an einem Bild hängen, auf dem angekettete Sträflinge zu sehen waren – schwarze Männer mit Ketten an den Beinen, die als Sträflingsarbeiter eingesetzt worden waren. Er baute gern Erinnerungsstücke in seine Restaurierungsprojekte ein. Damit konnte man so vieles veranschaulichen. Wer hatte früher an diesem Ort gewohnt und gearbeitet? Wie hatte man sich damals gekleidet? Wie sahen diese Menschen aus? Was konnte man aus ihrer Geschichte lernen? Wie konnte man verhindern, dass man die gleichen Fehler machte?

Er hatte mit seinem Lieblingsbildhauer an einer Gedächtnisskulptur für die Restaurierung eines Büros im Saltonstall-Bergwerk gearbeitet. Seine Skulptur sollte an das Ende des Sträflingsarbeiterprogramms im Jahre 1928 erinnern.

Tim wiederholte seinen Schlusssatz – „Freiheit in jeder Form und um jeden Preis muss gefeiert werden" – und suchte in seinem Recherchematerial nach dem Bild der Frauen, die sich dafür eingesetzt hatten, dass die Zwangsarbeit von Sträflingen beendet worden war. Er wollte es hochhalten und vorschlagen, dass eine Radierung oder eine Messingplatte mit ihrem Bild neben der Skulptur angebracht werden würde.

Als er das Bild auf den Stapel zurückgelegt hatte, nahm er seine Wasserflasche, trank einen Schluck und betrachtete lange die Frau in der Mitte. Emily Ludlow.

Aus irgendeinem Grund ragte sie für ihn heraus. Als kenne er sie.

Er bewunderte ihre Leidenschaft und ihren Einsatz für Gerechtigkeit.

Das Schwarz-Weiß-Bild war am Rand leicht zerfleddert. Er hatte es sich von Cleo Favorite aus der Ludlow-Villa ausgeliehen, und hatte versprochen, es zurückzugeben, sobald die Präsentation vorbei war.

„Auf Sie, Mrs Ludlow, weil Sie gegen Ungerechtigkeit gekämpft haben, als das überhaupt nicht populär war.“ Tim trank einen weiteren Schluck Wasser und beugte sich vor, um das Bild genauer zu betrachten. Er war noch ein Kind gewesen, als sie starb, aber während seiner gesamten Grundschulzeit hatten seine Lehrer ihren Schülern immer wieder Mrs Emily Ludlow und ihren Mann Daniel als Vorbilder vor Augen geführt.

Etwas lag in ihrem Gesichtsausdruck, in ihrem triumphierenden Lächeln, in ihren funkelnden Augen. Tim betrachtete das Bild näher und hielt es ins Licht.

Ausdrucksstarke Augen. Geschwungene Lippen. Groß und beherrschend. Sie sah aus, als könnte sie den Mond mit einem Lasso einfangen und darauf bis zum Horizont reiten. Sie kam ihm irgendwie bekannt vor.

Tim warf einen Blick auf die Uhr. Ein Uhr. Er musste diese Gedanken verdrängen, einen klaren Kopf bekommen, sich eine Kleinigkeit zu essen besorgen und sich vergewissern, dass die Bilder für seine Präsentation um sechzehn Uhr vor der Restaurierungskommission der Stadt korrekt angeordnet waren.

„Tim.“ Sein Assistent Javier steckte den Kopf zur Tür herein. „Hier ist jemand, der Sie sprechen möchte. Montgomery Fillmore.“ Er zuckte die Achseln und verzog das Gesicht. „Er sagte, Sie wüssten, worum es geht.“

„Er ist hier? Ja, schick ihn herein.“ Tim kam hinter seinem Schreibtisch hervor und begrüßte Montgomery mit einem kräftigen Händedruck. „Bitte, setzen Sie sich.“ Er bot ihm einen der Stühle an, die um einen kleinen Besprechungstisch standen. „Kann ich Ihnen eine Tasse Kaffee bringen lassen? Oder ein Wasser?“

„Nein danke. Sie haben bestimmt nicht damit gerechnet, mich

zu sehen." Montgomery trat ans Fenster und schaute auf die Stadt hinaus. Er hatte einen Schuhkarton unter dem Arm. „Sie haben es hier wirklich sehr nett. Eine schöne Aussicht." Sein entschlossener Tonfall erinnerte Tim an Führungspersonen, denen er im Laufe seines Lebens begegnet war. „Ich hatte früher selbst ein Büro in der 22nd North. Ich hatte vierzig Jahre meine eigene Versicherungsagentur."

„Ich erinnere mich an Ihre Rundfunkwerbung. Die Melodie ging einem nicht mehr aus dem Kopf."

Der Mann lachte und ein Funkeln trat in seine von Falten umgebenen Augen. „Ja, das war die Idee meines stillen Partners."

„Stiller Partner?"

Er setzte sich lächelnd auf. „Meine Frau. Sie hatte diese kleine Melodie geschrieben. Aber nun zum Grund für meinen Besuch: Nach Ihrem Anruf kam ich ins Nachdenken." Er hielt Tim die Schuhschachtel hin. „Als wir das Haus meiner Mutter ausgeräumt haben, fanden wir hinten in ihrem Schlafzimmerschrank diese Schachtel. Es ist nicht viel, nur Erinnerungen aus Phoebe Malones Büro. Ich nehme an, meine Mutter hatte die Sachen für Charlotte aufgehoben, und ich wollte sie ihr geben, aber bei der Beerdigung, der Abwicklung ihres letzten Willens und ihrer ganzen Angelegenheiten kam ich nie dazu. Ich hatte genug damit zu tun, gleichzeitig auch meine Familie und mein Geschäft am Laufen zu halten. Mir erschien der Inhalt auch nicht so wichtig. Hauptsächlich Zeitungsausschnitte und ein paar Fotos. Die Schachtel stand monatelang in der Küche, bis meine Frau den Platz brauchte, um Weihnachtsplätzchen zu backen, und sie wegräumte. Dann geriet sie immer mehr in Vergessenheit. Ich dachte, dass ich Charlotte bestimmt irgendwann treffen und dann daran denken würde, aber dazu kam es nie. Und dann riefen Sie an."

Tim nahm den Deckel von der Schachtel. Vergilbte, knisternde Zeitungsausschnitte lagen darin. Er nahm sie nacheinander heraus und überflog die Überschriften.

Ludlow-Stiftung überreicht ihren ersten Unternehmerpreis.

Emily Ludlow feiert ihren neunzigsten Geburtstag.

Professor Colby Ludlow wird beim Bankett der Universität von Alabama in Birmingham geehrt.

Emily Ludlow stirbt im Alter von einundneunzig Jahren.

Ludlow-Villa plant Stiftung für Wirtschaft und Bildung.

„Eine interessante Mischung. Warum hat Phoebe Artikel über die Ludlows gesammelt? War sie mit ihnen verwandt?"

„Das kann ich Ihnen nicht sagen, aber die Familie meiner Frau stammt von den Cantons ab. Das war Emilys Familienname, bevor sie Daniel Ludlow heiratete. Sie weiß aber nichts von einer Familie mit den Namen Malone. Wir nehmen also nicht an, dass Phoebe und Charlotte mit den Ludlow-Cantons verwandt sind."

Tim legte die Zeitungsausschnitte übereinander und schob seine Stifte beiseite. Er fand ein Bild von Phoebe und Charlotte. Sein Herz schlug schneller.

Phoebe war mit ihren langen, dichten, lockigen Haaren eine schöne Frau gewesen. Und Charlotte war mit ihrem Lächeln, durch das ihre Zahnlücke zum Vorschein kam, ihren ausdrucksstarken Augen und ihren geschwungenen Lippen ein wunderschönes Kind gewesen.

Er blickte auf. Die Wärme in seiner Brust breitete sich aus. Tim drehte das Bild um und las die Notiz auf der Rückseite. *Unser erster Tag in Birmingham.*

„Phoebe war sehr vielseitig. Künstlerisch talentiert. Technisch begabt. Sehr intelligent. Ich habe hin und wieder mit ihr über Politik diskutiert, aber meine Mutter regte sich immer darüber auf, also haben wir wieder aufgehört. Dieser Frau konnte man nichts vormachen."

„Ihrer Tochter auch nicht."

„Es tut mir leid, dass ich nicht mehr für Sie habe. Meine Mutter sagte einmal zu mir, dass Charlottes Vater nicht existiert."

„Das sagt sich leicht, wenn man nicht selbst betroffen ist." Tim betrachtete das Bild. Hinter ihren Gesichtern verbargen sich tausend Gespräche, die er gern gehört hätte.

Unten in der Schachtel lag noch ein Bild. Ein Foto von Phoebe als Studentin in einer Gruppe von ... Freunden? Kommilitonen?

Tim las die Rückseite. *Silver Lake Sommerprojekt '81. Florida-State-Universität. Professor Ludlows Genies.*

„Ludlow? Haben Sie dieses Foto gesehen, Montgomery?"

Tim betrachtete das Bild, während Montgomery ihm über die Schulter schaute. In der Mitte der Gruppe stand ein attraktiver Mann, der sehr selbstsicher wirkte. Da das Bild so klein war, konnte man nur schwer Einzelheiten erkennen, aber der Mann sah aus, als wäre er um die vierzig. Er trug ein Kordjackett und hatte lange, lockige Haare.

„Wann wurde dieses Bild aufgenommen?", fragte Montgomery. „Ich erkenne Phoebe, aber den Ludlow auf dem Bild kenne ich nicht."

„Es wurde '81 aufgenommen." Tim griff nach dem Ordner mit den Bildern für seine Präsentation.

„Ist Ihnen etwas daran aufgefallen, Tim?" Montgomery hielt das Bild ins Licht.

„Ja, eine große Ähnlichkeit. Sagen Sie mir, was Sie sehen." Tim legte das Gruppenbild mit Emily neben das Gruppenbild mit dem Professor. „Der Professor hier." Er tippte auf das Gesicht des Mannes. „Und Emily Ludlow hier."

„Sie haben recht. Es besteht eine gewisse Familienähnlichkeit und sie haben denselben Namen. Sie glauben, Colby Ludlow war mit Emily verwandt?"

„Ja. Und ich glaube, Phoebe Malone könnte in ihn verliebt gewesen sein. Aber das ist nur eine Vermutung." Tim packte seine Notizen und Bilder zusammen, klappte seinen Laptop zu und steckte ihn in seine Tasche. Sein Puls raste. Emilys Blick auf dem Bild, der ihm so bekannt vorgekommen war. Er hatte diesen Gesichtsausdruck schon hundertmal gesehen. Bei Charlotte.

Wenn er sich beeilte, könnte er auf den Red Mountain fahren, sich in der Ludlow-Villa nach weiteren Hinweisen umsehen und rechtzeitig zu seinem Termin zurück sein. „Montgomery, vielen Dank. Aber ich muss los. Es war sehr freundlich von Ihnen, dass Sie gekommen sind." Er nahm sein Handy und seine Schlüssel und schickte sich an zu gehen.

„Rufen Sie mich an, wenn Sie etwas herausfinden", meinte Montgomery, während er Tim zur Tür folgte.

„Das mache ich. Ganz bestimmt. Sie waren mir eine große Hilfe." Tim klopfte an Davids Tür, als er an dessen Büro vorbeiging. „David, wir sehen uns bei der Präsentation. Ruf mich auf dem Handy an, falls du etwas brauchst."

„Tim, wohin gehst du? Hast du die Bilder durchgesehen?"

„Ja … nein … aber das mache ich noch. Bis später." Tim drückte auf den Aufzugknopf und warf Montgomery, der sich ein breites Grinsen verkniff, einen Seitenblick zu. „Was ist so lustig?"

„Sie", sagte er. „Und fast alle jungen Männer, wenn sie verliebt sind."

„Verliebt? Ich versuche nur, einer Freundin zu helfen." Tim trat mit Montgomery in den Aufzug.

„Einer Freundin helfen?" Montgomery drückte auf den Knopf fürs Erdgeschoss. „So nennt ihr jungen Leute das heute? Zu meiner Zeit nannte man das Liebe."

Emily

Mutter deckte den Weihnachtstisch mit elfenbeinfarbenem Porzellan und handgeschliffenen Kristallgläsern und dem Silberbesteck ihrer eigenen Mutter, das auf Hochglanz poliert war.

Die cremeweißen Leinenfäden der Tischdecke strahlten im Lampenlicht und im Schein der Kerzen. Auf den roten Tischläufer hatte sie duftende Tannenzweige gelegt.

Vater hatte an der Stirnseite des Tisches Platz genommen, Mutter saß ihm am anderen Ende gegenüber. Phillips und Emilys Plätze befanden sich in der Mitte und Mr und Mrs Saltonstall saßen ihnen direkt gegenüber.

Howard jr. saß zu Mrs Saltonstalls Rechten, und seine Freundin, die er zu Besuch mitgebracht hatte, war Emilys linke Tischnachbarin.

Molly und Jefferson trugen mit zwei zusätzlichen Bediensteten Mutters Weihnachtsgericht auf, das aus Zwiebelsuppe, gebratener Ente, Rübenbrei und Soße bestand, sowie Mollys himmlisches Brot mit Marmelade.

Aber trotz der köstlichen Speisen schwärmte Mrs Saltonstall am meisten von Mutters Eistee. „Dieses Teerezept musst du mir unbedingt geben, Margaret. Es ist himmlisch."

„Es ist das Rezept meiner Großmutter." Mutter errötete bei dem Kompliment. „Aber da wir ja jetzt eine Familie sind", sie warf einen Blick auf Emily, „beziehungsweise sehr bald eine Familie sein werden, gebe ich es dir, bevor du heute Abend nach Hause fährst."

„Ich für meinen Teil bin froh, dass die Kinder die Hochzeit vorgezogen haben. Ich weiß nicht, wie wir auf die Idee kommen konnten, dass eine lange Verlobungszeit eine gute Idee wäre", sagte Vater und führte seine Gabel zum Mund, auf der ein Stück Ente lag.

Unter dem Tisch drückte Phillip Emilys Knie und löste damit einen Feuerstrom aus, der bis in ihr Herz reichte. Sie nahm einen undamenhaft großen Bissen von ihrem Brot, um ihr Keuchen zu verbergen. Seit sie sich entschieden hatten, mit ihrer Hochzeit nicht bis zum Frühling zu warten, verhielt sich Phillip wieder wie früher und benahm sich sehr verliebt.

Emily tupfte sich mit ihrer rot-weißen Serviette den Mund ab. *Gierig*. Er war gierig geworden. Dieses Wort drängte sich ihr immer wieder auf. Sie war neulich abends sehr dankbar gewesen, dass sich ein Korsett nur so umständlich öffnen ließ.

„Hat Phillip es dir erzählt, Howard?" Mr Saltonstall wischte sich den Mund und das Kinn mit seiner Serviette ab. „Er hat dafür gesorgt, dass Emily nicht länger angeklagt wird."

„Unser Anwalt hat gute Arbeit geleistet." Phillip nahm sein Kristallglas. „Der Polizeichef war sehr entgegenkommend. Er wird alle Anklagepunkte fallen lassen, aber ich denke, es ist offensichtlich, liebste Emily, dass du dich in Zukunft von allen Farbigen fernhalten musst."

„Außer wenn ich bei unserer Hochzeit Taffys Kleid trage." Emily rückte die Serviette auf ihrem Schoß zurecht, während sich am

Tisch Schweigen ausbreitete. Sie schaute von einem zum anderen. „Es tut mir leid, aber ich will euch meine Entscheidung nicht verschweigen. Wir können es ja so einrichten, dass das Kleid hierhergebracht wird, damit ich kein dummes Gesetz breche oder beschuldigt werde, ich würde einen Aufstand anzetteln."

„Ich nehme an, der Bräutigam hat bei dieser Entscheidung nichts mitzureden." Phillips Blick blieb auf seine Gabel und sein Messer gerichtet, mit dem er ein Stück von seiner Ente abschnitt. „Aber mir wäre es lieber, wenn du Mrs Caruthers' Kleid trägst, Liebling. Es scheint allen am besten zu gefallen. Und es scheint am akzeptabelsten zu sein."

„Du hast recht, Phillip. Ein Bräutigam hat bei dieser Entscheidung nichts mitzureden. Du willst doch sicher nicht, dass deine Braut während der Hochzeit in Ohnmacht fällt, weil das Kleid ihr die Luft zum Atmen abschnürt."

„Ich habe bei dieser Entscheidung allerdings etwas zu sagen, da ich die Rechnungen zahle", erhob ihr Vater seine Stimme. „Emily trägt das Kleid, das sie tragen will." *Oh, danke, Vater.* „Mich interessiert aber eine ganz andere Frage: Wer hat dafür gesorgt, dass Emily verhaftet wurde? Ich habe meine Kontakte bei der Polizei spielen lassen, aber diese Information wird offensichtlich streng gehütet."

„Ich bin auf dieselbe Wand des Schweigens gestoßen. Das Einzige, was ich durch meinen Anwalt erreichte, war die Zusicherung, dass die Anklage fallen gelassen wird."

„Dann sind wir dankbar, dass wir wenigstens das erreicht haben", mischte sich nun auch Mrs Saltonstall ein. „Maggie, ich muss sagen, du und Molly habt euch heute Abend selbst übertroffen. Ich habe noch nie eine köstlicher zubereitete Ente gegessen."

In diesem Augenblick erschien Jefferson in seinem Frack und mit einer Serviette in der Hand im Türrahmen. „Entschuldigen Sie, Sir, aber Sie haben Besuch."

Aller Augen richteten sich auf den irischen Butler.

„Darf ich fragen, wer zur Essenszeit vorbeikommt? Ist es ein Notfall?" Vater klang verärgert.

„Er sagt, dass es sehr dringend sei, Sir. Aber er nannte mir nicht seinen Namen. Ich teilte ihm mit, dass Sie mit Ihrer Familie speisen, aber er bestand darauf."

„Entschuldigt mich, Cam und Henrietta." Vater verbeugte sich vor seinen Gästen und dann vor Mutter. „Schatz, bitte entschuldige."

„Beeil dich, Liebling. Es gibt Mollys Schokoladenkuchen zum Nachtisch."

Emily blickte ihrem Vater nach und fragte sich, wer wohl sein Besucher war. Vaters Geschäftspartner tauchten nur selten bei ihm zu Hause auf.

Das Gespräch am Tisch kreiste nun um die Hochzeit. Da sie das Fest vorverlegt hatten, gab es viel zu tun. Mr Saltonstall hatte den Phoenix-Club für den Hochzeitsempfang reserviert, da dieser Club einen eleganten Ballsaal hatte.

Mutter hatte alles mit der Kirche geregelt und zahlte für zusätzliche Schneiderinnen, die die Kleider der Brautjungfern und den Rest von Emilys Aussteuer nähten.

„Oh, Liebste, ich hatte ganz vergessen, dir das zu erzählen." Phillip deutete auf seinen Vater. „Meine Eltern schenken uns das Haus in Highlands. Wir sparen uns also die Suche nach einem Haus. Auf uns wartet bereits ein fertig eingerichtetes Haus."

„Das ist sehr großzügig, Mr und Mrs Saltonstall." Das Haus der Saltonstalls befand sich im Schatten des Red Mountain und war nicht weit vom Haus ihrer Eltern entfernt. Es war hübsch. Aber es war nicht Emilys Zuhause. „Aber, Phillip, ich dachte, wir suchen uns selbst ein Haus."

„Warum denn? Das Highlands-Haus ist perfekt." Er nahm einen Bissen von seiner Ente. „Und es kostet uns nichts."

„Wir würden uns freuen, wenn ihr dort wohnt, Emily", sagte Mrs Saltonstall. „Die Inneneinrichtung ist praktisch neu. Wir haben alles renovieren und einrichten lassen und sind nie dort eingezogen."

Emily verbarg ihre Gefühle hinter ihrem Teeglas. Aber es war Mrs Saltonstalls Einrichtung. Schwer und dunkel.

In diesem Augenblick platzte Vater ins Zimmer. Sein Gesicht war knallrot und seine Augen waren zu schmalen, funkelnden Schlitzen zusammengekniffen. „Phillip, entschuldige, aber du musst bitte mitkommen."

„Ist alles in Ordnung?" Phillip warf seine Serviette auf den Tisch und stand auf.

Howard jr. erhob sich ebenfalls. „Brauchst du mich auch, Vater?"

Mr Saltonstall bot sich ebenfalls an. „Kann ich dir helfen?"

„Nein, nein. Ich brauche nur Phillip."

Vaters Auftreten trübte die ausgelassene, fröhliche Atmosphäre. Emily schaute ihre Mutter fragend an, die wie immer, wenn andere dabei waren, ihre gewohnte „Alles ist gut"-Miene aufgesetzt hatte.

Aus dem Flug erklang das laute Ticken der Standuhr. Das Gespräch am Tisch war ein wenig gezwungen: das schöne Dezemberwetter, das Weihnachtsprogramm in der Kirche, Mr Saltonstalls Gedanken zu der neumodischen Erfindung von elektrischen Lichtern am Weihnachtsbaum, dann Howard Juniors Footballerfolge in Harvard. Mutter erkundigte sich bei seiner Freundin Jennifer Barlow, wie ihr Birmingham im Vergleich zu Boston gefiel.

Als Vater und Phillip schon mehr als zwanzig Minuten fort waren, erschien Molly, um das Geschirr abzuräumen. „Soll ich den Kuchen anschneiden, Ma'am?"

„Nein, wir warten auf meinen Mann. Aber bring schon einmal den Kaffee, Molly."

Mr Saltonstall schob seinen Stuhl vom Tisch zurück und wollte zur Tür gehen. „Vielleicht sollte ich nachsehen, was da draußen los ist."

„Howard macht das schon, Cam", sagte seine Frau. „Bitte lauf jetzt nicht wie ein Tiger im Käfig auf und ab."

Weitere zehn Minuten vergingen. Dann betrat Vater mit ernster Miene den Raum. „Emily, kannst du bitte kommen? Ich muss mit dir sprechen."

Sie schaute ihn zögernd an und versuchte zu begreifen, was los war. Dann stand auch sie vom Tisch auf.

„Natürlich, Vater." Was konnte er nur von ihr wollen? Ihr Magen zog sich zusammen. Wollte man sie wieder verhaften?

„In der Bibliothek." Vater blieb im Türrahmen stehen und ließ seiner Tochter den Vortritt.

„Vater, ist alles in Ordnung?"

Er legte sanft die Hand auf ihren Arm und hielt sie zurück. „Du weißt, was du willst, Emily. Das wusstest du schon immer. Du bist ein kluges Mädchen. Deine Mutter und ich haben dich dazu erzogen, gute Entscheidungen zu treffen und Gott um Weisheit zu bitten."

„Vater, was ist denn los? Du machst mir Angst!" Emily presste die Hand auf ihren Bauch.

„Pass auf dein Herz auf. Hör genau hin. Antworte nicht, ohne es dir vorher genau zu überlegen. Stelle Fragen, wie ich es dich gelehrt habe."

„Ja, Vater, das werde ich." Emily betrat die Bibliothek mit dem festen Vorsatz, ruhig zu bleiben. Doch dann erblickte sie Daniel, der mit seiner Kappe in der Hand in der Bibliothek stand. „Was machst du denn hier?" Er trug einen dicken Pullover mit Rollkragen und eine Norfolk-Jacke. Er schaute sie mit zusammengekniffenen Augen an, die eine große Besorgnis verrieten. Aber sein Lächeln ging ihr durch und durch.

„Ich kam, um mit deinem Vater zu sprechen. Mir war nicht bewusst, dass ihr Gäste habt. Es tut mir leid, dass ich störe."

„Trotzdem hast du uns gestört. Was hat das alles zu bedeuten?" Sie strich mit der Hand über ihr Seidenkleid, das eine goldene Borte und Pelzbesatz hatte. Vater, Daniel und Emily standen zusammen, während Phillip im hinteren Teil der Bibliothek rauchend auf und ab ging. „Du hast meine Frage nicht beantwortet."

„Ich musste mit deinem Vater sprechen."

„Das hast du schon gesagt."

„Er ist gekommen, um mich zu beschuldigen! Deshalb ist er hier!" Phillip drückte seinen Zigarillo in Vaters Aschenbecher aus und trat zu ihnen.

„Wessen sollte er dich beschuldigen?" Emily schaute Phillip verständnislos an. Er konnte so theatralisch und albern sein.

„Er hat ein Auge auf dich geworfen." Ihr Verlobter machte eine abfällige Handbewegung in Daniels Richtung. „Er ist ein Lügner. Howard, ich habe genug von diesem Unsinn."

Der junge Mann trat zwei Schritte zurück, bevor Vater sich ihm in den Weg stellte und seine Hand auf Phillips Schulter legte.

„Ich will das geklärt haben. Daniel, erzähl Emily doch bitte deine Geschichte."

„‚Geschichte' ist genau das richtige Wort dafür. Weibergeschwätz. Völlig schwachsinnig." Phillip schnaubte, als hätte er immer noch seinen Zigarillo im Mund. „Ich denke, der zu Unrecht Beschuldigte sollte das erste Wort haben."

„Phillip, du wirst genug Gelegenheit haben, dich zu rechtfertigen, wenn Emily die Einzelheiten gehört hat." Vater hob beschwichtigend die Hand und versuchte, alle zu beruhigen. „Ihr wart beide mit diesem Vorgehen einverstanden. Jetzt sollten wir uns auch wie Gentlemen benehmen. Emily, Daniel kam heute Abend mit Nachrichten zu mir, die ihn beunruhigten. Er wollte mit mir und nicht mit dir sprechen, weil er meinen Rat hören wollte. Sobald ich sein Dilemma gehört hatte, bat ich Phillip, die Angelegenheit aufzuklären." Vater schaute die beiden Männer finster an. Aber sein Blick war deutlich länger auf Phillip gerichtet. Emily setzte sich in seinen Sessel. Das Abendessen rumorte in ihrem Magen. „Ich habe beide gebeten, dir ihre Geschichten zu erzählen. Du bist volljährig. Du kannst selbst entscheiden, was die Wahrheit ist."

„Ich bin ganz Ohr." Sie warf die Schultern zurück und wandte sich Daniel zu.

„Als ich dich im Gefängnis besuchte, Emily, haben die Polizisten mich ignoriert. Sie konnten mir nicht in die Augen schauen, als sie mit mir sprachen. Das machte mich misstrauisch. Ich kenne ziemlich viele von diesen Männern und ihr Verhalten kam mir sehr seltsam vor. Ich bat meinen Vater, sich zu erkundigen, ob an dem Abend, an dem du verhaftet wurdest, irgendetwas nicht mit rechten Dingen zugegangen war."

Phillip zündete sich einen neuen Zigarillo an und blies den Rauch in Daniels Richtung. „Diese Geschichte ist ja beim zweiten Mal noch viel unterhaltsamer."

Daniel zögerte, sprach dann aber weiter. „Mein Vater brauchte einige Wochen, aber dann hat er Folgendes herausgefunden: Deinem Verlobten gefiel es nicht, dass du ihn in Verlegenheit brachtest, indem du in den Stadtteil gingst, in dem Farbige wohnen, und es gab Probleme wegen der Frage, wer dein Brautkleid nähen sollte. Er war davon überzeugt, du würdest den Ruf seiner Familie ruinieren. Andere Mitglieder der Birminghamer Gesellschaft behaupteten nämlich, die Cantons wären Freunde von Farbigen. Irgendwie kam das Gerücht auf, du hättest dich kritisch über die Rassengesetze geäußert. Es floss ein wenig Geld, um die richtigen Leute bei der Polizei zu schmieren, und er erreichte, dass du angeklagt und verhaftet wurdest."

„Glauben Sie, ich würde gutes, schwer verdientes Geld aus dem Fenster werfen, um mein Mädchen verhaften zu lassen? Was für ein geistig beschränkter Idiot sind Sie eigentlich, Ludlow?"

„Kein so geistig beschränkter Idiot wie Sie."

Phillip explodierte schier. Er warf seinen brennenden Zigarillo auf den Perserteppich ihrer Mutter und ging wie von Sinnen auf Daniel los.

„Phillip!" Der Angesprochene rannte gegen Vaters kräftigen Brustkorb, als dieser sich zwischen die Streithähne schob. „Heb deine Zigarre auf, mein Junge."

„Du hast doch gehört, was er gesagt hat, Howard!"

„Heb deine Zigarre auf, bevor du ein Loch in Maggies guten Teppich brennst", wiederholte sein Schwiegervater in spe. „Gnade dir Gott, wenn sie ein Loch darin findet."

Schnaubend und mit rotem Kopf bückte sich Phillip, um den brennenden Zigarillo aufzuheben. Dann fuhr er zu Daniel herum. Er deutete mit dem brennenden Glimmstängel zwischen den Fingern auf seinen Widersacher. „Verschwinden Sie. Wenn ich Sie je wieder in Emilys Nähe sehe, sorge ich dafür, dass *Sie* verhaftet werden. Und dann besteht kein Zweifel daran, wessen Name auf der Anzeige steht."

„Das hier ist immer noch mein Haus, Phillip." Vater bedachte ihn mit einem Blick, bei dem Emily gewöhnlich zitternd weglief.

„Er geht erst, wenn ich es sage. Jetzt, Daniel, erkläre uns bitte den Rest.“

„Mein Vater überredete seinen Freund, sich deine Verhaftung genauer anzuschauen. Es dauerte eine Weile. Offenbar wurde ein großes Geheimnis darum gemacht, aber es gelang ihm, einen Blick in die Akte zu werfen. Er sagte, der Name auf der Anzeige laute ‚Phillip Saltonstall‘. Dann habe ich mit meinem Freund Ross gesprochen, um zu sehen, was er herausfinden kann. Ross hat den zuständigen Staatsanwalt besucht und ein paar gezielte Fragen gestellt. Darin ist er sehr gut.“ Daniels Lippen verzogen sich zu einem schiefen Grinsen, bei dem Emily ganz warm ums Herz wurde. „Er hat genau das Gleiche herausgefunden. Es war eindeutig Saltonstall. Er hat dich verhaften lassen. Dann ist er zum Polizeichef gegangen und hat mit Schmiergeld dafür gesorgt, dass sein Name aus den Akten verschwindet.“

„Er lügt, Emily!“ Phillip ging auf Daniel los, der unbeeindruckt stehen blieb. „Glaubst du denn, unser Polizeichef ließe sich so leicht bestechen?“

„Was in aller Welt soll das?“ Emily erhob sich, packte Phillip am Arm und drehte ihn zu sich herum. „Hast du das getan? Lüg mich nicht an!“

„Ich soll meine eigene Verlobte ins Gefängnis gebracht haben? Sehe ich denn aus, als wäre ich verrückt? Wie kannst du das auch nur fragen?“ Phillip blickte sie wild an, seine Kiefer waren angespannt. „Haben Sie meinen Namen gesehen, Ludlow? Meine Unterschrift? Das ist doch alles Unsinn. Sie sind in Emily verliebt und können deshalb nicht mehr klar denken. Sie bringen sie gegen mich auf. Nicht aus Liebe, sondern aus egoistischen Gründen: weil Sie sie für sich gewinnen wollen. Sie sind ja verrückt.“

Emily betrachtete Phillip nachdenklich und versuchte, seinen Tonfall und seine Worte zu deuten. Dieser Mann war mächtig, eigensinnig und fest entschlossen zu bekommen, was er wollte, ja. Aber war Phillip ein Lügner?

Daniel war kein Lügner. Das wusste sie.

„Emily.“ Daniel trat vor und seine Stimme klang flehend. „Ich will dich nicht aufregen. Es tut mir leid. Aber ich hätte es mir nicht verzeihen können, wenn ich es dir nicht gesagt hätte."

„Natürlich wollten Sie sie aufregen." Phillip lachte höhnisch. „Deshalb sind Sie doch nur hier. Um sie gegen mich aufzubringen. Oder leugnen Sie, dass Sie sie lieben?" Er baute sich arrogant vor Daniel auf.

Dieser zerdrückte die Kappe in seiner Hand. „Nein, das leugne ich nicht." Als er Emily anschaute, strahlten seine blauen Augen mit einer Intensität, die ihr den Atem raubte. „Der einzige Grund, warum ich hier bin, ist Liebe. Aber sie hat ihre Entscheidung getroffen. Sie hat sich für Sie entschieden." Er schaute Phillip an. „Ich stelle für Sie keine Bedrohung dar, Saltonstall. Aber Emily verdient die Wahrheit."

„Ihre Version der Wahrheit ist nicht die meine." Phillip zündete sich ein weiteres Zigarillo an.

„Ich darf mich jetzt verabschieden, Mr Canton. Ich bin gekommen, um mit Ihnen zu sprechen, und hatte nicht damit gerechnet, dass ich Gelegenheit bekäme, Saltonstall das alles persönlich sagen zu können." Daniel ging zur Tür. „Sagen Sie es ihr einfach, Saltonstall. Wie das mit der Verhaftung war." Er knüllte seine Kappe weiterhin nervös in der Hand. „Und wenn Sie schon dabei sind, sollten Sie ihr auch erzählen, was im ‚Italian Garden' war."

„Im ‚Italian Garden'?" Phillip machte einen Satz auf ihn zu, wodurch erneut Asche auf Mutters Teppich fiel. „Sie!" Sein Hals und seine Wangen glühten feuerrot. „Das waren Sie! Der Baseballspieler. Sie sind der Daniel, mit dem Emily an der Universität zusammen war?"

„Ein und derselbe. Ich habe Sie mit Emmeline Graves im Restaurant gesehen. Und meine Freunde haben Sie seither noch zweimal mit ihr gesehen."

„Das ist eine schamlose Lüge …"

Nicht einmal Vater konnte Phillips Zorn bändigen. Er ging mit dem Kopf voran mit voller Wucht auf Daniel los, wodurch dieser nach hinten stolperte und über den Sessel fiel. Dabei warfen die Männer Mutters Tiffanylampe um. Die Männer schlugen mit einem dumpfen Poltern und dem lauten Krachen von zerborstenem Glas auf dem Boden auf.

„Aufhören, alle beide! Sofort!“ Emily trat mit geballten Fäusten einen Schritt auf die Kämpfenden zu. Sie war völlig aufgewühlt. In ihren Augen standen Tränen. „Ihr seid doch Gentlemen!“

Vater legte den Arm um sie und zog sie an die Bücherwand zurück. „Lass sie.“

Daniel schob Phillip von sich, rappelte sich auf die Beine und umkreiste ihn. „Ich will mich nicht mit Ihnen schlagen, Saltonstall.“

„Sie haben mit Ihren Worten angefangen, auf mich einzuschlagen.“ Phillip ging auf Daniel los und zielte mit der Faust auf dessen Auge, aber sein Gegenüber bückte sich rasch, wich seinem Schlag aus und tänzelte von einer Seite auf die andere.

Phillip holte erneut aus, stolperte dabei jedoch über die kaputte Lampe und landete unsanft mit dem Gesicht nach unten auf dem Boden.

„Aufstehen, Phillip“, sagte Vater gnadenlos. „Auf die Beine mit dir!“

Mit einem lauten Stöhnen schob sich Phillip auf die Hände und Knie und richtete sich mühsam wieder auf. „Werfen Sie Ludlow hinaus.“

Emily presste sich an das Bücherregal. Ihr Puls überschlug sich fast, die Tränen brannten in ihrem Herzen und in ihren Augen.

„Tochter, du hast beide Seiten gehört.“ Vater stellte die zerbrochene Lampe ihrer Mutter wieder auf. „Stell deine Fragen. Triff deine Entscheidung.“

„Ich … ich weiß nicht.“ Ohne den Blick von ihrem Vater abzuwenden, wich sie rückwärts zur Tür. Ihr tat alles weh. Stechende Schmerzen in der Brust raubten ihr den Atem. „Ich muss nachdenken, Vater. Du hast gesagt, dass ich nachdenken soll.“

„Emily …“ Daniel spannte sein Kinn an und kniff die Augen zusammen. „Ich würde dich nicht anlügen. Das weißt du. Nicht aus Liebe. Und auch nicht aus Rache. Das wäre ein billiger Versuch, das Herz einer Frau zu gewinnen.“

„Daniel, du kannst einen Menschen nicht beschuldigen, ohne einen Beweis zu haben. Das geht nicht."

„Ich habe Beweise." Er deutete mit dem Kopf auf Phillip. „Oh ja, ich habe Beweise."

„Sie haben nichts. Hör nicht auf ihn, Emily."

„Sei still, Phillip." Sie fuhr zu ihm herum. „Daniel hat mich nie angelogen. Aber du … Ich bin nicht sicher, ob ich von dir das Gleiche behaupten kann."

„Emily! Das ist doch verrückt! Wie kannst du ihm glauben?"

Sie wusste nicht, was oder wem sie glauben sollte. Emily fuhr herum und schritt hoch erhobenen Hauptes aus der Bibliothek ihres Vaters, auch wenn ihr Herz schwer war. Sie eilte die Stufen der breiten Treppe hinauf. Unten hallten Vaters und Daniels Stimmen im Flur wider. Dann vernahm sie die Stimmen von Mr Saltonstall und Phillip.

Emily blieb im ersten Stockwerk stehen und schaute in die Eingangshalle hinab. Daniel zögerte an der Tür und schaute zu ihr herauf. Eine Sekunde, zwei, dann drei. Sein fester Blick brannte die Wahrheit in ihre Seele. Ihr Verlobter hatte sie verhaften lassen.

„Gute Nacht, Emily", sagte Daniel. Das Geräusch, das erklang, als die Haustür ins Schloss fiel, hallte in ihrer Brust wider und riss eine tiefe Wunde in ihr Herz.

Sie drehte sich auf dem Absatz um und wollte in ihr Zimmer gehen. Wenn Daniel recht hatte, wäre es verrückt, Phillip zu heiraten. Aber so sehr sie auch glauben wollte, dass sie stark war, so musste sie doch feststellen, dass sie in Wahrheit schwach war.

Sie hatte ihr Wort gegeben. Sie war eine Verpflichtung eingegangen. Nicht nur gegenüber Phillip, sondern gegenüber seiner gesamten Familie. Die Zeitungen hatten ausführlich über ihre Verlobung berichtet. Die Birminghamer Gesellschaft wartete bereits. In zehn Tagen würde sie Mrs Phillip Saltonstall werden.

Emily lief den Korridor entlang. In ihrem Zimmer sank sie auf den Boden. *Oh Gott, was habe ich nur getan?*

Kapitel 22

Silvester

„Nicht bewegen, Emily. Noch ein letztes Foto.“ Der Fotograf verschwand unter dem schwarzen Tuch und machte das Foto. Der Schwefelgeruch brannte Emily in der Nase.

Mutter und Vater hatten Birmingham auf den Kopf gestellt, um ihr diesen Tag zu ermöglichen. Mr und Mrs Saltonstall hatten aus einem Gewächshaus in Florida Orchideen kommen lassen und den Phoenix-Club luxuriös und eindrucksvoll dekorieren lassen.

Warum hatte Emily dann das Gefühl, sie versinke langsam immer tiefer in einem dunklen Loch? Sie trat ans Fenster und versuchte, es zu öffnen.

„Emily, was machst du denn?“ Bernadette, ihre Trauzeugin, schob das Fenster nach oben. „Du holst dir noch den Tod, wenn du hier in der kalten Luft stehst.“ Sie legte die Hand auf Emilys Stirn. „Du siehst blass aus.“

„Mir ist in diesem Kleid so schrecklich warm, Bernadette.“ Nach der Konfrontation mit Daniel hatte Emily jeden Widerstand aufgegeben. Sie würde Phillip in dem Kleid heiraten, das Mutter ausgewählt hatte. „Ich weiß nicht, ob ich es bis zum Altar schaffe.“ Emily hielt den Kopf in die Spätnachmittagsluft hinaus. Es war Sonntag. Ein Tag für die Liebe.

Für die Liebe zu Gott. Für die Liebe zu anderen Menschen. Für die Liebe zu Phillip. Heute Abend wäre sie Mrs Phillip Saltonstall. Ja, Emily hatte ihren Widerstand aufgegeben und Phillip hatte sich nach der Auseinandersetzung mit Daniel in einen zuvorkommenden, liebevollen Traummann verwandelt. Freundlich, einfühlsam, nachsichtig. Zärtlich.

Er beharrte darauf, dass er unschuldig sei. Dass er mit ihrer

Verhaftung nichts zu tun gehabt habe. Emily atmete tief ein. *Ich glaube dir, Phillip.* Und die Sache mit Emmeline? Sie gehörte der Vergangenheit an. Das war vorbei. Erledigt.

Ich glaube dir, Phillip. Das tue ich wirklich. Mir bleibt nichts anderes übrig.

Das Klirren von schweren Ketten lenkte ihre Aufmerksamkeit auf die Straße. Eine Schlange farbiger Männer überquerte die Straße. Ihr Gang war durch die kurzen Ketten mühsam und schleppend.

Hoffnungslos.

Emily wurde noch schwerer ums Herz. Sie zog den Kopf wieder herein. „Wo ist Vater?" Sie setzte um Bernadettes willen ein breites Lächeln auf. „Er sollte hier sein. In einer Viertelstunde übergibt er seine Tochter an ihren Bräutigam."

Bernadette legte die Hände auf Emilys Schultern und küsste sie auf die Wange. „Du bist die schönste Braut, die es gibt, Emily. Entspann dich. Ich suche deinen Vater."

Emily setzte sich in den Nebenraum der *First United Methodist Church*. Sie hatte eine Gänsehaut, aber gleichzeitig schwitzte sie in ihrem dicken Satinkleid. Immer wieder zerrte sie an dem hohen, engen Kragen. Oh, wenn sie dieses monströse Ding nur endlich los wäre. Taffys Kleid hing an dem Ständer in der Ecke und wartete darauf, nach der Hochzeit von Emily auf dem Empfang getragen zu werden.

Allein schon der Blick darauf weckte in Emilys Herz eine tiefe Sehnsucht und gab ihr das Gefühl, frei, leicht und geliebt zu sein.

Wenn sie noch einmal die Wahl hätte, würde sie auf diesen ganzen Pomp verzichten und zu Hause nur mit Freunden und ihrer Familie heiraten. Molly, nicht Bernadette, wäre ihre Trauzeugin. Aber Emily konnte schlecht darauf bestehen, dass das Dienstmädchen bei der größten Hochzeit des Jahres in der Birminghamer Gesellschaft an ihrer Seite stünde.

In diesem Augenblick wurde die Tür geöffnet, und Vater trat ein, aber er lächelte nicht. Er sah in seinem schwarzen Smoking und mit der weißen Anstecknelke attraktiv und eindrucksvoll aus. Aber seine hohe Stirn war gerunzelt und seine Augen verrieten seine

Besorgnis. „Die Kirche ist zum Bersten voll. Der Gouverneur und seine Frau sind gerade eingetroffen."

„O Vater, meine Güte." Emilys Herz schlug vor Nervosität schneller. „So viele Menschen nehmen sich an Silvester für uns Zeit."

„Das ist doch ein großartiger Anlass für eine Feier." Vater küsste Emily auf die Stirn und umarmte sie. Dann trat er zurück und betrachtete sie stolz. „Du bist das Ebenbild deiner Mutter. So hat sie damals auch ausgesehen, als ich sie heiratete. Einfach wunderschön."

„Warum lächelst du dann nicht, Vater?" Emily stupste mit der Fingerspitze an sein Kinn. „Du verlierst deine Tochter nicht, sondern du bekommst einen Sohn dazu."

„Ja, ich weiß." Vater trat ans Fenster und beugte sich hinaus. „Es ist eine klare, kalte Nacht", rief er mit leicht erhobener Stimme. „Eine heilige Nacht."

Emily lachte leise. „Vater, mit wem sprichst du? Mit den Straßenkehrern?"

Er wandte sich vom Fenster ab. „Erinnerst du dich an Ward Willoughby? Vielleicht nicht. Du warst noch ein kleines Mädchen, als ich ihn kennenlernte. Ich hatte gerade mit meinem Bankgeschäft angefangen und brauchte Kapital. Er tauchte auf und bot mir an, als mein Partner einzusteigen."

„Ich dachte, Onkel Lars wäre dein Investor gewesen." Onkel Lars war nicht wirklich ihr Onkel, sondern nur ein weiser Mann, der an Vater geglaubt und in seine Zukunft investiert hatte.

„Das war er auch, aber erst später, als ich mich von Willoughby getrennt hatte." Vater verschränkte die Hände auf dem Rücken und marschierte durch den Raum. Vor Taffys Kleid, das über einer Schneiderpuppe hing, blieb er stehen. „Das ist das Kleid von Mrs Hayes? Sehr schön."

„Ich stünde jetzt lieber in Taffys Kleid vor dir als in diesem hier. Es ist so schwer, dass ich davon Kopfschmerzen bekomme."

„Willoughby war in jenen Tagen ein bedeutender Mann in Birmingham." Vater marschierte erneut durch den Raum und erzählte weiter. „Unsere Stadt war jung und konnte es nicht erwarten zu wachsen. Er kam aus Philadelphia, genauso wie deine Mutter und ich. Er hatte in Haverford studiert, genauso wie ich. Ihm gefiel, was ich machte, dass ich eine Bank gründete. Er wollte mit einsteigen, sein Geld investieren. Er bot mir an, eine große Summe zu investieren."

Etwas an Vaters Verhalten ließ Emilys Herz schneller schlagen. „Erzähl weiter."

„Er gehörte zu den Leuten, die andere beeindruckten. Deine Mutter und ich lagen nachts im Bett und staunten über unser großes Glück, weil wir die Bekanntschaft von Ward Willoughby gemacht hatten."

„Was ist dann passiert?"

„Der Mann stellte Bedingungen. Wenn ich sein Geld und seine Unterstützung wollte, musste ich ihm die Bank für die ersten drei Jahre überschreiben. Oder so lange, bis Willoughby seine Investition zurückbekäme. Aber als es so weit war, konnte ich mich einfach nicht dazu durchringen, die Papiere zu unterschreiben. Ich war mir bewusst, dass deine Mutter und unsere wenigen Angestellten enttäuscht wären. Die Stadt wuchs so rasant. Wenn ich nicht schnell handelte, ließ ich vielleicht eine großartige Gelegenheit ungenutzt verstreichen. Am nächsten Tag ging ich in die Stadt und war über meine Unentschlossenheit unglücklich, aber ich wusste, dass ich Wards Angebot ausschlagen musste. Ich konnte ‚Canton Exchange' nicht seiner Kontrolle überlassen. Es sollten noch einmal fünf Jahre vergehen, bis Lars auftauchte. Ich wusste nicht, ob mein Erbe lange genug reichen würde, um das Geschäft am Laufen zu halten und uns ein Dach über dem Kopf zu geben. Aber eines Tages kam Lars angeritten und betrat mein Büro mit einer Miene, die besagte: ‚Jetzt bin ich endlich da.'"

„Was wurde aus Ward, Vater?"

„Er hatte vorgehabt, mit wertlosen Anleihen in die Bank zu investieren. Wenn ich den Vertrag mit ihm unterschrieben hätte, hätte ich alles verloren, Emily."

„Vater, ich heirate gleich und du erzählst mir etwas von wertlosen

Männern mit wertlosen Anleihen." Emily trat zu ihm und baute sich neben ihm am Fenster auf.

„Manchmal muss man einfach auf sein Gefühl hören."

„Und wenn das bedeutet, dass man viele wichtige Menschen enttäuscht?"

„Manchmal dürfen wir keine Rücksicht darauf nehmen, was andere denken. *Du* musst tun, was für dich das Richtige ist." Vater federte auf den Fersen vor und zurück und schaute geradeaus.

„Woran kann man erkennen, ob man nur kalte Füße hat oder ob man wirklich auf sein Bauchgefühl hören sollte, Vater? Woher wusstest du, dass dein Bauchgefühl in Bezug auf Willoughby richtig war?"

„Das nennt man Glauben. Gottvertrauen." Seine Stimme zitterte leicht. „Wir sollten bereit sein, Gottes Stimme zu hören und ihm jederzeit zu gehorchen, egal, welche Konsequenzen das hat."

„Vater, bitte." Emily drückte seinen Arm und drehte ihn zu sich herum. „Was willst du mir damit wirklich sagen?"

„Emily, Liebling, bist du fertig?" Mutter kam ins Zimmer gerauscht. Sie sah in ihrem roten, mit Pelz besetzten Kleid hübsch und jung aus. Sie ließ sich jedes Jahr ein Weihnachtskleid nähen und freute sich, dass sie das diesjährige Kleid zu Emilys Hochzeit tragen konnte. „Howard, Bernadette sucht dich. O Emily, du siehst einfach himmlisch aus." Mutters Augen wurden feucht. „Dein Kleid ist perfekt."

„Ich heirate nicht in diesem Kleid, Mutter. Bitte mach mir die Knöpfe auf." Emily drehte ihrer Mutter den Rücken zu und nahm ihren langen Schleier ab.

„Fang jetzt nicht wieder damit an, Emily! Du bist eine erwachsene Frau. Hör auf, dich wie ein Kind zu benehmen. Ich muss wirklich sagen, mit drei Jahren hast du dich besser benommen", schimpfte Mutter. Sie hielt die Hände ihrer Tochter fest und steckte dann den Schleier wieder auf deren Kopf. „Außerdem ist es jetzt zu spät, um noch etwas zu ändern."

Emily lächelte ihren Vater an. „Es ist nie zu spät, etwas zu ändern."

Tim

Es kam ihm so vor, als brenne die Julisonne oben auf dem Berg heißer als unten in der Stadt. Die Sohlen von Tims Schuhen klapperten auf dem gepflasterten Weg, als er durch die kühle Luft, die vom Jones Valley heraufzog, zum Haus marschierte.

Er war ein paar Jahre nicht mehr hier gewesen, aber der Anblick des aus Steinen und Holzbalken gebauten Hauses faszinierte ihn jedes Mal aufs Neue. Es war eine Verlängerung der Red Mountains und schien irgendwie aus dem Felsen und den Wäldern herauszuwachsen. Geschickte Hände hatten die Wildnis gezähmt und die Elemente der Natur in ein architektonisches Meisterwerk verwandelt.

Er drehte den Griff der schweren Walnusstür und betrat den Eingangsbereich aus Glas und Hartholz, der von natürlichem Licht hell erleuchtet war. Die hintere Wand bestand aus einer Fensterfront, die vom Boden bis zur Decke reichte und einen atemberaubenden Blick über das Tal bot.

Tim ließ seinen Blick über die Baumwipfel schweifen und lächelte, als es in seinem Bauch kribbelte und er das Gefühl hatte, er schwebe hoch oben über der Stadt. Es musste unglaublich gewesen sein, hier zu wohnen.

Dieses Haus war ein architektonisches Wunderwerk. Er hatte während seines Studiums die Pläne studiert und sich gefragt, ob er jemals etwas so Großartiges erschaffen würde.

„Hallo, kann ich Ihnen helfen?“, begrüßte ihn Cleo Favorite. Sie war eine typische Südstaatendame mit perfekt frisierten blonden Haaren und einer Perlenkette um den Hals. „Tim Rose, was führt Sie hierher? Bringen Sie mir das Foto zurück?“

„Noch nicht. Ich brauche es in ein paar Stunden bei einer Präsentation.“ Er kannte Cleo von der Restaurierungskommission der Stadt. „Dürfte ich Ihnen ein paar Fragen über Colby Ludlow stellen?“

„Gern.“ Sie schaute ihn abwartend an. „Ich sehe hier oben nicht oft attraktive Männer. Sind Sie noch verlobt?" Sie schmunzelte leise und bedeutete ihm, ihr zu folgen.

„Nein, Ma'am." Tim folgte ihr durch einen Flur, der fast versteckt unter der Treppe an der Küche entlangführte und dann in eine helle Bibliothek mit großen Fenstern mündete. Sein Magen zog sich bei dem Gefühl, auf Baumwipfeln zu stehen, wieder zusammen.

„Es tut mir leid, das zu hören. Ich habe Charlotte Malone vor nicht allzu langer Zeit hier oben gesehen." Cleo lehnte sich an ihren Schreibtisch, schlug die Beine an den Knöcheln übereinander und verschränkte die Arme. „Ein hübsches Mädchen."

„Ich würde gern etwas über Colby Ludlow erfahren." Tim schlenderte durch die Bibliothek. Die Wände links von ihm waren von unten bis zur Decke mit Regalen bedeckt, von denen jedes mit ledernen Büchern mit Goldschnitt beladen war. An der rechten Wand befand sich eine Fotogalerie. In der Mitte hing ein Bild von Emily in ihrem Hochzeitskleid. Er blieb stehen und starrte es an.

Charlotte. Die Ähnlichkeit war verblüffend!

„Sie ist hübsch, nicht wahr?", sagte Cleo. „Das ist Emily bei ihrer Hochzeit 1912. Sie war damals zweiundzwanzig."

„Sie ist schön." Die junge Frau hatte klare, ernste Augen, die den Fotografen direkt anschauten. Ihre dunklen Haare waren zu einer Pompadourfrisur hochgesteckt und mit einem dünnen Schleier bedeckt.

„Man erzählt sich, dass sie dieses Brautkleid nicht anziehen wollte. Sie fand es schwer und unförmig."

„Aber sie hat es trotzdem getragen." Das Kleid mit dem hohen Kragen und den engen Ärmeln auf dem Foto war eindeutig nicht das Kleid, das Charlotte in der Truhe gefunden hatte. Das erkannte selbst er. Emilys Hände waren auf ihrem Schoß gefaltet und ein großer Diamantsolitär schmückte ihren linken Ringfinger. An der rechten Hand trug sie einen ovalen Stein, der von Diamanten umrahmt war. Er beugte sich weiter vor und wünschte, das Bild wäre in Farbe.

„Sie haben nach Colby gefragt?" Cleo ging an den Bildern und Porträts entlang und deutete auf eines, das fast ganz am Ende der

Reihe hing. „Das ist Colby Ludlow, Daniels und Emilys Enkel. Emilys Sohn, Daniel Canton Ludlow, war sein Vater. Er kam in der Normandie ums Leben, als Colby noch ein Kind war."

„Kennen Sie dieses Bild?" Tim reichte Cleo das Foto von Phoebe Malone mit Professor Ludlows Genies.

„Professor Ludlow. Ja, tatsächlich! Colby war an der Universität von Alabama in Birmingham beschäftigt." Cleo drehte das Bild um. „In den Achtzigerjahren nahm er sich ein Urlaubssemester, aber mir war nicht bewusst, dass er in dieser Zeit an der Florida-State-Universität gearbeitet hat."

„Ist er das? In der Mitte?"

„Ja, das ist er. Woher haben Sie dieses Bild?" Cleo ging an der Bildergalerie entlang und blieb vor einem gerahmten Bild am Ende der Reihe stehen. „Das ist Colby an seinem fünfzigsten Geburtstag." Sie hielt das Bild hoch, das Tim in der Schuhschachtel gefunden hatte. „Das ist er. Ungefähr im selben Alter, würde ich sagen. Er hat diese typischen Canton-Augen." Sie gab Tim das Bild zurück. „Woher hatten Sie dieses Bild noch einmal?"

„Aus einer Schachtel. Sie gehörte Phoebe Malone. Sagt Ihnen dieser Name etwas?"

„Sollte er?"

„Ihre Tochter ist Charlotte Malone."

„Die Besitzerin der Brautmodenboutique? Ihre Exverlobte?"

„Ein und dieselbe." Tim deutete auf dem Bild auf Phoebe. „Das ist ihre Mutter."

„Okay." Sie lachte. „Wie bringt die Tatsache, dass Phoebe Malone Charlottes Mutter ist, sie mit Colby Ludlow in Verbindung?"

„Ich frage mich, ob …" Tim zögerte. Cleo schien heute nicht zum Scherzen aufgelegt zu sein. „Wussten Sie, dass Charlotte ein Brautkleid in der Truhe gefunden hat, die sie auf Ihrer Auktion ersteigert hat?"

„Interessant." Cleo trat hinter ihren Schreibtisch. „Ist das Ihre Art, mich zu fragen, woher die Truhe stammt, Tim? Wir bekommen für die Auktion Sachen aus dem ganzen Süden. Aber wir führen eine Bestandsliste." Cleo beugte sich zum Bildschirm vor. Sie gab etwas ein und überflog die Anzeige auf dem Monitor. Sie runzelte die Stirn und setzte sich. „Ich finde keine Truhe, die bei der Frühjahrsauktion versteigert wurde. Sind Sie sicher?“

„Charlotte hat sie hier gekauft. Sie ärgerte sich anschließend sogar darüber, weil sie eigentlich keine alte, hässliche Truhe brauchte oder wollte. Das Schloss war zugeschweißt und wir mussten es aufsägen.“

Cleo richtete sich auf und schaute ihn plötzlich sehr neugierig an. „Sie sagten, sie habe darin ein Brautkleid gefunden?“

„Ja, ein ziemlich schönes Kleid. Der Auktionator sagte ihr, es sei 1912 genäht worden.“ Tim setzte sich auf den Polstersessel, der auf der anderen Seite von Cleos Schreibtisch stand. „Seitdem hat sie zwei Frauen gefunden, die dieses Kleid ebenfalls getragen haben.“

„Oh, du meine Güte! Das kann doch nicht sein!“ Cleo war plötzlich ganz aufgeregt. Sie zog einen Schlüsselbund aus ihrer Hosentasche, sperrte eine schmale Kammer auf, verschwand darin und kam mit einem Bild in der Hand wieder heraus. „Ist es dieses Kleid?“

Unter dem Glas befand sich ein alter Zeitungsartikel, körnig und verblasst. Emily war darauf abgebildet. Sie saß auf einem Pferd und klammerte sich an einen dunkelhaarigen Mann. Sie lachte mit zurückgeworfenem Kopf und offenem Mund und sprudelte vor Freude förmlich über. Tim konnte ihre aufgeregte Fröhlichkeit fast spüren.

Sie trug *das Kleid*. Plötzlich warnte ihn ein Gefühl, vorsichtig zu sein und sich seine Aufregung nicht anmerken zu lassen. Er hatte schon genug gesagt. Vielleicht schon zu viel?

„Tim, sagen Sie es mir! Ist es dieses Kleid?“ Cleo tippte auf das Bild. „Es ist aus Satin und Seide und hat Perlen am Bund. Der Rock ist stufig genäht. Vorne in der Mitte ist der Saum leicht erhöht.“

„Ich bin Architekt und keine Schneiderin.“ Tim stand auf und wich zurück. „Danke für Ihre Hilfe, Cleo. Ich muss jetzt gehen.“

„Nicht so schnell, mein Freund! Warum stellen Sie plötzlich all diese Fragen über die Ludlows? Und interessieren sich für eine Truhe, die auf der Auktion verkauft wurde? Sie verheimlichen mir etwas.“ Cleo versperrte ihm den Weg zur Tür. „Emily Canton sollte eigentlich Phillip Saltonstall heiraten. Von ‚Saltonstall Industries‘.“

„Ich weiß, wer die Saltonstalls sind“, entgegnete Tim.

„Aber an ihrem Hochzeitstag änderte sie ihre Meinung, und statt Phillip zu heiraten, lief sie aus der Kirche, sprang zu Daniel Ludlow aufs Pferd und heiratete ihn noch am selben Tag. Leider haben wir davon nur dieses eine Bild.“ Sie hielt das körnige Zeitungsfoto hoch. „Als sie noch lebte, behauptete Emily steif und fest, dass sie nicht wisse, was aus diesem Kleid geworden sei. Seltsamerweise befindet sich das Kleid, das sie auf diesem Hochzeitsbild trägt, auch nicht in unserem Besitz. Aber welches Museum will schon ein Porträt ausstellen, auf dem die Matriarchin das falsche Kleid anhat?“ Cleo starrte Tim an. „Verstehen Sie, was ich meine?“

„Ja, das ist wirklich sehr schade. Und die Erben des Ludlow-Vermögens?“ Tim bewegte sich unauffällig zur Tür.

„Sie sind alle schon gestorben. Colby war der Letzte.“ Cleo folgte ihm. „Die Stiftung ist Erbe des Vermögens.“

„Er hatte nie geheiratet?“

„Doch. Er heiratete eine Frau aus der Familie Woodward, aber sie hatten keine Kinder. Ende der Neunzigerjahre ließen sie sich scheiden, und sie zog nach Florence, um in der Nähe der Familie ihrer Schwester zu leben. Colby stellte mich als Verwalterin des Geländes ein, nachdem seine Großmutter verstorben war. Unsere Mütter waren Freundinnen“, erklärte Cleo. „Als Colby starb, übernahm ein Treuhandkomitee das Vermögen, aber ich bin weiterhin für die Erledigung der Tagesgeschäfte und die Verwaltung der Stiftung zuständig.“

„Was wäre, wenn ein Erbe auftauchen würde?“ Tim legte die Hand auf den Türgriff.

„Woher sollte der kommen? Vom Himmel fallen?“ Cleo drückte das Bild an ihre Brust und schnaubte. „Es gibt keine Erben, Tim. Ich weiß nicht, was Sie mit diesen Fragen erreichen wollen, aber wir haben nach Colbys Tod mögliche Erben gesucht. Selbst wenn einer auftauchen würde, liegt das Vermögen in den Händen des Treuhandkomitees. Außerdem geht die Geschichte der Ludlows nicht bis in biblische Zeiten zurück. In dieser Stadt leben noch Menschen, die Daniel und Emily und auch Colby kannten. Glauben Sie mir, wenn es einen Erben gäbe, wüssten wir es. Die Ludlow-Linie ist leider ausgestorben." Cleo ging zum Schrank. Ihre entschlossenen Schritte unterstrichen ihre Aussage: *Es gibt keinen Erben.* Dann räumte sie das gerahmte Zeitungsbild wieder in die dunkle Kammer.

„Was wurde aus Colby?", erkundigte sich Tim. Vielleicht bildete er es sich nur ein, aber jedes Mal, wenn er das Bild anschaute, auf dem Phoebe und Professor Ludlow zu sehen waren, sah er Charlotte. „Er ging in Pension und gab seine Stelle als Professor an der Universität von Alabama auf, und dann?"

„Dann spielte er viel Golf. Und lebte so, wie er wollte."

„War er ein guter Mensch?"

„Ja, er war ein ziemlich guter Mensch. Er war großzügig, freundlich, anständig", sagte Cleo. „Wissen Sie, Tim, falls Charlotte das Kleid besitzt, das Emily auf diesem Pferd trägt, gehört es eigentlich der Ludlow-Stiftung. Es gehört außerdem der Stadt und dem Bürgerrechtsmuseum. Emily trug das erste Brautkleid in den Südstaaten, das von einer farbigen Designerin entworfen und genäht wurde. Dafür wurde sie sogar verhaftet. Es muss an uns zurückgegeben werden."

„Sie wurde wegen Nadel und Faden und ein paar Metern Stoff verhaftet?"

„Das ist für uns schwer vorstellbar, aber ja, damals nahm man das Gesetz sehr ernst. Wenn Sie also wissen, wo das Kleid ist, sollten Sie sich mir gegenüber anständig verhalten und es mir zurückbringen."

„Nochmals danke für Ihre Hilfe, Cleo." Tim ging zur Tür und bereute seine Entscheidung herzukommen. „Ich muss zu meiner Präsentation. Ich finde selbst hinaus."

Der letzte Mensch, dem gegenüber er sich anständig verhalten musste, war Cleo Favorite. Der erste Mensch, dem gegenüber er sich anständig verhalten musste, war Charlotte Malone. Und er musste eine Möglichkeit finden zu beweisen, dass Colby Ludlow ihr Vater gewesen war.

Kapitel 23

Charlotte

Mit dem Lifestyle-Teil der Zeitschrift *News* in der Hand betrat Charlotte den Ausstellungsraum. „Dixie, wir haben es geschafft. Der Artikel über Tawnys Hochzeit ist fantastisch."

Aber statt Dixie stand der Mann mit dem lila Hemd in der Boutique.

„Hallo." Charlotte blieb abrupt stehen. „Sie schon wieder."

„Das Kleid gehört Ihnen", erklärte er, ohne mit der Wimper zu zucken.

Charlotte faltete die Zeitung zusammen und trat an den Verkaufstresen. „Warum verraten Sie mir nicht einfach, wer Sie sind und was Sie mit dem Kleid zu tun haben?"

„Haben Sie es schon anprobiert?"

„Nein. Ehrlich gesagt habe ich das auch nicht vor. Ich werde in nächster Zeit nicht heiraten. Aber ich finde schon die richtige Braut für das Kleid. Auch wenn Sie das gar nichts angeht." Der Verkaufstresen bildete eine perfekte Schutzmauer.

„Aber *Sie* gehen mich etwas an." Der Blick aus seinen durchdringenden, leuchtend blauen Augen schien in ihrem Herzen Wurzeln zu schlagen und brachte die Steine ihres Lebensfundaments ins Wanken.

Die Steine mit der Aufschrift: *Charlotte kommt allein zurecht. Charlotte braucht niemanden. Charlotte ist immun gegen ein gebrochenes Herz.*

Sie konnte ihn nicht anschauen. Wenigstens nicht lange. Sie fühlte sich ruhelos, als stünde sie auf heiligem Boden und als würde sie innerlich verglühen, wenn sie noch eine Sekunde länger hier stehen bliebe.

Oder noch schlimmer: in Tränen ausbrechen.

Aber inmitten des Strudels aus Hitze und Kälte, der in ihrer Brust tobte, erfüllte sie auch ein tiefer Friede.

„Was soll das heißen? Sie kennen mich doch überhaupt nicht. Ich denke, Sie sollten jetzt gehen."

„Gut, ich gehe." Er ging rückwärts zur Tür. „Aber vergessen Sie nicht: Das Kleid gehört Ihnen."

„Ich glaube nicht, dass es mir jemand wegnehmen will."

„Das Kleid gehört Ihnen."

In diesem Augenblick klingelte das Telefon in der Boutique. Eine leise, gedämpfte Melodie erfüllte den Raum. Als Charlotte abhob, drang eine schneidende Stimme an ihr Ohr.

„Hier ist Cleo Favorite von der Ludlow-Stiftung."

„Cleo, hallo. Wie geht es Ihnen?" Charlotte warf einen Blick hinter sich, um den lila Mann im Auge zu behalten. Aber die Stelle, an der er gestanden hatte, war leer. Wohin war er so plötzlich verschwunden? Wie hatte er den Laden geräuschlos betreten und verlassen können?

„Ich will das Kleid sehen!"

„Welches Kleid?" Charlotte ließ ihren Blick durch den Raum mit den unzähligen Brautkleidern schweifen und nahm das tragbare Telefon mit, als sie die Treppe hinaufstieg. Der Mann war spurlos verschwunden.

„Das Kleid, das Sie in der Truhe gefunden haben, die Sie auf unserer Auktion im April gekauft haben."

„Woher wissen Sie, dass ich –"

„Ist es in Ihrer Boutique?"

„Nein, in meiner Wohnung. Cleo, woher wissen Sie, dass ich ein Kleid gefunden habe?"

„Passt es Ihnen um sieben Uhr?"

„Äh … ja, ich glaube schon." Sie fühlte sich von der Frau überrumpelt. „Nein, warten Sie, Cleo. Um acht ist es besser. Worum geht es denn? Wer hat Ihnen gesagt, dass ich in der Truhe ein Kleid gefunden habe?"

„Das erzähle ich Ihnen, wenn wir uns heute Abend sehen. Geben

Sie mir Ihre Adresse. Ich suche mir die Wegbeschreibung im Internet heraus."

Als Charlotte das Gespräch beendet hatte, war sie angespannt und verwirrt. Was war hier los? Zuerst tauchte der sonderbare kleine Mann auf. *„Das Kleid gehört Ihnen."* Kaum war er verschwunden, rief Cleo an und verlangte, das Kleid zu sehen.

Charlotte trat um die Verkaufstheke herum. „Hallo?" Sie suchte den Laden ab. Er war weder in Ankleideraum noch im Lagerraum. Und auch nicht in der Küche oder in ihrem Büro. „Sir?" Er war nicht oben. Er war nicht auf der Toilette.

Vor der Tür lief Charlotte den Gehweg entlang und über die Straße. Nirgends war eine Spur von ihm zu entdecken. Der Wind pfiff durch die Gassen. Eine Gänsehaut überzog ihre Arme, und sie beschloss, in den Laden zurückzukehren. Sie durchquerte den Ausstellungsraum, blieb an der Stelle stehen, an der er gestanden hatte, und atmete tief ein. Ein leichter, aber unverkennbarer Geruch nach Gewürzen hing in der Luft.

„Charlotte, ich bin wieder da!" Dixie tauchte aus der Küche auf. Ihre dicken Absätze klapperten und ihre Dolce & Gabbana baumelte von ihrem Ellbogen. Sie wickelte einen Lolly aus und schob ihn sich in den Mund.

„Der sonderbare Mann war wieder hier. Der Mann mit dem lila Hemd und den Turnschuhen."

„Das wird ja richtig unheimlich. Was wollte er?" Dixie verschwand im Lagerraum und tauchte in ihrem Dienstblazer wieder auf. „Hast du die Zeitung gesehen? Der Reporter hat die Story gut gebracht. Das Bild von Tawny ist richtig klasse! Du bist ein Genie. Keiner kann eine Braut so perfekt ausstatten wie du, Charlotte." Dixie blieb hinter dem Verkaufstresen stehen und hob die Zeitung auf, die Charlotte dort liegen gelassen hatte.

„Er hat gesagt, dass das Kleid mir gehört."

„Wer? Der Reporter?" Dixie schlug die Zeitung auf.

„Nein, Dixie, hör mir zu." Charlotte legte die Handflächen aneinander. „Der sonderbare alte Mann mit dem lila Hemd war hier. Er sagte, das Kleid in der Truhe gehöre mir."

Dixie schaute sie verständnislos an. „Natürlich gehört es dir. Wann wurde das infrage gestellt?"

„Keine Ahnung, aber er sagte nicht: ‚Hey, das Kleid, das du in der Truhe gefunden hast, gehört natürlich dir, denn du hast ja die Truhe gekauft.' Er sagte vielmehr: ‚Das Kleid gehört *dir*. Lass es dir von niemandem wegnehmen.'" Charlotte senkte die Stimme und sprach langsam weiter. „Und eine Minute, nachdem er das gesagt hatte, rief Cleo Favorite von der Ludlow-Stiftung an und erkundigte sich nach der Truhe und dem Kleid." Sie hielt das tragbare Telefon hoch. „Sie will heute Abend um acht Uhr zu mir kommen."

„Woher weiß sie, dass du ein Kleid darin gefunden hast?"

„Das ist eine gute Frage." Charlotte beugte sich unter die Verkaufstheke, um das Telefon wieder in die Ladeschale zu legen. „Aber der sonderbare lila Mann hat es mehrere Male eindringlich gesagt: Das Kleid gehört *mir*."

Das letzte Wort ihres Satzes löste ein warmes Kribbeln in ihrem Herzen aus.

Um fünf vor acht sperrte Charlotte ihre Wohnung auf und hatte Mühe, ihre Handtasche, ihr iPad, eine Tasche mit Lebensmitteleinkäufen und den Schlüssel zu jonglieren. Die Tüte mit den Lebensmitteln rutschte ihr aus der Hand. Brot, Äpfel, Orangen und eine Tüte Kekse verteilten sich über den Fliesenboden.

„Kann ich dir helfen?" Tim schlüpfte an ihr vorbei, bückte sich, sammelte das Obst ein und klemmte es sich unter die Arme, da er einen Aktenordner in der Hand hatte. Seine dunkelblonden Haare hingen ihm ins Gesicht. Ein Bartschatten bedeckte seine Wangen.

„Was machst du hier?" Was war nur heute los? An diesem Morgen war Charlotte als ganz normale Frau aufgewacht. Aber seit der lila Mann aufgetaucht war, hatte sich irgendetwas verändert. Genauso wie an jenem Morgen, an dem sie auf den Berg hinaufgefahren war, um zu beten und um in Ruhe nachzudenken.

„Ich wollte dich fragen, ob du Lust hättest, mit mir essen zu gehen." Tim ließ die Äpfel und Orangen nacheinander in Charlottes Obstschale auf der Küchenplatte fallen. Während er sich zu ihr umdrehte, schob er sich die Haare aus dem Gesicht.

„Das geht nicht." Charlotte wandte den Blick ab. Sie liebte Tims kaum zu bändigende Haare und seine vollen Lippen. Wenn sie ihn zu lange anschaute, würde ihr Herz anfangen zu pochen, und sie geriete ganz außer Atem und benähme sich wie ein albernes, verliebtes Mädchen. „Ich bekomme gleich Besuch." Charlotte öffnete die Speisekammer und stellte die zerrissene Tüte ins Regal. Sie machte sich nicht einmal die Mühe, die Sachen auszuräumen. Sie schob die Tür zu. „Wo ist deine Freundin?"

„Ich habe keine Freundin." Er setzte sich auf die Arbeitsplatte und legte den Ordner neben sich. Das tat er immer. Er beherrschte es auf unvergleichliche Art, sich so zu verhalten, als wäre er hier zu Hause.

„Ah. Ja, so was soll vorkommen." Als Charlotte ihn anschaute, lächelte er sie breit an.

„Hast du Lust, mit mir essen zu gehen, wenn dein Besuch weg ist?" Er hob achselzuckend die Hände. „Oder bevor er kommt?"

„Geht nicht. Ich habe keine Ahnung, wie lange *er* bleibt."

Tims Selbstvertrauen geriet ein wenig ins Wanken. „Hast du ein Date?" Er rutschte von der Arbeitsplatte.

„Nein, aber um diesen Ausdruck auf deinem Gesicht zu sehen, lohnte es sich, so zu tun als ob." Charlotte durchquerte die Küche und ging zu ihrem Schlafzimmer. „Es fühlt sich nicht gut an, oder?"

Tim hielt sie fest, als sie an ihm vorbeiging. „Hey, wohin gehst du?"

„In mein Schlafzimmer. Mich umziehen. Hast du etwas dagegen?" Charlotte ging durch den Flur. Als sie die Tür hinter sich geschlossen hatte, lehnte sie sich dagegen und atmete tief aus.

Ein Lächeln umspielte ihre Lippen. Er war tatsächlich eifersüchtig gewesen, als er gedacht hatte, sie hätte ein Date. Mr Ich-bin-ja-ach-so-cool konnte also auch eifersüchtig sein.

Charlotte zog eine Jeans und einen Pullover an und schlüpfte dann in ihre abgetragenen Lieblingsflipflops.

Als sie in ihr Badezimmer ging, erregte ein goldener Lichtschein ihre Aufmerksamkeit. Das Kleid. Es stand immer noch in der Ecke. Der Seidenrock schimmerte und die Goldfäden leuchteten. Der Bund mit den Perlen floss wie ein weiß glühender Fluss um das Kleid.

Charlotte setzte sich auf die Bettkante. „Hey, Zauberkleid. Cleo kommt, um dich anzuschauen. Was weiß sie, das ich nicht weiß? Und wer ist dein Freund, der Mann in dem lila Hemd?" Charlotte beugte sich vor und lauschte angestrengt in die Stille. „Hmm, vielleicht weißt du das auch nicht. Immerhin hatte Hillary dich vierzig Jahre in der Truhe eingesperrt. Und Tim ist da. *Ich weiß.* Was hat das zu bedeuten? Du erinnerst dich an ihn, nicht wahr? Er hat geholfen, dich aus der Truhe zu befreien." Sie strich mit den Fingern über die cremeweißen Falten des Rocks. „Kannst du ein Geheimnis für dich behalten?" Charlotte lachte leise. „Natürlich kannst du das. Ich bin in Tim verliebt. Das ist nicht gut, aber es ist so." Sie legte sich auf dem Bett zurück. „Mit jeder Faser meines Seins."

Eine Weile starrte Charlotte zur Decke hinauf. Dann betrachtete sie das Kleid. Warum konnte sie nicht über Tim hinwegkommen? Und warum konnten leblose Gegenstände bloß ihre Geschichte nicht erzählen?

Sie schob ihre Haare nach hinten, dann schaltete sie das Schlafzimmerlicht aus und ging zurück zu Tim in die Küche. Es war nach acht und Cleo würde jeden Augenblick hier sein.

„Was ist sonst so los?" Charlotte schaltete die Esszimmerlampe ein und holte dann ihr iPad heraus. *Er ist ein Freund. Behandle Tim wie einen guten Freund. Wie einen Kumpel.* „Wie geht's in deiner Firma? Laufen die Geschäfte gut?"

„In der Firma läuft alles bestens." Tim rutschte von der Arbeitsplatte. „David geht's gut. Nun sag schon, wer kommt jetzt gleich zu Besuch?"

„Wenn du noch hier bist, wenn sie kommt, stelle ich sie dir vor." Charlotte bedachte Tim mit einem gekünstelten Lächeln und legte ihr iPad auf den Tisch. „Vielleicht kennst du sie aber auch schon."

„Cleo Favorite kommt her, nicht wahr?“ Tim legte die Hände auf seinen Gürtel und atmete hörbar aus.

„Woher wusstest du das? Tim, was ist los?“

„Sie will das Kleid sehen. Mann, diese Frau ist wirklich durchtrieben.“

„Tim?“ Charlotte schaute ihn an. Jetzt läuteten bei ihr die Alarmglocken. „Hast du ihr von dem Kleid erzählt?“

„Indirekt. Ich war heute oben in der Ludlow-Villa. Diese Frau ist wirklich schnell.“ Er strich sich seine Haare zurück.

Charlotte kramte in dem Stiftbecher neben dem Telefon, bis ihre Finger einen Haargummi ertasteten.

„Was hast du da oben gemacht?“ Sie reichte ihm den Gummi.

„Nachforschungen angestellt.“ Er band seine Haare zurück.

Charlotte seufzte. Wenn ihm die Haare nicht ins Gesicht hingen, waren seine Augen wie blauer Treibsands, in dem sie sich verlor. „In welcher Sache hast du Nachforschungen angestellt? Sollst du dort etwas restaurieren? Als ich im April dort war, sah die Villa makellos aus.“

„Als ich für ein Projekt in der Innenstadt Recherchen anstellte, fand ich ein Bild von Emily Ludlow.“ Tim drehte sich zu dem Ordner herum, den er mitgebracht hatte. Er zog ein Bild heraus und reichte es Charlotte.

Sie warf einen Blick darauf. Die Frau stand in einer Gruppe mit anderen Frauen, die alle die für die Zwanzigerjahre typischen großen Hüte und Kleider trugen. „Was hat man sich damals nur dabei gedacht, Kleider mit so tiefem Bund anzuziehen? Aber nachdem sie fast ein Jahrhundert in Korsetts eingesperrt gewesen waren, waren weite, sackartige Kleider wahrscheinlich einfach nur bequem.“

„Emily ist die Frau hier in der Mitte.“ Tim deutete auf das Bild.

„Ich weiß, wie sie aussieht, Tim.“ Charlotte runzelte die Stirn. „Warum zeigst du mir das Bild?“

„Hast du sie irgendwann mal kennengelernt?“

„Emily Ludlow? Sie war bereits eine alte Frau, als ich geboren wurde.“ Charlotte öffnete den Kühlschrank, um etwas zu trinken herauszuholen. Sie reichte Tim eine Flasche und nahm sich dann selbst etwas. „Wo hätte ich sie kennenlernen sollen? Und vor allem warum hätte ich sie kennenlernen sollen?“

In diesem Augenblick klingelte es. Charlotte stellte ihre Cola in den Kühlschrank zurück. „Das ist bestimmt Cleo.“

„Ich bleibe.“ Tim schlenderte ins Esszimmer auf. „Einverstanden?“

„Wie du meinst.“ Charlotte warf ihm einen raschen Blick zu und öffnete dann die Tür. „Hallo, Cleo, kommen Sie doch herein.“

„Entschuldigen Sie die Verspätung. Mein Mann bestand darauf, dass wir zuerst etwas essen, bevor ich hierherkomme. Ich platze gleich, weil ich so viel gegessen habe.“ Sie trug ein Kostüm und elegante, hochhackige Schuhe und sah beherrscht und perfekt aus, überhaupt nicht so, als würde sie gleich platzen, weil sie zu viel gegessen hatte. Eine schwarze Tasche hing über ihrer Schulter. „Hallo, Tim. Ich hatte nicht erwartet, Sie hier zu sehen.“

„Ich hatte auch nicht erwartet, Sie hier zu sehen.“

„Na, das muss ja für Sie beide ein Glückstag sein.“ Charlotte stand zwischen ihnen. „Das Kleid ist im Schlafzimmer, Cleo. Ich hole es.“

Kaum dass sie das Schlafzimmer betreten hatte, blieb Charlotte stehen und lauschte. Was lief zwischen den beiden ab? Aber Tim und Cleo wechselten kein Wort miteinander. Vorsichtig trug sie die Schneiderpuppe mit dem Kleid um ihr Bett herum ins Wohnzimmer.

Cleo stieß ein undamenhaftes Keuchen aus, als Charlotte in der Tür auftauchte. „Das ist das Kleid, Tim! Sie haben gesagt, dass Sie es nicht wüssten. Es ist so offensichtlich.“ Cleo ging bewundernd um das Kleid herum, das Charlotte neben das Sofa gestellt hatte. „Es ist, als wäre die Zeit stehen geblieben. Es ist … es ist perfekt.“

„Wovon sprechen Sie?“ Charlotte schaute Tim an. Er schüttelte leicht den Kopf und kniff die Augen zusammen, als wollte er Charlotte etwas mitteilen. „Kennen Sie dieses Kleid, Cleo?“

„Natürlich kenne ich es. Es gehörte Emily Ludlow.“ Sie öffnete ihre Tasche und zog einen Bilderrahmen heraus. Hinter der Glasscheibe befand sich ein vergilbtes, verblasstes, körniges Zeitungsfoto von Emily Ludlow. Auf dem Foto hatte sie den Kopf in den Nacken geworfen und lachte und hielt sich an einem Mann in einem dunklen Anzug fest, der auf einem Pferd saß.

Und sie trug das Kleid.

„Woher haben Sie dieses Foto?"

„Es ist Teil der Geschichte der Ludlow-Stiftung, Charlotte. Dieses Kleid war jahrzehntelang verschollen. Ich habe sie einmal gefragt, wo das Kleid ist, aber sie war fast neunzig und nicht ganz sicher, wovon ich sprach. Vielleicht hat sie aber auch nur so getan. So wie ich sie kenne, hat sie sich wahrscheinlich nur verstellt." Cleo kniete nieder, drehte den Saum des Kleides um und strich mit dem Finger über die Nähte. „Meine Güte, hier ist es."

Charlotte bückte sich und las ebenfalls die Initialen der Schneiderin. „Wissen Sie, wofür TH steht? Dixie und ich konnten es nicht herausfinden."

„Taffy Hayes. Sie war eine farbige Designerin und Schneiderin in Birmingham. Sie wurde in der Sklaverei geboren, aber frei gelassen, als sie noch ein Baby war. Emily wollte, dass Taffy ihr Brautkleid nähte, doch ihre Eltern und ihr Bräutigam waren dagegen. Ihre Mutter hatte eine bekannte weiße Schneiderin, Mrs Caroline Caruthers, damit beauftragt, ihr Brautkleid zu nähen. Sie nähte das Kleid, das wir auf dem Hochzeitsporträt in der Villa sehen können, aber vor ungefähr fünf Jahren fand ich unter einigen alten Sachen auf dem Dachboden dieses Bild. Der Mann, an dessen Arm sie sich festhält, ist Daniel. Die Bildunterschrift lautet: ‚Emily Canton verlässt nach der Hochzeit die Kirche."

„Ich habe von Taffy Hayes gehört", erwiderte Charlotte und betrachtete den Zeitungsausschnitt. Emily Canton trug das Kleid. Sie war die Braut, von der der Mann in dem lila Hemd gesprochen hatte. „Sie war für ihre Brautkleider berühmt, aber nur in der farbigen Bevölkerung."

„Emily war die erste weiße Frau, die ein Brautkleid trug, das eine farbige Designerin genäht hatte. Es gab farbige Wäscherinnen und Schneiderinnen, aber Taffy war eine *Designerin.* Sie entwarf und nähte dieses Kleid für Emily. 1912 war das ein Skandal." Cleo ging um das Kleid herum. Die Faszination in ihrem Blick wuchs zusehends. „Wir suchen dieses Kleid schon sehr lange."

„Warum haben Sie dann die Truhe verkauft?" Charlotte stand mit dem Rücken zu Tim und sah sein Kopfschütteln nicht, obwohl sein Seifen- und Rasierwasserduft ihr deutlich bewusst machte, dass er da war.

„Ich habe es nicht verkauft, Charlotte. Die Truhe ist auf unserer Auktionsliste nicht einmal aufgeführt." Cleo steckte das Bild wieder in ihre Tasche. „Können Sie mir helfen, das Kleid zu meinem Auto hinunterzutragen, Tim? Charlotte, ich erstatte Ihnen natürlich den Kaufpreis."

„Wie bitte? Sie wollen das Kleid zu Ihrem Auto hinuntertragen?" Charlotte breitete die Arme aus und baute sich zwischen dem Kleid und Cleo auf. „Dieses Kleid bleibt hier!"

Jetzt verstand sie, was es mit dem Besuch des lila Mannes auf sich hatte. *Das Kleid gehört Ihnen.*

„Ich denke nicht. Diese Truhe, egal, woher sie kam, war nicht dafür gedacht, auf der Auktion verkauft zu werden."

Tim trat neben Charlotte. „Cleo, Sie hatten die Truhe nicht einmal auf der Auktionsliste stehen. Wenn ich heute nicht zu Ihnen in die Villa gekommen wäre, hätten Sie nie etwas davon erfahren."

„Aber Sie sind heraufgekommen, und jetzt weiß ich es."

„Cleo, ich habe die Truhe und ihren Inhalt gekauft. Sie hat Ihnen vorher nicht gehört und Sie gehört Ihnen auch jetzt nicht."

„Sie haben recht, die Truhe gehörte nie der Ludlow-Villa. Aber dieses Kleid gehört der Emily-Ludlow-Stiftung und dem Institut für Bürgerrechte."

„Es gehört mir."

„Die Stadtverordnung bestimmt, dass historische Gegenstände, die vor Ort gefunden werden, zur Villa gehören. Wenn sie nicht vor Ort gefunden werden, aber nachgewiesen wird, dass sie zu einem historischen Gelände oder anderweitigem Besitz gehören, hat der Besitzer des Geländes einen Eigentumsanspruch auf diesen Gegenstand." Cleo kramte in ihrer Tasche und zog mehrere Papiere heraus. „Und wenn Ihnen das alles nicht einleuchtet, Charlotte, dann gehört das Kleid immer noch dem Birminghamer Institut für Bürgerrechte wegen Emilys bahnbrechender Entscheidung, ein Brautkleid zu tragen, das von einer afroamerikanischen Frau entworfen und genäht wurde."

„Cleo, Sie lassen etwas aus", sagte Tim. „Die Verordnung besagt, dass historische Gegenstände der Villa *oder einem Erben* gehören."

„Es gibt keinen Ludlow-Erben, Tim." Cleo verschränkte die Arme und klopfte ungehalten mit dem Fuß auf den Boden. „Worauf wollen Sie hinaus?"

„Ihre Leute hätten bei ihren Nachforschungen gründlicher sein sollen." Tim nickte und schaute Charlotte mit einem breiten Lächeln an. „Es gibt einen lebenden Ludlow-Erben. Er steht in diesem Augenblick vor mir."

Tim

„Was redest du denn da?" Charlotte schaute ihn an, als hätte er den Verstand verloren. „Ich bin mit niemandem verwandt. Erinnerst du dich? Ich bin diejenige, deren Familienstammbaum nur aus einen einzigen Zweig besteht. Und mit den Ludlows bin ich schon gleich gar nicht verwandt." Sie fuchtelte mit den Armen durch die Luft und atmete tief und stockend ein. „Ich glaube, als dir das Motorrad auf den Kopf gefallen ist, hast du den letzten Rest Verstand verloren."

„Der Unfall mit meinem Motorrad hat mir geholfen, über vieles nachzudenken." Er ging zu seinem Ordner zurück und reichte ihr das Bild, auf dem sie mit ihrer Mutter zu sehen war. „Ich habe Montgomery Fillmore angerufen und ihn gefragt, ob unter Gertis Sachen irgendetwas war, das dir oder deiner Mutter gehörte."

„Warum hast du das getan, Tim?" Sie starrte das Bild an. „Das habe ich seit zwanzig Jahren nicht mehr gesehen. Woher hast du dieses Foto?"

„Montgomery brachte mir eine Schachtel mit Sachen von deiner Mutter. Aus ihrem Büro. Er wollte sie dir eigentlich schon längst geben, hat es aber immer wieder vergessen und … wie dem auch sei, Charlotte, dieses Bild war dabei. Außerdem war die Schachtel voll mit Zeitungsausschnitten über die Ludlows. Das fand ich seltsam, bis ich das hier entdeckte."

Tim reichte ihr das Bild der Studentengruppe. Natürlich war es nur ein Indizienbeweis, aber das Bild war alles, was er hatte, um seine Aussage zu untermauern. Und um zu verhindern, dass Cleo mit dem Kleid aus der Wohnung marschierte. Er hatte mit Charlotte sprechen wollen, bevor Cleo auftauchen würde. Er hatte den Ordner mitgebracht und geplant, Charlotte zum Essen einzuladen, ihre Beziehung wieder aufzufrischen und ihr dann vorsichtig zu offenbaren, dass Colby Ludlow ihr Vater war.

„Das ist Mama." Charlotte tippte auf das Bild.

„Tim, jetzt reicht es aber. Ich werde nicht hier stehen und zusehen, wie Sie diesem armen Mädchen eine erfundene Geschichte auftischen." Cleo schnaubte und schritt auf und ab. „Sie haben keine Beweise –"

„Halt!" Charlotte hielt die Hände abwehrend hoch, als wollte sie Cleos Worte abwehren. „Tim, was willst du mir damit sagen?"

„Charlotte, ich glaube, Colby Ludlow ist dein Vater."

„Was? Wie? Er ist … er ist alt." Charlotte deutete auf das Foto.

„1981 war er 45", platzte Cleo heraus. Die wandelnde Ludlow-Enzyklopädie.

„Du willst damit sagen, dass meine Mutter eine Affäre mit ihrem Professor hatte?" Sie schüttelte den Kopf und reichte Tim das Bild. „So eine Frau war sie nicht, Tim."

„Ich will bestimmt nichts Schlechtes über sie sagen, Charlotte, aber Colby Ludlow hielt in dem Jahr, in dem er von der Universität von Alabama beurlaubt war, Vorlesungen an der Florida-State-Universität. Das Bild gehört dir. Behalte es."

Cleo verschränkte mit einem „Habe ich es nicht gleich gesagt?" die Arme. „Ich kannte Colby und seine Frau Noelia. Sie war eine elegante, klassische Dame der Birminghamer Gesellschaft. Colby führte sein eigenes Leben, aber ein Ehebrecher? Das kann ich mir kaum vorstellen."

Tim seufzte und wandte sich von Cleo ab. Sie strapazierte seine Geduld aufs Äußerste. „Während ich die Puzzleteile zusammenfügte, habe ich einige Anrufe getätigt. Ich habe auch Noelia Ludlow angerufen." Tim reichte Charlotte einen Zettel. Darauf hatte er Noelias Namen, Adresse und Telefonnummer notiert.

„Du hast sie angerufen? Tim, was soll das? Warum machst du das alles?"

„Als ich sie nach Colbys Jahr an der Florida-State-Universität fragte, seufzte sie. Weißt du, was sie sagte?"

„Nein, was hat sie gesagt, Tim?"

„Sie sagte: ‚Sie wollen etwas über Phoebe Malone wissen?'"

Charlotte schlug nach ihm. „Du lügst! Eine siebzigjährige Frau kann unmöglich wissen, was meine Mutter 1981 getan hat." Sie zerriss den Zettel und warf die Reste nach Tim. „Hör auf! Was ist nur mit dir los? Welches Recht hast du, ohne mein Wissen Nachforschungen über mein Leben anzustellen?" Sie ging auf ihn los und schlug nach ihm. Aber er blieb ruhig stehen. Er atmete aus und wehrte sich nicht. Er wartete, bis sie Dampf abgelassen hatte.

„Machen Sie das unter sich aus. Ich gehe jetzt und nehme das Kleid mit." Cleo machte Anstalten, die Hand nach einem der Knöpfe am Rücken des Kleides auszustrecken. Charlotte packte sie unsanft am Arm.

„Finger weg! Fassen Sie mein Kleid nicht an! Es gehört mir. Und wenn Sie mir nicht glauben, dann suchen Sie den kleinen Mann in dem lila Hemd, der es mir verkauft hat. Er wird es Ihnen sagen."

„Welcher kleine Mann in einem lila Hemd?"

„Der Mann, der mir die Truhe verkauft hat. Auf *Ihrer* Auktion."

„Was kümmert Sie dieses Kleid?", fauchte Cleo. „Sie heiraten eh nicht. Und selbst wenn! Junge, Tim, Sie sind wirklich von so einigem verschont geblieben! Sie haben doch eine Brautmodenboutique, Charlotte. Die Designer werden Sie wahrscheinlich anflehen, ein Kleid von ihnen zu tragen. Dieses alte Kleid hier bedeutet Ihnen nichts."

Tim trat vor und legte die Hand unter Cleos Ellbogen. Er hatte von dieser Frau gründlich die Nase voll. Charlotte aufzuregen war nie seine Absicht gewesen, und er konnte sehen, wie aufgewühlt sie war.

„Sie sollten jetzt lieber gehen, Cleo." Er hob ihre Tasche auf, drückte sie ihr in die Hand und bugsierte sie zur Tür. „Wenn Sie das Kleid wollen, müssen Sie schon einen Gerichtsbeschluss vorweisen."

„Sie nehmen mir das Wort aus dem Mund." Die Frau riss sich von ihm los. „Sie haben keinen Beweis dafür, dass Colby Ludlow Charlottes Vater ist. Keinen einzigen. Ein Bild und die angebliche Aussage seiner Exfrau? Ich habe schlagkräftigere Argumente auf meiner Seite."

Augenblicke später fiel die Tür hinter ihr ins Schloss. Tim ging ins Wohnzimmer zurück. Charlotte sank auf die Sofakante und starrte das Kleid an.

„Ich wollte nur auf den Berg gehen, um dort nachzudenken und zu beten. Und schau, wozu das geführt hat!"

„Tut mir leid. Ich dachte … Ach, ich weiß auch nicht, was ich dachte." Tim fuhr mit der Hand durch seine Haare. „Als ich diese Ludlow-Zeitungsausschnitte in der Schachtel sah, fand ich das seltsam."

„Du hättest vorher mit mir sprechen sollen, Tim."

„Ja, das ist mir jetzt auch klar. Ich wollte dir bloß etwas Gutes tun, Charlotte." Er setzte sich neben sie aufs Sofa. Sie roch wie der Sommer. Als sie sich zu ihm umdrehte, meinte er, einen Anflug von Vergebungsbereitschaft in ihren Augen zu sehen.

„Ich war sechs oder so, als mir das erste Mal auffiel, dass bei uns zu Hause keine Vatersachen waren. Ich übernachtete das erste Mal bei Gracie und Suzanna Rae. Ihr Vater war Feuerwehrmann. Er nahm uns zu einer kurzen Fahrt in seinem Feuerwehrauto mit und lud uns dann zu einem Eis ein. Zum Abendessen machte ihre Mutter Brathähnchen, und es gab große Gläser mit dem süßesten Tee, den du dir vorstellen kannst. Wir waren beim Essen, als ihr Vater aufstand, um etwas aus der Küche zu holen, und als er an seiner Frau vorbeiging, küsste er sie und sagte: ‚Ich liebe dich.' Und sie erwiderte: ‚Ich dich auch.' Mein Herz begann zu hämmern und ich beobachtete sie den Rest des Abends mit großen Augen." Charlotte sank an das Sofakissen zurück. „Ich dachte: Was ist das?"

„Deine Mutter hat nie ein Wort über deinen Vater verloren? Nicht einmal eine Andeutung?"

„Als ich von Gracie und Suzie nach Hause kam, fragte ich meine Mutter: ‚Wo ist mein Feuerwehrmann-Papa?' Sie sagte, mein Vater würde mich lieben, könne aber nicht mein Papa sein. Irgendwie habe ich das einfach so hingenommen. Als ich älter wurde, stellte ich mehr Fragen."

Tim wischte die Tränen von ihren Wangen und bereute es, dass seine gut gemeinte, heldenhafte Tat ein solches Ende nahm.

„Einmal sagte Mama mir, dass er gestorben sei. Später kam sie zu mir ins Zimmer, entschuldigte sich und gestand mir, dass das gelogen gewesen sei. Sie sagte, dass sie mir eines Tages mehr erzählen würde. Damals war ich zehn und noch ziemlich unschuldig und glücklich in meinem Leben. Mama liebte mich und kümmerte sich richtig gut um mich. Wir hatten so viel Spaß, Tim. Als ich zum ersten Mal eine Folge der ‚Gilmore Girls' sah, hätte ich schwören können, dass die Produzenten unser Leben kannten."

„Dann starb sie."

„Ich vermisse sie so sehr." Charlotte legte den Kopf zurück und bedeckte ihre Augen mit dem Arm. „Und jetzt habe ich so viele Fragen, die nur sie beantworten könnte. Warum verstand sie sich nicht mit meinen Großeltern? Warum hatte ihre Mutter ihren Vater verlassen? Wir zogen von Tallahassee nach Birmingham, als ich drei war, und fuhren nie wieder dorthin. Danach habe ich meinen Großvater nur noch zweimal gesehen." Sie lugte unter ihrem Arm hervor. „Was hast du von ihr erfahren? Von Colbys Frau?"

„Ich habe mich nur nach ihrer Adresse erkundigt und sie gefragt, ob sie bereit wäre, mit dir zu sprechen. Ab hier ist es deine Sache. Doch wenn ich recht habe, war deine Mutter in Colby verliebt und zog hierher, um in seiner Nähe zu sein. Vielleicht, um von ihm finanzielle Unterstützung zu bekommen oder um ihm Gelegenheit zu geben, dich zu sehen."

„Oh Mann! Tim, wir waren so oft oben auf dem Ludlow-Anwesen

und haben dort gepicknickt." Charlotte setzte sich auf und presste sich die Finger an die Schläfen. „Es gibt eine kleine Nebenstraße."

„Diese Straße kenne ich."

„Wir stellten dort unser Auto ab und wanderten dann bis zum Rand des Geländes und breiteten unsere Decke aus und aßen Hähnchen oder Pommes und Hamburger. Sie hat kein einziges Mal erwähnt, dass sie die Ludlows kannte, oder überhaupt von ihnen gesprochen. Sie machte nur Bemerkungen wie: ‚Ist das nicht ein faszinierendes Haus, Charlotte?' ‚Würdest du nicht gern in einem solchen Haus wohnen, Charlotte?'

Als ich auf die Highschool ging, unternahmen wir in Sozialkunde eine Exkursion zur Villa. Wir lernten", sie betrachtete nachdenklich das Kleid, „dass Emily Ludlow die erste Frau in den Südstaaten war, die ein Brautkleid getragen hat, das eine farbige Designerin entworfen hatte. Und, Tim, ich habe fast mein ganzes Leben lang mit Brautkleidern zu tun."

„Ja, ich weiß. Was denkst du?"

„Ich weiß nicht genau, aber … aber, Tim, warum kam dieses Kleid zu mir?"

Er räusperte sich. Weil sie heiraten sollte. Aber er hatte Gottes Plan durchkreuzt. Er war ja so dumm gewesen.

„Weil, Charlotte, Emily Ludlow deine Urgroßmutter war."

„Meine … Urgroßmutter? Aber das wissen wir nicht mit Bestimmtheit. Das ist alles nur Spekulation. Ich bin nicht sicher, ob ich es überhaupt wissen will, Tim. Ich habe gelernt, allein zurechtzukommen."

„Wir alle sollten wissen, woher wir kommen, Charlotte. Wir können nicht in einem Vakuum leben. Willst du mir etwa sagen, dass es dir nichts ausmacht, das nicht zu wissen? Keine Ahnung von deinem Familienerbe zu haben oder davon, wer vielleicht vor dir gewesen ist? Es muss doch ein unglaubliches Gefühl sein, mit Emily Ludlow verwandt zu sein."

„Tim, du glaubst offenbar, dass ich etwas vermisse, das ich früher einmal hatte. Ich hatte aber nie eine Familie. Nur meine Mutter. Das war meine Welt. Deine Welt besteht aus Brüdern und Cousins und Cousinen und Freunden, Motocross-Rennen und vierzigsten Hochzeitstagen. Mir gefällt es, allein zu sein. Das ist gut so. Das ist alles, was ich kenne."

Sie bückte sich, um die zerrissenen Papierschnipsel aufzuheben. „Wie hieß diese Frau noch mal?"

„Noelia Ludlow. Hast du Tesa?" Tim erhob sich vom Sofa.

„In der Küche."

Gemeinsam standen sie an der Arbeitsplatte und klebten die Schnipsel wieder zusammen.

„Ich habe das nicht gewollt, Charlotte."

„Warum hast du dann Montgomery angerufen?"

„Okay, vielleicht habe ich es gewollt. Aber Montgomery sagte, er wüsste nichts. Also verfolgte ich die Sache nicht weiter. Dann brachte er mir die Kiste. Ich sah die Ludlow-Bilder. Die Zeitungsausschnitte. Die Puzzlestücke schienen sich zusammenzufügen." Zwischen ihnen auf der Arbeitsplatte lag die zusammengeklebte Notiz. Tim schob Charlotte den Zettel zu. „Ich glaube nicht, dass das alles meine Idee war, Charlotte. Ich glaube, dass Gott dahintersteckt."

Sie schwieg einen Moment. Ihr Brustkorb hob und senkte sich bei jedem Atemzug. „Warum jetzt?"

„Woher soll ich das wissen? Aber, Charlotte, du hast dein Erbe angetreten."

„Ich habe eine Truhe gekauft."

„Charlotte, du hast das Kleid deiner Urgroßmutter gekauft. Völlig unerwartet. Dieser Gedanke geht mir nicht aus dem Kopf. Das ist unglaublich." Tim ging zur Tür. Sie stand in der Küche und beobachtete ihn. „Es war so dumm von mir, dich gehen zu lassen." Er öffnete die Wohnungstür. „Das ist meine Art, mich zu entschuldigen."

„Einiges soll vielleicht einfach nicht sein."

Tim blieb in der offenen Tür stehen. „Aber einige Dinge sollen schon sein. Wir müssen nur klug genug sein, sie zu erkennen."

~

Am nächsten Nachmittag saß Charlotte in der warmen Wohnung von Mary Grace und Thomas, in der es stark nach Heilsalbe roch. Sie wünschte, die Klimaanlage würde sich einschalten, hatte aber keine großen Hoffnungen, dass das geschehen würde. Thomas trug einen dicken Pullover und Mary Grace einen Morgenrock und wollene Hausschuhe. Das Frühstücksgeschirr stand auf den Tischen neben ihren Stühlen. Im Fernsehen wurde ein Gottesdienst übertragen.

Charlotte war bis über beide Ohren mit einer neuen Kleiderlieferung beschäftigt gewesen und hatte weder an Tim noch an Cleo oder Colby Ludlow und seine Frau gedacht, als Mary Grace angerufen hatte.

„Ich möchte Ihnen gern den Rest meiner Geschichte erzählen."

Als Dixie gekommen war, hatte Charlotte ihrer Freundin den Laden überlassen und war nach „Kirkwood" gefahren.

Sie war dankbar für die Unterbrechung, für den Blick in die Vergangenheit, für das einladende Funkeln in Mary Graces blauen Augen.

„Das Kleid fiel mir fast genauso zufällig in die Hände wie Ihnen und der anderen Frau."

„Hillary", meinte Charlotte.

„Ja, Hillary. Was für ein hübscher Name! Findest du nicht auch, Tommy? Seit Sie neulich hier waren, musste ich immer wieder an dieses Kleid denken. Es hat mich an die Zeit erinnert, als ich jung war und noch ohne Stock gehen konnte. Damals, als wir durch das Land zogen und das Werk des Herrn verrichteten." Ihre Stimme klang ganz sanft.

„Wie haben Sie beide sich kennengelernt?" Charlotte blieb auf der Sofakante sitzen und fächerte sich mit einer Broschüre der Seniorenresidenz Luft zu.

„Wir sind miteinander zur Schule gegangen. O Charlotte, Sie hätten ihn damals sehen sollen!" Mary Graces Lebhaftigkeit und Energie war unglaublich. „So stark und gut aussehend mit seinen ungezähmten Locken! Er konnte schneller laufen als alle anderen Jungen."

„Vor allem, wenn ein Erwachsener uns mit einer Rute gejagt hat.“ Thomas schlug ein Auge auf und zwinkerte Charlotte zu.

„Tommy, sei bitte ernst.“

„Es war gut, dass ich schnell laufen konnte. Sonst hätte ich dich nie erwischt, Gracie.“

„Meine Güte, hör sich einer das an! In Wirklichkeit stand ich ruhig da und wartete auf ihn.“ Sie schaute Charlotte an. „Ich wartete fünfzehn Jahre lang. Aber er war es wert. Ich war einundzwanzig, als er mir endlich einen Heiratsantrag machte.“

„Ich hatte mir die Hörner abgestoßen und mein Herz war gebrochen.“

„Thomas' bester Freund war im Black Warrior River ertrunken.“

„An dem Tag, an dem die Abschlussfeier unserer Universität stattfand, sind der alte Cap, Fido und ich – wir nannten ihn Fido, weil er wie eine Bulldogge aussah und auch genauso zäh war – zum Fluss hinaufgefahren und haben getrunken, wie das in den Studentenverbindungen gang und gäbe war. Das Wasser war wegen der Niederschläge im Frühjahr über die Ufer getreten, aber wir dachten, wir könnten Mutter Natur ein Schnippchen schlagen, und fuhren im Fischerboot von Caps Vater um Mitternacht hinaus. Wir waren so dumm!“

„Cap fiel über Bord und ertrank“, sagte Mary Grace leise.

„Das war das Erlebnis, nach dem ich begriff, dass ich die Sache mit Jesus ins Reine bringen sollte.“

„Thomas, das muss sehr hart gewesen sein.“ Charlotte bemerkte seine trockenen Lippen und ging in die Küche, um ihm ein Glas Wasser zu holen.

„Thomas beschloss daraufhin, Theologie zu studieren.“

„Aber ich wollte nicht allein an die Universität gehen. Nein, ich wollte das hübscheste Mädchen mitnehmen, das Gott je erschaffen hat. Ich wusste, dass sie mit mir und meinem Dienst als Pastor fertigwerden würde. Sie stand nach Caps Tod zu mir. Als die Polizei Nachforschungen anstellte. Als mein Vater wegen meiner Dummheit so wütend auf mich war, dass er tagelang nicht mit mir sprach. Mary Grace war diejenige, die flüsternd für mich gebetet hatte. Wie konnte es da ein Fehler sein, ein Mädchen wie meine Gracie zu heiraten?"

Charlotte stellte das Wasserglas auf Thomas' Tisch.

„Er machte mir also einen Heiratsantrag und ich sagte Ja." Mary Grace saß mit ernster, friedlicher Miene in ihrem Schaukelstuhl. „Meine Mutter wollte kein Geld für ein Brautkleid ausgeben. Mein Vater arbeitete für ‚Coca-Cola', und wir brauchten jeden Cent von seinem Lohn, um über die Runden zu kommen. Er hatte ein gutes Herz, aber eine raue Schale. Und er trank gern Whiskey. Also bestand meine Mutter darauf, dass ich zu meiner Hochzeit ein nettes, praktisches Kostüm anziehe. Die Wirtschaft befand sich gerade in einer Depression, und ein schönes Kostüm wäre für die Frau eines Pastors eine weise Anschaffung, die ihr gute Dienste erweisen würde."

Thomas nahm das Wasserglas, das Charlotte neben ihn auf den Tisch gestellt hatte. Seine Hand zitterte, als er es langsam an seine Lippen führte. „Aber Mary Grace hatte schon lange von ihrer Hochzeit geträumt."

„Und ich wollte nicht in einem Kostüm heiraten, das genauso gut zu einer Beerdigung passen würde."

Charlotte lächelte. Sie fühlte sich ganz entspannt, schlüpfte aus ihren Schuhen und zog ihre Beine auf dem Stuhl unter sich heran. Diese Geschichte gefiel ihr. Viel besser als die Geschichte, die Tim ihr neulich erzählt hatte – dass Colby Ludlow ihr Vater sei.

„Ich arbeitete bei ‚Lovemans' als Verkäuferin und hatte ein wenig Geld gespart, aber davon musste ich mir Bettwäsche und Haushaltswaren kaufen. Mama ließ nicht zu, dass ich auch nur einen Penny sinnlos vergeudete. Aber als ich eines Nachmittags auf der Arbeit war, kam Mrs Ludlow –"

„Emily Ludlow?", unterbrach Charlotte sie.

„Ja, Mrs Emily Ludlow. Sie kam in den Laden und blieb an meiner Theke stehen. Sie gehörte zu meinen besten Kundinnen. Ihr Mann hatte gerade die Leitung der Bank ihres Vaters übernommen, und sie versuchte immer, Gutes zu tun. Sie war eine so gute Frau. Sie hatte gehört, dass ich verlobt sei, und ob Sie es glauben oder nicht, sie bot mir ihr Kleid an. Und ich war tatsächlich so kühn und sagte Ja."

„Aber der irische Stolz ihrer Mutter hätte die Sache beinahe zunichtegemacht. Sie wollte nämlich nichts davon wissen", fügte Thomas hinzu.

Kapitel 24

Mary Grace

Birmingham, 1939

Der Mond stand hoch über dem Red Mountain, als sich Mary Grace auf die Veranda hinausschlich, so weit wie nur möglich vom Schlafzimmerfenster ihrer Eltern entfernt, hinter dem sich Mutter und Vater stritten.

Sie setzte sich auf die Verandaschaukel, zog die Beine unter sich heran und lehnte den Kopf an die Kette der Schaukel.

Mamas Stimme drang durch die dünne Fensterscheibe. „Ich werde vor dieser Frau nicht katzbuckeln. Wie kann diese Emily Ludlow einfach ins ‚Lovemans' marschieren und Mary Grace Flausen in den Kopf setzen! Und anbieten, unserer Tochter, *unserer* Tochter, ein Brautkleid, ihr *gebrauchtes* Brautkleid, zu schenken!"

„Ich schätze, dass Mary Grace ebenfalls von einem Brautkleid träumt. Und was schadet es, wenn uns Mrs Ludlow etwas schenkt?"

„Wir brauchen keine Almosen! Wir arbeiten hart, wir versorgen unsere Familie. Wir haben vielleicht nicht so viel wie die Cantons und die Ludlows, aber wir haben mehr als genug. Dank deiner Arbeit und dank Gottes Hilfe. Träume und Märchen haben nichts mit dem wahren Leben zu tun. Und es schadet Mary Grace nicht, wenn ihr bewusst wird, dass sie einen Pastor heiratet. Wenn sie in einem hübschen, praktischen Kostüm heiratet, sieht sie bestimmt ebenfalls schön aus."

„Aber du hattest ein Brautkleid, Vie."

„Und Mary Grace hätte es zu ihrer Hochzeit tragen sollen, aber wir wissen alle, dass das nicht möglich ist, nicht wahr?"

Mary Grace schloss die Augen, als die Schlafzimmertür so kräftig zugeschlagen wurde, dass das ganze Haus erbebte und die Schaukel zitterte. Die Dielen unter ihren Füßen ächzten und knarrten unter den schweren Schritten ihres Vaters, als er durch das Wohnzimmer marschierte.

Ihr Vater hatte das Kleid ihrer Mutter verkauft. Er hatte es zusammen mit dem Porzellan und dem Silber und seinem Lohn verloren, als er gewettet hatte, dass Jack Dempsey Gene Tunney im Schwergewichtswettkampf k. o. schlagen würde.

„O Gott, ich brauche kein Brautkleid", flüsterte Mary Grace so leise wie der Wind, der durch die Zweige pfiff. „Es ist nicht praktisch. Und es ist viel zu extravagant." Aber in ihrem Herzen wusste sie, dass das nicht stimmte. „Aber es wäre sicher schön."

Sie *wollte* ein Brautkleid. Ein schönes, weißes Brautkleid wie die Kleider, die sie in den Zeitschriften gesehen hatte. Wie das Kleid, das sie bei „Lovemans" gesehen hatte. Aber es kostete fünfundsiebzig Dollar. Praktisch ein ganzes Monatsgehalt.

Mary Grace versuchte, wieder zu beten, aber ihr fehlte der Glaube daran, dass Gott ihr Gebet auch hörte.

Jetzt wurde die Haustür zugeknallt und ihr Vater stand auf der Veranda und starrte nachdenklich hinaus auf den Garten. Er klopfte mit seiner Zigarettenschachtel gegen seine Hand, zog eine Zigarette heraus, zündete sie an und lehnte sich an den Verandapfosten. Als er einatmete, verbrannte das weiße Papier mit einer rot glühenden Flamme.

„Dempsey hätte ihn eigentlich zu Boden strecken sollen", sagte Mary Grace.

Ihr Vater blies den Rauch seitlich aus seinem Mund. „Das hätte er auch, wenn sie mit dem Auszählen begonnen hätten, als Tunney zu Boden fiel. Dempsey hätte in die Ecke gehen müssen, wie der Ringrichter ihm sagte."

„Das mit dem Kleid ist schon in Ordnung, Papa. Mama hat recht. Ich brauche so etwas Elegantes nicht. Ich heirate einen Pfarrer und brauche ein gutes Kostüm, das ich später auch auf Hochzeiten und Beerdigungen tragen kann."

Seine braunen Augen schauten sie durch den Rauch, der

kreisförmig von seiner Zigarette aufstieg, funkelnd an. „Warum hast du dann nach einem gefragt?"

Sie zuckte die Achseln. „Ich war einfach aufgeregt, als Mrs Ludlow mir ihr Kleid anbot."

„Will nicht jede Frau ein Brautkleid? Deine Großmutter ließ uns erst heiraten, als sie deiner Mutter ein Kleid genäht hatte. Ich war gerade aus dem Krieg zurück und hätte sie auch in ihrer Arbeitsschürze geheiratet."

„Eine Frau will an ihrem Hochzeitstag schön sein."

„Du *bist* schön, Mary Grace. So wie du jetzt auf der Schaukel sitzt. Ich weiß, dass Thomas das auch sagen würde."

Mary Grace schloss die Augen und sah im Geiste den gutaussehenden Thomas vor sich mit seinem fröhlichen Grinsen und seinen grünen Augen, wie er sich seine goldblonden Haare aus der Stirn strich, weil seine dicken Locken sich weigerten, ordentlich liegen zu bleiben. Am meisten gefiel ihr, dass ihm ihre Meinung wichtig war und er mit ihr über alles sprach. Und wie er ihr in die Augen schaute, bevor er sie küsste.

Mary Grace erschauerte und setzte sich auf.

„Stimmt etwas nicht?"

„Doch, es ist alles bestens, Papa." Ihre Wangen röteten sich. Sie betrachtete die Bretter auf dem Verandaboden und ließ ihren Blick über die langen, verwitterten Spalten zu Papas Arbeitsstiefeln wandern. In diesem Augenblick war sie dankbar, dass er ihre Gedanken nicht lesen konnte.

„Mary Grace …" Er räusperte sich. „Ich bin nicht der beste Vater, den ein Mädchen sich wünschen kann. Ich bin manchmal zu grob. Ich streite zu viel mit deiner Mutter und ich habe zu viel von meinem Lohn für Schnaps ausgegeben." Er warf ihr einen Seitenblick zu. „Ich weiß, dass deine Mama und du sonntags in der Kirche dafür betet, dass ich von meinen Dämonen frei werde. Aber ich werde mich wahrscheinlich nicht ändern. Mir gefällt mein Leben, aber es gibt Momente wie jetzt, in denen ich vieles bereue. Wenn ich nicht so vielen Leuten Geld schulden würde, könntest du dein Kleid und eine elegante Hochzeit haben."

„Das musst du nicht, Papa. Es ist schon in Ordnung, so wie es ist."

„Hier …" Er kam in drei langen Schritten auf sie zu. „Nimm das, bevor ich es ausgebe. Ich weiß nicht, ob du was damit anfangen kannst, aber …" Ihr Vater drückte Mary Grace einen zusammengefalteten Geldschein in die Hand und schloss ihre Finger darum. Das feuchte Glänzen in seinen Augen sagte mehr als tausend Worte. Es war mehr wert als der Geldschein, den er ihr in die Hand gedrückt hatte.

„Danke", flüsterte sie, während die Tränen ihr fast die Kehle zuschnürten.

„Clem." Mama trat auf die Veranda. „Was machst du da?"

„Ich spreche mit meiner Tochter, wenn du nichts dagegen hast, Vie."

Mamas Stimme wurde sanfter. „Nein, ich habe nichts dagegen. Ich wollte das Abendessen kochen. Was willst du?"

„Was du auftischst, ist mir recht." Papa ging zu Mama, hielt ihr die Tür auf und nickte, als sie aufgewärmten Rindereintopf vorschlug. Bevor er im Haus verschwand, warf ihr Vater Mary Grace durch die Gittertür noch einmal einen kurzen Blick zu.

Als er fort war, faltete sie mit zitternden Fingern den Geldschein auseinander. Zehn Dollar. Sie lehnte sich an die Rückseite der Schaukel. Zehn Dollar. Damit könnte sie die Torte und die Bowle und die Tischdecke bezahlen, die sie in der Haushaltswarenabteilung von „Lovemans" gesehen hatte.

Aber kein Brautkleid.

Sie faltete das Geld zusammen und steckte es in ihre Socke. Tränen traten ihr in die Augen. Ihr Vater hatte unter seiner harten Schale einen so weichen Kern.

Autoreifen fuhren knirschend über den Schotter in der Einfahrt. Mary Grace ging zum Verandageländer und beugte sich nach unten, wo Mrs Ludlow aus ihrem großen, glänzenden Buick ausstieg.

„Guten Abend, Mary Grace."

„Guten Abend, Mrs Ludlow. Was führt Sie den weiten Weg hier heraus nach East Thomas?" Mary Grace schaute verschämt auf ihr ausgewaschenes, abgetragenes Hauskleid und ihre abgestoßenen Schuhe hinab.

„Sind Ihre Eltern zu Hause?"

Mary Grace musste ihr nicht antworten, da ihr Vater und ihre Mutter in diesem Augenblick auf die Veranda traten.

„Was können wir für Sie tun?", fragte Papa.

„Ich habe gehört, dass Ihre Tochter heiratet."

„Das stimmt." Papa machte einen Schritt auf die elegante Mrs Ludlow zu, deren leichter Wollmantel für den Frühlingsabend perfekt war.

Mama trat neben Papa und sah in ihrem Baumwollhauskleid mit dem Faltenrock hübsch aus. Aber Sorgenfalten hatten ihre sommersprossige Haut überzogen.

„Wir haben gehört, dass Sie Mary Grace Ihr Brautkleid angeboten haben. Wir schätzen zwar Ihre Großzügigkeit, aber wir brauchen Ihre Almosen nicht."

Mary Grace wand sich innerlich und schloss die Augen. *Bring uns nicht in Verlegenheit, Mama.*

„Das hat nichts mit Almosen zu tun, Mrs Fox. Es ist ein Geschenk."

„Ein Geschenk? Wir kennen Sie nicht einmal. Mary Grace bedient Sie des Öfteren bei ‚Lovemans'. Entschuldigen Sie, aber ein extravagantes Brautkleid für ein Mädchen, das Sie kaum kennen, bezeichne ich durchaus als Almosen."

„Vie", brummte Papa.

Mary Grace lugte um den Pfosten herum und rechnete damit, dass Mrs Ludlow auf dem Absatz kehrtmachen und zu ihrem Auto zurückgehen würde. Aber diese blieb unbeirrt auf dem Schotterweg stehen. Mary Grace hatte Papas zehn Dollar in ihre Socke gesteckt, und als sie sich bewegte, kratzte der Schein über ihren Knöchel.

Nach einer Pause, die ihr wie eine halbe Ewigkeit vorkam, sagte Mrs Ludlow: „Dann verkaufe ich Ihnen das Kleid."

Mama lief rot an. „Wir können uns ein Kleid wie Ihres nicht leisten, Mrs Ludlow. Sind Sie hierhergekommen, um uns zu demütigen, oder sagen Sie das einfach aus einer Laune heraus?"

„Ich finde, Sie sind diejenige, die sich hier selbst demütigt, Mrs Fox. Ich bin mit einem Geschenk gekommen, und Sie weigern sich, es anzunehmen. Ist es Ihnen nicht gut genug?"

„Hören Sie zu –"

„Und dann biete ich an, es Ihnen zu verkaufen, und Sie sagen mir, dass es zu teuer sei. Dabei haben Sie noch nicht einmal den Preis gehört."

„Also gut, nennen Sie uns den Preis. Aber wagen Sie es nicht zu sagen, dass es einen Dollar kosten soll. Das ist beleidigender als Almosen." Mama stieg die Stufen hinab und sah Mrs Ludlow herausfordernd an.

Papa schüttelte nur den Kopf.

„Mama, bitte, können wir nicht einfach –"

„Zehn Dollar." Diese Summe traf Mary Grace wie ein Fausthieb. Mrs Ludlow wiederholte die Summe. „Ich will zehn Dollar für das Kleid."

„Zehn Dollar?", schnaubte Mama. „Für ein elegantes Brautkleid?"

„Das ist mein Preis." Mrs Ludlow hob das Kinn. „Ich halte es für einen fairen Preis. Ich habe es ein Mal getragen. Ich habe keinen Fleck darauf gemacht. Es wurde von Taffy Hayes für mich maßgeschneidert."

„Die Farbige, die für Sie näht?" Mama schüttelte den Kopf und steckte die Hände in die Taschen ihres Faltenrocks. „Nein, nein. Nicht einmal für zehn Dollar." Sie schob entschlossen das Kinn vor.

„Ich nehme es. Ich habe zehn Dollar, Mrs Ludlow." Mary Grace sprang zu ihr herab, zog den Geldschein aus ihrem Strumpf und faltete ihn auseinander. Dann wandte sie sich um und warf einen Blick auf Papa. Ihm standen Tränen in den Augen.

„Mary Grace, nein! Woher hast du zehn Dollar?" Mama wollte ihr das Geld nehmen, aber Mary Grace zog die Hand weg. „Hast du gehört, wer dieses Kleid genäht hat?"

„Ja, und das ist mir egal. Das Geld hat mir Papa gegeben." *O Herr, danke.*

„Taffy ist die beste Schneiderin in dieser Stadt. Vielleicht sogar in den gesamten Südstaaten. Sie können sich glücklich schätzen, eines ihrer Kleider zu haben." Mrs Ludlow nahm das Geld. „Geschäft ist Geschäft." Sie reichte Mary Grace die Hand. „Miss Fox, es ist mir eine Freude, mit Ihnen Geschäfte zu machen."

„Mir ist es auch eine Freude, Mrs Ludlow." Sie hatte ein Kleid. Mrs Ludlows Kleid. Maßgeschneidert. Mary Grace lächelte so breit, dass sie es nicht wagte, ihre Mutter anzuschauen.

„Mr Fox, wären Sie so freundlich?" Mrs Ludlow hielt ihre Autoschlüssel hoch. „Das Kleid liegt in meinem Kofferraum."

Papa drückte seine Zigarette aus, nahm die Schlüssel und ging zu Mrs Ludlows Wagen.

„Mrs Fox, Ihre Tochter ist ein ganz besonderes Mädchen. Es ist mir eine Freude, ihr das Kleid zu geben, das ich zu meiner Hochzeit getragen habe. Daniel und ich sind sehr glücklich miteinander. Ich wünsche ihr, dass es ihr auch so viel Segen bringt wie uns."

Mama schniefte und biss sich auf die Unterlippe. Sie sprach kein Wort.

„Wir sind uns sehr ähnlich, Mrs Fox", fuhr Mrs Ludlow fort. „Wir sind Frauen, die nur Gutes für unseren Mann und unsere Kinder wollen. Ich stehe von Frau zu Frau vor Ihnen und will nur das Beste für Ihre Tochter. Ich habe selbst keine Tochter und ich bewundere Mary Grace schon eine ganze Weile. Ich glaube, das ist ein Kompliment an Sie, Mrs Fox."

Papa ging mit einer Truhe auf den Schultern an ihnen vorbei. „Sind Sie sicher, dass diese Truhe nicht leer ist? Sie ist federleicht. Vie, hast du Eistee in der Küche? Ich habe einen Riesendurst."

„Ich versichere Ihnen, dass das Kleid in dieser Truhe ist." Mrs Ludlow drehte sich zu ihrem Auto herum. „Mary Grace, es gehört jetzt Ihnen. Und, Mr Fox, danke, dass Sie mir mit der Truhe geholfen haben." Mrs Ludlow reichte ihm die Hand. Als Papa sie ergriff, lächelte sie und drückte seine Hand kräftig. „Mary Grace, das ist kein gewöhnliches Kleid. Es ist für mich und für die Frau, die es für mich genäht hat, ein ganz besonderes Kleid. Tragen Sie es mit Liebe. Ich wünsche Ihnen nur das Beste."

Als sie wegfuhr, blieb Mama auf dem Weg stehen, während ein

leichter Wind ihren Saum berührte und ihre braunen Schuhe mit Staub bedeckte.

„Mama?"

Ihre Mutter bewegte sich nicht, sondern stand zitternd da, presste die Finger auf ihre Lippen und hatte Tränen in den Augen. Mary Grace legte den Arm um sie und barg den Kopf an ihrer Schulter.

„Wenn du nicht willst, ziehe ich es nicht an."

„Das kommt nicht infrage!" Mama erwachte aus ihrer Trance. „Du hast der Frau gerade zehn Dollar dafür gezahlt, Mary Grace. Glaubst du, ich lasse das Kleid in dieser Truhe verrotten? Wenn es für Mrs Ludlow gut genug war, obwohl es von einer Farbigen genäht wurde, dann ist es auch für dich gut genug, denke ich." Sie wischte sich mit ihren von der Arbeit rauen Händen über das Gesicht. „Jetzt komm, schauen wir uns dieses Kunstwerk an. Ich muss sofort anfangen, es abzuändern und es in Ordnung zu bringen. Sie hat vor gut fünfundzwanzig Jahren geheiratet. Ich habe also keine Ahnung, in welchem Zustand das Kleid ist."

Als sie sich umdrehten, stand Papa auf der Veranda, hatte die Truhe geöffnet und hielt das Kleid in den Händen.

„Das hat sie mir in die Hand gedrückt." Er reichte Mama die zehn Dollar. „Kauft davon, was ihr braucht, um das Kleid in Ordnung zu bringen, oder was immer ihr Frauen mit abgetragenen Kleidern macht."

„Das Kleid ist nicht abgetragen, Papa." Mary Grace sank auf die Knie. Der weiße Satin- und Seidenstoff glänzte, und der orangene Schein der Abendsonne brachte die Perlen am Bund zum Leuchten. „O Mama." Sie stand auf und nahm Papa das Kleid ab. „Es ist perfekt."

Ihr Vater trat einen Schritt zurück und räusperte sich unsicher.

„Also gut, gehen wir hinein und probieren wir es an. Clem, gib mir ein paar Minuten, bevor ich das Abendessen auf den Tisch stelle."

„Lass dir Zeit, Vie. Ich habe es nicht eilig." Papa tippte Mary Grace auf die Schulter. „Gib deinen Glauben nie auf, Mary Grace. Niemals. Weder für mich noch für irgendeinen anderen Menschen."

Er verließ die Veranda, durchquerte den Garten und verschwand im Wald hinter dem Haus.

Charlotte

Charlotte holte tief Luft, um den Druck aus ihrer Brust zu vertreiben, als Mary Graces Stimme verstummte. „Das Kleid gehörte also Emily Ludlow?"

„Allerdings." Die Augen der alten Frau leuchteten vor Liebe. „Sie trug es bei der Hochzeit mit Daniel Ludlow. Ich sage Ihnen, dieses Kleid war ein wahres Wunder. Nach diesem Tag hat sich das Verhältnis zwischen meinen Eltern deutlich verbessert. Und ob Sie es glauben oder nicht, Mama und Mrs Ludlow wurden gute Freundinnen, und Mama nahm sogar einige Geschenke von ihr an. Aber das Beste kommt noch …" Mary Grace hob den Finger, als wolle sie sicherstellen, dass Charlotte ihr auch zuhörte. „Das Kleid passte, als wäre es für mich maßgeschneidert worden. Mrs Ludlow war eine schlanke Frau, während ich den kräftigen Körperbau meiner Großmutter geerbt habe. Aber ob Sie es glauben oder nicht: Wir mussten nirgends eine Naht herauslassen oder irgendetwas verändern. Nichts. Können Sie sich das vorstellen?"

„Ja, Mary Grace, das kann ich." Die Gänsehaut, die Charlottes Arm überlief, überraschte sie nicht länger. „Das glaube ich wirklich."

Kapitel 25

Emily

Vater bat Bernadette, einen Arzt zu holen. Die arme Trauzeugin musste jetzt in die Rolle eines Botenmädchens schlüpfen. Aber ihre Mutter war ohnmächtig auf das Sofa gesunken, als Molly Emily aus Mrs Caruthers' Kleid half.

„Es tut mir so leid, Vater", flüsterte Emily, während Molly die Bänder ihres Korsetts löste. Dass sie wieder richtig durchatmen konnte, machte Mutters Ohnmacht fast wett. Das Gewicht des ersten Kleides wurde von ihren Schultern genommen, und Molly half ihr, in das federleichte Seidenkleid zu schlüpfen.

„Du brauchst dich nicht zu entschuldigen." Er kniete neben Mutter nieder und tätschelte ihre Hand. „Solange du dir sicher bist …"

„Ich bin mir sicher."

„Dann unterstütze ich dich." Er räusperte sich. „Es wird nicht leicht werden."

„Vater, wird deine Bank dadurch in Schwierigkeiten geraten?"

„Ich schaffe das schon. Emily, vergib mir, dass ich dir die Geschichte nicht schon früher erzählt habe."

„Ich glaube, ich wusste es schon immer, Vater. Aber ich dachte, wir würden einander wirklich lieben. Ich wusste von Emmeline, aber ich wusste nicht, dass seine Eltern gedroht hatten, ihn zu enterben, wenn er mich nicht heiratet." So viele Dinge hatte sie in den vergangenen Minuten erfahren.

„Ich bin nicht sicher, ob Cam mir das wirklich erzählen wollte, aber der Brandy hatte seine Zunge gelöst. Er klang sehr zufrieden mit diesem Arrangement und dachte, ich müsste darüber auch glücklich sein."

Am Vorabend war ihr Vater mit den anderen Männern in den Club gegangen, um zu feiern, beziehungsweise um Phillips letzten Abend als Junggeselle zu betrauern. Er war früher als erwartet nach Hause gekommen, ernst und verstört, und hatte sich, ohne ein Wort zu Emily zu sagen, in sein Schlafzimmer zurückgezogen. Doch sie hatte ihn aufgeregt mit ihrer Mutter flüstern hören, als sie an der Tür ihrer Eltern vorbeigegangen war: „Cam will nur eine gute Partie für seinen Sohn. Es interessiert ihn nicht, dass Emily mit Phillips Untreue leben muss."

Die Tür wurde aufgerissen und Dr. Gelman eilte zu Mutter. „Was ist passiert?"

„Sie ist in Ohnmacht gefallen", antwortete Vater pragmatisch und trat dann beiseite, um dem Arzt Platz zu machen. „Das muss an der Aufregung liegen." Er zwinkerte Emily zu.

Es lag wirklich an der Aufregung. Vater hatte die Wahrheit über Phillip herausgefunden. Er hatte tatsächlich die Anzeige unterschrieben, die Emily ins Gefängnis gebracht hatte. Vater hatte Phillip bei seiner Junggesellenparty damit prahlen hören, wie geschickt er diese Angelegenheit gelöst habe.

Stolz bläht sich auf, sagte Vater immer. Stolz kann nicht schweigen.

Dr. Gelman hielt ein Fläschchen mit Riechsalz unter Mutters Nase. Diese richtete sich hustend und keuchend auf. Vater half ihr, sich gerade aufzusetzen, aber sie schlug seine Hilfe aus und hielt nach Emily Ausschau. Als der Arzt das Riechsalz ein weiteres Mal unter ihre Nase halten wollte, schlug Mutter nach ihm.

„Ich bin wieder wach! Emily, hör mir zu!" Mutter atmete tief und hustend ein und rappelte sich dann mühsam auf die Beine. „*Sie* haben dafür gesorgt, dass du verhaftet wurdest."

„Mutter, das weiß ich schon. Vater hat es mir gesagt."

„Aber wie kannst du nur daran denken, *dieses* Kleid zu tragen?" Sie gestikulierte wild mit der Hand. „Du wirst die Saltonstalls damit beleidigen. Einen vielleicht irreparablen Schaden anrichten."

„Maggie …" Vater drückte Mutter an seine Brust. „Es ist die Hochzeit unserer Tochter. Lassen wir das. Was geschehen ist, ist geschehen. Wir kommen zu spät zur Hochzeitsfeier." Vater half Mutter auf die Beine, dankte dem Arzt und blieb dann an der Tür stehen. „Emily, ich bin in fünf Minuten zurück."

Nun, da sie allein im Raum war, versuchte Emily, tief durchzuatmen. Als sie die Tür öffnete und auf den Gang hinauslugte, konnte sie die Orgelmusik aus dem Gottesdienstraum vernehmen.

Und da wusste sie es. Sie würde Phillip Saltonstall an diesem Tag nicht heiraten. Ein Kichern kam über ihre Lippen. Emily hielt sich die Hand vor den Mund. Doch ein weiteres Kichern brach sich Bahn.

Sie war frei. Die junge Frau huschte aus dem Zimmer und eilte auf Zehenspitzen den Gang hinab, passte aber gut auf, dass ihre Absätze nicht auf dem Steinboden klapperten. Als sie vom Flur in die Eingangshalle bog und sah, dass die Türen zum Gottesdienstraum geschlossen waren, atmete sie erleichtert aus. Dann warf sie einen Blick aus dem Fenster.

Er war da und wartete. Genau wie Vater gesagt hatte, saß er auf seinem eindrucksvollen Mustang. Als Vater die Worte „eine heilige Nacht" aus dem Fenster gerufen hatte, hatte er Daniel damit signalisiert, dass er eine Chance hatte.

Aber ihr hatte der Mut gefehlt. Bis sie in Taffys Kleid geschlüpft war.

Mrs Potter, die Pfarramtssekretärin, kam durch die Tür. „Emily, meine Liebe, da sind Sie ja! Die Feier beginnt gerade. Phillip wartet bereits am Altar auf Sie."

„Meine liebe Mrs Potter." Emily kicherte und ergriff die Hände der Frau. „Ich werde heiraten."

„Natürlich werden Sie heiraten, meine Liebe." Die ältere Dame tätschelte lächelnd Emilys Arm. „Ich suche rasch Ihren Vater."

„Wenn Sie ihn finden, dann sagen Sie ihm bitte, dass ich es mir gut überlegt habe. Dass ich meine Entscheidung getroffen habe und meinem Herzen gefolgt bin."

Ohne auf eine Antwort zu warten, trat Emily durch die Eingangstüren in die kühle, herrliche Luft des Birminghamer Silvesterabends hinaus. Daniel stand neben seinem Pferd. Er sah in seinem

Smoking umwerfend aus. Seine Haare waren zurückgekämmt, sein Kinn war glatt rasiert und verriet seine Entschlossenheit. Sie liebte es, wie seine Augen leuchteten.

Emily ging die Stufen zu ihm hinab, während ihr Kleid frei und locker ihre Beine umhüllte. „Vater hat gesagt, dass er mit dir gesprochen hat."

„Ja." Daniel kniete auf dem Gehweg neben der Kirche vor ihr nieder. „Willst du mich heiraten? Bitte?"

„O Daniel!" Emily blickte sich rasch zu den breiten Eichentüren der Kirche um. Dort stand bereits ihr Vater und nickte ihr aufmunternd zu.

Emily schluckte. Auf diesen Tag hatte sie so lange gewartet. Von diesem Tag hatte sie geträumt. Aber wie konnte sie Phillip einfach so ohne Erklärung am Altar stehen lassen? Auch wenn er lieblos und grausam gewesen war, so war er doch ein Mensch, in dessen Brust ein Herz schlug. Sie wollte nicht auf sein Niveau sinken. Sie hatte Phillip ihr Wort gegeben. Freunde und Angehörige, Gäste und Kollegen warteten in der Kirche darauf, dass sie ihn heiratete. Sie hatten Geschenke geschickt. Sie hatten Teepartys, Diners, Bridgespiele veranstaltet.

„Emily?" Daniels Zuversicht geriet ins Wanken.

„Warte, bitte ..." Emily drehte sich um und hielt ihrem Vater ihren Arm hin. „Vater, bitte führe mich in die Kirche." Als sie die Stufen wieder hinaufstiegen, warf sie einen Blick hinter sich. Daniel stand regungslos neben seinem Pferd.

„Emily, willst du das wirklich?" Vater blieb an der Tür zum Gottesdienstraum stehen. Die Orgelmusik spielte und übertönte das unruhige Murmeln der Hochzeitsgäste.

„Ich kann Phillip nicht einfach davonlaufen. Nicht an seinem Hochzeitstag." Sie klammerte sich zitternd an seinen Arm. Ihr Schleier und ihr Blumenstrauß befanden sich noch im Nebenraum, aber sie ging nicht zurück, um die Sachen zu holen.

„Dann heiratest du ihn?" Vater führte sie zu den Türen, die in den Gottesdienstraum führten.

„Ich lasse ihn nicht einfach so am Altar stehen."

Während Emily mit ihrem Vater zum Altar ging, erhoben sich die Gäste. Ein Keuchen und Flüstern ging durch den Raum.

Schönes Kleid.

Nicht von Mrs Caruthers.

Taffy Hayes … eine Farbige.

Vor ihr stand Phillip, wie eine griechische Statue, die Hände gefaltet, attraktiv wie immer in seinem Smoking und mit seiner Fliege. Seine hellbraunen Haare glänzten und sein Lächeln machte dem Strahlen der flackernden Kerzen Konkurrenz.

Plötzlich wurden die Türen mit einem lauten Krachen geöffnet und das Klappern von Pferdehufen übertönte die Orgelklänge.

Verzweifelte Rufe drangen in den Raum.

„Sir, Sie können hier nicht einfach so hinein! Sir, das verbiete ich Ihnen!"

Emily fuhr herum und sah Mrs Potter hinter einem Pferd durch den breiten Gang laufen. Sie lachte. *O Daniel.*

„Emily." Daniel saß aufrecht und stolz auf seinem Pferd. „Heirate mich. Heirate *mich.*"

Die Anwesenden brachen in laute Rufe und Schreie und Proteste aus. Phillip stürmte durch den Gang. Sein Trauzeuge folgte ihm dicht auf den Fersen und fuchtelte mit den Armen. „Bringt ihn hinaus! Sie haben hier nichts zu suchen, Ludlow."

Ein kleiner Tumult erschütterte die Kirche. Der Mustang stieg und schlug die Vorderbeine in die Luft. Daniel hielt die Zügel fest in der Hand.

Ein schriller Pfiff ertönte und brachte alle zum Schweigen. Aller Augen waren auf Vater gerichtet, der auf den Altarstufen stand. „Hier geht es um niemand anderen als um Emily. Es ist ihre Entscheidung. Was willst du? Willst du Ludlow oder Saltonstall heiraten?"

Oh, ihr Vater hatte ein so gutes Herz!

„Phillip." Emily legte sanft die Hand auf den Arm ihres Verlobten. „Du hast mich verhaften lassen. Und ich weiß, dass du immer noch eine Geliebte hast. Dass deine Eltern drohen, dich zu enterben, wenn du mich nicht heiratest. Deshalb, lieber Phillip, kann ich dich nicht heiraten. Und *du* kannst mich auch nicht heiraten. Tief in deinem Herzen weißt du das."

„Was hat das alles zu bedeuten?", mischte sich Mr Saltonstall ein, dessen Adamsapfel sich wie bei einem aufgeregten Hahn auf und ab bewegte. „Phillip, habe ich dich so erzogen? Dass du dich von dieser –"

„Sie hat recht. Sie kann mich nicht heiraten. Und ich kann sie nicht heiraten." Phillips Blick wanderte durch den Raum zu der blassen, dürren Emmeline.

„O Phillip." Emily stellte sich auf die Zehenspitzen und küsste ihn auf die Wange. „Ich wünsche dir alles Gute." Dann drehte sie sich zu Daniel herum, ergriff seinen Arm, den er ihr hinhielt, und mit einem kleinen Schubs von … Mutter landete Emily auf dem Pferd.

Daniel zog an den Zügeln und drückte dem Mustang die Fersen in die Seiten. „Hüh!"

Das Tier trabte mit polternden Hufen den Gang entlang und stürmte durch die hohe Tür hinaus, die Stufen hinab und brachte Emily in die Freiheit.

Ein Fotograf vom *Age-Herald,* der an der Straßenlaterne lehnte und halb döste, wurde schlagartig wach. Seine große Kamera blitzte mit einem puffenden Geräusch und Rauchwolken, die in die kalte Luft aufstiegen.

Emily warf lachend den Kopf in den Nacken. „Ein gutes neues Jahr!" Sie drückte die Wange an Daniels kräftigen Rücken. „Ich wusste, dass du kommen würdest. Ich liebe dich, Daniel Ludlow."

Das Pferd galoppierte den Weg entlang, überholte eine Straßenbahn und tänzelte stolz, als wüsste es, welch wertvolle Last es auf seinem Rücken trug. Die Kirchenglocken begannen zu läuten. Dann, an der Ecke der 5th Avenue und der 19th Street sah Emily *ihn.*

Den sonderbaren alten Mann mit der lila Krawatte. Als ihre Blicke sich begegneten, verbeugte er sich, zog den Hut und applaudierte ihr.

Kapitel 26

Charlotte

Auf der Rückfahrt von der Seniorenresidenz nach Mountain Brook traf Charlotte eine Entscheidung. Die Truhe, das Kleid … Tim hatte die Tür zu ihrer unbekannten Herkunft aufgestoßen. Sie konnte sich nicht länger davor verstecken.

Auf dem Armaturenbrett klebte der Zettel mit Noelias Namen. Charlotte spürte eine gewisse Entschlossenheit in sich. Aber sie wollte sich nicht allein in das Unbekannte wagen.

Sie wählte Hillarys Nummer. „Hallo, ich bin es. Hast du Lust zu einer Spazierfahrt? Um ein paar Nachforschungen anzustellen?“

„Geht es um das Kleid?“, fragte Hillary. Ihre Stimme klang energisch, als sei sie zu allen Schandtaten bereit.

„Ja, und um mich. Es geht um mich.“

„Wenn du hier bist, bin ich fertig.“

Eine halbe Stunde später waren Charlotte und Hillary unterwegs nach Florence. Beide schwiegen und hingen ihren Gedanken nach.

„Ich weiß nicht, warum ich das mache“, meinte Charlotte schließlich.

„Weil du es wissen willst.“

„Bis jetzt wollte ich es eigentlich nicht wissen.“ Die junge Frau verkrampfte die Hände um das Lenkrad.

„Jetzt ist es etwas anderes. Die Situation hat sich ohne dein Zutun ergeben. Du hast diese Truhe gekauft und deine Welt – und auch meine Welt – hat sich verändert.“

„Sollte ich Cleo das Kleid geben? Selbst wenn sie keinen Gerichtsbeschluss erwirken kann?“

„Ich glaube, du hast ein höheres Gericht auf deiner Seite als das Gericht, das Cleo anrufen wird, um ihren Willen durchzusetzen.“

Charlotte warf Hillary einen fragenden Blick zu. „Und welches Gericht sollte das sein?"

„Das himmlische Gericht."

„Seit wann bist du ein spiritueller Mensch?"

„Das bin ich nicht." Sie verkniff sich ein Lächeln. „Das waren Thomas' Worte."

„Thomas?" Charlotte zog die Braue hoch und schaute ihre Freundin fragend an.

„Ich habe die Talbots besucht. Sie sind vielleicht alt, aber ihre Herzen sind jung, voll Leben und von der Liebe zu Gott erfüllt." Sie lachte leise. „Hin und wieder klinkt sich Mary Grace aus dem Gespräch aus und starrt die Wand an. Zuerst dachte ich, sie hätte nur einen senilen Moment. Dann lächelt sie und bekommt große Augen. Doch plötzlich fängt sie an, ‚Amazing Grace' oder ‚Großer Gott, wir loben dich' zu singen. Ich war lange genug Krankenschwester, um zu wissen, dass manche Dinge eben passieren, wenn Menschen alt werden und ihr Leben sich dem Ende zuneigt. Aber, Charlotte, ich glaube, sie sieht Dinge."

„Gerti sagte immer, wenn der Verstand eines Menschen sich langsam verabschiedet, wird sichtbar, wie es in seinem Herzen aussieht."

„Mary Grace geht es nur um Jesus. Für sie gibt es nichts anderes als Jesus. Dann murmelt sie auch irgendetwas Unverständliches. Ich dachte, das sei ein Zeichen für eine beginnende Demenz, aber jetzt", Hillary warf einen kurzen Blick zu Charlotte, „glaube ich, dass sie in Zungen spricht."

Diese lachte. „Das klingt, als wäre sie von einem anderen Stern."

„Vielleicht ist sie das ja." Hillary stimmte in das Lachen ein. „Vielleicht bin aber nur ich von einem anderen Stern."

Gegen ein Uhr bog Charlotte in Noelias Einfahrt. Ein Haus im Tudorstil stand etwas zurückgesetzt auf einem von hohen Bäumen bewachsenen Grundstück.

„Endlich." Charlotte stieg aus ihrem kleinen Cabrio. Sie und Hillary hatten einen heftigen Wortwechsel darüber hinter sich, welche Straße sie zum Haus nehmen sollten. Charlotte war Hillarys

Rat gefolgt, am Ende hatten sie sich völlig verfranzt und achtzig Kilometer Umweg fahren müssen.

„Fang nicht schon wieder an! Wir haben gerade erst Frieden geschlossen.“ Hillary knallte ihre Autotür zu.

„Ich fange nicht schon wieder an. Ich habe nur ‚endlich‘ gesagt.“

„Ja, aber es war dein Tonfall, junge Dame.“ Hillary zupfte ihre Hose zurecht und strich ihr Oberteil glatt. „Das ist wirklich ein hübscher Ort.“ Der Wind spielte mit ihren Naturlocken.

Charlotte lächelte und warf einen Seitenblick auf ihre Freundin. Ja, dieser Ort war wirklich hübsch. Sie ging den Gehweg hinauf und verlangsamte ihre Schritte, als die Tür geöffnet wurde und Noelia heraustrat.

Noelia Ludlow hätte Mamas Schwester sein können. Schlank, mit einer kurzen, schmalen Taille und langen Beinen, forschenden Augen über einer kurzen Nase und hohen Wangen. Sie machte einen sehr würdevollen Eindruck.

„Kommen Sie herein, meine Damen. Bitte.“ Noelia ergriff Charlottes Arm, als sie auf die Veranda trat. „Jetzt lernen wir uns endlich kennen.“

„Danke, dass Sie so kurzfristig Zeit für uns gefunden haben.“ Charlotte trat in das Haus und stellte ihr Hillary vor.

Noelia ging voraus und verbannte ihre langen, glatten Haare mit einem Band aus ihrem Gesicht. Als sie sich in ihren Sessel setzte, atmete sie tief aus. „Es tut mir so leid, was Colby Ihnen und Ihrer Mutter angetan hat.“

„Bitte, ich glaube nicht, dass das Ihre Schuld war“, sagte Charlotte. Mit Noelia im Zimmer zu sitzen war irgendwie surreal und doch richtig.

„Doch, mein Kind, das war meine Schuld.“ Tränen liefen aus ihren Augenwinkeln. „Es war alles meine Schuld.“

~

Alles, was sie bis jetzt über ihr Leben gewusst hatte, verblasste im Licht dessen, was sie nun erfuhr. Vor zwei Tagen war sie Charlotte

Malone gewesen. Einfach. Schlicht. Nichts Aufregendes. Allein. Sie hatte nur Dixie und ihren Dr. Märchenprinz gehabt.

Jetzt war Charlotte Teil eines Netzwerks. Hillary, Mary Grace und Thomas. Noelia.

Sie hatte einen Vater mit einem Namen und einem guten Ruf. Ihre Urgroßmutter hatte um ihrer Überzeugungen willen gegen Gesetze verstoßen. Ihr Urgroßvater Daniel war ein angesehener Birminghamer Bankier und Philanthrop gewesen.

Ihr Familienstammbaum hatte plötzlich dicke, eindrucksvolle Zweige.

Als Noelia das Kennenlernen unterbrach, um ihnen Eistee zu servieren, gingen sie zu Small Talk über. Das Wetter. Sommerurlaube. Neuigkeiten aus der Gegend.

Aber als Noelia sich wieder in ihren Sessel setzte, kam Hillary sofort zur Sache und sprach den Grund ihres Besuchs an.

„Noelia, was ist damals passiert?"

„Oh, in einer Ehe kann so viel passieren. Besonders in einer Ehe, in der es nicht so gut läuft – wie damals in meiner Ehe. Wir hatten keine Kinder und investierten deshalb beide mehr Zeit und Energie in unseren Beruf als in unsere Beziehung. Als Colby die Chance bekam, an der Florida-State-Universität Vorlesungen zu halten, waren wir uns beide einig, dass er diese Gelegenheit ergreifen sollte. Ich wollte hier in Alabama bleiben und meine Arbeit am ‚Institut für schöne Künste' fortsetzen. Wir würden uns an den Wochenenden und in den Ferien sehen. Es war ja nur für ein Jahr. Wir waren über zwanzig Jahre verheiratet und glaubten deshalb, dass uns dieses eine Jahr nicht schaden würde. Doch stattdessen wurden alle Risse in unserer Beziehung deutlich sichtbar."

„Wissen Sie, warum er etwas mit meiner Mutter angefangen hat?" Charlotte hielt ihren Tee in der Hand, ohne zu trinken.

„Natürlich. Sie war jung, schön, intelligent. Sie bohrte nach, wenn sie in Colbys Vorlesungen Widersprüche entdeckte, und ließ sich von ihm nicht einwickeln. Colby hat Herausforderungen immer geliebt."

Charlotte lächelte. „Das klingt ganz nach Mama."

„Soweit ich es verstanden habe, verliebte sie sich sehr in Colby“, erzählte Noelia. „Er war ebenfalls von ihr fasziniert, aber eine Affäre mit einer Studentin hätte seine Karriere ruiniert. Diese Affäre hätte auch fast unsere Ehe ruiniert, aber glauben Sie mir, ihm war seine Karriere wichtiger als Phoebe oder ich.“

„Warum ist er dieses Risiko dann doch eingegangen?“

„Midlife-Krise? Er wollte sich wieder jung fühlen? Was würden Sie tun, wenn Sie ein fünfundvierzigjähriger Mann wären und eine schöne einundzwanzigjährige Frau liegt Ihnen zu Füßen? Colby hatte sicher viele Stärken, aber zu dieser Zeit besaß er nicht die Stärke, Versuchungen zu widerstehen.“

„Sind Sie Mama je begegnet?“

„Nein. Colby und ich waren zwar nicht glücklich verheiratet, aber ich liebte ihn und wollte die Frau, die ihn mir fast gestohlen hätte, nicht kennenlernen. Dann erfuhr ich von Ihnen.“ Noelia schaute Charlotte an und griff nach einem Umschlag. „Sie schickte Colby einen Brief“, die ältere Dame reichte Charlotte den Umschlag, „und bat um finanzielle Unterstützung, damit sie sich in einer schöneren Wohngegend ein größeres Haus kaufen könnte. Sie wollte, dass Colby Sie als sein Kind anerkennt. Dass er zugäbe, dass Sie seine Tochter sind.“

Charlottes Hand zitterte. Sie musste den Brief sofort lesen und öffnete den Umschlag. Das surreale Gefühl und gleichzeitig das Bewusstsein, das Richtige zu tun, schwanden. Ihr wurde plötzlich eiskalt.

„Aber ich wollte nicht, dass Sie oder Ihre Mutter Teil unseres Lebens werden“, fuhr Noelia fort. „Wir hatten ein paar der Risse gekittet und uns mit der Situation arrangiert. Wir hatten unsere Lebenspläne, unsere Reisepläne, und ehrlich gesagt, wollte ich mit fünfzig nicht die Hälfte meiner Wochenenden mit einem kleinen Mädchen verbringen, das die Zeit meines Mannes beanspruchte. Ich zerriss das Bild, das sie schickte, aber ich konnte mich nicht überwinden, auch den Brief wegzuwerfen.“

„Sie haben Colby den Brief nie gezeigt?“ Hillary stellte ihren Tee ab und beugte sich zu Charlotte, um mitzulesen.

„Nein, aber, Charlotte, er wusste von Ihnen. Doch wie heißt es so schön: Aus den Augen, aus dem Sinn. Wir kamen irgendwie zu der stillen Übereinkunft, dass Ihre Mutter ihn inzwischen bestimmt vergessen, einen guten Mann gefunden, geheiratet und noch mehr Kinder bekommen hätte. Das wollte ich wenigstens glauben. Da Colby nie etwas anderes sagte, nahm ich an, dass es ihm genauso ging. Ich erfuhr irgendwann, dass Phoebe ungefähr ein Jahr später starb. Ein Freund von Colby überbrachte uns die Nachricht von ihrem Tod."

„Sie wussten also, dass sie gestorben war? Dass ich niemanden hatte? Und trotzdem haben Sie mir weiterhin meinen Vater vorenthalten?" Diese Frau, die ihr mit ihrem einladenden, mütterlichen Auftreten auf Anhieb sympathisch gewesen war, machte sie jetzt wütend.

„Ich redete mir ein, dass es so besser für Sie wäre. Warum sollten wir das Leben von allen durcheinanderbringen?"

„Ich war zwölf! Ich hatte kein Leben! Und das wenige Leben, das ich hatte, war von jemandem durcheinandergebracht worden, der in das Auto meiner Mutter gefahren war und sie getötet hatte."

„Ich bin nicht stolz auf das, was ich getan habe, Charlotte." Noelias Stimme zitterte und Tränen standen in ihren Augen. „Ich will nur ehrlich sein. Als Colby und ich uns scheiden ließen, wurde mir bewusst, wie egoistisch wir beide gewesen waren, aber es war nicht meine Aufgabe, ihm zu sagen, dass er sich bei Ihnen melden sollte. Oder Ihnen von Colby zu erzählen."

„Aber es war Ihre Aufgabe, den Brief meiner Mutter zu verstecken? Dafür zu sorgen, dass er keinen Kontakt zu Mama oder mir aufnahm?"

„Solange ich seine Frau war, ja. Ich beschützte das, was mir gehörte. Aber es verging kein Monat, in dem ich nicht an Sie gedacht hätte."

Erregt erhob Charlotte sich. Sie konnte nicht länger still sitzen und ging um den Kaffeetisch herum. Doch ihre Schritte waren unsicher und ihre Beine wollten sie kaum tragen. „Ich weiß nicht, wie ich mit allem, was Sie mir erzählt haben, umgehen soll. Ich –"

„Ich habe Ihnen vergangenes Jahr Geld überwiesen."

Plötzlich ging Charlotte ein Licht auf. Die Puzzleteile fügten sich zusammen. „Die hunderttausend Dollar", flüsterte sie.

„Einfach etwas … irgendetwas …" Noelia wischte sich die Tränen aus dem Gesicht. Sie sah viel jünger aus als ihre siebzig Jahre, aber ihre Schultern hingen herab, als trüge sie eine schwere Last. „Nach unserer Scheidung zog ich nach Florence, um in der Nähe der Kinder meiner Schwester zu wohnen. Ich gab viel Geld für ein Haus aus, das zu groß für mich war, und verwöhnte meine Nichten und Neffen. Auf der Suche nach irgendwelchen Bankunterlagen fand ich schließlich den Brief von Ihrer Mutter. Ich dachte: ‚Meine Güte, wie die Zeit vergeht …' Deshalb habe ich im Internet nach Ihnen gesucht. Ich rechnete nicht damit, wirklich etwas zu finden, aber dann entdeckte ich Ihre Boutique. Ich war stolz auf Sie. Deshalb wies ich meine Bank an, Ihnen anonym hunderttausend Dollar zu überweisen."

„Ich zahle Ihnen das Geld zurück." Jetzt, da Charlotte wusste, woher das Geld stammte, wollte sie es nicht länger haben.

„Das werden Sie nicht tun."

„Ich will das Geld nicht. Sie wollen sich doch nur von Ihrer Schuld freikaufen."

„Das hatte nichts mit Schuldgefühlen zu tun, Charlotte. Ich könnte meine Schuld nie bezahlen oder mir die Zuneigung eines Mädchens erkaufen, das mich nicht einmal kennt. Es war ein Geschenk. Bei Weitem nicht genug, um Sie dafür zu entschädigen, dass Sie ohne Colby aufwachsen mussten." Die alte Dame lächelte. „Er hätte Sie gemocht."

Charlotte starrte aus dem Fenster über den grünen Sommerrasen. Ihr wurde schwer ums Herz. Hunderttausend Dollar. Ein Geschenk von der Frau ihres Vaters. Doch wenn dies noch möglich gewesen wäre, hätte sie das Geld sofort gegen eine Gelegenheit eingetauscht, diesen Mann persönlich kennenzulernen.

Charlotte blieb am Rand des perfekt gepflegten Rasens stehen, um die reine Luft tief einzuatmen. Andächtig ließ sie den Anblick des Ludlow-Anwesens auf sich wirken: der blaue Himmel, die Laubbäume in ihrer ganzen Pracht, das Sonnenlicht, das von den Fenstern reflektiert wurde.

Vor drei Monaten war sie hierhergefahren, um nachzudenken, um sich dem Himmel näher zu fühlen. Um sich Mama näher zu fühlen. Damals hatte sie keine Ahnung gehabt, wie viele Geheimnisse hier begraben lagen.

Es war still auf dem Berg. Man hörte nur den Wind in den Bäumen. Charlotte ging zur Villa hinauf und trat ein, ohne zu klingeln. Sie stand in dem großen Haus, das ihre Urgroßeltern erbaut hatten. Das Haus, in dem Emily ihren Großvater aufgezogen hatte.

Das Haus, in dem ihr Vater gespielt hatte.

„Charlotte, was machen Sie hier? Haben Sie mir das Kleid gebracht?" Cleos Absätze klapperten hart über den glänzenden, makellosen Holzboden in der Eingangshalle.

„Ich würde gern die Bibliothek sehen."

„Gern." Cleo schaute sie einen Moment fragend an, bevor sie sich mit einer schnellen Bewegung umdrehte. „Ich beschäftige mich gerade mit den juristischen Unterlagen wegen des Kleides. Der Richter will mehr Beweise." Sie schnaubte unwirsch. „Nur ein Bild ist ihm nicht genug."

Charlotte zog zwei Fotos aus ihrer Handtasche, während sie in die helle Bibliothek trat, deren Fenster vom Boden bis zur Decke reichten und einen atemberaubenden Blick über das Tal boten.

„Diese Bilder dürften Sie dann vielleicht interessieren." Sie gab ihr die Bilder von Mary Grace und Hillary in dem Kleid. „Emily schenkte das Kleid Mary Grace, die es später Hillary schenkte. Wenn ein Bild ein Beweis für Eigentumsrechte ist, was sagen Sie dann zu diesen Bildern?" Sie zog Mamas Brief an Colby heraus. „Und zu diesem beglaubigten Brief von meiner Mutter an Colby Ludlow, in dem sie ihn um Unterhaltszahlungen bittet? Diesen Brief hat mir seine Frau gegeben."

„Oh, du meine Güte, was in aller Welt …" Cleo trat mit dem

Brief ans Fenster. Als sie ihn gelesen hatte, wandte sie sich wieder zu Charlotte um. „Sie wollen also der Stadt diese schöne Villa wegnehmen? Und Ihr Erbe beanspruchen? Dafür ist es wahrscheinlich zu spät. Außerdem könnten Sie sich den Unterhalt für diese Villa nicht leisten, Charlotte. Sobald es in Privatbesitz übergeht, gibt es keine öffentlichen Gelder mehr."

Charlotte lachte leise. Arme Cleo! Sie identifizierte sich viel zu sehr mit ihrer Arbeit. „Ich will die Villa nicht, Cleo. Ich will nur das Kleid. Die Legende besagt, dass –"

„Welche Legende?"

„Die Legende, dass das Kleid jeder Braut passt, die es tragen soll. Es wurde nie geändert." Charlotte ging an der Bilderwand entlang und versuchte, die Gesichter und Namen der Personen zu entziffern, die irgendwie zu ihr gehörten.

Vor Colby blieb sie stehen. Es war ein Bild aus seinen Tagen als Professor. Sie konnte in seinem Gesicht eine gewisse Ähnlichkeit mit sich selbst entdecken. „Glauben Sie, er dreht sich im Grab um, weil seine Tochter nicht studiert hat?"

„Höchstwahrscheinlich … Noelia sagt, dass Sie Colbys Tochter sind?"

„Ja, das hat sie gesagt." Charlotte blieb vor dem Bild von Emily in ihrem Brautkleid stehen. „Das ist das Kleid, das sie tragen sollte?"

„Ja, als sie Phillip Saltonstall heiraten sollte."

Charlotte wandte sich an Cleo. „Wussten Sie, dass Hillary Saltonstall das Kleid 1968 trug? Phillip war ihr Großonkel."

Cleo kniff die Lippen zusammen und atmete mühsam aus. Sie gab ihren Widerstand auf. Charlotte lächelte.

„Also gut. Was haben Sie mit dem Kleid vor, Charlotte? Wollen Sie es verkaufen? Das können Sie nicht. Das … das wäre einfach nicht richtig."

„Es verkaufen? Nein, Cleo, nein. Ich werde es nicht verkaufen. Ich werde es tragen."

Tim

Tim fegte den letzten Rest Schmutz und Staub nach draußen. Angesichts der Leere in seiner Garage, in der eigentlich Platz für drei Autos war, fühlte er sich auch ein wenig leer. Vielleicht ein wenig unwohl. Aber unglaublich frei.

Er stützte sich auf den Besenstiel und betrachtete den Sonnenuntergang über den Bäumen. Egal, ob mit oder ohne Charlotte: Es war Zeit, endlich erwachsen zu werden. Falls er irgendwann Kinder haben würde, könnte er vielleicht wieder mit Motocross anfangen.

Als er sein letztes Motorrad auf die Ladefläche des neuen Besitzers geladen hatte, löste sich die Enge in seinem Brustkorb, und er erkannte, wie lange er an etwas festgehalten hatte, von dem Gott gewollt hatte, dass er es losließ.

Er war frei. Er hatte gedacht, Motocross-Rennen würden ihn frei machen, ihm erlauben, Stress abzubauen und seine Abenteuerlust zu befriedigen. Nein. Motocross-Rennen hatten ihn gefangen gehalten. Rennen zu fahren war für ihn wie eine Sucht gewesen. Andere Bereiche seines Lebens waren dabei auf der Strecke geblieben und mussten warten, bis er endlich Zeit für sie hatte.

Wie zum Beispiel Gitarre zu spielen. Sich stärker seinem Beruf zu widmen. Eine Familie zu gründen. Zu heiraten. Und vor allem Zeit mit Jesus zu verbringen.

Aus der Einfahrt erklang das Brummen eines Autos. Tim blickte auf, als David den Motor abstellte und ausstieg.

„Und, was ist es für ein Gefühl?“, erkundigte sich sein Bruder und ging zur Garage.

„Als hätte ich gerade fünfzehnhundert Pfund verloren.“

„Ich kann kaum glauben, dass du das tatsächlich gemacht hast.“ David schlug Tim auf die Schulter. „Ich habe eine gute Nachricht: Die Kommission war von deinen Entwürfen für die Restaurierung der alten Saltonstall-Büros und des Hochofens begeistert, einschließlich der Gedächtnisstatue für Sträflingsarbeiter.“

Tim lächelte. Gut. Alles war gut.

„Bist du bereit für noch mehr gute Nachrichten? Brody Smart rief mich auf dem Weg hierher an. Westlich der Stadt soll etwas Neues entstehen. Er will, dass wir uns dafür bewerben. Er sagte, solange wir keine Kinderzeichnungen einreichen, haben wir den Auftrag so gut wie in der Tasche. Sie wollen ihn uns geben." David führte einen Freudentanz in der Garage auf. „Endlich läuft der Laden."

Tim war sich nicht sicher, was die Gefühle, die in seiner Brust tobten, zu bedeuten hatten. Er tat einen Gehorsamsschritt und Gott öffnete ihm Türen. Seine Garage war leer, aber sein Herz war voll.

„Willst du zum Abendessen zu uns kommen? Katherine macht Burger mit Pommes frites. Dein Lieblingsessen."

Tim schüttelte den Kopf. „Sie muss sich daran gewöhnen, dass sie nur mit dir verheiratet ist, David."

„Sei nicht so, Tim! Du bist für sie wie ein Bruder. Sie will nur dein Bestes."

„Wenn das so wäre, hätte sie sich Charlotte gegenüber anders verhalten."

David schaute zur Straße und legte die Hände an seinen Gürtel. „Versuchst du es noch einmal bei Charlotte?"

„Ich weiß es nicht. Ich weiß ja nicht einmal, ob sie überhaupt noch mit mir spricht, nachdem ich sie mit der Nachricht überrumpelt habe, dass Colby Ludlow ihr Vater ist."

„Ich stehe hinter dir, Tim. Sag einfach, wenn ich dir helfen kann."

Die Brüder unterhielten sich noch ein paar Minuten, dann schaute David auf seine Uhr und sagte, dass er gehen müsse.

Tim lehnte seinen Besen in die Ecke, schaltete das Radio ein, zog einen Gartenstuhl in die Mitte der Garage und schaute sich um.

Platz. Er hatte herrlich viel Platz. Er war bereit für alles, was ihm Gott als Nächstes über den Weg schicken würde.

Sein Nachbar fuhr auf seinem Motorrad vorbei und hupte und winkte. Tim winkte zurück. Aber er verspürte keinen Neid.

Kapitel 27

Charlotte

Im warmen Licht der Schlafzimmerleuchte zog Charlotte das Kleid von der Schneiderpuppe. In zehn Sekunden wüsste sie es. Passte ihr das Kleid? War sie die nächste Braut?

„Charlotte, warum brauchst du so lange?“ Hillary klopfte an die Tür.

„Brauchst du Hilfe?“, rief Dixie.

„Seid still. Lasst mir Zeit.“

Sie hatte sich geduscht und saubere Unterwäsche angezogen. Dann war sie auf das Kleid zugegangen. Langsam. Vorsichtig. Diesem Kleid gehörte das Herz von drei Frauen. Es barg die Geschichte von hundert Jahren.

Erst als Charlotte in den Rock stieg, wurde ihr bewusst, wie sehr sie Teil dieser Geschichte sein wollte, Teil der Geschichte dieses Kleides.

Bitte pass mir! Charlotte zögerte, als sie den Rock über ihre Hüften zog. „Und wenn es nicht passt?“

„Meine Güte, es wird passen, Charlotte.“ Hillary. Ohne jeden Zweifel. „Glaubst du wirklich, das alles ist passiert, nur damit du es jemand anderem geben kannst? Es passt. Vertrau mir.“

„Wenn es dir nicht passt, findest du eben die perfekte Braut dafür, Charlotte. Das ist dein Talent.“

„Dixie! Was redest du denn da? *Sie* ist die perfekte Braut für das Kleid.“

„Und wenn sie es doch nicht ist, wird sie eine finden. Hillary, du machst sie ganz nervös.“

Charlotte grinste über das Wortgefecht auf der anderen Seite der Tür, während sie die Arme vorsichtig in die Ärmel steckte und das

Oberteil über ihre Schultern zog. Sie liebte Hillary wie eine Schwester, nein, wie eine Mutter.

Charlotte ließ die Arme sinken und hielt den Atem an. Würde es passen?

Der perlenbesetzte Bund schmiegte sich um ihren Bauch und um ihren Brustkorb. Perfekt. Es passte. Das Kleid passte. *Ich werde nicht weinen. Nein, ich werde nicht weinen.*

Aber ihr Herz raste, und als sie zu sprechen versuchte, drohten die Tränen, ihr die Stimme zu rauben. „Es passt, ihr zwei. Hört ihr: Es passt! Kommt und knöpft es mir zu." Sofort wurde die Schlafzimmertür schwungvoll geöffnet.

„Wie konntest du nur an meinen Worten zweifeln?" Hillary ging geradewegs auf die Knöpfe zu.

„O Charlotte." Dixie trat mit einem breiten Lächeln im Gesicht und leuchtenden Augen einen Schritt zurück. „Es ist umwerfend. Du siehst umwerfend aus."

„Aber wie ist das möglich? Emily musste damals ein Korsett tragen. Und Mary Grace sagte, sie sei dünn gewesen. Oh, Hillary, der Bund wird bestimmt zu eng sein."

„Charlotte, hör auf zu jammern, und überleg dir lieber, was du tust, wenn du siehst, dass es passt." Hillary knöpfte die übrigen Knöpfe schweigend zu. Nur das Atmen der Frauen erfüllte die Stille.

Charlotte schaute im Spiegel zu, wie das Kleid sich ihrer Figur anpasste und das Oberteil ihre Kurven betonte. Der runde Ausschnitt lag genau unterhalb ihres Schlüsselbeins. Die Perlen am Bund lagen in einer sauberen Reihe, ohne dass etwas spannte oder sich verzogen hätte. Die Puffärmel wurden weiter unten enger und endeten knapp unterhalb ihres Ellbogens.

„Hier, zieh diese Schuhe an." Dixie stellte weiße Pumps aus der Boutique vor sie. „Diese Schuhe sind in etwa so wie die, die Emily getragen hat."

„Alle Knöpfe sind zu." Hillary lugte um Charlotte herum, um ihr Gesicht zu sehen, und strich ihr sanft über die Schultern. „Ausatmen", flüsterte sie.

Als die junge Frau ausatmete, umschmiegte der federleichte Stoff ihre Rundungen. Das Kleid saß wie angegossen an ihren Körper.

Im Spiegel war mehr zu sehen als eine Frau in einem schönen Kleid. Er spiegelte Charlottes Wesen wider. Ihr wurde schlagartig klar: Sie war bereit, ihr Herz noch einmal zu verschenken.

„Ich muss weg." Charlotte hob ihre Handtasche vom Schlafzimmerboden auf.

„Wohin willst du denn?"

„Zu einer Liebe, die ein Leben lang halten wird." Während sie aus der Wohnung und zu ihrem Auto hinuntereilte, war in ihrem Herzen und ihrem Kopf plötzlich alles so klar. Sie gehörte nicht in gewisser Weise zu dem Kleid. Sie gehörte zu Tim. Das hatte das Kleid ihr die ganze Zeit zu sagen versucht, seit sie an jenem Tag oben auf dem Berg gewesen war und die Truhe gekauft hatte.

Sie schlüpfte vorsichtig hinters Steuer, ließ den Motor an und bog fünfzehn Minuten später und nach einem Beinahezusammenstoß mit einem Betonmischer in Tims Einfahrt.

Das Tor stand offen und er saß mitten in der leeren Garage. Seine Haare lagen in langen, weichen Strähnen um sein Gesicht und seine nackten Füße schauten unter einer zerknitterten Jeans hervor.

„Tim?" Charlotte warf ihre Schlüssel auf den Fahrersitz, als sie ausstieg und den Saum des Kleides hochhob, damit es nicht über den Boden schleifte.

„Charlotte." Er sprang auf und kam auf sie zu. „Du trägst das Kleid?"

„Ja, und es … es passt." Sie ging an ihm vorbei in die Garage. „Tim, wo sind denn deine Motorräder?"

„Ich habe sie verkauft. Ich habe endlich auf die leise Stimme in mir gehört." Er schaute sie fragend an. „Warum hast du das Brautkleid deiner Urgroßmutter an?"

Sie sah ihm an, dass es ihm gefiel, das zu sagen: *deine Urgroßmutter*. „Weil … ich …" Sie hatte sich nicht genau überlegt, was sie ihm sagen würde. Sie hatte sich einfach von ihrem Wunsch, ihn zu sehen, hierherführen lassen.

Tim hob die Hand und lief dann zur Haustür. „Rühr dich nicht vom Fleck. Ich bin … gleich …" Er öffnete die Tür. „Warte!" Dann verschwand er im Haus. Seine Schritte polterten über den Holzboden und wenige Sekunden später kam er zurück.

Er stürmte zur Tür heraus und lief mit funkelnden Augen auf Charlotte zu. Ohne ein Wort zu sagen und ohne zu zögern, kniete er nieder und ergriff ihre Hand.

„Heirate mich, Charlotte. Bitte, heirate mich." Er steckte ihr den Ring seiner Großmutter an den Finger.

„Deshalb bin ich hier, Tim. Im Brautkleid meiner Urgroßmutter."

Als Tim sie hochhob und durch die Luft wirbelte, lachte Charlotte vor Freude und warf glücklich den Kopf in den Nacken.

Tim vergrub sein Gesicht an ihrem Hals und für einen Moment schlugen ihre Herzen im selben Takt.

„Der Ring passt, das Kleid passt." Er stellte sie vorsichtig wieder auf den Garagenboden. „Wir passen zusammen. Wir passen einfach zusammen." Er umschlang sie sanft, zog sie an sich und küsste sie. „Mann, Charlotte, du riechst so gut. Du fühlst dich so gut an."

„Hey, Freund Tim?"

„Ja?"

„Sag dem Verlobten Tim, dass ich sehr froh bin, ihn zurückzuhaben."

„Charlotte." Er hob den Kopf und hielt ihr Gesicht liebevoll in den Händen. „Wie spät ist es?"

„Halb sieben. Warum fragst du?"

Als sie seinen Atem auf ihrem Gesicht spürte, erzeugte das ein Kribbeln, das bis zu ihren Zehen hinunterreichte. „Heirate mich. Jetzt. Heute Abend. Du hast ein Kleid. Ein schönes Kleid. Ich habe einen Smoking. Unser Aufgebot gilt noch."

„Tim, im Ernst? Jetzt? Heute Abend?" Charlotte warf einen Blick zur Julisonne. Sie hatten noch ein paar Stunden Tageslicht. „Wer soll denn die Trauung durchführen?"

Sie liebte es, das Funkeln in seinen Augen zu sehen. „Überlass das mir. Was hältst du davon?"

„Ja. Ja!" Ihre Lippen legten sich auf die seinen. Zuerst leicht und zitternd, dann mit wachsendem Selbstvertrauen und zunehmender Leidenschaft, als er sie eng an sich zog und sie liebevoll küsste.

Der leichte Wind lenkte ihren Blick nach oben.

Sie war bereit. Charlotte bewegte sich mit festen Schritten auf einem mondbeschienenen Weg, der um eine Gruppe von Buchen herumführte. Ein großer Vollmond schien über dem Red Mountain und drängte die Schatten der Nacht zurück.

Eine Mitternachtshochzeit.

Charlotte umklammerte ihren Brautstrauß, als ein Quintett den „Halleluja-Chorus" zu spielen begann. Tiefe Freude breitete sich in ihrem Herzen aus. Ihre Arme und Beine kribbelten vor Aufregung. Ihr Herz zitterte vor Liebe. Ihr Verstand hatte tiefen Frieden.

„Charlotte, sind Sie bereit?" Cleo tauchte aus dem Schatten auf. Die Perlen um ihren Hals machten dem Schein des Mondes Konkurrenz.

„Ja, ich bin bereit." Hinter Cleo tauchten ihre Begleiterinnen auf. Die Frauen, die vor ihr dieses Kleid getragen hatten: Hillary und Mary Grace.

Die Musik wurde lauter. Der Wind wehte an ihnen vorbei und brachte für einen kurzen Moment einen Duft nach Jasmin und Zedernholz mit. Mamas Duft. Charlotte schloss die Augen und atmete tief ein.

„Ich muss sagen, dass Daniel, Emily und Colby sehr stolz wären." Cleos sonst so forsche Stimme zitterte vor Gefühlsregung. „Und ich bin es auch."

„Meine Mama wäre auch sehr stolz." Charlotte atmete ein letztes Mal ein und bewahrte den verblassenden Duft in ihrem Herzen.

„Auf jeden Fall." Auf ihrer linken Seite hakte sich Hillary bei Charlotte unter. „Ich bin sehr stolz auf dich." Sie richtete den Blick nach vorne und warf die Schultern zurück. Charlotte drückte sich an sie, als sie sah, dass die Unterlippe ihrer Freundin zitterte.

„Heute ist der zweitbeste Tag meines Lebens", sagte Mary Grace.

Sie stand rechts neben Charlotte und hakte sich ebenfalls bei der Braut unter.

„Für mich auch." Hillary rückte Charlottes Schleier – *Emilys Schleier* – zurecht und küsste sie auf die Wange. Dann winkte sie Cleo beiseite. „Bringen wir diese Frau zu ihrem Bräutigam."

Die Musik wurde lauter. Im Glanz der weißen Lichterketten und Kerzen sah Charlotte, wie Tim und David sich von ihren Stühlen erhoben und zusammen mit einem stolzen, lächelnden Thomas vor den Altar traten.

Tim schaute ihr entgegen. In dem gedämpften Licht konnte Charlotte seine glänzenden Augen sehen. Im Schein der flackernden Flammen sah sie, wie sehr er sie liebte.

Er hatte das organisiert. Alles. Er hatte Cleo angerufen. Seine Familie und Freunde zusammengetrommelt. Innerhalb weniger Stunden waren eine Hochzeit und ein Empfang geplant und vorbereitet worden.

Als Tim Hillary angerufen hatte, war diese sofort in Aktion getreten. Sie war nach „Kirkwood" gefahren und hatte Mary Grace und Thomas gefragt, ob sie zur Hochzeit kommen wollten. „Das lassen wir uns um nichts auf der Welt entgehen", hatten beide sofort erklärt.

Eine Mitternachtshochzeit.

Sein Bruder David hatte einen Kunden der Firma angerufen, der im Birminghamer Sinfonieorchester spielte. Dieser wiederum hatte ein Saitenquintett organisiert – zwei Violinisten, einen Violisten und zwei Cellisten –, die von der Idee einer spontanen Mitternachtshochzeit sofort begeistert waren.

Die Bögen entlockten den Saiten ein „Halleluja, halleluja". Charlotte schritt den Gang entlang zwischen den in einem Halbkreis aufgestellten weißen Stühlen auf Tim zu. Zu dem Mann, den sie ihr Leben lang lieben wollte.

Das Kleid raschelte um ihre Beine. Der Bund im Empirestil lag wie angegossen unter ihrem Herzen. Tränen traten in ihre Augen. Neben ihr schniefte Hillary und räusperte sich, während Mary Grace ihren Tränen freien Lauf ließ.

„Ich hätte nie gedacht ... Oh, mein lieber Herr Jesus, ich hätte nie gedacht ... mit dreiundneunzig Jahren ...“, flüsterte sie.

„Ich auch nicht, Mary Grace“, meinte Hillary leise und mit tränenerstickter Stimme. „Ich auch nicht.“

Charlotte hätte sich nie vorstellen können, dass sie einmal so glücklich sein würde, so erfüllt. Sie hatte sich damit abgefunden, irgendwie über die Runden zu kommen. Aber an diesem Abend wurde ihr bewusst, dass Gott viel mehr für sie bereithielt.

Sie schritt an Vater und Mutter Rose vorbei, an Katherine und den Kindern. An Tims Brüdern. An Hillarys Mann Greg. Sie nickte Noelia und Tawny zu, die mit ihrem Verlobten gekommen war.

Als sie das Ende des Gangs erreichte, trat Dixie zu ihr und nahm ihren Platz als Trauzeugin ein. Ihr Gesicht strahlte vor Freude.

Tim schaute Charlotte zärtlich und liebevoll an. Der feuchte Glanz in seinen Augen war jetzt deutlich zu sehen. Um sie herum verklangen die Töne des Quintetts und verschmolzen mit dem Mondlicht.

Thomas stützte sich auf seinen Stock und hob seine Bibel. „Liebe Freunde“, begann er mit kräftiger Stimme. „Wir sind hier zusammengekommen, weil Gott es so gefügt hat. Wegen eines Hochzeitskleids und der Macht der Liebe. Jesus berichtet uns von einer Hochzeit. Im 25. Kapitel des Matthäusevangeliums lesen wir, dass sich um Mitternacht ein lautes Rufen erhebt.“ Thomas’ klare, jugendliche Stimme erfüllte die Runde. „Denn der Bräutigam kommt. Diese Hochzeit hier gibt uns eine Vorahnung auf jenen großartigen Tag. Es ist kein Irrtum, dass wir uns mit Charlotte und Tim um Mitternacht hier versammelt haben. Aber keine Sorge, ich wurde nicht aus dem Bett geholt, um euch eine lange Predigt zu halten.“ Thomas zwinkerte Charlotte zu. „Jetzt wollen wir die beiden vermählen. Gott hat wirklich etwas Großartiges getan. Ich bin so froh, dass ich das noch erleben darf.“

Thomas forderte Tim auf, die Hand seiner Braut zu nehmen. Hillary und Mary Grace drückten Charlotte schluchzend einen Kuss auf die Wange, bevor sie sie losließen und in der ersten Reihe Platz nahmen.

Thomas sprach davon, dass Jesus sein erstes Wunder bei einer Hochzeit gewirkt hatte. Er erzählte die Geschichte von dem hundert Jahre alten Kleid und von vier ganz besonderen Frauen, die es getragen hatten oder jetzt trugen.

Seine Stimme klang klar und jung. „Mysteriös ist, dass das Kleid jeder Frau passte, als wäre es für sie maßgeschneidert worden. Es wurde nie geändert. Es war nie abgenutzt. Es war nie vergilbt. Und wenn ich das so sagen darf: Es sieht an Charlotte genauso gut und zeitgemäß aus wie an meiner Mary Grace vor vierundsiebzig Jahren. Im Grunde ist es genauso wie die Gute Nachricht von Jesus: Sie passt immer. Sie muss nicht geändert werden. Die Gute Nachricht ist immer gut. Sie nutzt sich nie ab und sie ist immer modern. Wir brauchen Gott heute mehr denn je." Der alte Pfarrer schmunzelte. „Jetzt fange ich schon wieder an zu predigen. Machen wir mit der Hochzeit weiter."

Charlotte blickte Tim an. Er war mit seinen nicht zu bändigenden Haaren, die seinen lächelnden Mund umwehten und das Leuchten in seinen Augen umrahmten, unglaublich attraktiv. Und er sah groß und eindrucksvoll aus in seinem maßgeschneiderten Smoking.

„Du bist so schön", flüsterte er, als Thomas ihn aufforderte, Charlottes Hand zu nehmen.

„Bist du wirklich bereit?"

„Mehr als bereit."

„Tim, willst du diese Frau …"

Eine halbe Stunde nach Mitternacht sagte Charlotte Malone in einer kühlen Julinacht: „Ja, ich will." Diesen Mann lieben, solange sie lebte. Und so zu leben, wie Gott sie erschaffen hatte.

Befreit und erlöst. Und eine Rose.

MIX
Papier aus verantwortungsvollen Quellen
FSC® C014496
FSC
www.fsc.org

Verlagsgruppe Random House FSC® N001967
Das für dieses Buch verwendete FSC®-zertifizierte Papier
Enso Classic 95 liefert Stora Enso, Finnland.

Das amerikanische Original erschien im Verlag Thomas Nelson, Nashville, Tennessee, unter dem Titel „The Wedding Dress".

1. Auflage 2014
Bestell-Nr. 816904
ISBN 978-3-86591-904-5

Umschlaggestaltung: Olga Grlic, Michael Wenserit
Umschlagfoto: John Paul Armstrong/Getty Images
Bearbeitung: Nicole Schol
Satz: DTP Verlagsservice Apel, Wietze
Druck und Verarbeitung: GGP Media GmbH, Pößneck
Printed in Germany